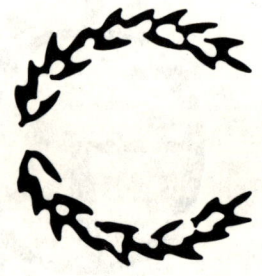

TEXTOS

ANTÓN C.
QUINTELA

ROGÉRIO
SANTANA

HUGO DE CARVALHO RAMOS
OBRAS REUNIDAS

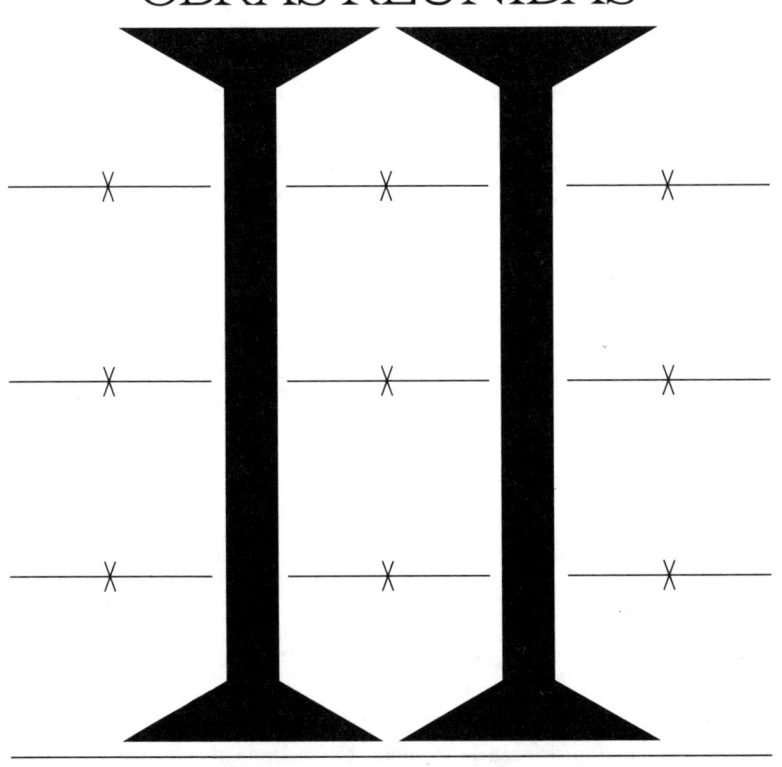

ERCOLANO

© Ercolano Editora, 2024
Esta publicação segue as normas do Acordo Ortográfico da Língua
Portuguesa, Decreto no 6.583, de 29 de setembro de 2008.

DIREÇÃO EDITORIAL
Régis Mikail
Roberto Borges

PREPARAÇÃO
Maiara Alves

REVISÃO
Thiago Abercio

PROJETO GRÁFICO E DIAGRAMAÇÃO
Estúdio Margem

IMAGEM DE CAPA E ROSTO
mau.estar

Todos os direitos reservados à Ercolano Editora Ltda. © 2024.
A reprodução não autorizada desta publicação, no todo ou em parte,
e em quaisquer meios impressos ou digitais, constitui violação de
direitos autorais (Lei nº 9.610/98).

AGRADECIMENTOS

Ademir Luiz, Bia Reingenheim, Carolina Pio Pedro, Daniela Senador, Eliézer Oliveira, Maria de Fátima Silva Cançado, Fernando Lobo, Goiandira Ortiz de Camargo, Láiany Oliveira, Mazé Alves, Mila Paes Leme Marques, Rodrigo Lage Leite, Tadeu Arraes, Victória Pimentel, Vivian Tedeschi.

1 Gravura com a igreja de Santa Bárbara da cidade de Goiás, N. Couto, 1958.

2 Hugo de Carvalho Ramos com amigas na Quinta da Boa Vista no Rio de Janeiro em outubro de 1918, autor desconhecido.

S. Carvalho Ramos.

Sahi mesmo fóra do Rio, só fui de janeiro a fui de março; ficaram com q' nenhum Tragos e Boiadas em minhas obras. Eu por que só hoje lhe mando o agradecimento, não apenas pela remessa do volume mas tambem pela epigrafe lembrança tão ao meu effusado. A Bruxa dos Marinhos ficou uma polidesse de muito bom gosto ainda mais: uma linha de impressão sympathica. De resto q' até hilário se agradecimento não poderia vir em meio o pequeno louvor toso ella de um fino e bello trabalho.

Do muito confrade

João do Rio

Hugo de Carvalho Ramos aos 21 anos, quando publicou *Tropas e Boiadas*.

5   Hugo de Carvalho Ramos ao concluir o curso na Faculdade de Ciências Jurídicas e Sociais do Rio de Janeiro.

6   Casa onde nasceu Hugo de Carvalho Ramos na cidade de Goiás em 21 de maio de 1895 (assinalada por uma flecha), autor desconhecido.

7 Mapa de Goiás e do triângulo mineiro desenhado pelo viajante Oscar Leal durante viagem pela região em 1882.

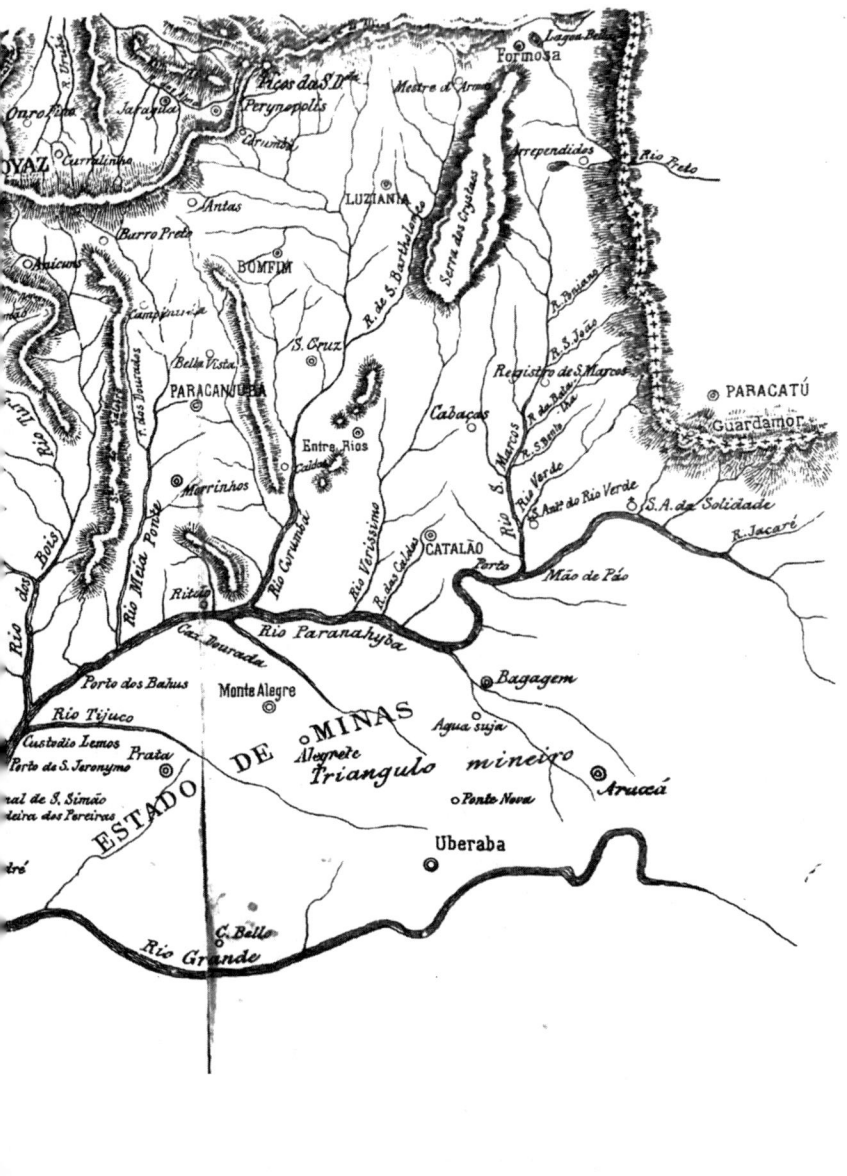

SUMÁRIO

18   *PLANGÊNCIAS:* UM TÍTULO QUE SENTENCIAVA A MISCELÂNEA DO SEGUNDO VOLUME DAS OBRAS COMPLETAS ✷ ANTÓN CORBACHO QUINTELA

33 ESCRITOS ESPARSOS
✹ 36 MISCELÂNEA
118 A ESMO...
144 HINÁRIO
174 *TURRIS EBURNEA*
210 ÚLTIMAS PÁGINAS
✹
251 CORRESPONDÊNCIA
✹
341 AS CARTAS DE HUGO DE CARVALHO RAMOS ✹ ROGÉRIO SANTANA
✹
359 ARTIGOS

18

PLANGÊNCIAS: UM TÍTULO QUE SENTENCIAVA A MISCELÂNEA DO SEGUNDO VOLUME DAS OBRAS COMPLETAS

ANTÓN CORBACHO QUINTELA[1]

---

1   Professor associado da Faculdade de Letras da Universidade Federal de Goiás (UFG). Doutor em Filologia Galega pela Universidade de Santiago de Compostela, onde colabora no Grupo GALABRA de Estudos da Cultura.

"Plangências" é, semanticamente, um vocábulo que gera pouca ambiguidade. Usado como título de um livro, esse termo, no entanto, conduz a querer saber, por curiosidade, o motivo dos queixumes, da tristeza, da lamentação. Esse vocábulo acaba sendo também um convite para a verificação e a constatação, isto é, um convite para que o leitor decida comprovar se os textos assim qualificados refletem angústia e desconcerto.

Em 1950, *Plangências* deve ter sido, *a priori*, um título instigante. O título *Plangências*, no entanto, não estava na capa do livro a que nos referiremos a seguir. Na capa, além do nome da editora — Edições Panorama —, se lia, em letras pretas, "Obras Completas de", o qual era completado, em letras com tinta verde, com o nome do autor "Hugo de Carvalho Ramos". Essa cor verde é a mesma da marca ovalada da editora (as letras "E" e "P" coroadas pela cabeça de uma corujinha), impressa na base da lombada, e era na lombada que se especificava que as *Obras completas* se compunham de dois tomos em um único volume: "I. *Tropas e Boiadas*" e "II. *Plangências*".

Em uma livraria, não é infrequente que, quando uma pessoa quer saber de que trata um livro pego ao acaso em uma prateleira, dê uma olhadela nos textos que costumam constar na quarta capa e nas abas. Ora, se, em 1950, um leitor acabasse reparando nesses paratextos, na edição das *Obras completas* de Hugo de Carvalho Ramos — composta da quarta edição de *Tropas e Boiadas* e da primeira edição de *Plangências* —, da editora paulistana Edições Panorama, ficaria, muito provavelmente, surpreendido.

Na contracapa só aparece impresso um breve comentário do Cardeal Patriarca de Lisboa sobre a quarta edição brasileira, e a décima portuguesa, da obra *Vida de Jesus*, de Plínio Salgado. Por sua vez, nas orelhas do livro, aparece a reprodução de quatro excertos de críticas sobre essa mesma obra; informava-se que as quatro resenhas, duas delas escritas por jesuítas, foram publicadas inicialmente em periódicos espanhóis. Não houve, pois, por parte dos responsáveis da edição de 1950, a intenção de destacar, nos paratextos da capa, a validez do conteúdo dessas *Obras completas*, parecendo, inclusive, que o motivo de orgulho da casa editorial era mesmo a apresentação da trajetória e do legado de Cristo lavrada por Plínio Salgado.

No entanto, na capa das *Obras completas*, há um desenho que sugere que o conteúdo do livro pudesse estar vinculado ao sertão; isto é, esse desenho seria o único elemento que apontava traços da ficção de Hugo Carvalho Ramos. A capa da edição de 1950 mostrava uma ilustração feita com clichê, assinada por Ruy Campos, em que estavam retratados, em um primeiro plano, dois cupinzeiros e um mourão segurando duas linhas de arame frouxo de cerca de fazenda. Em segundo plano, aparecia um milharal e, entre a cerca e a plantação, surgia uma cobra, em provável referência à urutu do conto "Ninho de periquitos", de *Tropas e Boiadas*. Tratava-se de um clichê em um elo latente com as ficções já conhecidas de *Tropas e Boiadas*, mas do qual pouco se poderia inferir, com segurança, em relação às 240 páginas de *Plangências* — a nova obra. Ficaria para posteriores ponderações do leitor julgar se essa ilustração refletia acertadamente o teor geral da escrita de Hugo de Carvalho Ramos.

Por sua vez, no verso da folha de rosto dessa publicação das Edições Panorama, especificava-se que *Obras completas* era o oitavo volume de uma coleção chamada "Panorama da Literatura Brasileira". Dessa coleção, os seis primeiros volumes eram reedições de obras de Plínio Salgado — *Vida de Jesus* constituía o quinto volume — e, de modo estranho, em uma numeração aparentemente sem sentido, informava-se que estava no prelo o sétimo volume. Esse volume anterior ao livro de Carvalho Ramos estava destinado às *Obras completas* de Benedito Luís Rodrigues de Abreu, poeta falecido em 1927, com alguns vínculos ideológicos com o movimento de Plínio Salgado. O sétimo volume, finalmente com o título *Poesias completas*, só seria publicado em 1952, dois anos depois do volume oito. Não é possível encontrar na atualidade a explicação, dentro de uma política editorial, para o anunciado sétimo volume ser lançado dois anos depois do oitavo.

Assim se tratando, acaba sendo inelutável se perguntar por que tinha sido decidido lançar *Obras completas* do regionalista goiano, 29 anos após seu falecimento, em uma editora que costumava publicar alguns agentes que protagonizaram o integralismo e, concretamente, na coleção em que eram reeditadas as obras de Plínio Salgado. Terá sido uma casualidade, o efeito do aproveitamento de uma conjuntura, isto é, só as Edições Panorama mostraram interesse nessa edição, ou terá sido uma escolha proposital por parte dos familiares que detinham o que, desde a década de 1970, reconhecemos como direitos autorais?

Localizamos como a obra mais antiga publicada sob a chancela Panorama, exatamente com o selo "Revista Panorama", a biografia *Plínio Salgado*, do ano 1936. No ano seguinte, no lançamento de *Brasil não é dos brasileiros*, de Affonso de Carvalho, e na segunda edição de *ABC do integralismo*, de Miguel Reale, aparece registrado o selo "Edição da Revista Panorama". De 1938 até 1942, as publicações passaram a receber a chancela "SEP — Sociedade Editôra Panorama" e, a partir de 1943, adotou-se o selo "Companhia Editôra Panorama".

A década com mais publicações da "Sociedade Editôra Panorama" ou da "Companhia Editôra Panorama" ou da "Edições Panorama" foi 1940, década em que, de fato, esse selo esteve ativo. Assim, por exemplo, entre os títulos lançados nos dois anos prévios ao lançamento de *Obras completas de Hugo de Carvalho Ramos*, estão os livros *Refutação científica ao comunismo* (1947), de João Carlos Fairbanks; *Questões agrárias*, de Luís Amaral; *Quinas e castelos*, de Gustavo Barroso; e, de Plínio

Salgado: *O cavaleiro de Itararé, A voz do oeste* e *O estrangeiro*, todos esses de 1948. Do ano seguinte, são os títulos *O liberalismo é pecado*, de Félix Salda y Sardany, e *A Igreja e o marxismo*, de Padre J. Cabral. Acreditamos que, depois do título de Rodrigues de Abreu — o sétimo volume da coleção "Panorama da Literatura Brasileira", a Panorama ficou inativa, o que poderia explicar por que o volume dedicado a Carvalho Ramos, com uma presumível tiragem total de 2000 exemplares, não foi reimpresso ou reeditado.

Surge, assim, da estranheza ou da estupefação, inevitavelmente, esta pergunta: Por que foi decidido publicar a recompilação dos textos de Carvalho Ramos sob a chancela da Panorama? No verso da falsa folha de rosto de *Obras completas*, informava-se: "Foram tirados desta edição 200 exemplares em papel buffon de 1ª, numerados e assinados pelo editor"; contudo, não é especificado o nome desse editor. Quem soubesse que boa parte do espólio literário de Hugo de Carvalho Ramos — correspondência, alguns poucos inéditos e exemplares de alguns periódicos — estava na custódia de seu irmão mais velho, Victor, advogado e intelectual, membro fundador da Academia Goiana de Letras, poderia conjecturar que tinha sido Victor o promotor da edição.

Todavia, apenas no meio de *Obras completas* aparece uma nota esclarecedora a esse respeito. Introduzindo o segundo tomo do livro, ou seja, funcionando como a apresentação de *Plangências*, foi inserido um texto intitulado "A razão deste livro", assinado sem data por "Vítor [sic] de Carvalho Ramos"; nele, foi registrado o seguinte: "A Companhia Editora Panorama entendeu de publicar as obras completas de Hugo de Carvalho Ramos iniciando com elas a coleção denominada 'Panorama da Literatura Brasileira'" (Ramos, 1950, v. 2, p. 5). Nesse texto, Victor frisa ter considerado que essa iniciativa constituía um grande serviço para as Letras Nacionais, mas também apontou não ter podido cumprir o prazo que lhe tinha sido dado pela editora em razão do tempo que lhe tomou reunir a produção do irmão, pois com ele só estavam os originais de alguns textos.

Acreditando-se nas palavras de Victor, seria possível concluir que os reais promotores de *Obras completas* foram os responsáveis editoriais da Panorama e que ele tão só aceitou uma incumbência. Assim, uma editora especializada, durante a década de 1940, na publicação de crônicas, ensaios e pesquisas sobre Ciências Humanas e Ciências Sociais, veiculadas na "Coleção Convivium", teria decidido, no final dessa década, ampliar seu catálogo com a publicação de uma coleção de produção literária, contemplando, em um primeiro momento, as obras completas de dois escritores falecidos, Hugo de Carvalho Ramos (1895-1921) e Benedito Luís Rodrigues de Abreu (1897-1927). Aconteceu que Rodrigues de Abreu criara vínculos com alguns agentes que se tornariam máximos expoentes do integralismo, mas Hugo não.

Cumpre salientar que a Companhia Editora Panorama era parcialmente herdeira da revista *Panorama: Coletânea do Pensamento Novo*, revista mensal de alta cultura da Ação Integralista Brasileira (AIB), fundada em janeiro de 1936 e dirigida por Miguel Reale e Rui de Arruda. Esse periódico conseguiu lançar 14 números até outubro de 1937. No entanto, com a instauração do Estado Novo, ilegalizou-se a AIB e a *Panorama* deixou de circular. Poder-se-ia cogitar que se manteve em funcionamento a editora, oficialmente desligada de um partido político já inexistente, ou, simplesmente, que a equipe da revista optou por criar um selo mediante o qual a elite intelectual da velha militância pudesse publicar suas reflexões e suas pesquisas.

No ano 1950, alguns leitores, ao saberem que as *Obras completas de Hugo de Carvalho* tinham sido incorporadas ao catálogo de uma editora com um nexo tão claro com o velho integralismo, reagiram, talvez, com simpatia, convenientemente associando o produto ao nacionalismo, às tradições e à religião católica; é provável, também, que outros tenham achado que se tratasse de uma infâmia. Ora, não o sabemos; a escassa fortuna crítica, no campo acadêmico, a respeito da edição das Edições Panorama e as poucas notas e resenhas na imprensa generalista têm impedido amparadas ponderações acerca da recepção obtida por essa edição. Na atualidade, *Tropas e Boiadas* está na 13ª edição; a última foi lançada em parceria pela Leodegária Publicações e pela editora Trilhas Urbanas, da cidade de Goiás; inclusive, nessa mesma parceria editorial foram publicados, em 2020, os 16 poemas que integraram a série "Poesias", de *Plangências*. Todavia, quem quisesse ler *Plangências* na íntegra teria ainda de recorrer à edição da Panorama; chegou o momento de rasgar esse vínculo.

Nesta nova edição do segundo tomo de *Obras completas*, optou-se por renomear os textos antes reunidos sob o título *Plangências* como *Escritos esparsos* para denominar a produção não incorporada a *Tropas e Boiadas*. Na edição de 1950 — a 4ª de *Tropas e Boiadas* —, tudo o que não eram os contos e a novela dessa obra, independentemente do gênero e do conteúdo, foi reunido e rotulado como se fosse a expressão plangente de um melancólico Hugo de Carvalho Ramos; a exceção foi o conto "Pelo Caiapó Velho...", acrescentado a *Tropas e Boiadas*, obedecendo, segundo consta na nota "A propósito da 4ª edição", a uma recomendação deixada por Hugo.

Plangências, pelo significado da palavra, acabou sendo um título problemático, tendencioso, porque partia de um juízo crítico conclusivo acerca do tom que predominava na criação, na crítica, na opinião e na prosa confessional do goiano, agindo sobre o horizonte de expectativas dos leitores. Além disso, tratava-se de um título que, do desafio por parte dos editores, vinculava a ficção com a não ficção.

É normal se perguntar quem teve a última palavra para sancionar esse título. E é normal achar que deve ter sido uma proposta de Victor de Carvalho Ramos embasada na consideração que tinha acerca do *continuum*, no sentido e na finalidade dos escritos do irmão; no entanto, essa proposta teve de contar com o aval dos responsáveis das Edições Panorama. Se foi assim, tanto Victor quanto os editores da Panorama devem ter coincidido em que as fronteiras entre os gêneros discursivos não impediam a reunião (no mesmo tomo e sob o mesmo título) de diversos textos, porque o que vinculava a coletânea, não sendo o fato de compartilhar o mesmo gênero nem os elementos repertoriais, era a exposição da visão de mundo de Hugo, do seu *habitus*, dos traços da sua subjetividade, sendo "plangências" o vocábulo que melhor sintetizava o modo de sentir do escritor.

Na seção "Notas e comentários" de *Obras completas* (Ramos, *Escritos esparsos*, p. 326), em que Victor indica onde foi pela primeira vez publicada boa parte dos textos reunidos em *Plangências*, foi inserida uma ressalva. Trata-se de um único artigo — "A reeleição do senador Bulhões", publicado no jornal *Lavoura e Comércio*, em 25 de outubro de 1917, não incorporado a *Plangências*; infere-se que Victor considerou que esse texto de apoio à candidatura de Leopoldo de Bulhões não cabia em nenhuma das divisões do segundo tomo de *Obras completas*.

No tomo *Plangências*, os editores reuniram as seguintes séries apresentadas como capítulos: "Plangências", "A esmo...", "Hinário", "Turris Eburnea", "Últimas páginas" — cinco ensaios; "Crítica" — sete textos; "Poesias" — 16 poemas; e "Correspondência". "Últimas páginas", "Crítica", "Poesias" e "Correspondência" são, obviamente, rótulos simples, genéricos. Em "Correspondência", foi reunido um conjunto de 36 cartas, ou de excertos delas, e cartões postais remetidos por Hugo de Carvalho Ramos a seus familiares e a amigos, sobretudo à irmã (16 textos), entre 1911 e 1921. Contudo, essa seção não contém a correspondência recebida por Hugo, o que impede a reconstrução desses diálogos epistolares.

Em carta enviada ao escritor paranaense Leônidas de Loiola e datada no Rio de Janeiro, em 23 de fevereiro de 1920, Hugo (Ramos, *Correspondência*, p. 296) refere-se a "Hinário" — 15 textos, e a "Turris Eburnea" — 17 textos, como duas *plaquettes* do Simbolismo, "frutos da puerícia", publicados "em folhetim de jornal do interior" e "dados à luz em 1914". O Simbolismo marca também a prosa poética de outras duas séries, "A esmo..." e "Plangências", que reúnem criação literária publicada em periódicos de Goiás — *Goiás, Nova Era* — ou do Rio de Janeiro — *Fon-Fon* — ou, maioritariamente, de Uberaba — *Lavoura e Comércio* e *Via-Láctea*. No total, as quatro séries de criação literária reúnem 62 textos em prosa poética simbolista e ocupam pouco menos da metade das páginas de *Escritos esparsos*.

É claro que os rótulos "Últimas páginas", "Crítica", "Poesias" e "Correspondência" não poderiam abranger todos os textos reunidos no segundo tomo de *Obras completas*. Consequentemente, os editores tiveram de optar entre "Plangências", "A esmo...", "Hinário" e "Turris Eburnea"; os dois últimos tinham sido rótulos criados pelo próprio Hugo para séries de sua prosa simbolista publicada em periódicos, como ele mesmo comenta na correspondência acima citada.

Por sua vez, toda a ficção vinculada ao rótulo "A esmo..." foi publicada no jornal *Lavoura e Comércio*, de Uberaba. O acervo desse jornal foi adquirido pela Prefeitura de Uberaba, e digitalizado, estando disponível online; assim, os sete textos da série "A esmo..." na atualidade podem ser lidos em sua primeira versão. Não há uma declaração de Hugo acerca da escolha desse rótulo e também não consta nenhuma explicação sobre se esses sete textos faziam parte de um plano ou projeto. Só se pode observar que "Glória" é o primeiro texto — 9 de novembro de 1913 — incluído nessa série e que "Quadros: Cavaleiros do Ideal" — 23 de janeiro de 1914 — é o último texto classificado como uma peça de

"A esmo...", pois o seguinte texto publicado por Hugo nesse jornal — "Carta", em 6 de março de 1914 — foi incluído em um novo rótulo: "Hinário" ("Himnario", no original), abrindo-se com ele uma nova série.

E eis aqui quando surge outra pergunta sem, aparentemente, desta vez, uma resposta. Em *Obras completas*, o tomo *Plangências* é aberto por "Plangências" — a maior série de prosa simbolista do tomo, a qual é integrada por 23 textos datados entre os anos 1911 e 1918. No entanto, frente aos textos das séries "A esmo...", "Hinário" e "Turris Eburnea", nenhum dos textos da série "Plangências" tinha sido primeiramente publicado em periódicos de Goiás, de Minas ou do Rio de Janeiro sob esse rótulo. A esse respeito, uma resposta possível é que Victor, *de motu proprio*, decidiu reunir esses textos esparsos de prosa simbolista sob esse título. Assim, estranhamente, das quatro séries de prosa simbolista reunidas no segundo tomo de *Obras completas*, será precisamente o único rótulo não criado por Hugo o escolhido para intitular o segundo volume.

Embora Victor não o declare, ele deve ter se convencido de que as denotações desta palavra — "plangências" — condensavam o modo de ver o mundo refletido pelos textos de seu irmão. Não era viável alterar um título já dado — *Tropas e Boiadas*, mas era possível reunir toda a produção não incluída nesse livro, em um único tomo marcado por essa palavra. No paratexto "Dados biográficos" (Ramos, v. 1, p. XXVI), Victor esclarece por que seu irmão só publicou, tendo como repertório "os costumes regionais", *Tropas e Boiadas*: "Projetou outros livros de costumes regionais que o tempo e a fatalidade não permitiram que fossem publicados. Deles ficaram apenas trechos esparsos, inacabados, como 'Interior goiano', 'Populações rurais', que a Editora Panorama edita agora sob o título 'Plangências'".

No entanto, nessa exposição de Victor, pode-se considerar que há uma aparente contradição, já que na organização final do segundo tomo de *Obras completas*, precisamente os dois textos por ele apresentados como exemplos dos "trechos esparsos" deixados pelo irmão — "Interior goiano" e "Populações rurais" — não foram incluídos na série "Plangências", estando incorporados na série "Últimas páginas". Por outro lado, na citação anterior se percebe que Victor não quis assumir claramente sua responsabilidade na escolha do título do segundo volume, apontando, tão somente, que esse é o título dado pela Panorama.

Noutro paratexto — "A razão deste livro" (Ramos, 1950, v. 2, p. 5), Victor qualifica a natureza do segundo tomo de *Obras completas* ressaltando que, do repertório dessa publicação, não só faziam parte as "coisas sertanejas", próprias de um "paisagista admirável", mas também as observações de um "espírito sofredor, torturado, que se debruçava sobre o abismo de si mesmo para arrancar da alma e do coração as *páginas estranhas* deste livro" (grifo nosso). Nesse sentido, para Victor, a modo de síntese, *Plangências* conteria "páginas estranhas", caracterizadas por "um tom de velada tristeza e profunda descrença". E ele faz essa apresentação do volume partindo de seus juízos, tendo como base o seu conhecimento pleno da personalidade do irmão, pertencente, segundo ele, "à raça dos endemoninhados [sic] de que nos fala Stefan Zweig".

Victor dá a si mesmo a autoridade que poderia ter um analista *sui generis* de personalidades e não tem dúvidas acerca do caráter do autor de *Obras completas*: uma pessoa enfeitiçada. Nos "Dados biográficos" (Ramos, v. 1, p. xxv-xxvii) que publica do irmão, diz que, por muito ler e escrever, já na infância se tornou "um rapaz sombrio, tímido, arredio das rodas de colegas"; ou seja, seu irmão teria começado a mostrar desde a infância alguns traços próprios de uma personalidade neurastênica.

A ida ao Rio de Janeiro, em março de 1912, não mudou o caráter do escritor goiano: "Sempre retraído, alheio à vida carioca [...] Hugo continuou a viver isoladamente"; "Na academia de direito Hugo foi sempre o mesmo — o moço esquivo, taciturno, silencioso dos últimos bancos" (*Ibidem*). Ora, esse parecer de Victor acerca da cotidianidade de seu irmão na então Capital Federal não corresponde com exatidão à observação de algumas das atividades de Hugo. Elas podem ser acompanhadas nas notas da imprensa da época; mostram, por exemplo, um moço que fundava grupos literários, como a "Academia dos Novos" (Academia..., 1917) ou que era o escolhido pela sua turma da "Faculdade de Sciencias Juridicas e Sociaes" para, como orador, homenagear um professor (O conde..., 1916).

Inclusive, no texto "Dados biográficos", Victor traça uma cronologia acerca dos sofrimentos do irmão, informando que, a partir de março de 1921 "Agravam-se-lhe os males. Sua extrema sensibilidade causa pânico" (Ramos, v. 1, p. XXVI). E, embora Victor não estivesse na residência familiar na Rua General Canabarro, no Bairro da Tijuca, quando o irmão morreu, ele, ao relatar as últimas horas da vida do irmão, parece, mais que uma testemunha ocular, alguém que podia se introduzir na psique de Hugo, interpretando-a; ele descreve como seguem as horas prévias ao seu suicídio:

> Ao amanhecer de 12 de maio, levantou-se. Foi à sala de jantar, abriu a janela, cigarreou. Desassossegado, recolheu-se novamente ao dormitório. Minutos depois a mesma cena se repete. Mas ao voltar pela segunda vez aos aposentos, já não se governava. Era uma sombra de si mesmo. Vencido afinal pela suprema angústia, a razão cede ao sofrimento supremo. E ao clarear da manhã seu corpo se dependurava da escápula da rede, inerte. Ele próprio acabara com essa vida que julgara inútil, que tanto lhe parecia pesar (Ramos, v. 1, p. XXVII).

Não há dúvidas em relação à personalidade depressiva de Hugo de Carvalho Ramos, mas é preciso questionar se ele era um rapaz raro que escrevia "páginas estranhas", pois assim se quis apresentar o autor de *Plangências* em sua primeira edição. Da distância de mais de setenta anos em relação aos miasmas que alguns podem associar com a velha chancela editorial, cabe agora ao leitor, na nova edição, nesta edição renomeada *Escritos esparsos*, fazer a crítica dessas "páginas estranhas", e cabe a todos nós, sempre que nos for permitido, desconfiar das intenções atreladas às ilusões biográficas e, do orgulho de leitores maduros, rechaçar os eufemismos.

REFERÊNCIAS:

ACADEMIA dos Novos. *O Imparcial*, Rio de Janeiro, ano XVIII, n. 31, 8 set. 1917. Disponível em: <http://memoria.bn.br/DocReader/025909_01/27658>. Acesso em: 16 nov. 2023.

O CONDE de Affonso Celso recebe uma manifestação de seus discípulos. *Correio da Manhã*, Rio de Janeiro, ano XVI, n. 6.473, 14 nov. 1916. Disponível em: <http://memoria.bn.br/DocReader/089842_02/30267>. Acesso em: 16 nov. 2023.

RAMOS, Hugo de Carvalho. *Obras reunidas de Hugo de Carvalho Ramos*. São Paulo: Ercolano, 2024.

_____. *Obras completas*. São Paulo: Ed. Panorama, 1950. 2 v.

ESCRITOS ESPARSOS

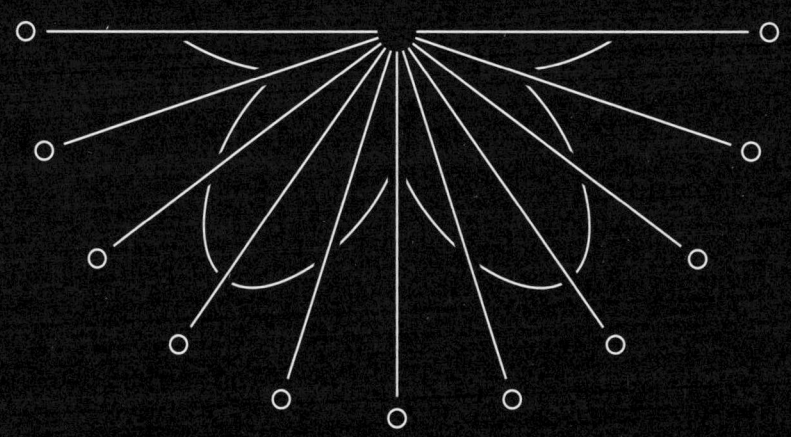

33

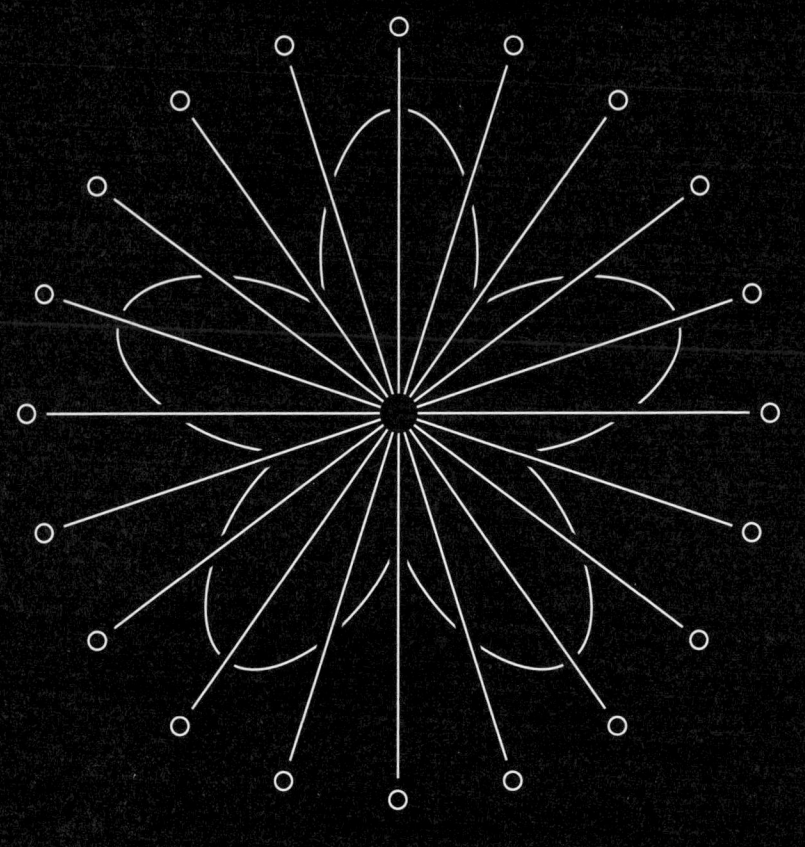

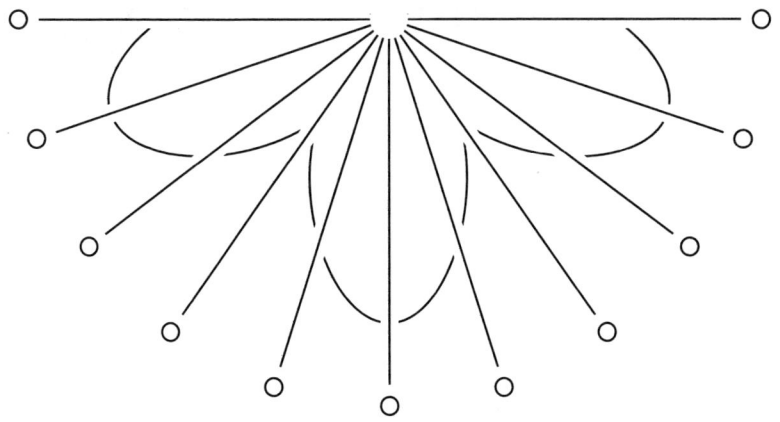
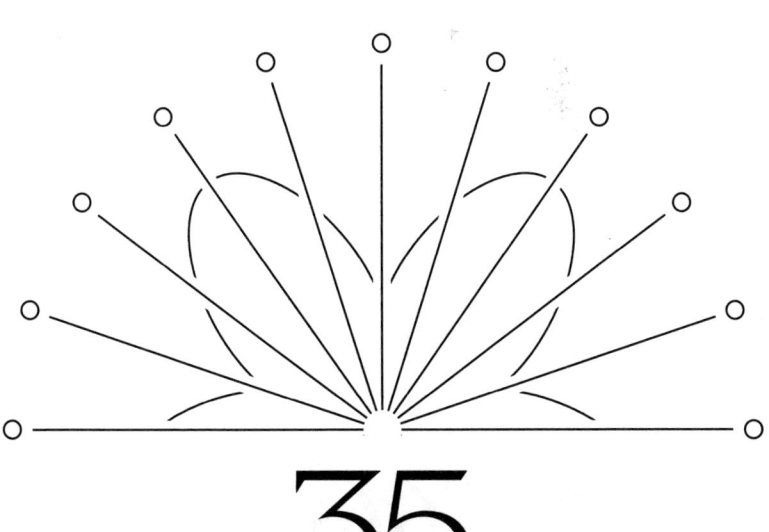

35

MISCELÂNEA

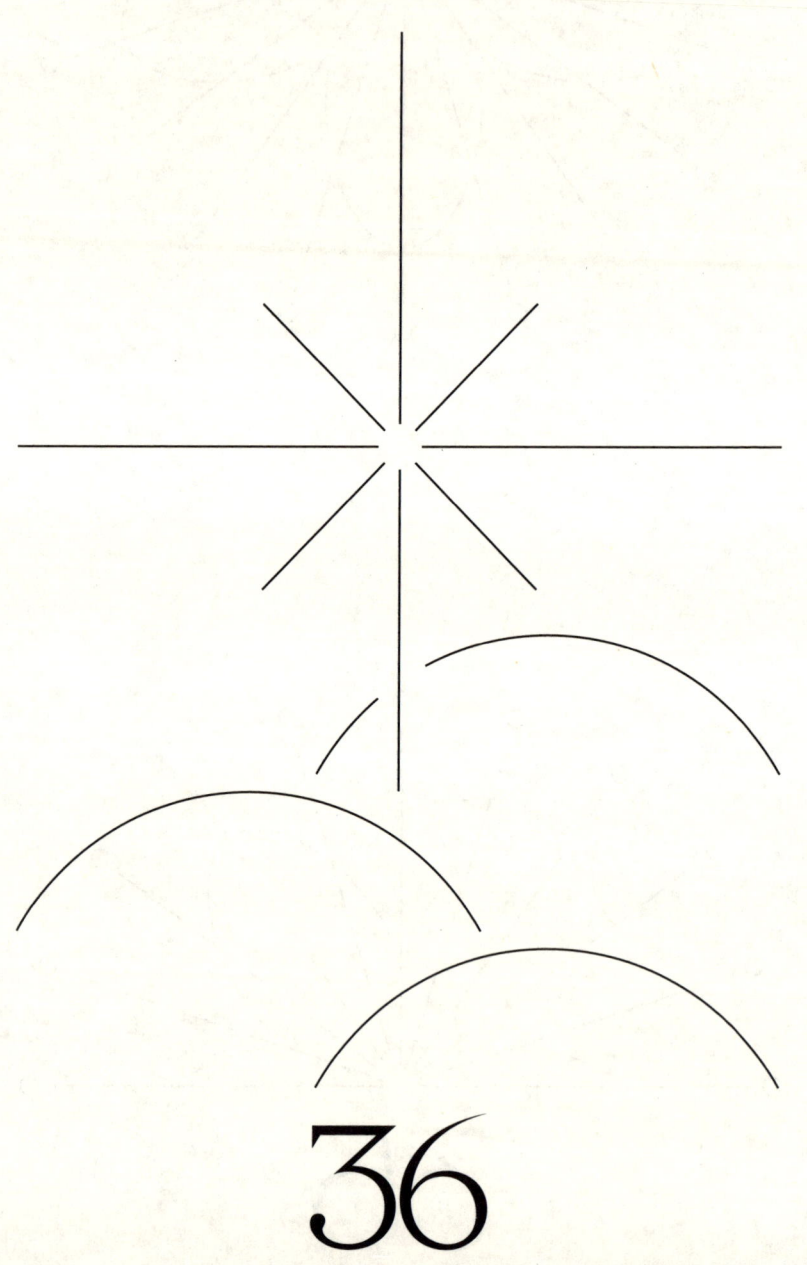

36

I

E FICARÁS À
MARGEM...
E PASSAREI,
AMOR... SEREI
SOMBRA E
SEREI VISÃO...
E QUANDO,
ÀS AGONIAS
DO POENTE,
OLHARES ESSAS
MIRAGENS
ESVANESCENTES
DO CREPÚSCULO,
SEREI EU QUE

verás a brilhar nas refrangências prismáticas da tarde, será a poeira luminosa do meu corpo que emprestará os seus tons magoados ao colorido vago das nuvens... E serão das partículas flutuantes do meu ser, esses clarões fosforescentes que alumiarão, à hora violeta do Ângelus, a superfície quebrantada dos cemitérios, quando lá fores talvez rezar os velhos ritos ignorados, pelo repouso eterno dos Ausentes...

E ficarás à margem... E serei a sombra de tua sombra, e a arritmia indistinta de teus passos, a acompanhar-te, seja na Via Dolorosa da Maternidade, ao cumprimento obscuro de teu fadário, seja quando fores mitigar a tua sede devoradora de ideal pelas alamedas sonoras do Sonho, onde dormem todos aqueles regatos esquecidos de plangências, isocronias, tintinabulâncias altissonantes, que o coração já desvanecido dum poeta vertera em passado remoto ante a glória luminosa de tuas linhas, ante a heráldica simetria de tuas formas!...

Serei a lamurienta dolência das águas a escorrer, serei a sombra de tua sombra...

E ficarás cá, muito aquém, na Vida...

E longe, pelas sempiternas regiões do Mistério, minha alma errará nas infinidades panteístas, de transmigração em transmigração, de avatares novos para novos avatares transportada, eternamente gemebunda, eternamente solitária, sob o pálio místico da via láctea, ou nas alvorescências translúcidas das estrelas...

E cá embaixo, contigo, encadeada à órbita terreal do teu ser, gravitará constantemente, indefinidamente, a poeira luminosa do meu corpo, desfazendo-se, recompondo-se, ora em velosidades e coleios, ao descanso calmo de tuas cismas, ora em imponderáveis olências à carícia de teus sentidos em êxtase, ora em tonalidades cambiantes de cor, à perspectiva distraída de teus olhos errabundos, mas indelevelmente, sempiternamente em torno pairante, seja pelos crepúsculos doentes, seja pelas alvoradas sonoras, seja pelas orgíacas claridades dos meios-dias em fogo!...

E ficarás à margem...

E atreita ao seu destino astral, da outra banda, minha alma irá para as peregrinações transcendentes, embriagada de assonâncias divinas, de luz mais pura para luminosidades mais perfeitas, ao embalo cadenciado de todos os idealismos, levando consigo, indestrutivelmente, eviternamente, viúva de todas as harmonias, órfã de todos os carinhos, a saudade imorredoura, inapagável, duns olhos que ficaram!...

✹

Entanto, continuarás palmilhando a estrada ressonante da Vida, duma ilusão de felicidade para outra ilusão, acalentada por todas as quimeras, seduzida por todas as ficções, possuída por todas as miragens, sublevada em mágoas inúteis, cóleras estéreis, síncopes tardias, desesperada e insaciavelmente sacudida por uma febre impotente de infinito, uma alucinação inusitada de nova vida, uma ânsia incontida de Imortalidade, para ti, ai, irreparável, insanavelmente inatingível!

Um dia palparás, deslumbrada, esse mundo de percepções e reminiscências antigas. E revelações confusas, doutras vidas vividas, virão bailar ao fosco clarão de tuas pupilas absortas, em farandulagens e chispações magnéticas de anunciação, entremeatos e enxameamentos pirilampeantes de novas clarividências, lançando-te num dilúculo vago, prenúncio feliz de mundos melhores e de melhores perfeições para um sentir mais alto... E tremerás até a base, abalada nesse teu frágil edifício de cismas, contemplações e subjetividades tão profundamente, tão arraigadamente materialistas!

E blasfemarás, renegando das velhas alegrias; e procurarás, no espiritualismo de novas concepções, de novos anseios para um gozo mais puro, essa Fonte imortal de Intuições, donde mana a linfa hialina da Es-

II

perança, batismo obrigatório de todos os crentes, todos os desesperados duma nova existência, dum novo Ideal, que se viu falho, incompleto, irrealizado na Terra!

E passarás então pelos espasmos e oblívios da Dúvida, tantalizada por todas as aparências ilusórias do ambiente, saturada das sensações anteriores, bestializada da carne, poluída do prazer passado, nevrosizada do sexo, desraigada e levada talvez num último arranco da Fraqueza Feminina!

Experimentarás então todas as agonias e todas as aflições, todas as revoltas surdas do organismo contrafeito e todas as angústias recalcadas do Noviciado; e, noite velha, pelos lívidos delíquios da claridade lunar, presa de todas as provações, assalteada de todas as larvas abortadas, informes, formilhantes do desespero, saborearás até às fezes o Cálice de Martírio; e embalarás, na melopeia plangente das crenças renegadas, o velho espectro torvo da Demência, última barreira que te franqueará, à luz opalescente duma nova aurora, os pórticos de ouro, âmbar e pedrarias da Fé.

Sairás então do casulo...

Infinito! Luminosidades desconhecidas! Símbolos! Constelações novas e inesperadas! Espaços etéreos! Firmamento! Firmamento! para as asas que se entreabrem na antemanhã irradiante, à escalada gloriosa, à antessonhada e enfim sempre atingida escalada do Sonho!

No mundo, levaram um corpo à tua cova.

✵

III

Muito tempo errarás vagabunda nos espaços sonoros, alheada das dores terrenas, isenta das passadas tristezas, ao ciânico de todos os luares planetários, sob a aurifulgência boreal de todas as auroras, em estos e transportes pelas clareiras ensombradas e luminosas dos Símbolos, indolentemente, escorregadiamente, de sistema em sistema, ao léu do Destino e da Saudade...

E eu também vaguearei noutras esferas atingidas, extasiado de Sonho, em contemplatividades divinas, pelos mundos swendenborgianos[1] das beatitudes supremas, saciado a cada Lume das minhas velhas, redivivas nostalgias dolentes do Azul...

— E por longo tempo, Seráfita[2], evos sem conta e milênios infindáveis, nossas almas irmanadas se procurarão, sofregamente, ansiosamente, soluçantemente, nas consumidades panteístas!...

---

[1] Emanuel Swedenborg (1688-1772), polímata sueco, compôs uma obra prolífica e variegada. Sobretudo seus escritos teosóficos foram muito difundidos em círculos esotéricos na Europa entre os séculos 18 e 19, chegando a alcançar a literatura. Entre os leitores mais conhecidos de Swedenborg estão Balzac, Blake e Dostoievski.

[2] Entre os romances que compõem os *Estudos filosóficos* de Honoré de Balzac (1799-1850), *Séraphita* (1835) é mais imbuído das ideias de Swedenborg, como a "teoria das correspondências", que também serviu de inspiração a escritores como Baudelaire e Nerval.

Foi em morno dia de março, quando morria o verão tropical e em jardins de "vilas" elegantes os crisântemos começavam a ensaiar as primeiras pompas de inverno, que abriu os olhos, assim como quem sai dum longo letargo de corpo e de espírito.

Voltando à vida, sua alma foi toda embeber-se na poesia nova que traziam as virações marinhas, a quietude dos grandes parques silenciosos, ou o bulício intenso da urbe, quando, levado por amigos, das árvores e do sol, aspirando voluptuosamente a aura embalsamada lá ia até o canto duma frisa ou cadeira de plateia assistir impassível ao desenrolar duma revista jocosa de grande encenação ou opereta qualquer estrangeira de nomeada.

No fundo, uma profunda nostalgia a boiar nos olhos calmos e luminosos de convalescente, uma nuança passageira desse pesar de se sentir reviver, ao invés de ter ido sonhar, como desejara, sob a placidez dum luar noturno de cemitério, o grande sono dos esquecidos...

Até aí, a existência fora um perene encadear-se de circunstâncias, ora trágicas, ora dolorosas, mal cabíveis no meio pacato e monótono do seu canto provinciano, e incompatível com a burguesia vezeira daquele ambiente. Pequeno, perdendo o apoio paterno, saturou-se-lhe o coração desse ódio incontido à maldade e ingratidão das Coisas e dos Homens, à indiferença da Natureza e dos Deuses. Nunca se lhe abrira o bom sorriso dum afeto, nunca amara, nem tampouco acreditara no amor; um punhado de anos, e descrente de tudo, duvidando de toda a manifestação de divindade, de justiça e de prazer sobre a face da terra. Resvalara à beira do grande sono, porque assim acreditava acontecer-lhe um dia, adotando um fatalismo avassalador de muçulmano, em que tudo é regido pela lei fatal dos fados imutáveis, onde só vai acreditar na potência do Mal.

Fugia quase sempre à recordação do passado, vazio e chato, porém tenebroso e amarguradamente predestinado, onde o jugo do infortúnio cravava-se em letras de fogo, como ferro em brasa, em sua imaginação, se acaso tentava reviver o que se fora, o que tinha sido nas páginas apagadas do grande livro da lembrança morta.

Assim, voltando à vida, foi como visse perpetuar-se para além o problema da existência, descurada e de nenhum modo querida; e um profundo desejo de se ter ido, aniquilado, na voragem da crise, fazia de mais a mais pálida e pensativa essa fronte de sonhador.

Muito lera, e achara nisso o seu mal. Almejou a simplicidade dos bons, dos analfabetos, que nada sabem e que por isso muito fiam e creem; depois, pesando a irremediabilidade das coisas consumadas, varreu do espírito essa nostalgia da morte. Somente, se possuísse o destino dum ente algum dia, fá-lo-ia desprovido de letras, como o homem primitivo, porque entre a gente do mundo, acreditava mui pouco valer o saber, se tão relativa e insignificante era essa ciência em face do enigma do universo, e que imensa era a messe de paixões insatisfeitas, contrariedades e desilusões, colhidas na seara do abc.

Sorriu desses planos infantis de ideólogo, da nevrose mística dos grandes profetas, de Cristo a Comte, sorriu do mundo e das instituições da pátria, moral e família, depois de rir de si mesmo; e, não podendo sepultar-se na loucura de alguma coisa, como o Azul de Mallarmé ou o pantagruelismo material dos grandes epicuristas, cuspilhou anátemas de rebelado à face do universo, e, em plena cabala, desafiou o infinito de vir vingar nele a afronta de ser.

Os astros foram mudos; não mais disso cuidou tomando em conta duma manifestação passageira de febre e desequilíbrio. E, como um tentáculo de polvo, empolgou-o de novo a dúvida de si mesmo, do mistério de se lhe fraquejar a razão, nesse recear envergonhado de exteriorizar-se em atos e palavras burlescas de vesânia, esmagado assim, naquele ultraje à força conservadora da Natureza.

E assim, nessa manhã calma e morna de março, abriu os olhos, como despertando de um grande sono de meses; e o primeiro impulso foi correr aos velhos papéis da secretária. Achou-os espalhados e dispersos, uns truncados, outros ininteligíveis e picados de traça; velhas fantasias de outrora, crônicas da vida, capítulos de romances, esboços de contos inacabados; não se deteve a reler, fez de tudo um montão e, chegando ao jardim, ateou-lhe fogo.

Era a vida do passado, irremediavelmente condenado, que atirara às cinzas do olvido. Com um pedaço de madeira revolveu as tiras carbonizadas do papel, e uma, o final de uma fantasia qualquer escrita talvez em delírio, ficou a arder, ao amarelecer gradativo do almaço, avivando as letras mortas num reflexo único:

— ... "E portanto, senhores, se vir assim a ficar, regozijai-vos com isto; e enquanto na insânia inconsciente de meu mal, me exalte e tripudie, como o rei Lear do vate bretão e Weber[3], o poeta das brumas frias do norte, vá que entoeis, ao som duma alegre e saltitante marcha de Offenbach, qualquer coisa de elegíaco e macabro, cantochão de defunto ou ditirambo báquico, uma daquelas criações sublimes de Paganini[4] ou Chopin, fazendo coro à alegria clangorosa do prazer da vida!... E será este o meu Canto de Cisne."

---

3 Carl Maria von Weber (1786-1826), compositor, pianista e regista alemão, será citado mais de uma vez nos escritos de Hugo de Carvalho Ramos.

4 Niccolò Paganini, compositor e célebre violonista virtuose de seu tempo, levou uma vida conturbada, marcada por diversas doenças em meio a turnês e errâncias pela Europa.

Sorriu melancólico; uma última labareda lambeu esse fragmento sobrevivente da papelada, e estava morto o passado. Em torno, o sol joeirava luz, luz sobre luz, na superfície enlanguescida da terra.

À beira dos telhados, cantava um casal de garriças, em exuberâncias epitalâmicas de garganteio. A cidade estuava embaixo, ruidosa, na faina diária da luta pela vida.

E ele viu então, ante a miragem doentia dos olhos, que o Futuro era imenso, mas imenso, às suas aspirações insatisfeitas e renascentes de Conquista...

DO ABSINTO
(...E DA VIDA NOTURNA)

Poète, notre sang nous fuit par chaque pore[5].

BAUDELAIRE.

Aquele dia mais que os de costume, perseguira-o molestamente a saudade da Ausente. Desde o crepúsculo triste, pelo fim de inverno, formas ondulando, contornos vagos de seios brancos silhuetando-se em guaches, pormenores sutis de curvas brunidas esboçando desejos, sempre a visão dolente daquele corpo de lírio avolumando no ar, quebrando-se em casquinadas recalcitrantes de desafio, enchendo o ambiente morno de sua cela de vibrações sonoras, de risos afoitos, ou vindo mansa, na humildade do arrependimento, conversar com o seu silêncio, afogueando desesperos de recordação na mente torturada... E sempre, diabólica sugestão, o exotismo cálido do perfume daquela carne evocando beijos, reprimindo queixas, articulando repassadas mágoas, como que a encerrá-lo numa campânula torva de ânsias sufocadas e perdões sentidos, maldições e raivas frustradas, dentro a qual o espírito vá de enlear-se perdido, abeirando abismos de nevrose...

O Artista saiu. Sombras obumbrando, a Noite reluzia no brilho lavado dos focos elétricos de passeios e praças públicas. O colorido dos gramados e oitis rotundos dos tabuleiros losangulados, condensava a espaços insídias verdes de tom; e um ou outro vagabundo, pendependente a cabeça, modorrava dos bancos esguios, na preguiça brejeira de sua filosofia. A cidade fermentava podridões de orgia por dísticos alanternados de *rendez-vous* discretos, e porões suspeitos das ruelas escusas.

---

5   "Poeta, nosso sangue nos escapa por cada poro". Tradução livre do poema *"À Théodore de Banville"* [Para Théodore de Banville], em *Flores do mal*, 1968.)

Frases entrechocando descaramentos de lascívia, cantorias báquicas de endemoninhados dum cabaré vadio subiam, tresandando o mosto morno das garrafas entornadas em acessos rábidos de fúrias vináticas, rescendendo balofas a patchuli e a *peau d'Espagne* das cocotes alegres, elevando-se no espiralamento dos *regalia-de-Londres*, muito fulvos, ressumando nicotina...

Entrou. Um trio ao canto de tresmalhados atacava, às arcadas de *virtuosi*, tangos febricitantes, requintando aberrações satânicas de poses de sonho, a pompear a graça crioula e amaxixada dos compassos bem sustidos. Ria à saciedade pela comissura às abertas dos lábios frouxos, onde o laivo jalde dos chopes punha já rictos fugaces de bebedice em perspectiva; e tudo aquilo, o espetáculo das luzes restringindo halos azuis no feerismo violento das amperes, reagia confusamente na retina do Noctívago, como em mágica fantástica de Lehar, fantoches bailando...

Falenas viciosas, mariposas anquilosadas das luzernas do Lupanar, sutis deslisando, aos seus olhos em névoa tornejava a fantasmagoria cosmopolita das transviadas, em esboços bocejados de garridice postiça, a vista cúpida espichando para a problemática generosidade desse noctâmbulo, que, no alheamento de sua cisma, ia a sorver do cálice de absinto o verdete miraculoso do veneno. Ao lado sentada, contornos de perna integralizando-se na sua, braço familiarmente atravessado no ombro, cochichava-lhe uma *divette* algo de misterioso, que ele não percebia, assim como que muita miséria, a vida difícil, e a garganta seca desde a antevéspera, sem o consolo do químel, e a pratinha necessária para o vício da coca...

Chamou pelo garçom, solicitando uma dose de *oxygenée*; e o dedo incerto tateava rebuscando no fundo do bolso do colete uma espórtula para a saciedade daquela comedora de cocaína. E ao tempo que a infeliz, lábios murchos, punha-se de deglutir sôfrega o líquido turmalino — cotovelos crispados sobre o mármore da mesinha — ele a fitava num exame vago, embebido em não sei que malabarismo de pensamento, com pinceladas grandes de tresvario, respingando o sobrenatural. — É que, à clorose macia da luz dos volts, perfil alongando, linhas esquissando-se em nuanças, aquele vulto doentio de mulher fanada anormalizava-se em ampliamentos estranhos de feições, como que tocado em vida de lassa e repentina decomposição... Olheiras afundando, rugas cavando o sarcástico habitual dos beiços finos, onde dez anos de viver airado estigmatizavam o padrão do deboche, a sua carne bamboleava flácida, esmaecendo sob o vermelhão da maquilagem, tomando tons anilados a ruína e a putrefação... Dos cílios a escorrer, descia porejando o fio ramoloso das glândulas lacrimais. O queixo decaia em frouxo abandono; e a nervura dos zigomáticos, como que contraindo-se num riso impassível, permanecia, escarninha delimitando trejeitos jogralescos de insânia... Afuzilavam-se os dedos, em livores de cera; na transparência polida e rosada das unhas, ia o fenômeno da morte estabelecendo o círculo violáceo de seu domínio franco...

E era então viva ainda aquela boca que lhe falava aos ouvidos, chocalhando risadas de nevrose, satirizando a blasfêmia dos incitamentos amorosos, segregando requintes imprevistos de sensualismo à lassidão senil de seus nervos, invitando-o ao alcouce, à imundície do coito!...

...Pagou a despesa e saíram, braço a braço, pendependendo, pelas trevas impalpáveis...

— Contigo... eternamente... Sóror Sifilítica...

Da baía, às bifadas, a salsugem marinha, a manifestação pujante da Aventura e da Vida no cheiro forte da maresia; e o arrebol pospontando, lívido, na hemorragia uterina da Noite.

Dentro, entre dois delíquios: — Assim... em teus braços... a morrer, bebendo pela taça verde desse vírus o antídoto do Esquecimento...

SANTA TERESA DE JESUS
A UM SATANISTA

No bizantino campanário da catedral esguia de zimbórios bronzeados, tintinabulam sinos soturnos à alma liberta de Sóror Teresa, morta aos primeiros albores de manhã cinérea de junho, na hora misteriosa em que o sono tépido das donzelas castas toma variações de sorrisos lascivos, e elas, em sonhos, nos braços faunianos de seus prometidos, sofrem insânias de gozo.

E o doido — aquele a quem como uma Ofélia tonta a razão se fora à maneira dum floco rendado de espuma, corrente abaixo — ouvindo essa música feral que noutro tempo acompanhara os seus passos incertos quando levava a noiva à sua última alvorada, sorriu-se tristonho, e seguiu, num ziguezaguear de funâmbulo entorpecido de bebedice, os que conduziam a defunta ao campo santo florido, onde os ciprestes merencórios são velhos arqueiros feudais espreitando em meio o silêncio augusto das coisas desamparadas — pelas ameias tortuosas e assimétricas do muro desconjunto — a entrada solene de mais uma calada habitadora àquelas solidões sinistras da Turris Davídica do Nada.

E o coral das irmãs emaciadas de cativeiro e claustro, ia — via em fora — salmodiando réquiens elegíacos e ritos funéreos à alma livre da desposada fenecida do Cristo-Homem, desprendida da matéria impura ao dealbar dessa madrugada plúmbea de Inverno, na hora intangível em que o sono empanado das virgens pudicas toma mutações de sorrisos luxuriosos...

E o louco, escutando absorto essa melodia que noutro tempo acompanhara as suas passadas hesitantes, quando à sua última e límpida alvorada levava entre os festames enastrados de flores de laranjeira a noiva, lá foi também empós o cortejo exequial, entoando roufenho, plangências de misereres fúnebres, à maceração desbotada e márcida do rosto cavo e triste da professa morta.

Mas o que seus lábios fendidos de Ímpio proferiam, na inconsciência autômata do seu espírito contundido, era como a blasfêmia sacrílega duma litânia súplice de Satã — o Grão-Maldito — à pureza seráfica dos Anjos.

E diziam os seus lábios:

— Ó Virgem pálida, Macilenta triste como o clarão da Lua cheia, Noiva minha e Sonho esquivo dos meus cismares, — com o teu espectro místico de lírio marcescido no fundo azul-desmaiado daquele féretro fino de pinho, as mãozinhas roxas e cruzadas como estiletes cinzelados, numa amarelidão opaca e pouco maleável de círio velho, abres em meu peito a febre insofrida dum desejo insensato e profano!

"Rosa Mística de missais benditos, filha do Éter, e Noiva minha mui cara — na flácida e branca moleza de tuas faces cor de cera, onde o lume versátil da Vida já se extinguiu à cadência da pá do Coveiro — plantador infatigável que anda em noites de luares crocinos plantando desenganos e corpos fanados de virgens impolutas nas covas rasas dos cemitérios — nada, fluidificada, a névoa diáfana das minhas aspirações de Degenerado, pela tristeza imensa duma noite silenciosa de maio!

"Regina Angelorum, ó Pasto já decomposto de Vibriões imundos, Sonho fugitivo dos meus cismares e imácula *Purinha* feita de átomos em face franca de desagregação!..."

E o préstito mortuário, espiralando cócleas enovelantes de olíbano e louvores litúrgicos, no *De profundis* das coisas findas, ia — via em fora — jeremiando a Nênia dolente dos cantochões sentidos à alma amantíssima de Sóror Teresa.

Empós ia o miserável, sussurrando, como eco, assonias amarguradas de dulias cruciantes, aos olhos vítreo parados do Cadáver frio.

Das saliências ornamentais e agudas do mausoléu em ruínas, atrás o tufo denso dum chorão viçoso, as pupilas duras e fitas como setas retesadas de carcases medievos, murmurando litanias, ele, o demente, deixou-se ali ficar, — testemunha queda e impassível da sanha afanosa do jardineiro macabro, a plantar — sob a chuvarada rodante de asperges hissópicos de água benta, ladainhas lamurientas e bênçãos intermináveis à beatitude celeste da morta, o corpo franzino e aéreo da Sóror, adormecida lá em baixo, na mansão do descanso dos Sete Palmos invioláveis.

O Infeliz deixou-se ali ficar insensível, té o êxodo do último e retardado visitante, té que o coveiro, regougando infâmias torpes e pragas chulas aos arrotos flatulentos de zurrapa ordinária, se metesse entre os canteiros — onde as cruzes lapidares são espeques fincados à espera de que lhes cresçam nos braços descarnados trepadeiras e parietárias seivosas nascidas do humo fertilizante do coração dos inumados — caminho do esconso cacifro de ramalheteiras vis, e de bródios regalados nas tascas sórdidas da vizinhança.

Depois, no céu umbrático e nevoento como um canto caledônico de Ossiã[6], através de interstícios rarefeitos de cirros alvacentos e fugidios, errou a nebulosidade ofmanesca[7] duma lua de sonâmbulos, a lavar do cimo, em abluções delidas do irrorar leitoso do seu luar de fantasmas, a brancura lirial das lousas sepulcrais, - ora

---

6 "Ossian" é o nome do suposto narrador de um ciclo de poemas épicos escoceses, chamados "ossiânicos", publicados pelo poeta James Macpherson. Apesar de a autenticidade da obra ser passível de contestação, exerceu influência marcante no movimento romântico.

7 Ernst Theodor Amadeus Wilhelm Hoffmann (1776-1822), escritor romântico. Entre suas narrativas, consideradas precursoras do gênero fantástico, uma das mais conhecidas é *O homem da areia* (1816).

gelada e esfuziante como dardejas ferinos de punhais aprumados, ora a deixar — na fosforescência sem brilho de sua luz de cadáveres — rastilhos peganhentos e prateados de lesma em cio na superfície estática da necrópole abandonada. Mas sempre, ai! sempre tétrica e escarninha como um riso frouxo de crédula pressaga nas umbrosidades indecisas duma torre desmoronada; tétrica e escarninha como a alucinação desvairada duma fantasia blasfema e noturna, em mente doentia de poeta visionário; tão tétrica e escarninha — vejam vocês — como a imagem turbada daquele mesmo mendigo roto, seminu sobre a campa profanada, a rir — na demência trespassada de seu gargalhar ousado de agoureiro — bizarra e funambulescamente pelo silêncio imane da noite, profunda e irremediavelmente sem termo!

Curvo, em relevo a espinhela esquelética e arqueada, a juba intonsa e suja, unhas aceradas e quebradiças escarvando a terra revolta e fofa, ele entregou-se por momentos a uma tarefa herética que teria duração ininterrupta de anos — se a isso atentasse — por onde séculos extensos e milênios infindáveis passariam alígeros, se fossem anotar, na clepsidra do templo inexorável e fatídico, o precipitar acelerado de suas têmporas entumescidas na cavidade deforme e oblonga daquele crânio pontiagudo; o oscilar enublado da chama mortiça de suas pupilas dilatadas, no arqueamento feio e insondado das órbitas cavernosas; a febricitação exsudante de suas mãos nodoentas — que estrias tortuosas de veias túrgidas davam realce singular — a cavar, a cavar, nervosa e exasperadamente!

Escavou exaltado e frenético té que, os dedos tremebundos ferindo-se esborcinados e sangrentos nos rebordos acúleos do lenho, descobrisse anelante e aflitivo o ataúde de cetim, onde os frisos argênteos e galões dourados tinham, na penumbra escusa da concavidade tumular, chispações malévolas de feras em antros tenebrosos, e forçasse — num arranco brutal e supremo de desespero — o tampo aferrolhado, puxando carinhosamente para si o corpo inane da enterrada lívida.

No mármore alabastrino daquele perfil antigo de medalhão florentino, embebeu ele o dardo certeiro de seus olhos concentrados. Fitou-a longamente, voluptuosamente, limpando na manga andrajenta da veste esfarrapada e apodrecida, a saburra espumosa e esverdeada que, como sulcos viscosos de baba languinhenta de hidrófobo, lhe franjava o canto contraído dos lábios lilases e ustantes; e sorriu-se todo meigamente, mui meigamente, adoçando em esgares grotescos de fantoche desengonçado a carantonha rude e selvática, como se ninasse criança tímida.

Logo, em passes augúricos amplos e cabalísticos, responsando antifonias guturais de consonâncias exóticas e nefelibatas, despojou-a da fluidez flocosa da gaze transparente, da capela flórea, do hábito talar cândido e do lençol funerário.

E num despontamento hierático de flor azulina de lótus palejando às levadas argênteas do luar sacro — hóstia eucarística elevada em sacrifício magno — desabrochou nu e friorento ao sereno o corpo exangue e dormente da monja, irradiando deslumbramentos intensos de tez alva, à sombra lânguida e opalina das Torres de Marfim duns seiozitos duros e aprumados, que eram como taças voltadas e hialinas de falernos[8] fogosos, esparzindo o néctar embriagante de suas formas entontecedoras e helênicas, num reflexo fumento e baço de luz moribunda, nas faces murchas e abatidas do conviva lasso...

Ansiando em ânsias sudoríficas e latejantes da aorta cardíaca e tensa, num fraquejamento sezonático de tíbias trôpegas e vacilantes, e desvairamentos súbitos no olhar errático e vidroso de sandeu, cevou abrupto naquela epiderme lisa e translúcida de mulher — onde os primeiros rebates álacres da desagregação molecular

---

[8] Vinho criado no século I d.C. na região de Falerna, cuja reputação lendária se encontra em diversas obras latinas.

não puseram ainda os seus tons arroxeados e enlivecidos que precedem à decomposição evolutiva da matéria — a febre irreverente, desatinada e insaciável de beijos cálidos, que como cachões ígneos da lava abrasante das crateras em fogo lhe tumultuavam encapeladas e agressivas na voracidade ressumante dos lábios sôfregos...

...Na região quimérica da Bem-aventurança Absoluta, pelas cordas vibráteis e alambreadas das harpas eólias, perpassavam mansuetos e lestos os dedos ágeis de arcanjos e querubins alados, numa pontificação grave e compungida dos mistérios gozosos de deleites divinos, derramando torrências assônicas e epicediais de epitalâmios deíficos; e, em êxtases prónubos de nevrótica contentada alfim, crucificava-se suspirosa a Sóror na Cruz chagada e marfínea dos braços bonançosos e acolhedores do Esposo Amado.

E cá em baixo, ao livor terreno e humente das jazidas ermas, epifoneando os responsos venerados de salmos e missais beatos, paramentava o mísero — em vascas saburrosas de agonia atra e derradeira — os seus esponsalícios excelsos da Sandice e da Morte, apertando de encontro o seio chupado e ossudo de Idiota, a ilusão incorpórea desse corpito langue e exausto de Santa ciliciada...

> E assim, em *kirie*[9] última de consumação póstuma, sob as janelas ogivais e exânimes dos olhos inertes da morta, dedilhou ele ao albor ofeliano[10] da notiluca, sua serenata final de amor morrente, àquela que, piedosamente devota e contrita, o deixara outrora pelo harém do Senhor, e os pesados umbrais de lutulento convento d'Avila!
> ("GLORIA TIBI, DOMINE".)

---

9 Provavelmente trata-se da frase litúrgica *Kyrie* [*Eleison*], traduzível do grego antigo como "Ó Senhor, tende piedade".

10 Referência a Ofélia, personagem da peça Hamlet, de William Shakespeare, que afunda na loucura e se suicida.

CONCERTINA

"Questi non vide mai l'ultima sera,
Ma per la sua follia le fu si presso,
Che molto poco tempo a volger era".

DANTE — PURGATÓRIO.

Em noites que o desassossego de meus nervos povoa o arruinado pardieiro — onde há uma vintena quase de anos anda enjaulado o espírito vagabundo dum Desequilibrado — de nevroses e aparições; e o esgotamento tão conhecido do estudo excessivo, e as divagações caleidoscópicas pelo mundo da Fantasia me deixam lasso de contemplação e de sonho, recebo a visita dum velho demente — meu vizinho de casa e de juízo quase — e de sua flauta canora. Ele aí se afaz a assoprar esquecidos ritornelos, batatas de antanho, há muito caídas no pó do olvido, e provençalescas romanzas dos lânguidos menestréis, com fugas ao luar e serenatas sob balcões enguirlandados, quando não entra logo a atacar trechos de opereta — alegres flébis trinados em surdina — e os retalhos soprados da *Norma*, da *Traviata* e do *Rigoletto*.

É uma récita a cinco vinténs o ingresso, de que sou único espectador, espórtula que ao findar da musicata solicita o maestro, com olhadelas úmidas de humildade e entusiasmo orfeônico, — e o meu estojo de cigarrilhas sempre aberto para os curtos intervalos de recomposição e descanso.

Abro as janelas sobre a noite, onde anda um minguante mofino de inverno; atenuo fortemente a verberação leitosa dos dois bicos a gás, e deixo-me ficar na penumbra imprecisa da saleta, mão ao mento, ouvido à atalaia das primeiras *gentilhomerias*[11] refinadas da ouverture.

---

11 Derivação imprópria do termo francês *gentilhomme* ("fidalgo"), que aqui significam "fidalgarias".

Friedrich[12] aparece-me sempre num passo hesitante de velho animal escorraçado, por cujas cãs passaram as tormentas de febres a cinquenta graus das noites de acesso alucinatório, o instrumento de bambu cuidadosamente escondido no bolso interior do jaleco. Circunvagueia em torno o olhar vidroso de vidente amalucado, mede umas passadas pela sala, e vai-se assentar no recanto mais obscuro do canapé, os dedos trêmulos ensaiando já pelos orifícios da cana, embocadura feita.

A vós outros — os Normais — digladiadores encarniçados da arena maravilhosa da Razão e da Força, aferrados convictos ao atavismo nietzscheano do amor da Vida e esperança no Porvir, convido agora a que venhais aqui beber, das notas a refluir num sussurro trêmulo d'água pingada dos lábios do infeliz, o estranho absinto da Loucura sonora, triunfalmente do alto vasada sobre o côncavo recipiente da Ânfora noturna dos meus cinco sentidos! É uma orgia virulenta de inusitadas ondas vibratórias a cascatear, ora em trêmulos que desafiam desesperos, ora aos torvelinos, cachoando repisadas, nas mesmas modulações transcendentes de vesânia.

Derredor, pelos cantos onde estremunham sonhos, há, fugitivos, espectros lívidos tateando... E dentro em nós, algo de impalpável que resta a volitar sobre asas imateriais, desvencilha-se do ergástulo corpóreo, toma voo e, de saudade divina em saudade divina, de ilusão de infinito em ilusão de infinito, ala-se pouco a pouco através dos planos luminosos da região das Nebulosas, para o Além do Além, à atmosfera serena da Luz, da Paz, do Aniquilamento Absoluto! É a alma — substância indefinida — trânsfuga irredimissa da materialidade terrena, que se desprende da lama animal, à eterna peregrinação das paragens nativas, que de queda em queda, transmigrações sucessivas a ausentaram...

---

12 Provavelmente Friedrich Nietzsche (1844-1900), filósofo alemão.

Entanto, plange o maníaco, acurvado sobre a avena rústica, a melopeia intraduzível. Os dedos longos — de falangetas que se diriam destra de múmia ou mão crispada d'esqueleto acenando dum coval mal coberto — percorrem os furos negros da flauta, com estalidos bruscos que relembram risadas escarninhas de caveira, ora em ré sustenido, ora em dó bemol, repuxando do peito as reminiscências sonoras dum passado brilhante, que a mente já não pode ressuscitar...

Se aqui passa às vezes uma rajada de Paganini sobre as bordas do mar, logo é Weber, morto de fome, gafado de desespero, roído de nostalgia e de gênio, nas ruas de Londres, dando um concerto *ad hoc* de garrafas tinidas — graduada a escala em conteúdo regulado d'água. Mas foge depressa o flautinista à recordação estrangeira de tipos infelicitados, para recair na contemplação búdica da miséria própria, e à recapitulação cruciante dos mistérios que o horror da demência semeia em sua alma decrépita de melômano fanatizado. Corre então, em gama decrescente, toda uma série chorada de ais e gemidos, teoria sanguinolenta de assombros e de angústia, onde há gritos de grilheta, e uivos malsãos de malucos à sombra dos hospícios...

— E parece que alguém cresce e se corporifica dentro da minha própria sombra, outro *eu* fantasmagoricamente ampliado pelo avançamento da hora e sugestão do instante, como na *Noite de Dezembro*, de Musset[13], que se avoluma e aproxima a passos arrastados, e no fundo do meu ser crava mudamente as pupilas ansiosas... E

---

13 O longo poema *Les Nuits* [As noites], de Alfred de Musset, trata de temas caros ao romantismo, como amor, morte e inspiração poética. Foi subdividido em três partes: a parte referente aos meses de *mai* [maio] e *décembre* [dezembro], foi publicada em 1835; seguida de *août* [agosto], publicada em 1836; encerrando-se com *octobre* [outubro], em 1837.

pasmo de assombramento, olhos sarapantados arregalando na escuridão, às voltas com o íncubo implacável, suplico vencido:

— *Piano... pianíssimo!... Friedrich!*

E o velhote, indiferente, estalando as falangetas, prossegue assoprando. Mas agora vai lento e lento, como uma galopada silenciosa de lesmas ao longo dum muro, esmorzando sentidamente, em jeremiadas que refrangem lamentos, tremulinas sopitadas de soluços que se abafam em prelúdio, e clamores de socorro estortegando nas trevas...

Fora, a noite desdobra-se espessa, funérea e agressiva. No céu de inverno anda a cegadeira reluzente do quarto minguante podando estrelas. E o verniz vegetal dos oitis do passeio requinta na aberração insidiosa do colorido, que a fosforescência dos alampadários da via retinge de vermelhão.

A vós outros, cuja estesia dir-se-á impotente e cegada para a impressão hamletiana que, no mistério da música, ressumbra da Noite e da Sombra, lábios de sibarita prelibando o inebriante licor, é de convir que venhais — inda que uma só vez — provar desse estranho hidromel de insânia; e, na enfrenesiada opiomania do Som, da Treva e do Mistério, vá então que vos atireis pelas estradas — sol pleno, à chuva, à exuberância epitalâmica da Seiva e da Luz, — a cantar ovantes o amor esplendoroso da Força, da Ação, da Esperança e da Alegria da Vida!...

— É que Nós — os Transviados do Ritmo Glorioso — extravasamos da ânfora febricitante do nosso crânio todo o resquício de alegria, e sabemos que na vida tudo é amargo e ressaibante a fel, salvo o olhar de iluminados com que devassamos o lado noturno das coisas humanas!

MARCHA ÉPICA
(QUE ZARATRUSTA NÃO ESCREVEU)

Tive na terra a glória dum sol e o ritmo canoro do Sangue generoso, palpitando em cada pulsação dentro do amor inexaurível do Universo.

Vivo agora a vida feliz, nos sete palmos de terra que a piedade dos homens e um rito antigo me reservaram à sombra ciprestal dos cemitérios.

Cantando e amando, realizei na esfera terrena o Culto divino — uma lágrima e um poema para o olhar piedoso da mulher, comunhão fraternal de ideais e mão aberta para os torturados interpretadores da vida e os que se viam sós na tormenta — uma gota de orvalho à súplica silenciosa dos vegetais.

Fui simples e fui bom. Não me viram uma queixa nos lábios transidos — quando os gelos da dúvida crestavam os montados — nem tampouco a ironia feroz para os Símbolos mesquinhos que a religião humana ia instituindo.

Hoje, vivo entre quatro paredes, na tumba sonora. Se o espaço aqui não é grandioso, nem tampouco o fora quando palmilhava à claridade solar. Tenho a resignação búdica dos que creram num nirvana, a doce indiferença dos que já se aliviaram do fardo pesado da Sensação.

Vivo agora a vida feliz, nos sete palmos da tumba sonora!

Hoje é o terceiro dia, que me plantem sobre a campa as violetas sutis cujo perfume amenizava entre os homens a aspereza da terra, e que me plantem no canteiro as roseiras alegres. Hoje é o dia terceiro, atendamos à ressurreição mística da carne!

Perto, andam os vermes na faina trabalhosa; e por mil tentáculos das raízes, espreito os olhos da planta que reverdece em cima e que me levar vai à suprema Ascenção!

Sugai, irmã sequiosa, dissolvei as partes do meu ser em mil partículas informes e multiformes, desagregai em húmus, em amônia, a sânie corruptora, e pelos vasos lenhosos do caule levantai às alturas o hino glorioso da Ressurreição de minha Carne!

A vida eterna aí vem, na sua pompa suntuosa, cheia de luz, cheia de revelação, para me acordar do sono profundo em que andei mergulhado.

Se o meu sangue magnânimo cantou entre os homens o amor esplendoroso da Vida e da Luz — odes dionisíacas espiralando-se à sombra dos pórticos marmóreos — cante agora a minha seiva o treno verde da Folha, da Flor, do Fruto e da Semente!

Sugai, Irmã sequiosa, que a vossa sede divina, através de mil tentáculos das radicelas, se sacie das moléculas generosas do meu corpo — como outrora os homens se fartaram no transunto mais sutil e capitoso do Vinho do meu Sonho.

Vede que a terra, sempre mãe e hospitaleira, apressura rapidamente a lenta decomposição. — Sou suco assimilado, através das células e tubos crivados de líber; já me sinto espanejar à glória nova do Sol, desprendido em sais, em carbono, em vapor de água, no suave mistério da transpiração das folhas amigas.

A perpetuidade da vida aí vem, cheia de luz, cheia de revelação! Já escuto surpreso a harmonia das esferas, já me vejo alando para o Éter luminoso, na revoada sonora dos átomos desagregados, a novas combinações, a novas metamorfoses!

Mais um esforço, e a Bem-aventurança Serena, por onde quer que lance a vista no Infinito glorioso.

— E serei eterno.

A ESPONJA

O mergulhador desceu às entranhas do mar, e entre algas e corais arrancou-te da rocha a que te apegavas, pequenina esponja ignorada, e vieste à tona do oceano, como uma flor marinha ainda úmida dos beijos da ressaca.

O sol da vida ressicou-te a textura delicada. Exposta ao sabor dos ventos, expurgaste o amargo das ondas, e por vários climas e países passaste, na montra dos usurários e no balcão venal de todos os bazares.

Um dia veio em que te embebeste de fel e vinagre, e pelos lábios do Justo passaste um momento, mitigando-lhe a amargura da hora extrema, na tragédia sublime do Calvário.

Abençoada ficaste de então, esponja mística! porque te tornaste o símbolo do Esquecimento e a doçura do Alívio...

O cérebro do Artista assim é como tu, Esponja. Neste tumultuário oceano da vida, exposto aos azares de todos os atritos e fadigas, ressicou-se na dor; e, livre de todo o amargo primitivo, vai de século a século e de mundo a mundo mitigando a sede dos romeiros com o vinho sublime do Ideal, de que se embebeu num supremo e divino esforço de conquista sobre a própria miséria.

Abençoada seja.

CRÔNICA DE INVERNO

No silêncio vesperal desta tarde doentia de Inverno, quando o crepúsculo fenece no último verso simbolista de Antônio Nobre[14], eis vêm de atacar na vizinhança da minha cela os prelúdios dolentes da *Bandolinata*[15]...

A música é o perfume exótico a errar em surdina no espaço das almas que já se foram... É a mágoa transfundida dos emigrados da vida, desafiando dores, ao expirar enlanguescido dos últimos anseios, na aquarela repassada de um poente roxo...

...Morrendo o Outono, vá de enfronhar-se a terra no torpor letárgico das plantas e das águas; o sol é um grande doente tossindo aos quatro cantos do aposento e a luz, que mal ele insinua ao momento trágico dos delíquios crepusculares, escarros de sangue e lassidão de algum peito tuberculoso de monge solitário.

Até há pouco, porém, a lua era uma consolação. Como que se exacerbava o céu na multiplicação fantástica dos fogachos noturnos, e o luar cristalino era o pranto sideral de alguma fada loura e piedosa carpindo sobre as misérias do mundo, num grande choro compadecido de alma perfeita...

Mas, eis alardeia o crisântemo roxo as bizarrias de inverno: anda monte a monte a elegia sentida da névoa e do frio, e é uma desolação o luar que escorre pela frontaria amarelecida dos edifícios e viadutos.

---

14 Antônio Nobre (1867-1900), poeta português que fez parte do movimento simbolista, sobretudo o de inspiração francesa. Em sua obra encontram-se também claros traços do ultrarromantismo e do decadentismo.

15 O autor refere-se à valsa de mesmo nome, composta por Honorino Lopes. A gravação de 1912 em vinil, da Odeon, executada pela Banda do Malaquias sobrevive.

Como que vagueiam duendes, ensaiando passos de mal estudada coreografia, na fluidez difusa dos luares, e a noite é toda feita de assombros e pesadelos, mal a hora trágica das correrias noturnas regouga no timbre sorna do regulador da minha casa.

O nordeste azoina, litanias das horas mortas, por trapeiras e quinas de cimalhas; cães noctívagos, epilépticos e gafeirentos, na insônia do momento, rouquejam cantochões vesânicos de oragos, assim o luar se vele, a noite obumbre sombras e o silêncio amortalhador dos cemitérios desça sobre o bairro adormecido.

Ronda o "noturno", sonâmbulo perambulante, *casse-tête*[16] luzido na destra, apito à boca, remexendo de olho à espreita vielas escusas, como o bom rafeiro sentinela do sono burguês.

E o luar reflui, em feixes, à flux, sobre a marselha avermelhada dos telhados. Vultos noctâmbulos, como fantoches, passam às vezes na calçada, recolhendo a penates a carcaça pênsil de possíveis bebedeiras.

Frio polar. No azul sem mácula, vá a nevrose nos luzeiros astrais de requintar nos livores de sua crepitação, em franco antagonismo ao luceiro dos alampadários na via pública.

A cidade dorme, farta de orgia, um sono de mortos; e a lua é o único círio aceso a velar por esse estremunhado cadáver.

Azado é o momento aos monólogos desequilibrantes de Hamleto[17] e à deserção da Vida! No silêncio profundo, parece dizer alguém dentro de nós:

— Como bom não será dormir uma noite assim, debaixo da algidez duma lousa sepulcral, e sob esse mesmo velário de luar!

---

16 Maça, cacetete.

17 Assim como "Amleto", variante portuguesa do nome "Hamlet", da peça homônima de William Shakespeare (1564-1616), escrita entre 1599 e 1601.

E o Alto joeira luz, e nela andam mil gnomos e elfos bailando aos rodopios, em tropelias e girândolas acrobáticas de bufões, curvilhonando zombeteiros, em momices e desgarros lunáticos de Pierrot[18]...

Vá então a mente de recolher à contemplação absorta dos mistérios que o Inverno nos traz, mal azoine este vento, e cães vagabundos desfiem ao luar a serenata funérea dos presságios adversos...

---

18   Pierrot, personagem inspirado da *commedia dell'arte* do século XVI, caracterizado pela paixão e pela tristeza.

SPLEEN[19]

A chuva languinhenta e spleenética tomba aos respingos, ora esboçando parecência de quem aveza ademanes de borrasca, para refluir num deslisar[20] tímido a esse vago nevoeiro. Cada combustor público reveste-se de um halo luminoso, lactescente e difuso: e, como o anátema do céu sombrio emborcado à feição de campânula, pesa-me o crânio de nevropata à sucessão nevoenta dos pensamentos umbrosos, ressumantes à nostalgia da morte e mágoa de ser do tédio da existência e do desejo final de aniquilamento.

Cada circunvolução do cérebro que pensa, são dez poemas fúnebres de maldição: cada contração de uma célula, a blasfêmia incontida do espírito revel.

É nociva a influência que dimana do estado humente e carregado da atmosfera; como que a impura eletricidade terrena que se condensa no ar age sobre a natureza sensitiva de nossa matéria, e é todo um sugerir de ideias doentes o indício de sua funesta presença. O amor é então bocejo, a alegria truanice de jogral, a luz pesadelo da sombra.

Como que os nossos nervos se exacerbam; e, máxima tensão de potência vibratória, vá de transmitir, em orgasmos espasmódicos de ânsias sofreadas, a todo o

---

19 O termo, que originalmente significa "baço", ganhará o significado noseológico de melancolia (cuja origem acreditava-se ser o baço). Extremamente recorrente no romantismo europeu, Hugo de Carvalho Ramos o emprega ora com grafia aportuguesada (no adjetivo "esplinético", por exemplo), ora com a grafia original em língua inglesa, que entrou para o léxico do francês, ao qual o autor provavelmente teve acesso, e, finalmente, para o português, como estrangeirismo.

20 Grafia cf. original, tem o mesmo sentido de "alisar" ou "deslizar".

organismo a tortura remanescente das emoções indefinidas, mas dilacerantes, mas dolorosamente intraduzíveis...

Nos limites do perispírito, mesa formada, joga a Demência sua cartada final com a Razão combalida; e Satã, o criador das liturgias mortuárias dos desvairamentos humanos, preside à partida.

E a chuva prossegue, imperturbável e escarninha, como lepra de tinhoso, pela marselha vermelha dos telhados e por sobre a barrenta ardosia das frontarias. Dia endemoninhado, em que a Natureza é uma perpétua crápula; como que se desforra a flora dos ardores causticantes da luz, e pompeia a luxúria opulenta da semente fecundada, raízes saciadas e seiva potente troncos acima, à exibição espalhafatosa de gargalhadas verdes!

Minha rã, que noites passadas vá de desfiá-las de crepúsculo a dilúculo em onomatopeias e coaxos, emudeceu logo às primeiras rajadas, e, desde a tarde, olhos esbugalhados de anfíbio para a garoa apumbleada[21], sonha ao vento, ventas infladas, revés o peitoril de minha janela. Só me sentia bem quando ela — poente esbraseado e céu fumarento — andava aí por baixo melodiando o verso livre de suas divagações à reflexão dos estelários e ao enigma da lua cheia, que do azul cristalino anediava espelhamente de vitral na água parada do tanque.

Fecho então o pensamento à sugestão narcótica do exterior; e cigarro aceso ao culto do espiritualismo, vou de me afundar na semi-inconsciência extasiada das espirais de fumo azul, que é derredor o acabrunhamento taciturno do ambiente, o único prazer glorioso à minha estesia supliciada de doente do Azul.

---

21 Provavelmente "aplumbeado", com características do chumbo.

CINZAS...

Bom Deus dos maus! Como me ressaiba mal hoje este cigarro! E o topázio espumoso daquele lêneo líquido, como à mente me traz sugestões sinistras duma fera mal domada espreitando do seu antro torvo de rapina! E que obsessão, esta dos próprios pensamentos!

Tenho horror à minha sombra, medo feroz do eco de minhas ideias. Meus olhos se enevoam, sei que um passo dado mais à beira desse "ser ou não ser", e tombarei nas fantasmagorias luminosas da vesânia. Ainda a noite passada, vá de perseguir-me de crepúsculo a dilúculo as extravagâncias mórbidas dos sonhos ensombrados. Por Satã, que mil duendes chasqueadores andam por aí, no labirinto do meu cérebro, em truanices e acrobacias de alto malabarismo.

Apodreceu-me a seiva da vida nas frouxas artérias de um corpo em ruínas. Para onde volva o olhar molesto, crestam-se emarcescidos todos os verdes pendões de redenção das frondes adustas, despetalam-se flores, e tudo é desolação e quebranto. Por certo, embebeu-se-me nos olhos o malefício de algum mago. Sede de tortura, sentir maltratada e espezinhada a carne, como o espírito doente. Esmaga-me a tibieza de dúzia e meia de anos, o peso de algum gênio íncubo!

Que indagação ansiosa, esta das manifestações bizarras da vida! Réprobo maldito, presidiram por certo ao meu nascimento, vindas dos quatro pontos cardiais, todas as Tristezas conglobadas. Aniquila-me por demais o peso duma cruz; fosse de madeira, e sentir-lhe o fardo na *via-crúcis,* seria antes um prazer para os meus ombros chagados. E sofrer que na mesma imponderabilidade de sua manifestação reside o máximo suplício!

O suicídio é uma alegria, — fujamos dessa miragem.

Almas doentes, virgens puras de alabastro, antessonhando no recosto dum mirante, à hora elegíaca do sol-pôr, as saudades do que lá vai; máters dolorosas, amortalhando num derradeiro rosário de lágrimas o berço do inocente que se finou: a expressão de vossa dor é uma aspiração inconfessada para a alegria.

Enfara-me a exteriorização comovente das lágrimas. Cadáver deambulante de ilusões, minha presença é funesta; afasta-me a companhia da mocidade, imbuída em seus sonhos de grandeza, o temor de vê-los todos, esses anelos, murchos e esbatidos à recriminação profunda de meus olhos que lá muito longe, perdidos no futuro, veem o aniquilamento final desses castelos, assistem à derrocada das Cartago e Torres de Vaidade!

Mas bom Deus dos maus, como me ressaiba mal hoje aos lábios este cigarro! E em meio às cinzas do *Spleen*, é a única preocupação amarga do meu espírito enublado, esse travor desusado do silencioso companheiro!...

Como está agro e nauseante agora!

LEGENDA

Pela estrada poente, que a luz povoara de sonhos e o sol lavava agora de luz, ia um velhinho trêmulo, arqueado no seu gibão coçado de inverno, mirando contemplativo as folhinhas anônimas que emergiam em profusão da várzea, onde crianças traquinavam; olhando a limpidez do céu, onde casais de garças faziam-se à distância, perdidos no horizonte...

E de seus lábios murchos ia a cair a tristeza imensa de uma queixa: — Deus meu, para que o firmamento azul, este rico solzinho de inverno, tanta flor-de-maio desabrochando nos vergéis, esse voo ousado de aves arribadiças no espaço ilimitado, se tudo passa e nada é perdurável na terra! Olha aquele par mimoso de infantes, para que tanto recato, tanto mimo, tão grande messe de cuidados dispensada na conformação de sua alma tenra, se mais tarde, batida dos desenganos, ela se enlodará no crime, no deboche e na desonra... E a liberdade daquelas aves, mais adiante presa do fuzil dum caçador! E a seiva vegetal dessas flores, em agosto pasto insatisfeito das soalheiras e das queimadas! Ai, Deus meu, rica, mui rica idade, aquela em que se não cogita dessas coisas... Tudo passa, tudo passa, a água da ribeira e o canto dos passarinhos, e só em mim demorará a tristeza angustiada do *memento*.

...E mal de seus lábios iam as palavras caindo, nuvens pardas pejavam o céu anilado, flores pendiam, no vivo rosado das faces inocentes das crianças ia alastrando a palidez da inquietação...

E o bom velhinho seguiu, todo trêmulo, pela estrada batida de sol que o luar povoara de sonhos, semeando o Desalento...

Para penetrar familiarmente o mistério sagrado do Silêncio e das Coisas, é preciso que tenhamos, no fundo luminoso da retina, uma sombra qualquer da doença de Hamlet.

Nos tresvairamentos desregrados que precedem à osmose cataléptica da alma, vive o gênio a borbulhar, jorra a lava candente da inspiração as labaredas causticantes do entusiasmo. Mister se faz que comunguemos a mesma hóstia santa dos assombros e a desse hesitar entre o "ser e não ser" da razão, para que com olhos previdentes de iluminados transponhamos as fronteiras desequilibrantes dos contos nebulosos de Hoffmann e da imaginação apocalíptica dos orgasmos de Poe.

Como quer que seja, nas múltiplas manifestações da extravasão mental da espécie humana, nas sonatas de Beethoven como na gloríola fulgurante das criações dannunzianas[22], na primeva epopeia das figuras de Homero, como no fausto arrebicado da gente cerebrina hodierna, há um quê dessa tara desvendada e posta a nu pelo escalpelo esquadrinhante da análise lombrosiana[23], nas últimas agonias daquele derradeiro quartel de século.

Os estilistas de hoje, dos aspectos variegados da Vida e do Além, tendem de novo, após o barbarismoexecutado a frio da febre iconoclasta e materialista que Luis

---

22 Gabriele D'Annunzio (1863-1938), poeta e dramaturgo italiano.

23 Cesare Lombroso (1835-1909), psiquiatra e higienista italiano, fundador da psicologia criminal. Hoje contestada, sua obra tem influência do darwinismo social, da fisiognomonia e da frenologia.

Büchner[24] e Schopenhauer foram os maiores instigadores nessa Germânia intelectual de *Minnesängers*[25] e prosadores, para o misticismo puro dos êxtases messiânicos da fé, da ilusão; e, mente ebulindo, exorbitam na dolência mórbida das elegias ao Nebuloso, ao Fumo e à Miragem, como se o que há de firme e tangível na Forma pagã, as celebrações tumultuosas da Paixão e da Carne, do Metal e da Cor, não tenham mais o sabor primitivo dum fruto sazonado e são, posto perpetuamente no festim da existência para a saciedade de todos os paladares.

O gosto, tomado naquela concepção de que nos fala Vítor Hugo, afaz-se, como os demais sentidos, a todas as nuanças e aberrações do pensamento; e já que os poetas de hoje, plumitivos a ensaiar envergaduras, atêm-se a este estado latente de alma, é que a época e ambiente derredor assim o querem e obrigam, pois das influências do meio não há negar a potência de campânula encerradora.

Voltando, porém, ao que de princípio tratava, necessário se faz que desdobremos sobre os ombros a capa pardacenta do príncipe dinamarquês, para que com passos familiares possamos penetrar esses pórticos de inscrições berrantes e hieroglíficas, da nevrose de Poe e do *delirium tremens*[26] tremendo das fantasmagorias do sonhador de Koenigsberg!

---

24 Ludwig Büchner (1824-1899), médico e filósofo tedesco, cuja obra se inspira no materialismo evolucionista.

25 No universo teutônico medieval, *Minnesänger* eram compositores de *Minnesäng*, poemas líricos musicáveis escritos em alto-alemão médio, entre os séculos XII-XIV.

26 Estado de confusão mental causado pela abstinência do álcool.

"NOVA ERA"

O rincão humilde que foi o meu berço natal, num vale obscuro, escalonado de morrarias ásperas e o cíngulo lamurioso das águas do Vermelho, onde, embebendo-se a noite do misticismo dourado dos luares goianos, andam os batráquios cantores melodiando em tremulinas de coaxos o cantochão merencório das Horas Ermas, nem sempre tem sido, como é veso afirmar, um centro avesso ao culto sacrossanto da Arte.

Os seus poetas, dolentes e líricos, na indolência langorosa da redes macias, o solo benevolente e a nostalgia do isolamento mundano favorável às explanações pelas regiões do Sentimento, surgem naturalmente, em proporções mais que lisonjeiras para a exígua população local. Surgem naturalmente, mal os olhos elegíacos duma deidade, a impressão interior duma página forte de leitura, dum aspecto da natureza, lhes tenham despertado, na retina ainda incerta das primeiras contemplações subjetivas, essa chama latente de romantismo e poesia que beberam com o leite no berço.

Poetas e prosadores, jornalistas da feição maciça do artigo de fundo, bordadores sutis da verve airosa e ligeira à Eça, ou a chalaça saloia da secção humorística, têm aparecido e por certo continuarão aparecendo, enquanto houver nesse pedaço de solo órgãos benévolos que abram espaço desde logo aos remiges ousados dos plumitivos. Certo é que entre os turibulários que aí perpetuam no campo das letras a Poesia, não há essa ânsia angustiosa da Dúvida e do Além, esse desejo vago para o incognoscível, para as expressões veladas da Tristeza, do Silêncio e da Solidão, que fazem a estesia presente dos Torturados, nem tão pouco o pessimismo social dum Cepelos[27], ou

---

27 Manual Batista Cepelos (1872-1915), poeta e escritor brasileiro, notório por suas traduções de Mallarmé.

a visão cósmica dos Oiticica[28], A. dos Anjos[29], Hermes Fontes[30], da geração atual de aquém Paranaíba.

São os meus bons poetas goianos líricos, sentimentais, os que fazem dum sopro de brisa a harpa eólia da harmonia perene dos seus versos, duma pétala de rosa a concha etérea em que vão recolher as lágrimas sentidas desse pranto retemperante de crentes, que males não nos trazem, nem fel, às ilusões da vida. Gira a inspiração, em torno do velho tema, e raro, por vezes, uma estrofe parnasiana relembra aqui as assonias dos *Poèmes Barbares* de Leconte[31], para refluir, como que tímida e contrafeita no meio adverso em que se fez à luz...

E como o jornal é a expressão vulgar desse amor entranhado às letras, o expoente máximo da cultura duma agremiação, não é de se estranhar que aí periódicos se sucedam a periódicos, muitos de vida efêmera aliás, dada a resistência lorpa do capital burguês, retraído e estúpido, aí como em toda a parte, às especulações pelo mundo do intelecto.

"Nova Era", não obstante o ciclo restrito das letras goianas, caracteriza bem uma nova fase. Não é pela feitura ampla ou exígua duma folha, que se lhe poderá pesar a influência majorativa no meio em que há de circular, mas pela contextura, escolhida e imparcial, o desenvolvimento independente e sadio de boas ideias, que serão, na rotina derredor, como fanais esclarecedores do bom

---

28 José Rodrigues Leite e Oiticica (1882-1957), escritor e filósofo brasileiro, conhecido por seu engajamento nos movimentos anarquistas.

29 Augusto dos Anjos (1884-1914), poeta brasileiro.

30 Hermes Fontes (1888-1930), compositor e poeta brasileiro.

31 Leconte de Lisle (1818-1894), poeta francês. A coletânea de poemas *Poèmes barbares* [Poemas bárbaros] se haure de temas históricos e mitológicos.

gosto, da inovação e do progresso para os espíritos acanhados e acamptos na estreiteza geológica e fisiológica desse ambiente provinciano, e refractários de todo à luz imperecível da Evolução.

Ânimo pois.

TERRA NATAL
(FRAGMENTO)

Apertando a sobrecincha encarnada por sobre os pelegos da boa sela mineira, o Benedito dos Dourados abotoou a fivela do peitoral, enfreou a mula rosilha e espalmando satisfeito a mão no lombilho dos arreios, voltou ao paiol da fazenda, onde a camaradagem se entretinha ferrada no truco.

— Morro abaixo, morro arriba, urrando como guariba, truco no meio, barriga de *coeio*! — berrava o Malaquias, um negralhão espadaúdo e de peitaça cabeluda, primeiro braço de foice e machado em derrubas de malhadas, e mesmo quera nos roçados e eitos da fazenda.

— Estou de forma! Com quinze quilos e quinhentas gramas! — retrucou o Joaquim da Tapera, um cafuzo pernóstico de gaforinha e barba rala, agregado do sítio.

Eh lá! Que eu tenho parte no boi, os quatro quartos, a cabeça e o fato! — pilheriou o cabra entrando e indo abeirar-se do lume.

— Já de partida, "seu" Benedito disse um adventício, assentado sobre umas retrancas de cangalha, e batendo fogo no isqueiro: olha que assim mesmo só estará no povoado lá pelas tantas do dia com um solzão à mostra; a mula rosilha é estradeira, e amilhada como vai, puxa bem légua e meia; mas a Estiva está que é uma lazeira, atoleiro para cima da barrigueira; um trabalhão a passagem...

— Qual o que; "seu" Antônio, quando lá passou ontem era à boquinha da noite, sem lua e com o mato já escuro, não soube reparar no desvio que conheço; hoje estiou um bocado bem bom, e a mula além de ferrada, "arrasta" que fia fino nessas estradas.

— Bicho como aquele, tive um quando traquejava na linha de Cuiabá; macho rosado de fiança! Levou-mo um arrieiro, por seiscentos bagarotes, notas novinhas em folha, e uma franqueira aparelhada de prata de quebra; e assunta que ainda assim não ficaria satisfeito da barganha, não fora o defeito do macho em meter-se a passarinheiro nos últimos tempos. Bicho bom! Como aquele bem poucos.

O cabra espicaçava com a unha uma rodela de fumo pixuá que tirara da boneca de palha de milho metida num embornal da parede; assentado sobre os calcanhares, escutava descuidado a pacholice do adventício. Retirou de trás da orelha a mortalha do cigarro, enrolou-o cuidadosamente, e, puxando com um graveto a brasa da fogueira, baforou duas tragadas longas de fumaça.

— A lua vai descambando, quero amanhecer no arraial, a tempo de pegar ainda a missa do Divino; até amanhã, para toda a companhia. E saiu fora, arrastando as chilenas.

— Não esqueça a minha cabaça de pólvora no Chico Fogueteiro para as salvas de roqueira — avisou o Malaquias, interrompendo a partida.

— E o garrafão de licor da comadre Maria — disse João Vaqueiro.

— Este não esqueço eu, sem o que corre chocha a função — caçoou o campeiro já desencabrestando a besta no moirão do terreiro — Arre! Que está um frio das carepas!

— Veja lá um golo de pinga para esquentar — obsequiou de dentro alguém.

— Vá feito! — Abeirou já montado do batente, estendeu para o interior o braço tomando o cuité que lhe ofereciam; bebericou uma golada, e passando o dorso da mão pelo bigode fino, elogiou: — Bicha brava!

— Truco tapera, porque não me espera! — gritava o Malaquias, que descobrindo com precaução o naipe seboso de suas cartas, levantara-se num repente até a cumieira de sapé, fincando uma patada no ligal que servia de mesa, a fazer dançar os tentos da parceirada.

— Crioulo de sorte — observou o adventício.

O Benedito, porém, já virara rédeas, batendo lá longe a cancela do curral e ganhando o estradão.

A lua ia a transmontar, muito mansa, como um irerê se banhando nas águas da lagoa. Os campos desdobravam-se por devesas e baixadas, em ondulações suaves e alguns sulcos fundos, onde negrejavam restingas apertadas de mato e os renques de buriti que orlam o curso dos córregos das várzeas. Emperolava-se a orvalhada no grelo viçoso dos serrotes; e a gadaria ruminava ao luar, à sombra das fruteiras-de-lobo e piquizeiros, agitando o penacho da cauda, passivamente.

A mula cortava a estrada na marcha batida; o cabra, desengonçado no arção, ia a chupitar fumaçadas, algumas vezes entremeiadas duma quadra esquecida:

Menina amarra o cabelo,
bota um lenço no pescoço,
pra livrar dalgum quebranto
mau olhado dalgum moço.

Caburés e noitibós estridulavam sua elegia noturna à beira dos capões; um inhambu que encontrara a fingir uma ponta negra de cerne emergindo do solo, acompanha-o agora no voo rasteiro e balofo, indo postar-se sempre adiante, para recomeçar, à aproximação da montaria, estrada a fora.

As terras da fazenda desapareciam ao longe, envoltas no morno luaceiro; a besta resfolegava, abeirando a passo miúdo da mata da Estiva; um galo tresnoitado arreliou numa palhoça, longe, no fundo da baixada.

Prá livrar dalgum quebranto,
mau olhado dalgum moço...

só?

Dá-me um beijo, suplicou repentinamente, não se contendo já, diante daquela boca pequenina, toda vermelha qual puncíea pétala de uma rubra papoula.

Ela corou, olhou-o assustada, baixando depois os longos cílios amedrontados. Ele, arrependido, tomou meigamente suas mãozinhas, murmurou algumas palavras açucaradas de desculpas, forçando os longos cílios a irem-se erguendo, até pousar em seus olhos ansiosos.

A irradiação magnética dos olhos dela foi novamente envolvendo-o em eflúvios entontecedores, e, de novo eletrizado:

— Dá-me um beijo! — e sem esperar ressoou sonoro, despertando o canário que cochilava na gaiola dourada, na semiobscuridade da sala, o eco daquele beijo...

Envergonhado e confuso perante aquele monstruoso atentado de uma audácia descomunal, abaixou atrapalhado a cabeça, aniquilado sob o peso terrífico do olhar e sobrancelhas franzidas que julgava pesar sobre si.

Longo silêncio. Ele, cabeça baixa, sem coragem de a olhar, espera pela explosão da tempestade.

O mesmo silêncio. Cada vez mais confuso, atreve-se a soerguer devagarinho os olhos, receoso, adivinhando a cólera daquele olhar que há de fulminá-lo. De repente, num ímpeto, vencendo o terror, pousa os seus olhos nos olhos dela, e ia abaixá-los imediatamente, aterrado, quando tímida, baixinho, ela ciciou queixosa:

-Só?

EMBRIAGUEZ

LUAR

O crescente esmalta em prata as rótulas das gelosias, encanecendo a cabeça do poeta, que cisma, trincando a pena, olhos embebidos no vácuo, na forma descritiva de uma quimera de amor.

I

Embriaguez da fome.
Monólogo à luz vacilante de uma vela:
— Sonho — devaneio ou utopia em cairel ilusório de amor... Devaneio — êxtase místico — incorporificação da alma... Luar — a Ofélia setentrional — sedutora iara das concepções poéticas do índio brasílico, anadema em flores de laranjeira, desfolhando no silêncio das noites sobre a face languescente da Terra... Risos... lábios incandescentes... querubins...

Dá dois passos, agitado: — Miséria! A inspiração não vem: frases desconexas, ideias soltas, e o vácuo, oh, o vácuo sombrio dos que nascem sem luz, o vácuo do louco, a isolar-me desesperadoramente... Nem ao menos o meu pobre dicionário de sinônimos, sacrificado por esta vela de sebo que agoniza no gargalo da garrafa como a cabeça duma Stuart[32] sob o cutelo do carrasco!... Não me vá aparecer ainda hoje a lavadeira com a conta de dois meses. Serenadam lá fora, sob a brancura da noite, uma dessas modinhas de minha terra; e, talvez ilusão, estas ondas embriagadoras de aroma que sobem dos laranjais em flor, parecem mais impregnadas de volúpia, de amor,

---

32 Mary Stuart (1542-1487), foi rainha da Escócia entre 1542-1567. Foi aprisionada pela rainha regente inglesa, Elisabete I e, finalmente, sob a acusação, bastante contestável, de tramar a morte dela, foi executada. Friedrich Schoiller (1759-1805) escreveu a peça *Maria Stuart, rainha dos escoceses*, em 1800.

de perfume, sob a frouxa cadência da sonatina... Se eu pudesse sair... Ah! Por uma noite dessas ao luar de Sorrento!... Mas estas botinas cambadas... Luar de Sorrento, e porque estar a martelar o cérebro, quando o crescente vai tão belo por aí fora, e o sangue da mocidade galopeia-me fogoso pelas veias como um corcel de balada... Sem cigarros; vejamos se esta ponta de baiano que esqueceu aqui o Zeca ainda serve... Imprensa prostituída... Tresanda a sarro... Maus, infames, tirânicos redatores neurastênicos... Nem um tostão para café... Arte explorada... Se saísse, com esta noite e semelhante luar, não repararia em mim... Romantismo, o meu pobre romantismo da infância e desta minha triste adolescência entregue ao punhal da Crítica pelo braço traidor das alusões e dos exageros de mercantilistas... E os remendos das calças, notá-los-ão?... Romantismo de Vítor Hugo... (boceja). E Chiquita que diz não me olhar enquanto não mudar a camisa... Ilusões mortas... Pobre, se nem camisa tenho, é peitilho... Tédio, Deus meu, tédio... O chá causa-me náuseas; também, era requentado e trescalava a barata...
— Qual! Saiamos, bebamos a inspiração na aragem pelas ruas da cidade... Talvez não olharão o roto dos cotovelos... Sim, saiamos às estrelas... maldito orgulho!...

Bêbedo de dor, bebamos no vazio a inspiração... O Zeca, quem sabe? Levar-me-á ao restaurante... Tédio, Deus meu, tédio...

(Sai).

※

II

CREPÚSCULO

O crescente fenece pelo poente, e a claridade dúbia de sua luz vai-se embebendo e desaparecendo pouco a pouco no brilho das estrelas. Guitarra longínqua. Entra, cantando ruidosamente, e a passos duvidosos.

Embriaguez e *delirium tremens*.
No silêncio da noite:
"Ninfas goianas,
Ninfas formosas,
De cor-de-rosas [sic]
A face ornai..."

— Sim, sim — a face ornai — é isso... Belo, mestre e amigo Bartolomeu Cordovil, — a face ornai... — belo! Se contigo nascesse...
— Vou dedicar, a teu exemplo, um ditirambo ao amigo Zeca, que me elevou ao Olimpo com aquele copázio de parati... do parati goiano... decididamente... Ri, ri gostosamente, deleitadamente, pigarreando forte; — depois, tossindo furiosamente:
— Bom tempo, aquele... Sim, na Paulicéia, se lá estivesse, na troça dos Azevedos, Guimarães, Lessas, Varellas[33]...

Mudando de ideias, e irritado: — Mas, para que diabo estará a rir este desastrado chim[34], legislador do Celeste Império, dessa "Galeria de Homens Célebres"?... Não sou seu... não estou bêbedo, barbudaço... legendário Fohi[35] — ... Ri? Pois lá vai, toma!...

---

33 Álvares de Azevedo (1831-1952); Alphonsus de Guimaraens [Afonso Henrique da Costa Guimarães (1870-1921)] ou, talvez, Bernardo Guimarães (1825-1884); Aureliano Lessa (1828-1861); Fagundes Varella (1841-1875).

34 Chinês ou natural de Ching, na China.

35 Fu-hi ou Fohi, mítico primeiro rei da China, cuja história se assemelha à de Noé.

Atira-se nas trevas à estante, derruba uns livros, batendo rijamente com a cabeça de encontro às bordas da mesa.
(Cai)

✺

III

TREVAS

A guitarra há muito emudecera. Setembro dorme nos laranjais, nas corolas fechadas e desertas de aroma.

Embriaguez da loucura.
Tateando as sombras:
— Um pulo... tropecei no teto...
Melancólico, cambaleia pela sala, chega à janela, cospe fora. Começa o delírio.
Olhando as estrelas, anuviado: — Sim, à beira da Via-Láctea, engastada no empíreo, no meio de suas irmãs... Sim, lá deve estar Ela... As virgens, diz Bilac, vão para o céu e palpitam no brilho... — Deve lá estar... deve... a minha Tula, que a morte acolheu já que todos a abandonavam, eu inclusive... — Eu não! Mentira... Sim, eu, malvado: eu, que ela, mais que aos outros — aos irmãos que morreram — amava. Sim, eu, maldito.
Chora; as lágrimas correm lentamente, uma por uma, como as contas de um colar partido. No terceiro grau, congesto, movimentos desordenados, pulsação frouxa, cambaleia pesadamente: — Sim, sim... um assassino...
Respiração roncante, olhos fechados, resvalando para debaixo da mesa: — Maldito... maldito...
As estrelas cobrem-no com um pálio de lágrimas e luz, espreitando a escuridão. Cigarra noctívaga sonha cantando, ao brilho dos astros, com a seiva humente dos laranjais em flor.
— Dorme profundamente.

MOCIDADE

Lembras-te? Tantos anos lá vão. Morriam os últimos tons na palheta policroma do ocaso. Tu, assentada à base de cimento daquela ponte metálica por onde daí a pouco correria o expresso, tinhas no olhar o reflexo sideral dos estelários que iam, lento e lento, acendendo as suas lâmpadas de ouro no azul-turquesa daqueles céus imotos de Minas.

Embaixo, o rio cachoava nas pedreiras, camburás floriam à margem dos caminhos, e, com eles, "campainhas" de cálice lilás, vermelho e opala. — No canteiro do chalé rústico que era o último lar do povoado, dealbavam "monsenhores" e dálias. Aí colheras essa braçada de matizes vários com que as tuas mãos translúcidas e entretecidas brincavam descuidadas.

Eu, vendo a esmoerem-se as últimas cores na água-forte do ocaso, em contemplação à paisagem que despetalava derredor os seus amavios abrilinos, voltava de vir descansar as pupilas extasiadas de horizonte na veludez penumbrada das tuas, e tinhas um riso gracioso e acariciante nos lábios sangrentos...

Olhamo-nos...

— Olhaste o abismo que sob a ponte se despenhava íngreme, afundando lá embaixo no remansão enganoso das águas. E foi então que me fizeste aquela estranha confidência, ó tu, que mal provaras ainda os encantos de dezesseis risonhas primaveras!

— A vontade que tenho às vezes de morrer... Viver, para quê? Que fazer no mundo, onde minha presença não é necessária... Se morresse, não sentiriam a minha ausência... Talvez os meus lastimassem, chorariam mesmo muito, mas depressa viria a consolação, o esquecimento... Ninguém se recordaria mais então da que fora na terra Alzira... — Ah, a vontade que sinto às vezes de me ir, acabar, para o sempre!...

E tinhas, ó criança que inda mal prelibara na taça agridoce da vida, um soluço quase a estrangular-se na garganta; e a tua voz era dolente e fúnebre, como devera ser aquela canção do salgueiro, ao encanto da qual Desdêmona[36] e Ofélia passam, tranças desnastradas, corrente abaixo...

— A tentação que tenho, de rolar, desaparecer, por este despenhadeiro...

— Não irias só.

E ficamos ambos silenciosos, sob a ação desfalecente dos últimos anseios crepusculares, enquanto o crescente ascendia serenamente, e mui pálida e formosa vinha de tremeluzir na fímbria do meridiano a constelação do Cruzeiro do Sul. Mas dentro em mim vibrava já uma voz, voz da experiência e do pensamento profundo, que bradava triunfalmente um hino à tua mocidade:

— Excesso de seiva! Exuberância primaveril! Assomo incontido de juventude! Ó minha mui triste e lacrimosa, essa tua aspiração confessada para a morte, é como que uma apoteose da Vida! É que em teu seio, esse fluido universal que rege as leis harmônicas da conservação, faz talvez vibrar, nos mais íntimos refolhos da tua alma, uma corda inusitada de que só agora perceberas a presença. Daí, na surpresa inatendida da revelação, esse teu desassossego, essa inquietação de tuas frases, que me ecoavam ainda nos ouvidos como uma ode dionisíaca!

— Ah, a vontade que sentias de morrer...

Já há tanto tempo que isso foi... Hoje, rociou-te o Amor com o seu pólen fecundo. Já de ti, Árvore da Vida, muitos rebentos nasceram, que darão um dia flor e fruto ao Sol eterno duma primavera sempre nova. Muitos janeiros passarão, antes que as cãs da decrepitude fanem em tuas faces de âmbar, nácar e marfim, as rosas primaveris que tinhas incendidas naquela tarde, cuja

---

36 Personagem da tragédia *Otelo, o mouro de Veneza* (1603), de William Shakespeare.

indizível recordação perdura ainda... Sentirás um dia frio, muito frio, frio intenso, enfim.

E procurando aquecer-te pelo menos ao sol d'inverno da memória, lembrarás com saudade:

— Mocidade! Mocidade!...

E eu, que os regelos das dores prematuras, desilusões e fatalidades, desde muito crestaram a flor talismânica da alegria, com a fronte pensativa sulcada de rugas e o coração nevando, murmurarei também como tu, em tristeza e recolhimento:

— Mocidade... mocidade...

CARTA DUM ROMÂNTICO

"Tu me leste, creio, as folhas do Saltério".

Naquelas páginas dos dezoito anos, vertera todo o amargurado sentir dum coração para sempre destroçado em suas primeiras e únicas expansões sentimentais.

Imagina uma alma virgem, totalmente virgem de emoção amorosa, que no contato íntimo da selva natal, bebera a sorvos longos a calidez equatoriana dos arroubos da terra; impregnara-se da poesia das manhãs e crepúsculos sertanejos, com o seu cortejo de álacres sussurros ao despertar da mata companheira, e trinados festivos de inhumas e arapongas ao tombar das tardes lentas, levemente esfumadas a tons cinzentos, lilases, purpúreos, quando a natureza recolhia ao seio soporífero da Noite, e as estrelas do meu torrão desciam às planuras enluaradas o brilho trêmulo de sua luz...

Fartava-me de cicios turturinos de juriti às horas estuantes do meio-dia, dos estos transbordantes de insetos e cigarras — as mestras-cantoras das capoeiras embalsamadas —, pelas tardes calorentas de dezembro, no espreguiçar quebrantado das sestas voluptuosas...

Vivera a vida primitiva, os ouvidos tontos de chirriadas, bailados, zumbidos, cambiantes, perfumes, maciezas de tato, deslumbramento de horizontes, acres sabores do veludo dos frutos silvestres e das bromélias da campina...

Meus olhos guardaram por muito tempo a impressão magoada das agonias de agosto, com as suas predisposições mágicas do entardecer para as cismas vagas, mui longínquas, mui saudosas, de mundos e castelos fantasmagóricos, onde o acordar duma puerícia que surgia na emoção panteísta do mundo, iria habitar, não solitária, mas levando consigo, nas asas vibráteis do Sonho, a Eleita soberana, que não sabia quem era, porém que havia de vir um dia, não muito tarde, para a jornada gloriosa ao país de Citera...

Horas longas, à beira-rio, sob os bambus, olhando o sereno correr das águas, que se iam, mui cristalinas, mostrando o fofo leito das areias sob o espelho das correntes, rumo ao Araguaia, rumo do mar distante, donde viria a Princesa encantada numa aurora de festa, sob o canto real dos remadores da galera, rio acima, às terras altas do Planalto, para os místicos esponsais.

A serenidade das águas correndo, sob as curvas ramagens dos ingazeiros, saputás e amola-machados, emprestava ao rio tons cismarentos de azul profundo, os seixos rolados brilhando ao centro, que os meus olhos espelhavam e retinham, num fenômeno misterioso de mimetismo anímico, para daí por diante senti-lo eternamente ondulando, refletindo-se, na retina imantada, com todos os seus pendores de azulino nostálgico para as divagações que não têm fim, para os anseios fugitivos, as cismas ideais, na irrealidade vaporosa, indefinida, do Sonho...

Primaveras passaram sobre o tumulto daquele coração, que batia sempre o seu ritmo glorioso de fé e entusiasmo, vieram verões urentes, com exuberâncias epitalâmicas de sóis, pelas varjotas de devesas em gala; flores sazonavam em frutos nos pomares, deram semente, foram por hi, por lem[37], reproduzindo-se, transmudando-se em novas fontes de vida, no seu mistério sagrado de eterna fecundação! Passaram geadas de inverno sobre as planuras pelo mês de junho; queimadas de agosto surgiram novamente, prenunciaram-se setembros vários nos laranjais em botão.

E a Arte veio, augusta, mui severa, mui poupada de louvores, a esboçar, num gesto lento, augural, de quem aporta, a estrada abrolhada e pedregosa que iria ter ao sendeiro maravilhoso, a cujo cume, galgada a encosta, veria além, num horizonte de safira e ametista, as ribas sonorosas do mar, aquelas mesmas ribas onde a galera — a sempre obsedante galera — levantava âncora, enfunava

---

37   Leia-se expressão é "(a)hí por (a)lém".

as velas na mareta, e ao canto dos remadores de proa e popa, conduzia barra acima a Fada sorridente aos braços convulsivos do amante.

  Era a utopia divina do Belo, na encarnação duma mulher, acenando sempre à visão distante, embalada no anseio da floresta prenhe de espasmos e delíquios amorosos, alcandorada e delindo-se como um silfo nas cristas das montanhas douradas, que abarcavam as distâncias assim o luar esgarçasse-lhes as franças; bailando nas campinas ermas dos taboleiros e chapadões, onde a pindaíba e a canela-de-ema se dobravam nos baixios, num murmúrio aéreo de trova rústica, quando ela passava na farândola dos ventos; falando baixinho às mães-d'água dos balsedos e remansos, sob aguapés e ninfeias, no latir dolente do sapo-cachorro na lagoa ensombrada; rezando as preces do anoitecer no lamento espaçado dos caburés e curiangus, à beira dos pousos desertos...

  Sempre! Sempre! o eterno Símbolo, na miragem subjetiva!

  Como um pedreiro árdego, que nunca veio à porteira lamber o cocho senhorial, a imaginação espojou-se livremente na ardência da terra, correu plainos sem fronteira do deserto, abeberou-se na seiva de todos os vegetais, corrugou as fuças na linfa de todas as cacimbas e olhos-d'água de vargens de buriti e espessuras farfalhantes; pelos campos gerais altaneira passeou a virgindade dum pelo, que jamais sentira a aguilhada vaqueana...

  — Era o retorno milenário, a galopada incontida ao estádio primitivo dos seres, que condições particulares do meio favoreciam em sua mais íntegra manifestação.

✺

  Mas o Destino, chegada a época, saiu um dia, ferrão em punho, na sua vaquejada trágica pelos cerrados, malhadas e descampos. Monteou rio abaixo à sirga; campeou pelas devesas ridentes e na catinga aspérrima; bateu capoeiras e cerradões; e a rês esquiva sentiu de uma feita a agonia do pó, na rodada dolorosa...

Meu pai, moribundo, duplamente exilado, fugindo dum para outro exílio mais próximo do berço amigo, chamava-me de longe, num último gesto de jornadeante que se apresta para a noitada torva da Agonia...

Não lhe pude beber dos lábios resignados o último alento, a suprema bendição; faltou-me tempo para tanto, no transe angustioso. E ele levou para o túmulo a mágoa dum último almejo que mais uma vez mentia ainda; ficou-me no coração, sangrando, o desespero frio, sem consolo, de quem chegou demasiado tarde, ai! Demasiado tarde!

Já de longa data então, vinham-se-me umas sobre as outras, as geadas e invernias de dúvidas e maldições sobre o peito opresso acumulando. O passado fugia, como o gigante da fábula, a passadas de sete léguas. Junto ao mar, dentro as fibras do meu ser abalado, cérebro e coração ficaram, sondassem-lhes ao de leve o âmago, como o búzio marinho repetindo os rumores confusos das vagas ausentes... Vagas de florestas e ventanias dos meus pagos nativos!...

Roncavam sirenas; apitos agudos guinchavam das máquinas estortegantes; engrenagens rangiam incessantes os gonzos perros; rolos de fumo e cinza sórdida enchiam os espaços. O trabalho estuava. Era um chamado. Chamado sombrio, premente, irremovível, a todo o instante gritando o "memento" pela garganta das chaminés, pelo ofegar da multidão, fronte curvada e boca em *rictus* pelas paixões inconfessáveis, clamando ao arribadiço a sua tardança em incorporar-se ao rebanho anônimo, em submeter-se à mesma lei de boi de carro...

Mas aquele grito sardônico, no silêncio da minha Dor, não falava apenas ao espírito que o legado do Mal à humana grei reclamava o seu tributo ao ímpeto generoso da minha mocidade como quinhão opimo. Dizia também, e ai! Estava aí o amargo todo da revelação, que nem só ao corpo cumpria o encargo fatal; mas também, e sobretudo, àquele mesmo espírito revel, que era preciso refazer e amoldar às contingências novas da vida, com todo o seu séquito de subserviências, dobramentos de espinha, silenciamento obrigado de revolta às torpitudes e baixezas que o contato diário da cidade fosse apresentando...

Vá pois, depois de amoldado, esfriado e bem fundido o barro, o trabalho paciente de remodelagem e adaptação à forma tolhica, angustiada! E os conflitos íntimos, subterrâneos, apavorantes, de quem se vê só, completamente só com o desconhecido! E o desconforto glacial de árvore transplantada em terra exótica! E os monólogos de meses de algebrista manco resolvendo a equação devorista[38]: adaptar-se ou ser adaptado, absorver ou ser absorvido!

Problema darwiniano de maldição, que somente os órfãos de carinho e desprotegidos da sorte palparam a angústia, sentiram o peso esmagador sobre os ombros aniquilados!

E vá pois de recompor a vida passada, rememorando episódios que a tranquilidade relativa das épocas vividas apenas roçara, mas que no momento, alumiados por nova luz de experiência sofredora, mostram-se tais quais deveram ter decorrido — aluindo dia a dia as pedras duma fortaleza de fé, solapando hora a hora as bases mal cimentadas de esperança, onde julgávamos ir com o tempo construindo o edifício futuro da nossa felicidade!

---

38 Devorismo, foi um termo inicialmente pejorativo para se referir ao grupo político que se instaurou no poder em Portugal entre 1834-1836. O termo faz alusão a certas medidas tomadas pelo grupo, como colocar à venda os bens do Estado, e sobretudo da Igreja, aos liberais. Foram os responsáveis pela divisão do país em três distritos e por instaurar a figura do Governador Civil.

Horas negras de amargo rememoramento, onde o esvurmar da memória em mourejo contínuo de formiga trabalhadeira, vai desentranhando um a um o significado maldito: cadáveres e podridão — de ilusões finadas, de realidade torpe, de fel transbordante, de fatos que só e só a cegueira juvenil, como talismã divino, perseverara até então da influência nefasta e dissolvente...

Quem recorda, seja o rajá mais feliz sob a paz zodiacal do firmamento, só pode recontar cicatrizes sangrando, calamidades que lhe ficaram impressas na medula da alma, como males eternos, sem remédio!

Assim, na minha existência, arranhões esquecidos passaram um a um a destilar a peçonha guardada; e de todas as arremetidas, ficaram apenas chagas e mais chagas porejando, porejando, como galardão de anátema, a todo aquele que se detém na carreira e olha para trás, a ver o caminho andado.

O antigo símbolo da mulher de Loth[39]!

É que, de recordações, só podemos fixar as que tiveram a sua origem na dor vertida. Prazeres e alegrias, tudo isso fumo, poeira, nonada, que se dissipa ao mínimo esforço de calcular-lhe a impressão, na meia tinta crepuscular do passado vislumbrada!

Quem relembra, sofre; sofre duplamente: pelo esforço empregado, pela colheita obtida.

Falou-me nas veias o fatalismo das ancestralidades desaparecidas, feitas de artistas noctívagos e homens de pena: poetas, boêmios latinistas e soldados conquistadores. Todos sofrendo a angústia dos sonhos descritos, todos experimentando as torturas da vida dissipada em vão; uns gemendo sob o peso das ingratidões humanas, outros curtindo os rigores da campanha, sob os sóis das marchas forçadas, dos pesadelos de sítio e antevésperas de batalha!

---

39   Grafia alternativa para Ló, personagem bíblico do livro *Genesis*.

Nêmesis[40], dentro o seu *tatum*[41], negava o condão imunizador da *Mater Natura*, que viera afastando os presságios da raça extinta, consubstanciada naquele último rebento. Fora da sua influência preservadora, pendores e apetites adormecidos no fundo daquele ser, ao aspecto noutras gerações conhecido da cidade, saíam da atrofia embrionária, e vinham impor as suas leis fatais de atavismo, de hereditariedade.

Já não era o "pedreiro" fogoso das galopadas pela campanha viridente, para continuar na comparação bovina do começo — segundo as nossas tendências atuais de regionalismo, — mas um rapazelho bisonho, na flor dos dezessete anos, das nuvens caindo, como o Pécopin[42] da lenda renana às garras do Diabo, sobre os bastidores duma cosmópolis, onde se representava a força tragicômica desta civilização de vinte séculos de ruína e estrumeira, em meia dúzia de anos de adaptação ao cenário...

As regras acrobáticas de trampolinagem, ou os guizos de bufão, a escolher...

Enquanto resolvia, por delonga, cinco meses vagarosos de apatia dolorida, cinco meses de cruel tateamento nas sombras envolventes da vontade, que fazia falência, presa de abulia estranha...

---

40 De filiação incerta nos relatos sobre mitologia grega, Nêmesis é a deusa da vingança e da ética e é representada pela imagem de uma mulher alada.

41 Possível grafia errada de *tactum*, que em latim designa o sentido do tato [?].

42 Personagem do conto de Victor Hugo intitulado *Légende du beau Pécopin et de la belle Baldour* (1842), que compõe a série *Le Rhin* [O Reno], coletânea de cartas fictícias.

Minutos que se espaçavam um a um, no ritmo agônico do sempre presente — "ser ou não ser, ser ou não ser" — com que marcavam as horas!

E três meses de treva, cortada de relâmpagos!

....

"Mas, ó demônio! Meu Ramalho, esta já não é carta, parece testamento. Vou terminar. Tudo a propósito do "Saltério". Lá chegaremos. Tracemos-lhe a súmula até as páginas. — Ressurgimento. Olhos abertos para a vida, de novo o problema insolvável voltaria a impor-se? Sim? Não?

— Estrada de Damasco.

O outono daquele ano, encheu-me de energias novas. Surge a Princesa da galera imperial. Seria aquela ou outra qualquer que na ocasião aparecesse. Era o tempo em que a Árvore tinha que dar forçosamente o primeiro botão, determinante de suas características no horto botânico. Na imprecisão da adolescência, todas as divas apresentam-se como Dulcinéias del Toboso; o bom senso sanchino incumbe-se depois de fazê-las Aldonças Lourenço[43]...

Foi uma ressurreição. Na ebriedade daquela primavera, enfebrecido provei dos néctares divinos que a virgindade da terra longamente adubada oferecia de chofre à saciedade das raízes. E de escalão, na cavalgata ruidosa, toda uma existência primitiva de sonhos, quimeras, fantasias, da silva natal, veio cachoando no hino bárbaro dum Coração, repleto enfim, como uma taça, até às bordas!...

---

43 No *Dom Quixote*, de Miguel de Cervantes, Aldonça Lourenço, uma rústica tabeneira, é a personagem que o personagem principal em seu delírio cavaleiresco escolhe para proteger, nomeando-a Aldonça Lourenço e a ela atribuindo nobre origem.

Bebi a sorvos longos de flagelado, o vinho capitoso; fartei-me daquele mundo de revelações, como o efebo pagão ante a pira de Dionísios.

Quatro meses, toda uma estação, assim!

Acordar de estremunhado, ou antes, acordar de realidade. Ah, bufônico Rolla[44] que se apresta agora para o noivado álgido, ao pé do leito das Marions[45] prostituídas... Idílio aquele, dos últimos dias, feitos de esgares de Mefistófeles[46] e dobres a finados...

O rei de Tule[47], antes de atirar ao oceano a sua taça, limpou-lhe o fundo oxidado das recordações, raspou-lhe as fezes, e fez daqueles resíduos amaríssimos a tinta corrosiva com que traçaria as pobres linhas do "Saltério".

Folheto aquele machucado e inodoro, como folha ressequida que se arranca em lembrança à coroa funeral deposta sobre a sepultura do ente amado. Como valor intrínseco, isso apenas; e mesmo, só para quem soubesse o segredo de perfeição escultural que aqueles sete palmos de terra guardavam e iam dissolvendo em seu seio tenebroso... Banalidades para os demais.

---

44 *Rolla* (1833), de Alfred de Musset, poema narrativo que trata da devassidão e do incesto cometido pelo personagem homônimo.

45 Marion Delorme (1613-1650), cortesã francesa, conhecida por seu envolvimento com homens iminentes da época. Alfred de Vigny (no romance *Cinq-mars*, de 1826) e Victor Hugo (na peça *Marion Delorme*, de 1828).

46 Personagem que incarna o demônio no drama *Fausto* (1808), de Goethe.

47 *Der König in Thule* [O Rei em Thule], poema de Goethe publicado em 1774 e posteriormente integrado no *Fausto*.

Quatro anos passados agora, eis de retorno esse Fantasma a visitar-me! Pobrezinho! Como se não fora apenas a poeira do meu Sonho que lhe houvesse emprestado em vida o dourado da sedução!

Veio com o mesmo riso na boca murcha, a incitar-me para a comédia antiga de sentimentalismo. Rir-lhe-ia às faces súplices, se zelasse o meu sentimento pelos risos de outrora.

Caráter afeito à têmpera dos anos, mui grave, mui ponderado, indicou delicadamente a porta, fechou-se em seu mutismo, e não mais!"

Está conforme.

BILHETE

Meu caro. Não foi propósito meu pintar *feras*, nem tampouco ausência de memória, em vários pontos cometida, na narração de alguns acontecimentos da vida do Casimiro, que aí ouvi, por noites desse encantado luar goiano, junto ao terreiro da tua velha Chapada.

Não; se tivesse a intenção de pintar feras, teria que esboçar o retrato de meia humanidade, tarefa para a qual me falecem forças. Só uma leitura desatenta e superficial — como afirmei no bilhete anterior — poderia levar a semelhante conclusão. Tive em vista apenas, dadas as condições do indivíduo e local apropriado, fazer desdobrar-se natural e impassivelmente uma atividade, viril, — apurada de certas qualidades e probabilidades superiores de luta — reagindo sobre o meio ambiente em que lidava, e procurando expandir-se na medida de sua capacidade.

Obrar doutra maneira, seria furtar à Arte a sua grande significação, que consiste em deixar agir livremente o objeto determinado, dadas as circunstâncias, sem intervir na ação ou de cambar para considerações de sectarismo de escola e preconceitos quejandos, de cunho puerilmente sentimental.

Ora, da leitura daquelas linhas deduziriam o conceito de besta fera e nefando crime, leitores vulgares, sem noção precisa das coisas — juízes esses aos quais nem vale aludir, e que a mais comezinha parcela de bom senso manda desprezar. Em arte, meu amigo, é preciso ter sempre presente e em vista o princípio nietzscheano de ficar "um pouco mais além do bem e do mal"...

Demais, nem toda leitura, é para o comum dos mortais, e muito menos o juízo derradeiro sobre este ou aquele ato de determinado personagem. Necessário se torna, então, saber ler, e bem, sem o que não nos entenderemos.

Na minha opinião, não existe crime — segundo a interpretação usual do termo — e sim impulsos atávicos de que o homem sofre o determinismo irredutível. Vá indagar dos autóctones das ribas amazônicas por que sacrificam e devoram as presas de guerra, aos trogloditas das cavernas terciárias o motivo por que saboreiam a carne de seus inimigos; lança-lhes em face a torpeza de seus imundos festins, o abominável desses ritos selvagens, e eles rir-te-ão estupidamente no rosto, tomando-te por um manitó tombado de Jaci — a lua indígena — ou um desses fetiches malfazejos da floresta, que o vento trouxe até as suas cavas. E faças em outros termos o mesmo ao teu contemporâneo, a quem a ignorância, a miséria, o alcoolismo, a degenerescência e outras taras hereditárias carcomeram o embrião do futuro cérebro; pergunta-lhe por que trucida e mata, e ele te olhará com o mesmo olhar do homem primitivo, rir-te-á às bochechas com o mesmo riso idiota...

No fundo, irresponsáveis e inocentes tanto uns como outros. E o que fica dito sob o ponto de vista do plano físico, realiza-se também com o moral. Atavismos de raça, contingência atual e premente de perigo, a atmosfera barbaresca de suspeição e de morte a que se está no momento sujeito, a grande lei enfim da *struggle for life*, são causas preponderantes que justificam a brutalidade desses atos, cuja exposição te ferira inúteis suscetibilidades.

Isso dito rapidamente e dum modo geral, entremos em detalhes. Acoimaste-me de injusto e baldo de memória na narração do episódio de Santa-Maria. Antes que tudo, convém dizer de passagem que és o primeiro que — em letra de fôrma — avança tal juízo a meu respeito. Creio porém que não mediste bem a extensão daquele termo, tanto que em outro local, mais ponderado, dizes que "a memória me tinha traído"; é usar duma metáfora — delicada aliás mas que significa que eu tinha mentido — outro juízo que te perdoo, porquanto isso de julgamento depende já do ponto estreito de ideias e preconceitos em que nos enfronhamos e donde vemos os fatos desenrolarem-se em torno. Galileu mentia quando afirmou que a terra se movia no espaço...

Mas não entremos em profundezas. Meu caro, o que escrevo, não é às cegas e instintivamente; tenho a responsabilidade e a probidade dos meus processos literários; levo mesmo o meu escrúpulo até certas raias, de que só quem possui o segredo do *métier* e está a par da estrutura íntima desse gênero de composições, poderá avaliar o alcance. Não atribuiria nunca um sentimento a dado personagem, que não o sopesasse primeiramente, quer fosse real, quer fictício o ser que metesse em cena. Portanto, topo todas as refutações que me fizeste a respeito. Demais — tu o confessas na tua carta — a última vez que ouviste o Casimiro, foi a última vez que também o ouvi. Eu estava naquela idade em que os fatos e as impressões parecem gravar-se a estilete, fundamente, na lâmina maleável do nosso coração; e são sempre essas primeiras impressões da juventude, as que mais frescas ficam em nossa memória.

Acrescente-se que o ouvia já em interesse futuro...

O único árbitro que poderia decidir atualmente a questão — tu sabes a quem me refiro — e que tratou em vida com o nosso herói, escreveu-me que por seu lado nada poderia adiantar, pois desinteressara-se sempre e ouvira superficialmente o velho a respeito dessas aventuras.

Demais[48], o Casimiro é uma figura apagada, que não aproveitaria a qualquer um, e que só mesmo a distância, a exacerbação evocativa dum espírito *blasé*, poderiam ressuscitar e dar vida às suas descosidas narrativas. Compreendo o sentimentalismo de tuas recriminações, vendo-o tratado daquela forma; mas que fazer, a Arte é a Arte, uma coisa em extremo séria, ante a qual se curvam e se devem sacrificar considerações mui mais importantes das que foram por ti alegadas. Por certo não quererias que, depois de dar uma nota realística, cruamente iluminada pelo meu modo de tratar o assunto, entrasse logo em explanações piegas — ao gosto

---

48 Ademais.

deliquescente do romantismo escrichiano[49] — com um belo sermão de moral, ou adições explicativas e justificativas, como se a ação dum homem bravo, forte, são e valoroso, a quem o meio em que se desenvolveu e exigências do momento fizeram obrar desta ou daquela forma, não se justificasse por si mesma.

Não, seria deturpar a vida. E o ideal do artista é dar dela a imagem mais aproximada e perfeita. Quanto ao episódio de Santa Leopoldina, que negaste lá se ter passado, ajuntando que não foram barras de saia o motivo eventual, topo de novo, nesses dois pontos como em todos os demais, dispensando aliás as peripécias do ataque ao fortim de Santa-Maria, de cujos pormenores me recordo perfeitamente. Compreendes que num trabalho de caráter epistolar, não ficaria bem dar desenvolvimento de novela a cada episódio, sendo que já muito dissera estendendo-me de lauda a lauda por mais de doze tiras... Tais assuntos, reservo-me para explorá-los mais tarde, se me for conveniente, bem como toda aquela história do bandido Pennafiel, o terror dos sertões goianos, de que Casimiro foi o feliz protagonista.

Confesso-te que me surpreenderam aquelas tuas refutações; quiseste por esse modo, bem que involuntariamente, desacreditar-me quanto à maneira de tratar os meus temas. Abriste o antecedente para que tal ou tal leigo venha após dizer, a propósito disto ou daquilo que futuramente escrever, e de que lhe falte a competência necessária para julgar, que — "isso foi assim e não assado, aquilo passou-se assim e não da maneira por que afirmou o autor", etc...

Querido, tenho ainda a dizer que há a verdade — lugar-comum, que constitui o esqueleto duradouro de

---

49 Enrique Pérez Escrich (1829-1897), romancista de folhetim e dramaturgo espanhol, retratou a boemia da juventude espanhola em suas narrativas.

qualquer obra de arte, e a verdade literária, que é a impressão individual que lhe aplica o obreiro e que serve de baliza para a avaliação de seu mérito artístico.

Paremos aqui. Não quero que depois de me julgar injusto para com o teu fiel servidor (vês que fiz revivê-lo na memória de muitos), acabes por achar-me injusto para contigo mesmo. Não, compreendi desde o primeiro golpe de vista a boa intenção que te ditava aquelas linhas. Agradeço as referências elogiosas. Não as mereço todas. Mas é que escrevias para o público — o público do jornal mais lido em nossa terra — ao invés de comunicar-me particularmente as tuas impressões, e mister se fez que esse mesmo público ficasse a par do que eu tinha a objetar às tuas refutações.

O MEU AMIGO JUVÊNCIO

Já dois anos quase decorreram depois que recebi aquela carta de despedida de Juvêncio, lá no interior de Minas, onde uma breve permanência me ausentara do bulício absorvente desta vida de capital; e, fechando os olhos, estou daqui a vê-lo numa idade mais remota, quando crianças ainda íamos de braços dados para o colégio — a mim, o único com quem se mostrava menos retraído — naquele seu dólmã azul listrado de menino pobretão, o caderno de exercícios sobraçado, tímido e suave, lá, naquele lugarejo de nossa terra natal.

Soldava-nos uma dessas amizades sinceras e profundas, assentada sobre esse caráter de infortúnio e melancolia precoce, que nos estreitava cedo no mesmo fraternal amplexo, como a que ligara outrora Balzac a Luís Lambert[50], feita toda de íntimas delicadezas e aquela mútua e prematura aspiração idealista para o mesmo sonho de Beleza na Arte.

Tantos anos que isso foi...

Guardo ainda daquela época a saudade pungentíssima que nós outros, mareantes batidos por todos os ventos, arribados a todas as costas — teremos sempre por aquele devanear pueril dos primeiros anos, por aquelas ilusões embaladoras que fomos deixando a cada porto, a cada nova guinada da soçobrante embarcação no proceloso mar, aquela saudade pungentíssima, repito, do que ficou atrás, do que fomos abandonando como lastro na rota fatal — de tudo enfim que perdemos daquela quadra, a melhor de todas...

---

50 Louis Lambert (1832), romance de Honoré de Balzac, posteriormente publicado depois de *Seráfita* (vide nota 2), em 1836. O romance trata de elementos místicos e literários e faz parte da mesma seção de "Estudos filosóficos" da *Comédia Humana*.

Destinos vários, contrários ventos, separaram-nos ao depois...

Há quatro anos encontrei-o na capital, adolescente, escrevinhando por jornais, todo vida, todo animação, o antigo caderno de exercícios substituído por um poema inédito que trazia sob o braço, e que seria — segundo a sua opinião — a primeira bombarda que viria atirar à estultícia conservadora dos aristarcos[51], e com o qual contava firmar-se definitivamente, já pela novidade dos processos, já pela maneira de tratar o assunto — toda nervos — no mundo oficial da nossa literatura.

— Porque, acredita-me tu, isso de parnasianismo ficou em Leconte e Heredia[52]; os moços do meu tempo perseveraram na escola, não por íntima convicção e propensão irresistível, tenho disso a certeza, e sim por mera timidez. Passaram as correntes romântica e decadente em nosso país, com os vultos que aqui as introduziram; ficaram de pé — vivos — aqueles expoentes da *impassibilidade*, que constituem hoje em dia o elemento consagrador e o bloco dirigente da nossa crítica. Daí, pelo justo receio do insucesso, os "novos", os estreantes, entraram de imitar-lhes a feição, uns, como disse, por timidez, outros por preguiça, a maior parte por falta de originalidade, impotência de imaginação... O meu livro rompe com aquelas normas... Serei eu mesmo!

Tudo isso — quão diferente estava o meu Juvêncio daquela passividade linfática da infância — dito febrilmente, o olhar brilhante e aquela suspeitosa agitação de membros que desde logo me fizeram duvidar e temer pelo seu estado de saúde.

---

51 Provável referência ao personagem Aristarco, diretor do internato no romance *O Ateneu* (1888), de Raul Pompéia (1863-1895).

52 Leconte de Lisle (vide nota 31) e José-Maria de Heredia (1842-1905), poeta francês parnasiano de origem cubana.

Reatada a velha camaradagem, levou-me ao seu quarto de estudante, num terceiro andar da rua da Alfândega, lá metido entre trapeiras e águas furtadas, assim como um gato boêmio, ou herói de Murger[53] que esquecesse os confortos da existência, para de todo entregar-se ao grande sonho de Arte e Poesia.

As férias de estudo, incômodos de saúde e depois preocupações e negócios, sobretudo a mudança repentina do meu amigo, que me não deixara indicações da nova residência, separaram-nos de novo neste formigante mar humano de um milhão ou mais de almas.

De seu livro, porém, eu que lia atentamente o registro dos jornais, não tive nunca notícias. Soube depois que tinha estado doente — três meses em hospital — presa duma afecção nervosa que lhe abalara o organismo, já de si fragilíssimo e extremamente impressionável desde pequeno.

Encontrei-o um ano depois — fanada já aquela flor efêmera de juventude — perambulando pelos cafés e baixas rotulagens da cidade, as faces apagadas, fumando intermináveis cigarros, numa apatia dolorosa de hipocondríaco, pouco comunicativo, e deixando por tudo errar a morna desolação de uns olhos mortiços, sem vida, sem calor, sem entusiasmo, de náufrago irremissível.

Estendeu-me a mão fria, sem alvoroço, e ficamos ambos silenciosos, naquela infamíssima casa de bebidas para onde me arrastou, enquanto a música chorosa dos cavaquinhos entrava de esmiuçar em torno motivos e estribilhos de cançonetas libertinas...

Uma das mulheres que ali rondavam, chegou-se a ele, falou-lhe ao ouvido. E, ó assombro, o meu casto, castíssimo Juvêncio de outrora, passava-lhe o braço em torno da cintura derreada, e sorria...

Não seria bem aquilo um sorriso, mas ria.

---

53 Louis-Henri Murger (1822-1861), autor da novela *Scènes de la vie de bohème* (1851), que inspirou o libreto da ópera *La Bohème* (1892-1895), de Giacomo Puccini.

— Estás mudado.
— Que queres, a vida...

Era aquela a primeira frase que dizia; e isso, depois de um ano quase de separação, quando eu lhe manifestara já todo o meu pesar pela doença que o tinha assaltado antes, e o recriminava afetuosamente por me ter deixado assim sem notícias, não indicando a sua nova moradia.

E recaíramos no mutismo dos primeiros momentos, ao passo que a diva vasculhava — com palmadinhas de rosto e sorrisos caninos — os bolsos do meu amigo, e se fora empós, agatanhando um magro cruzado — o último talvez.

— Tens escrito, hein?
— Ah! sim, a Arte...
— Que fizeste do teu poema, a "primeira bombarda", como disseras antes; estourou em cheio sobre os aristarcos?
— Oh, filho, deixemos essas asneiras... Hoje em dia, lê-se um livro, quando muito, atrás de um termo novo, de uma frase bonita, de que se possa apropriar... Dei-o ao galego lá da esquina, para o uso particular da freguesia; tu sabes, papel Ideal... Pois se estava tão cheio de idealismo...

E de novo, aquele mesmo sorriso que já me fizera mal, aflorou-lhe aos lábios, fugidio.

— E o teu curso de Agronomia, concluído, não? — indaguei para fugir àquele silêncio que pesava como uma mortalha de chumbo.

— A Agronomia... Ah! sim, deixei-a logo que cessou de existir aquela que, lá em nossa terra, queria o filho doutor... Infantilidades de gente caduca... Bastaram-me as batatas que plantei na literatura.

Essa última blasfêmia sobressaltou-me:
— Pois que! E aqueles nossos sonhos de colégio, em que eras sempre o mais exaltado, e de que me citavas a propósito, como norma, os versos da "Profissão de Fé" dum dos nossos poetas?...
— Homem, já te disse, águas passadas.

E como se levantasse, enfiando o sobretudo, luziam-lhe os olhos num fulgor estúrdio. Embora fosse uma hora da manhã, estava uma bela e tépida noite de verão; e entanto, o meu amigo tremia sob as dobras do capote, como se um frio intenso, mortal, de além túmulo, tivesse tomado posse daquela arquitetura gasta de homem, até à medula dos ossos, até à própria medula da alma, se permitido fosse expressar-me assim.

Saímos na noite, sob a proteção misericordiosa das estrelas. Um bêbedo passou, aos cambaleios, num desbocamento de cantilenas obscenas; parou um momento à luz do lampião, olhou-nos com aquele olhar terno dos beberrões, pediu lume para a ponta babada do cigarro.

— Vês, disse Juvêncio, quem te lembra?

— Não sei, não me importa saber...

— Pois a mim importa muito, lembra-me meu pai.

— Ficaste cínico, Juvêncio?

— O cinismo é uma atitude, e tu bem sabes que sempre detestei imposturas. Repito, lembra-me meu pai.

E foi só então que, rebuscando na memória, revi a figura do Zé Borracho, como o chamavam no lugar os garotos, antigo funcionário aposentado, um desses tipos tornados inesquecíveis, como devera ser Marmeladoff — aquele personagem de Dostoievski[54] que passeava a sua bebedeira inveterada pelas ruas e tavernas da cidade. Nunca aludira àquele desgosto particular, nem os lábios do meu amigo se tinham jamais aberto para uma palavra de queixa ou exprobação à desgraça que os infelicitara, a ele, filho, e à mãe, pobre velhinha ralada de pesares.

— Deves recordar, na escola, nos folguedos, na praça pública, quando passava, apontavam: Ali vai o filho do Zé Borracho. Sofria com aquilo. Tinha ímpetos de esbofeteá-los a todos e bradar-lhes aos ouvidos:

---

54 Personagem pobre e bêbado que aparece na primeira parte de *Crime e castigo* (1866), de Fiódor Dostoievski (1821-1881).

tenho eu culpa de que meu pai beba!? Mas não, assim me avistassem, colegas ou estranhos, o mesmo murmúrio: Ali vai o filho do Borracho... Bater-lhes-ia no rosto, se não fosse tão fraco. Tolices... vamos por aqui, ao longo do cais.

— Deixemos essas ideias tristes; toda vida é mutilada, como bem diz Gorki[55]; e cada qual — rei ou mendigo — carrega o fardo duma recordação.

— Bem sei; a sabedoria é esquecer... e passar. Mas lembro aquele fato como quem alija uma carga ao mar. Sou livre, fugi às responsabilidades. Senão, vê aí Lombroso[56] e a escola italiana... Mas não, o álcool desarranja-me o estômago, não posso suportá-lo, é como um vomitivo; e tenho a cabeça forte, ah! muito forte, para nele beber felicidade e esquecimento.

— Para que torturar o coração, meu amigo; tu vieste antes daquele vício; não há certeza absoluta bem vês, daquela lei; muito pode a vontade, e a escola lombrosiana teve os seus contraditores, e numerosos.

— Não é tortura; aqui — e batia no peito — já não há lugar para tais sentimentos, tenho os nervos gastos e embotados, é antes, imagina, saudade... Saudade de uma longa, irreprimível, fatal queda, de degrau em degrau, indefinidamente, pela escada do vício...

Ir eu em começo, por onde os últimos findaram; rolar, um rolar sem limites, pelo século dos séculos, de sarjeta em sarjeta, irremissivelmente...

— Fantasias...

— Arrependo-me antes: pois que! Há ainda em mim a veleidade de um desejo?

E trauteou:

---

55 Máximo Gorki (1868-1935), romancista e dramaturgo russo.

56 Vide nota 23

Mi voluntad se ha muerto una noche de luna
En que era muy hermoso no pensar ni querer...
Mi ideal es tenderme, sin ilusión ninguna...
De cuando en cuando un beso e un nombre de mujer.[57]

Entrávamos numa travessa tortuosa, escura, donde uma fedentina de pós de arroz, patchuli e carne suada anunciava à distância os arraiais da perdição. Uma voz melosa, o sotaque estrangeiro, num derretimento desbragado, sussurrou duma rótula: — Vem cá, simpático!...

— Ouves, disse Juvêncio, harmonia estranha! Nem mesmo a nona sinfonia de Beethoven ou os noturnos de Chopin; harmonia estranha, repito. Senão, pergunta-o aí ao primeiro passante, ao teu vizinho, a toda a coletividade humana; e todos hão de dizer contigo: estranha harmonia! Duvidas? Pois posta-te duma banda, ela da outra, e ofereças a mais linda partitura, o mais sublime poema, como autoria, ao primeiro que vier; e diga-se do outro lado: vem cá, simpático. E a tua ópera, e o teu poema, ficarão inéditos.

Íamos depressa, roçando às paredes. Um braço puxou-o. Voltou-se. A luz do reverbero fronteiro iluminava um rosto olheirento de perdida. Enegreciam-lhe os dentes os arseniatos e compostos de mercúrio; ria com descaro, sob as rosetas do *rouge*.

— Amor, vem cá dormir às três, que já tenho a féria pronta. Ora, não esqueças umas quadrinhas...

— Que idade dás a essa mulher?

— Trinta anos de devassidão, pelo menos.

---

57 Trecho de "Adelfos", um dos poemas que compõe o livro *Alma* (1902), do poeta espanhol Manuel Machado Ruiz (1875-1939): *"Minha vontade morreu numa noite de lua / Em que era muito encantador não pensar nem querer / Meu ideal é me estender, sem ilusão nenhuma / De quando em quando, um beijo e um nome de mulher."* (Tradução livre.)

— Enganas-te, tem dezoito. Foi ela a virgem pura que presidiu ao meu estro de adolescente. Compus em seu louvor um Antifonário, calcado no misticismo medievo das velhas liturgias. Fiz do meu sonhar mais alto uma escada de Jacob, por onde a conduziria às regiões swedenbórgicas[58] do idealismo último; por ela cri e orei nos templos da Fortuna e da Felicidade. Prostituiu-se com o primeiro chofer da vizinhança que lhe provou a sua virilidade. E entanto, acredita-o, era uma santa.

E desatou, súbito, a rir perdidamente.

— Estás doente?

— Nada de metáforas, perguntas antes se estou doido. Não; ocorreu-me uma ideia: é que, dia a dia, linha a linha, parodiei em minha vida, sem que o suspeitasse, o d. João, de Junqueira.

Com efeito, como ele tive a minha noite de romantismo, o cair de folhas, e andei pelas bibliotecas e alfarrábios violando os féretros das velhas filosofias. Puah! Que depois de Salomão nada há mesmo de novo sobre a face da terra. Bem dissera Albalat[59] que todos nós plagiamos Homero... Rica joia aquela pequena, hein? Pois asseguro-te que, há ainda três anos, fazia a inveja das amigas e batia todo o bairro em recorde de formosura. Enfim, chatice tudo isso; toda vida é banal; o mais, byronismos...

Aí está, mais ou menos, como vim encontrar o meu companheiro de infância. Daquele viver airado, sem rumo certo, da flutuação angustiosa daquele espírito, e o desapego letal, ficou-me apenas a certeza dolorosa dum naufrágio inevitável de carreira tão promissoramente encetada, e a convicção desoladora da deliquescência incipiente duma cerebração tão peregrinamente conformada antes para os mais elevados e transcendentes empreendimentos.

---

58   Vide nota 1.

59   Albert Albalat (1856-1935), autor e crítico literário francês, escreveu também textos sobre a arte da escrita.

Os bilhetes que dele recebera de então, curtos, lacônicos, garatujados à pressa e tratando apenas de pequeninas necessidades materiais, de que às vezes se socorrera da minha pessoa, patenteavam bem o descaso, o esforço e o cansaço de quem só mesmo penosamente consegue alinhavar cinco linhas, ligar duas ideias.

Como lhes dizia, porém, de princípio, retirei-me cerca de dois anos atrás para o interior, onde fui repousar a minha neurastenia desta vida esfalfante de capital; e lá, naquele calmo retiro serrano, cultivando as manjeronas do meu jardim, recebi pelo correio, borrada de carimbos vários, a primeira missiva do meu amigo, onde dissera o fracasso das suas derradeiras tentativas — "para desquitar-se da opressão em que vivia" — e onde se debuxava já aquela resolução de pôr termo à inutilidade duma vida, agora que estava libertado do último laço que o prendia à "esterqueira mundana", e que o passamento da mamã — velhinha trêmula que continuava a sonhar do fundo da cova pelo grau de dr. do filhinho bem amado — o desobrigara de vez do derradeiro compromisso.

E logo em seguida, quando já afivelava as malas, alarmado com a nova, veio-me a última às mãos, junto ao borrão dum "Jornal", anunciando o fim trágico, e onde — esforço inesperado! — aquele espírito se estendera de lauda a lauda dumas trinta páginas, sem vacilação e sem esforço aparente, assim como uma candeia que aviva o seu clarão, antes de apagar-se definitivamente na grande noite astral.

O meu amigo, porém, não se suicidou. No transe supremo, a Providência, talvez não querendo — segundo as nossas crenças comuns — invalidá-lo para um gozo e uma paz melhor lá naquelas esferas onde, conforme Platão, vão ter as almas transmigradas, veio em seu auxílio, cerrando-lhe piedosamente os olhos do entendimento, assim como um socorro que somente aos Eleitos fosse concedido.

Presa de novo da febre ardente, Juvêncio passou do repouso dos sanatórios para um recanto obscuro de província, onde lhe restavam uns tios, a convalescer os pulmões e o cérebro abalado no oxigênio puro das montanhas.

Lá findou-se brandamente, entre as casuarinas do quintal, onde pedira que o transportassem, sob um raio quente de luz, olhos voltados para o Oriente, assim como Oswald do drama ibseniano, para "viver e morrer em beleza"[60]...

Daquelas linhas que deixei dormir no fundo duma gaveta, com o propósito de restituí-las um dia — hoje que a sua lembrança estará perdida na memória de todos — aí ficam inseridos alguns trechos, como homenagem e súplica ao mesmo tempo, homenagem aos que ficaram combatendo intemeratos na Arena, e súplica às almas misericordiosas, feitas de perdão e consolo, de que ele duvidara em vida...

Escrever o que sei da sua existência, pareceu-me tarefa inútil; cheia de azares e banalidades, sinuosa e fugidia, como tantas outras. Do seu espírito, do seu temperamento artístico, transcrevo abaixo umas linhas de Fialho[61], tiradas da "Tragédia dum Homem de Gênio Obscuro", que é bem a síntese perfeita daquele desordenado e trágico viver:

"O que havia em sua alma de encanto, era precisamente esta dosagem de mistério e de volúpia, de cerebração offemânica e de preguiça muscular, de paragens da vida e de acelerações de desespero, que inutilizando-o para a luta, afastando-o cada vez mais da estrada comum, quase que para assim dizer o tornavam alvo das agressões de todas as grandes e pequenas coisas da existência, e perseguido pela natureza, como infrator da grande lei de conservação da sociedade...

---

60 Personagem da peça *Os Espectros*, de Henrik Ibsen (1828-1906).

61 Fialho de Almeida (1857-1911), escritor e jornalista português de inspiração naturalista.

"E a síntese de seu espírito, achei-a uma vez no frontispício das *Toquades*, de Gavarni: a Loucura voltando entre as mãos um crânio, por cujos buracos se evola um enxame de borboletas".[62]

— Eu fui — dissera-me Juvêncio uma vez — como a avestruz selvagem das solidões da Líbia. Pelo areal imenso e faiscante, seja às lunares, seja às meridianas claridades, perseguem-na sem descanso as matilhas ferozes, em grita bárbara: — *Taiôt! Taiôt!* e *Halali*! — naquele apertão de mais em mais cerrado, de mais em mais intransponível, dum círculo hiante de bocas esfaimadas. Com o terror que lhe empresta as ciclônicas velocidades do simum, abismos e ondulações desaparecem à distância, nas poeiras levantadas, e de extremo a extremo são muitas vezes transpostas as fronteiras do deserto.

Novas forças encontra ela no acúleo do esporão que traz sob as asas, e que lhe rasga as canelas exaustas, deixando atrás toda uma longa e rubra esteira de sangue fumegante. A cainçalha deten-se de momento a momento, farejando, relambendo, nas poças sanguentadas, para de novo arremeter, reacesa no furor da perseguição.

Quantas vezes, quantas, solitária habitadora das planícies, sustando a tua carreira infrene, não enterraste com desespero de causa a cabeça na areia rescaldante, para fugir àquela visão ameaçadora!... E quantas, ó quantas, infeliz! acossada de perto, não foste obrigada a prosseguir na mesma correria, no mesmo destino, na mesma loucura, planície em fora, interminavelmente!...

— Porque no meu crânio, ajuntava ele outras vezes, está assentado um Demônio. Dele fez, desde o berço, o objeto e o joguete de seus infames divertimentos. A princípio, cada novidade que de lá andava ele a extrair

---

62 Paul Gavarni, pseudônimo do ilustrador francês Sulpice Guillaume Chevalier (1804-1866), é o autor de *Toquades*. Suas ilustrações para obras de Balzac e Eugène Sue o tornaram célebre.

com as tenazes implacáveis de sua análise, como que era um pedaço de existência, uns restos de ilusões, atira dos e entredevorados pelos cães famélicos das vizinhanças... Depois, como encontrasse já deserta um dia a sua caixa de surpresas, plantou lá dentro a lâmina aguçada de um punhal. De quando em quando — risonho e diplomata — põe-se ele a torcê-la, vagaroso, num guinchar agudo de intenso, profundo, inexprimível prazer... E é por isso que trago os olhos desde então abaixados, a face macilenta e o riso doentio, porquanto paralisa-me o terror de topar aqueles mesmos olhos esverdinhados fitos sobre os meus, aquele mesmo rir sardônico e zombeteiro aberto para a minha boca muda, e — sobretudo — aquela mesma intraduzível satisfação a iluminar a fisionomia prazenteira do Diabo, desde o berço e tão cedo escarranchado sobre as abóbadas ressonantes e vazias do meu Crânio...

DIÁRIO DE JUVÊNCIO
(FRAGMENTOS)

As produções da atualidade são maravilhosas colchas de retalhos, onde inútil procurar o trabalho de remendão; assim como aquela vestimenta que ofereceram a Gulliver na ilha de Lilliput...

※

Os homens do meu tempo habituaram-se tanto a mentir, aos outros e a si próprios, que no dia em que precisarem da verdade não saberão como exprimi-la. Alguns fizeram-me elogios, que, como Musset, coloquei no bolso traseiro da calça.

※

Os literatos são os últimos a reconhecer o valor dos próprios colegas. Redunda isso, talvez, dos processos que eles próprios empregaram para chegar a certa notoriedade.

※

Na Arte, a admiração apresenta-se sob dois pontos usuais de vista: o *ascendente* e o *descendente*. Deste, o que toma o pulso ao autor, admira: — Ah! chegaste até aí? E sorri-se, interiormente deleitado, e cheio de benevolência acha que não foi de todo perdido o seu tempo em ler semelhante obra.

Na admiração ascendente, o leitor tem um grito de espanto e entusiasmo: — Como! será possível chegar até lá? E ao mesmo tempo que se baba, sente-se intimamente diminuído.

Acresce dizer que a admiração descendente é rara, muito rara, extremamente rara mesmo — é a dos que olham para baixo; ao passo que a dos que olham para cima, apresenta-se com maior frequência, mesmo àqueles que têm por ofício cotidiano o mister de escrever livros...

✳

Dois gênios, nos últimos tempos, exerceram uma influência perniciosa em nosso meio: Lombroso, que alevantou o espírito pedantesco dos nulos e incensou a vaidade dos medíocres, que passaram a descobrir taras de degenerescência e desequilíbrio em tudo que excedesse as raias do comum e a órbita estreita de suas medianias; Nietzsche, com o *Also sprach Zarathustra*, que fez com que cada fedelho, meio dedo de cultura literária grudada nos cascos, saísse pelos círculos e rodinhas conhecidas dizendo-se super-homem, e citando preceitos e aforismos de que não compreendera bem o sentido.

No tempo da Dama das Camélias[63], as mulheres tomavam vinagradas às ocultas para emagrecer ou passarem por tísicas; os homens traziam olheiras lovelaceanas[64], e esfuminhavam ao espelho os pés de galinha do canto do olho, para se pressupor as noitadas perdidas. Hoje, as primeiras têm o furor das corridas, dos romances policiais e do jogo do bicho; os segundos cultivam o namoro, colecionam termos estrangeiros, brunhem as unhas e olham os demais do alto da sua superioridade.

---

63 Referência à personagem Camille Gautier, do romance *A Dama das camélias* (1848), de Alexandre Dumas Filho (1824-1895).

64 Lovelace é o personagem rico e libertino do romance epistolar *Clarissa* (1748), do escritor inglês Samuel Richardson (1689-1761).

Folgai, Spencer[65], efeitos naturais da evolução.

✹

A. — Como? Recusaste apertar a mão de F.?
B. — Meu caro, só aperto mãos honradas.
A. — Então, manda decepar as tuas como inúteis.

✹

Os nossos mais íntimos amigos sentem uma secreta satisfação em ver-nos tristes e desgraçados. Ficam descontentes e aborrecidos quando nos adivinham ou lhes parecemos prósperos e felizes. É então um dever de humanidade das almas superiores, dar-lhes uma notícia má qualquer a nosso respeito, para que vejamos de novo o sorriso e a alegria resplandecer em seus semblantes um momento apoquentados.

✹

A loucura é um estado em que se fecham os olhos a um mundo, para abri-los a um outro. Daí a incoerência dos atos do *iluminado* em relação ao mundo que deixou.

✹

---

65 Herbert Spencer (1820-1903), polímata e biólogo inglês. Em *Princípios de biologia* (1863), cunhou a "sobrevivência do mais adaptado", inspirado pelas ideias de Darwin.

O homem que no último momento se furta ao impulso deliberado de suicídio, acreditando-se movido por um sentimento superior de caráter moral ou religioso, não obedeceu mais que a um baixo e pueril instinto egoístico de conservação, quiçá a uma recordação feliz de gozo passageiro que a vida ainda lhe possa vir a proporcionar.

✺

Sê delicado, mas o mais raramente que puderes; que, quando adivinham uma alma delicada, os homens são logo induzidos a exercer sobre ela a sua brutalidade.

✺

Lembra-te que os teus amigos nunca te perdoarão os momentos de alegria, força e saúde que ostentaste ao seu lado; e, sobretudo, o predomínio intelectual que exerceste sobre eles.

✺

Alguns vi que se atribuíam em público uma pequena maldade, para poderem dizer duas e três mais pesadas a terceiros, sem que estes últimos, pela circunstância acima, se julgassem afinal com direito de punir-lhes a insolência. Foram, em geral, indivíduos que se criam sinceramente modestos, mas que punham ligeiras dúvidas sobre as suas qualidades pessoais, para poder negar impunemente as alheias.

✺

...A intoxicação sexual, nos adolescentes, conduz a certas formas de loucura, de histeria ou, o que parece a mesma coisa, de misticismo, quando não se transforma numa aparência mais mitigada — a Arte.

※

Meu amigo, não te afadigues tanto em construir sobre corações; o menor atrito do interesse alheio chocado deitará por terra as tuas sábias construções. Vê, as areias constituem, relativamente, uma base muito mais sólida...

※

Este dom de *desprezar* o seu semelhante, compra-se ao diabo; mas, uma vez adquirido, pode-se zombar impunemente das armadilhas do destino, e desdenhar, em consciência, as vanglórias do mundo.

※

O homem, em seus atos e pensamentos, vive continuamente a subir e a descer uma escada, que vai do anjo à besta.

※

As minhas melhores qualidades morais que trouxe para a vida, o mundo delas me desenganou como coisas perniciosas.

A ESMO...

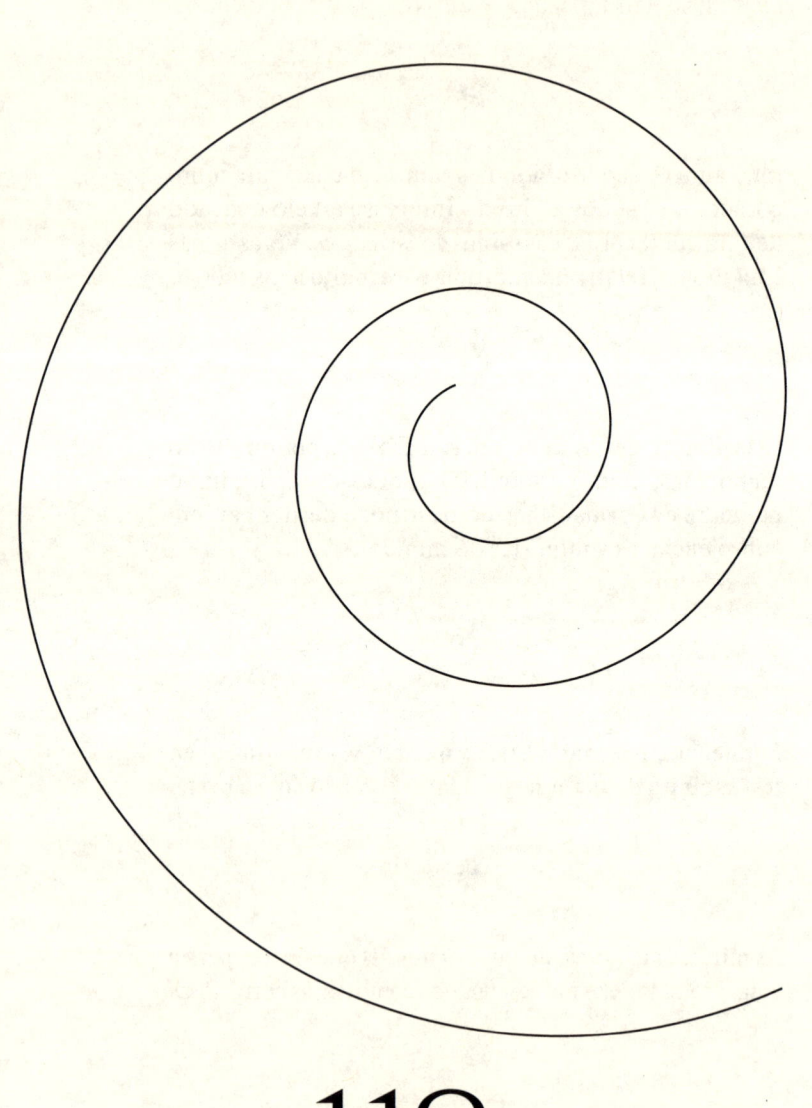

118

GLÓRIA VINHA DA CIDADE. DIA VERLAINIANO, DESSE CINZENTO TRISTE E BRANDO, SUGERINDO A CADÊNCIA DECADENTE E SIMBOLISTA DOS VERSOS DAQUELE BARDO TÃO AMIGO DE MORÉAS E RIMBAUD[66].

---

66 Jean Moréas (1856-1910); Arthur Rimbaud (1854-1891), poetas de expressão francesa.

Desafogavam-se os *trottoir* da aglomeração citadina dos dias intensos da semana; e, valendo-se dessa transitória Natividade de Nossa Senhora, fugia a burguesia demanda dos subúrbios, antegozando desse descanso santificado do dia, tão religiosamente guardado aí pelo interior.

À porta dos Castelões, detivera-me um instante, a olhar distraído linda e esquiva "divette", que passava numa rastaquérica exibição de plumas e anéis, carregando os seis palmos de seu corpito morno e branco sobre uns altos tacões dos botins de verniz.

Foi quando, voltando abstraidamente, dei com ele de frente. Ia rápido, sem o grupo cortejador habitual de satélites que lhe gravitam na sombra. Passou por mim casualmente o olhar, e retive-me, surpreso, admirando o brilho estranho daqueles olhos. Era um olhar errático, hoffmaneano e dorido, dum homem superior que muito viu, muito sentiu e muito sofreu, conhecendo todos os desfalecimentos da alma e da razão, todas as misérias e cobardias, talvez, do coração humano.

E aquele homem, que lá do fundo ignorado do meu recanto provinciano, enchera as longas noites do meu tédio de insônia, acalentando-me o espírito esfalfado com o ritmo cristalino e tonificante dos seus versos, passou e seguiu indiferente e superior à turba, que, corteja aqui, cumprimenta ali, descobria-se reverente ao passar glorioso do gênio...

E quão caro não lhe teriam custado esses farrapos esplendorosos da glória! Quantas vias dolorosas de amargura, de melancolia e de sentimentos abafados, espezinhados e recalcados não teria ele primeiro transposto — peregrino esforçado da Forma — por ali ir ter, ao pináculo, que tanto poderia ser o cume inatingível do Parnaso, como o Gólgota final das últimas ilusões!

"Glória? não há mulher mais pérfida que a Glória.

— Vaidade que enlouquece as almas juvenis!..."

Mais uma vez tinha esse espírito requintado e doentio de Cepelos, tão saturado de Baudelaire, Mallarmé e do *gris* melancólico daquele burilador das *Fêtes Galantes*[67], razão, mil vezes razão.

E eu, da massa anônima, tão anônimo como ela própria, mirava-o numa análise tenaz, enquanto amargas, bem amargas reflexões iam-me sugerindo o anormal aspecto desse meu grande, querido e sempre novo, original e fecundo poeta, cujos versos — duma sonoridade, perfeição e sentimento conjuntivos inigualáveis — nunca o meu gosto volúvel de leitor cansara de ler, achando sempre a cada nova leitura um sabor especial, inédito e desconhecido, de quem folheia uma obra-prima pela primeira vez...

Ai, pobre Príncipe! Que fizeste do teu cetro real, que não o empunhas?... Como a taça do rei de Tule, talvez, mal daquele que o possuiu e reteve um dia!

---

67 Coletânea de poemas de Paul Verlaine (1844-1896), publicada em 1869.

OLHOS TRISTONHOS
(ELEGIA)

Reminiscência duma viagem pelo interior de minha terra.

Pobres olhos tristonhos, tão meigos e tão doridos, em que cismais, nebulosa constelação, a palejar ao alvor das alvas, no leitoso embranquecer das manhãs de inverno!

Pobres olhos tristonhos! Inocência sertaneja, à espera dum Taunay encantado, a bosquejar o seu perfil de virgem pálida, a esse palor das noitadas de luar albente da minha terra!

Canta em vós, ó olhos pardamente tristonhos de luto, a Elegia dos meus sonhos de moço, no descambar das noites sombrias do meu existir, pelas madrugadas caladas e nebulentas de maio!

Pobres olhos tristonhos! Flor humilde de tristeza e saudade, adeus! Em vós, por momentos, acreditei achar o ideal sonhado das minhas alvoradas de Alucinação e de Febre. Aqui vos deixo, brandos olhos tristonhos, de elegia, de luto.

Nem a consolação do teu nome levo na mente; e tua lembrança — quem sabe — apagar-se-á com o tempo, sob a esponja de olhares novos e novas mulheres, da minha recordação.

Entretanto, em horas de desfalecimento e de cansaço, quando o peso fúnebre do desalento vergar minha fronte enfebrecida — como sobre o hastil pendido dumas treze primaveras polares de existência verga a fronte de saudade a pobre flor do sertão abandonada à margem dos caminhos — então, cravando os dedos trêmulos nas folhas outonais do meu passado, voltando as pupilas obumbradas para a terra espessa do que já lá vai, tua meiga memória virá à tona, ofuscante de luz, em meio o caos vazio do meu cérebro...

E, como Lamartine à lembrança de sua Graziela[68] pálida, adormecida à beira-mar em céus de Nápoles, um canto de cisne — nênia merencória celebrando na harpa eólia da saudade o epitalâmio do Além — elevar-se-á então do mais fundo recesso de minha alma, como do turíbulo sacro ondas perfumadas de incenso — indo longe, bem longe, onde aos olhares das manhãs de maio estiola-se a pobre flor campesina — aos céus da minha terra — arrastar-se aos teus pés, e banhá-los, como Magdá perdida às plantas do Senhor, dum caudal transparente e redentor de aljôfares balsâmicos de lágrimas!...

---

68   Inicialmente parte de *Les Confidences* (1849), obra autobiográfica do poeta Alphonse de Lamartine (1790-1869), o romance *Graziella* é publicado separadamente em 1852.

DIAS DE CHUVA

Cai a chuva lá fora. Plac! plac! ouço-a cantando em goteiras e cornijas, no cimento molhado da rua e nas vidraças embaçadas do meu quarto... Não sei por que, vendo o borraceiro descer, o espírito embebe-se-me em doce e longínqua *reverie*.

Vejo, através duma tela úmida, as paisagens distantes de meu torrão natal, e afaz-se-me a que ando viajando, como antigamente, por esses sertões, sentindo sob o *pala* de viagem a água cirandar forte, cabriolando e verdascando sobre os cerros longes, às saraivadas, ou peneirando grosso, em meio o rendilhado sombrio da floresta por onde vou.

Assim, anos lá vão, cavalgava eu por essas estradas ermas da minha terra remota, num macho perrengue de aluguer, ou o lépido alazão "Dourado", em férias, rumo do Sítio. Dia em meio, casais de araras e bandos de papagaios despregavam dum jenipapeiro qualquer de tapera o seu voo balofo, e passavam alto, em gritaria álacre de contentados; cracarás[69] corriam escrutadores e solertes pelos campos, em surtos rasteiros de carnívoros. O verde das campinas, das orlas de mato longe, quando ganhava a chapada, tinha deslumbramentos intensos de seiva robusta e viva.

E — plac! plac! — arremedando como agora a chuva das goteiras, segue o alazão caminho afora, pelo alagado trilho de argila vermelha, deixando atrás, vincado, o molde de seus cascos ferrados, chapinhando pelo rego das enxurradas, crinas pendidas, cabeça baixa, a resfolegar...

E o aguaceiro molinhando, desce manso e manso, como se uma grande e fantástica mó andasse remoendo cristais pelo céu de cinábrio, e sobre a extensão imensamente esmeralda daqueles desertos rincões. E chupitando a

---

69 Carcarás [?]

fumaça de minha cigarrilha de palha, sob o pala quente de viajeiro, sigo eu, cabeça baixa, desengonçado na sela, num grande descaso da borrasca, ruminando planos futuros...

Às vezes, cantavam galos perto, cacarejavam galinhas-d'angola — cocás — cães latiam dos currais e porteiras, quando não vinham, esganiçadores e embolados, esfalfar-se até os jarretes do "Dourado", em matinadas hostis. Olhava: era um sítio, um morador, por onde passava ao largo. E calculando, pensava: — Aí ficam já os "Peludos", duas léguas ainda a andar... E agitando as rédeas em abandono no arção, prosseguia, acelerando a andadura do animal...

Dentro em pouco, ficava para trás, escondida nas sombras, no nevoeiro, na folhagem, a silhueta pardacenta dos telhados. A chuvarada continuava aberta, naquele seu grande choro de desconforto, ensopando os campos. Encachoeiravam-se longe, ao fundo, nos painos baixos, em cujas bordas carreiras viçosas de buritis contornavam capões, as águas marulhentas de regatos perenes. Gaviões entanguidos, quedavam-se sonolentos e marasmáticos ao olhar do cimo desnudo dos galhos secos das encruzilhadas. Nas várzeas umentes de jaraguá, um e outro mestiço zebu passeia pachorrento e indiferente, ao borrifo.

Em torno, silêncio absoluto; muricizeiros abriam-se em flor, nessas primeiras chuvas de outubro, e, com eles, paineiras esgalgadas e piquizeiros copudos dos cerrados.

Numa baixada, transposto o córrego, o caminho internava-se novamente na mata bruta. Aí, a rama superior, densamente fechada, afogava, nulificando-a, o ruído da chuva; apenas um ou outro grosso pingo, escapulindo-se por uma ligeira aberta rasgada no folhedo pelo vento, tombava — poc! poc! — na camada espessa de folhas podres que atapetavam, abafando os passos, o carreiro calmoso. E, indiferente e esquecido do mundo, seguia eu cabisbaixo, numa grande paz e conforto da alma, sob o *pala* de viagem, ruminando saudades...

Nas beiradas de mato dos barrancos — onde o carreiro se cavava fundo pelo trânsito continuado — marmeladas de cachorro ofereciam os seus negros e brilhantes frutos maduros, ingazeiros encapotavam-se no alto; saputás polposos, à beira dos córregos, pendiam, num tom berrante de cores escarlatemente retintas, de frutas sazonadas; e perfumes intensos de baunilha e flores silvestres evolavam-se da mata densa, ao misterioso e secreto entreabrir das corolas medrosas... Um grande ramo pendia às vezes, tomando o passo, emperolado de orvalhada; e o alazão, acaçapando-se, metia a cabeça, atravessando-o a escorrer. E a floresta prosseguia, interminável e profunda, no silêncio eterno da sua solidão...

E, no silêncio eterno da minha solidão, prosseguia, sob o *pala*, ruminando saudades...

Ah! viagens e passeios antigos, sob a chuva ou a canícula, nos pagos da minha terra! Quão longe e distantes sois!

SERENATAS À LUA
(PAISAGEM NOTURNA)

Adiantando a noite, vá de aquietar-se a febricitação intensa da urbe cosmopolita, refletida até estes bairros afastados de São Cristóvão e Engenho Velho no ruído contínuo, rangedor e buzinante de *tramways* elétricos e automóveis a passar.

Os bondes delongam o seu tráfego; e, horas tardas, escasseando, eis que cessam por completo. Apenas lá prossegue aos trambolhões o último das duas, numa velocidade média de nove pontos, destacada a silhueta esguia do motorneiro — boné atarracado até às orelhas e o capotaço esvoaçante a pedalar furibundo da plataforma, rumo almejado da estação ou do ponto de partida inicial.

O amarelento carro, que passa esmarrando uns nos outros os ferros velhos dos seus rodízios desajeitados, é como um enorme cíclope, a fosforecer, na rapidez cega dum cataclismo, o brilho monstruoso de seu único olho de luzerna focalizante no paralelepípedo dos ruedos, todo envolto num vasto rastilho luminoso de lâmpadas internas. Após ele sai a correr, levantado pela deslocação violenta do veículo, poeirento lençol de funambólica e sonsa farândula de fantasmas, tripudiando solertes, em *calk-walks*[70] macabros de horas ermas...

A iluminação a gás do passeio como que sonha e cambeteia, em sobressaltos bruscos de modorra, no sopor quieto da solidão. Os focos elétricos são como nebulosas do alto, esclarecendo indecisos o vazio das calçadas desertas, onde mal vá de estrilar o apito ronceiro dum fúnebre e sonolento guarda-noturno de corporação, tresandante a cachaça.

Então, neste bairro que habito, da incipiente avenida Maracanã às ruas Canabarro e Campo Alegre, em espes-

---

70 Caminhos de cascos de cavalos, em inglês.

sando-se a garoa brunal da madrugada e um mirrado luar minguante venha espreitar com os bruxuleios trêmulos de sua luz tumular o escárnio ofuscante dos alampadários públicos no quarteirão, vá de alarmar-se toda a cainçalha tresnoitada e transida das quintarolas e galinheiros destas locandas inestéticas e vivendas apalacetadas, em serenatas lúgubres de torpor, à foice esguia da lua.

Sentinelas sempre alertas dos interesses mesquinhos de amos vendeiros ou burgueses capitalistas, que, a troco pífio de algum osso chuchado de vitelo e os sobejos fartos de seus repastos, lhes pesam o encargo difícil e ingrato de zelar tanto o mal guardado pé-de-meia da gaveta como a humilde poedeira nanica da capoeira, avezam eles — os cães — nessas horas de marasmo, conhecimentos variados de orquestração wagneriana, em interpretações ousadas, e agoureiras de músicas exóticas e futuristas, à Marinetti[71].

É quando, muitas vezes, me ponho à janela, a fronte estafada refrescando de mal veladas noitadas em colóquios de transcendentalismo com os meus vates e filósofos prediletos, Byron ou Baudelaire, Schopenhauer e Nietzsche... Então, sorvido, a haustos longos o calmante úmido do ambiente exterior noturno e frio, eis-me de pronto embebido, como um melômano trágico qualquer de bizarrias assônicas, nesse interpretar estranho, à Wagner, dum concerto macabro, onde as walquírias cavaleiras cedem lugar a essas sugestões caninas de lunáticos, e Sigfrido[72] fala pela voz roufenha da legião mazelenta de rafeiros magricelas e piolhosos dos quintalejos, na sua serenata queixosa e hostil, à mansidão agonizante da Lua misericordiosa.

---

71 Filippo Tomaso Marinetti (1876-1944), fundador do movimento futurista italiano.

72 Herói das mitologias nórdicas, conhecido sobretudo pelo épico medieval alemão *Nibelungenlied* e pelo ciclo de óperas *O Anel dos Nibelungos*, de Richard Wagner (1813-1883).

Não é muito adiantar que, aí, entre eles, a mestria conjugada de organização supera quase sempre a fonia desbocada dos esgoelamentos noctívagos.

Primeiramente, no seu casinholo de madeira e zinco, dentro no jardim arborizado do meu vizinho de outro lado, gane um, velho alão desdentado, cuja senilidade viril clama talvez ao vento, em plangências retrospectivas de saudade, recordando aqueles tempos passados em que, mui forte e heroico, campeava ao lado de algum dono aventureiro e caçador, em proezas de venatória, lá pelas bandas alcantiladas e aspérrimas da abrutalhada Serra dos Órgãos.

Esse, é como se andasse a ferir eternamente em *dó maior* nas cordas bambas dum rabecão desengonçado e incolor, que, anos lá vão, de estradivário guardou quem sabe lembrança vaga e confusa; ou — caso não falha a concepção transcendental da metempsicose humana — encarne em si talvez a alma errante e vagabunda de algum tenor celebrado, que lastima ao léu a perda do seu lindo som vocal...

Esse é o que habitualmente faz a *ouverture*, no roto violoncelo da noite, para o concerto mau da minha Insônia.

Logo se lhe segue em coro a matinada burlesca, entrechocadamente aguda, de meia dúzia de fraldiqueiros perrengues e carranços, num ré-tim-tim de notas desabridas, cortadas em meio pelo grito discordante do canzarrão, de arreliar, numa crispação terrível de fibras e nervos, carnes e entranhas ao mais tardo e bonachão desses burgueses, ora na beatitude celeste do sono... Ao longe, ali pelos fundos do chacaredo duns ilhéus malcriados — matreiros aprontadores de armadilhas sinistras e tocaias aos batedores da modesta repolhada de suas hortas —respondem, como que a pancadas de batuta, espaçadamente, em uivos longínquos de lobos em fraguedos, um casal de molossos, no tom autoritário e convencido de regente de filarmônica.

Depois, momentaneamente, silencia tudo. Um sopro de brisa balofo e sorno, sacode então os ares calmos, espreguiçando-se aos assobios frouxos por telheiros e cimalhas, baforando lassidão...

Ouvem-se passos. Estrila de novo ao longo dos muros o apito do guarda, a bater soturnamente com os seus grossos coturnos no cimento armado da rua.

E como correspondendo a sinal combinado, precipita-se novamente o vozerio horripilante destes noctâmbulos e gafeirentos mastins — malucando à lua — soletrando quiçá na cartilha cabalística das nuvens historielas virulentas de assombração, ou recapitulando, enfáticos e desafinados, cantos sombrios, à Hoffmann ou Poe[73], pela quietação marasmática da Noite...

E isso quando, contemplativamente quedo e resignado, faço sentinela vigilante à minha Insônia...

---

[73] Ambos escritores já haviam sido mencionados em "Ao virar da página" (p. 70).

ANTE UMA CAVEIRA
(SÍMBOLO)

Entrando o meu domicílio alta madrugada de "farra" grossa, dei com a sua inadvertida presença sobre o mármore duma cômoda, entre duas tíbias cruzadas.

Como viera ali ter essa caveira, não sabia, nunca o soube.

Palpo-a, e os meus nervos sobreexcitados são como teclas de órgão transmitindo ao cerebelo toda uma gama sensorial e vibrátil de sensibilidade, comoção doce e gelada, áspera e torturadamente rebuscante, de sensações inéditas.

O frontal e unguis ressaltados, opondo-se a temporais fundos, faziam com a vastidão vazia das órbitas cavadas — onde como fogos-fátuos luciavam dois tíbios e frouxos clarões — contraste brusco, encimando a boca rasgada, óssea e cinicamente rasgada, na qual se encravava o maxilar inferior à feição de ferradura, alvarmente pontiagudo, avezando parecências de velho macrobiano[74], ou perfil octogenário dum Voltaire desdentado.

Sinto ante a tatura dos dedos as rugosidades do crânio abaulado e profundo, onde —não falhasse a ciência exata dum Spurzheim e de Gall[75] — ressumbrou

I

---

74 Referência a Flavius Ambrosius Macrobius Theodosius (a.C.370 — p.430 d.C.), escritor e filólogo romano. Suas obras mais conhecidas são as *Saturnais* e o *Comentário ao Sonho de Cipião*.

75 Johann Gaspar Spurzheim (1776-1832) e Franz Joseph Gall (1758-1828) são dois frenólogos do século XIX. Além dessas referências, as menções de Hugo a Cesare Lombroso demonstram a familiaridade e o interesse pelo assunto. Vide nota 23.

outrora o gênio dum Werther[76] em clarões de iluminado, estadeou talvez a agudeza satírica duma cortesã aristocrática — Delorme ou Pompadour[77], doidivanas da regência — ou contivesse — quem sabe? — a nulidade caótica dum cérebro acampto de cretino, a arrastar pela insídia da vida a própria imbecilidade contumaz de tarado, em zangarreios trôpegos de lunático desnorteado...

Sorria-me a cínica, se eu me sorria ao cinismo desbragado de sua catadura má de avantesma.

E então, de senti-la diariamente fria e insensível à indagação trêmula de meus dedos ansiosos, nesse pesquisar contínuo aos relevos salientes ou retraídos da caixa craniana convexa e chanfrada, um horror trespassado e supersticioso vem de embeber-se-me até a medula, avassalando este corpo inerme e fraco à sugestão assombrante de suas pupilas desertas de oraga; e eis-me em pouco resvalado, como um Hamlet[78] trágico de galeria shakespeariana, no eterno e fatal círculo vicioso do "to be or not to be" da dúvida humana.

Depois, bastas vezes, mormente em me tendo demorado por bares e cervejarias da cidade, nessas amiudadas e contemplativas consultas a chopes e sifões, entrando o meu tugúrio, fatalmente vinha de com ela topar, ali ao canto, persuasiva e impassível, entre duas encruzadas e pergaminhentas tíbias. E a mesma inquirição muda angustiava-me o espírito, de saber quem

---

76   Personagem do romance epistolar *Os Sofrimentos do Jovem Werther* (1774), de Johann Wolfgang von Goethe. Quando publicado, houve controvérsia de suicídios supostamente cometidos sob influência da leitura do romance, tal como ocorre com o protagonista.

77   Marion Delorme (vide nota 45) e Jeanne-Antoinette Poisson (1721-1764), mais conhecida como "Madame de Pompadour", foram célebres cortesãs francesas.

78   Vide nota 17.

era, quem fora, que queria, donde viera e para onde ia, nesse perpétuo antepor-se ante a visão exterior dos meus olhos doentios de cético, esfingética e tranquila, às indagações reiteradas do meu ser curioso.

Mas o hábito — calculam vocês — é o aniquilamento total destas ilusões de tudo, é o que anuncia o desaparecimento do amor pela boca do Tédio, e anula o sobrenatural, na contemplação costumada dum mesmo fato, tenha ele embora visos de anormal e extraburguês, alardeie pompas de arlequim ou as bizarrias macabras dum entrecho fantástico a Don Juan, na cena do Comendador de Pedra[79]...

Assim, a familiaridade dessa Caveira ao pé da minha banca de vigílias, tornou-se como que para mim um espetáculo instrutivo e novo, uma paisagem alvissareira — não muito ridente, a Rops[80], cumpre confessar — que veio por si e nas asas talvez de que não sei mógono duende familiar, gratuita e gentilmente decorar as paredes vetustas e desnudadas do meu quarto, para o gáudio silencioso e persistente desta minha estesia refinada de enfarado.

Da sua habitual convivência ao meu lado, à boa camaradagem, não foi meio passo, e posto que ela permanecesse sempre queda e apática às solicitações vivas duma palestra abandonada e íntima pelo ecletismo superior das filosofias sãs, fora da mundania terrena, de mais a mais avincou-se com o tempo a minha afeição a essa forma hoffmaniana duma geração extinta, a essa máscara alvar e tétrica, de súcuba...

E — custe embora, creiam-me vocês — vim de amá-la, e com ímpeto, e de beijos sôfregos, repassados a luxúria tumular, nunca m'os deu nem trocamos lábios de amante alguma, como esses ósculos marmóreos, em-

---

79 Referência à cena icônica da ópera *Don Giovanni*, composta em 1787 por Wolfgang Amadeus Mozart (1756-1791).

80 Félicien Rops, ilustrador belga (1833-1898).

bebidos de outro mundo, que duma feita, sob a influência talvez do ópio, da nicotina e do absinto, atrevi-me quase de lhe roubar, enquanto janela adentro entravam-me o aposento ermo as risadas escarninhas dum clorótico luar de mortos...

✵

II Foi ela quem criou o vago e o imaterial das baladas e legendas do Norte, quem gerou os Niebelungens, guiou as expedições rúnicas dos *eddas* e *saggas* escandinavos através dos mares hiperbóreos da Islândia e Terra-Verde... Decantou Morveu[81], e entrou com o Dante as portas do Inferno...

Ela bebeu pelo copo de Hoffmann, presidiu à musa de Poe, amou com Wilde, Swinburne, Baudelaire e Verlaine; desesperou Marlowe, Chatterton, Antero, Camilo, Pompeia; prostituiu-se com Leopardi; ensandeceu Maupassant; zombeteou, escarneceu e filosofou com toda uma longa legião de sonhadores, entisicou o Nobre e descreu de Byron...

Hoje — mísero de mim! — desgarrada aqui veio ter, tentadora e suave, nesse enfronhar tristonho dos gelos de sua mudez eterna.

E pois que agora algo vou de aprender, não mais hei sido compelido a desvendar o mistério do seu Símbolo. Desertará amanhã talvez, com o retorno dos seus beijos mornos, exuberando à seiva opulenta de vida e de crença, que me infundiu nas veias os lábios cálidos da minha amada: voltará depois, quando em brumas de *spleen* o outono chegar, e de novo emigrar o par de olhos dessa andorinha terna e inconstante, que me acalenta os regelos destas noites polares de solidão e tristeza, em

---

81 Morfeu [?]

busca de novos amores... Partirá amanhã, talvez, à cata de almas que desviar, corações simples e iludidos que se deixem pôr a tratos...

A tentação, porém, como vestígio indelével, permanecerá longamente, de não ter arrancado numa tortura, o véu inconsútil que lhe velava a face de esfinge.

Entanto, vem de crismá-la, já que a sua presença foi-me todo um emulsionivo despertar de ideias, doce e esgueirada Caveira, minha Inspiração, embora outros tivessem antes tentado embalde e sacrilegamente despi-la do seu *zaimph*[82] de casta santidade, numa escalada audaz ao Além desvendado, nesse devassar supremo do X desconforme da sombria e eterna Dúvida Humana, a que chamam Morte!

---

82 Nome do véu mágico do romance histórico *Sallambô* (1868), de Gustave Flaubert (1821-1880).

Meio-dia. Deixemo-nos aqui ficar à sombra frondosa destas jaqueiras centenárias da Quinta, enquanto pelas ramas e entrelaçamentos intrincados do bosque imperial vai a monótona e nostálgica cantilena desses "ferreiros do infinito" que são as cigarras, no conceber panteísta de Hermes Fontes.

Eu que mui me prezo em sentir e compreender o silêncio sagrado das árvores e das coisas, sou todo entregar-me, dentro o exuberar opulento desta flora tropical, ao panteísmo arroubante e entusiasta da alma, mal haja transposto os umbrais brasonados do parque régio.

Aqui, muitas vezes, dizem-nos os guardas, anda, horas avançadas, a deambular o espectro errante e exilado do defunto Imperador, carpindo desgraças, quiçá, arrependido de não ter obstado, com derramamento fecundo de algumas onças do sangue vilão desses amotinados de caserna, as calamidades atuais da pátria bem amada... Ei-lo a vagar, horas ermas, pelas alamedas solitárias e vastas, em torno do casarão, ora museu de antiquarias, ou à bafagem fresca dos repuxos e cascatas, ruminando deliberações póstumas...

Mesmo ali, encontra-se a pedra cognominada da "Paciência", em que duma feita — como me jurou um velho rondante com grandes asseveramentos de verdade nos olhos francos e estáticos — o viram pensativo, na véspera de uma crise nacional, a ampla fronte contemplativa de visionário apoiada nas mãos trêmulas, embebido em longa meditação, enquanto a lua boiava no alto, deslumbravam-se os meandros das moitas de bambu ao irradiar de focos elétricos profusamente disseminados, e a sua visagem pálida se refletira assustadoramente contempladora nas águas paradas do canal, a refluir num sussurro débil a seus pés. Aí o viram dessa feita...

Outras, lá passou entre os nodoentos troncos das mangueiras copudas o seu vulto venerando e meigo de sonâmbulo, deslizando num andar pesaroso e cansado de ancião octogenário, a cabeça nevada pendida ao peso de reflexões amargas e profundas, mãos nas costas a cismar...

Mas — grande Pã — deixai falar a lenda pela boca ingênua dos humildes e crentes — que castelo e paço antigo de notoriedade não conheço eu, seja das margens remansosas do Reno, seja deste prosaico e colonial rincão de Estácio de Sá, que não possuam sua história e legenda, verídicas ou irreais, saturadas de sombra e pesadelos, que alguns lustros de anos ou séculos douraram com a poeira romântica dos "tempos de antanho".

Deixai, pois, correr a lenda, que ora — mal dela — campeia nestas aleias um bom sol tonificante de dezembro, espantador de prodígio e de legendas trágicas de pavor...

Há arrulhos turturinos e apaixonados de pássaros amorosos por touças e frondarias; galram gaturamos minúsculos e ouriflavos na folhagem densa das avenidas de tamarindeiros e figueiras; e "babies" interessantes e peraltas, cabeleira esvoaçante e duas rosas vivas de saúde nas faces, tripudiam trêfegas e saltitantes por trapézios e balanços, enchendo o espaço da alacridade sadia dos seus berreiros de satisfeitas da vida.

No espelho vívido do lago, tão transparente e cintilante que é como um imenso berilo engastado no centro esmeralda do gramado verde que o cerca, vão de deslizar, vaporosos e andívagos, brancos cisnes langorosos; e às vezes uma e outra andorinha veranista corta num surto breve a superfície lisa das águas, roçaga-lhe a plumagem brancacenta do ventre, e desaparece, como uma flecha esguia partida do alto.

Em meio minuto, ante o olhar dum despreocupado passante que se detenha a observar, sucedem-se aspectos bizarros e grotescos, como nas variações rápidas dum mágico caleidoscópio. Na ilha dos Amores[83], miniatura feliz

---

83 Provável referência ao homônimo *folly* ("loucura", "extravagância", no jargão paisagístico-arquitetônico) neoclássico em formato de rotunda antiga.

duma Versailles daquela época luxuriosa e amaneirada dos grandes reis epicuristas, entre as ruínas simuladas do templo pagão — nessa ilha em que cenas dum erotismo flagrante e refinado se dão na cumplicidade equívoca das sombras noturnas e o sono preguiçoso dos vigias, onde amantes felizardos lhe perpetuam nos tempos decorrentes a nomeada de *rendez-vous* discreto — alcateias de ratazanas se congregam pelas chanfras e solapas betuminosas das pedras artificiais que lhe revestem a base. Reúnem-se em conluios de debates acalorados, e ei-los, despudorados e nadadores, atravessando numa comprida esteira, em linha reta e à luz plena do dia, o lago, para aí virem se locupletar no bórdio farto da ração cotidiana dos cisnes, disposta à beira d'água, sobre caixas quadrangulares de pinho.

Em retiros calmos, no chalé japonês estabelecido à cavaleiro do local, recantos ignorados oferecem abrigo disfarçado a cenas de torpeza revoltante, às vezes não obstante a vigilância relaxada dos guardas e civis — contra a fama.

Mas deixar esse reverso mau, emprestado por arribadiços e vadios, da beleza panorâmica que aqui demora. O escaiolado das estátuas emerge mui branco dos tufos de folhagem e quinas das alamedas, sobre as águas plácidas da laguna, em grupos mitológicos de tragédia euripediana, ora isoladas, plasmando uma deusa pagã, simbolizando uma virtude social. Eu, porém, não amo essas imitações mal acabadas de êmulos mercantilistas da boa arte antiga; os sentidos são todos de compenetrar-se e extasiar ante o gemer persuasivo e acalentador das auras bonançosas na espátula lanceolada dos leques das palmeiras, na chilreada vagabunda desses entezinhos alados que traduzem a alegria festiva do lugar, pobrezinhos mal escapos à sanha guerreira de nemrods[84] caricatos de "Flauberts" à tiracolo dos subúrbios, que por aí andam aos morticínios cruéis às avezinhas.

---

84 Nimrod, personagem bíblico do *Gênesis*.

O sol vai a declinar; zangarreiam as cigarras; nas águas irizadas dos canais espreguiça-se bracejando a sombra recortada das árvores; uma sonolência convidativa da sesta pesa soporosa por toda a largueza do parque secular.

Então, a vista saciada do cosmorama sempre renovado deste recanto paradisíaco da terra, estendo-me no banco rústico de cimento, a fingir madeira, do desvio em que me deixei ficar; rabisco sobre a perna estas anotações ligeiras, à guisa de crônica, ou quase abandonadamente espichado na relva como um colegial, abro um livro de versos, de odes anacreônticas e bravias, ressumantes ao amor de existir e do prazer da alegria, dum poeta qualquer da atualidade, e eis-me todo entregue, na recitação solilóquia dos poemas, ao endeusamento panteísta e convicto na Natureza e da Vida, da força e da Luz regeneradora...

CAVALEIROS DO IDEAL
(QUADROS)

A Noite me abre o seu grande seio fecundo. Ali repouso a cabeça e adormeço. Durmo e sonho com as plagas remotas duma geração também distante da Idade Média obscura.

✸

I Em cima desfiam as estrelas o seu rosário sonoro de luz; em baixo a torre feudal dorme ao luar seu grande sono milenário. E a lua é branca, formosa e triste como uma nênia de inverno ou uma camélia exangue que andasse a desfolhar pelo céu de turquesa.

Nas ameias, vai o fogo das atalaias crepitando abafadiço, luciluzindo ao livor das constelações; e sombras alertas de sentinelas passam e repassam, ao clarão da fogueira, resplendendo ao crescente o brunhido dos seus morriões e alambardas de guerreiros.

Eis, no silêncio profundo do vale, soam os harpejos repassados duma guitarra. É D. Juan — o airoso cavaleiro das legendas — que faz a sua serenata, sob as ogivas enluaradas do gótico torreão, ao coração refrangido da Castelã gentil. Que balada canta o enamorado cavaleiro, não percebo eu; sei que a sua voz é melodiosa e insinuante como a elegia dos rouxinóis nas amendoeiras em flor, e ora é triste e plangente, ora audaz e conquistadora, como um canto bárbaro desses "lieds" melancólicos das antologias do norte. E o instrumento mágico soluça e chora, ao exagitar dos seus dedos, extravasando toda a mágoa infinita que lhe embebeu e sepultou nas cordas e cavername o pranto sentido das amantes passadas, seduzidas e deixadas ao abandono em noites férvidas e andaluzas de loucura e desejo...

Mas lá descerram a gelosia; do peitoril, uma cabeça se debruça, tão loura e branca, que é como um nenúfar nevoso emergindo do seio cristalino das águas canoras dum velho rio, ensombrado e imenso, do meu país natal.

Dois sorrisos, e presa aos ganchos da janela, não tarda a desenrolar-se e descer a escada de seda, como uma cidadela vencida ao sopé da ponte levadiça da qual entrega o alcaide as chaves ao altivo vencedor de mil lides tremendas.

Por ela, orgulhoso e feliz, sobe o trovador, um riso incompreensível de vaidade, desdém e atrevimento, nos lábios finos de libertino...

✺

II

Tarde de verão. No firmamento calmo da Germânia máter, onde "medra a flor do absinto", morre o grande sol, como uma papoula rubra espremida e pulverizada em nuvens de sangue e rosa no espaço resplendente.

Remoçado e altaneiro, capa decaída com negligência e espada à banda sobranceiramente confiada na mão leve e enérgica, cisma o Fausto indeciso na voz langue e quente de Margarida[85], que vem de entoar a canção da taça do rei de Tule.

No balcão, triste, uma a uma, caem das mãos da meiga fiadeira as pétalas do malmequer que vai de consultar.

O silêncio encantado da paisagem envolve o coração dos moços amantes; os olhos melhor lhe traduzem o mistério idílico do que lhes anda na alma, que cem poemas virgilianos de amor.

E o saber imenso do sábio alquimista é todo extasiar-se e cegar ante a auréola sutil de ternura e castidade que fulge na testa de sua bem-amada.

Perto, porém, um vulto se insinua.

---

85 Personagem amada por Fausto, do poema homônimo de Goethe.

Como o ferro em brasa duma forja, brilha-lhe nos lábios ríspidos a ironia cruel e satânica dos maus, que tudo cresta e fenece. Sussurra aos ouvidos do mancebo a sátira causticante de suas palavras. Impaciente, o jovem se aproxima.

Treme Margarida...

E Mefistófeles, triunfante, escarnece e ri na sombra.

※

III   Cenário árido das planuras da Mancha. Rutila e queima o sol a vastidão deserta e nua da savana.

Armado de ponto em branco, no seu sôfrego e bizarro rocim das campanhas bravas do ideal, segue D. Quixote — o celebrado cavaleiro da mui heroica e triste figura — pela estrada solitária numa exuberância exagerada de projetos e façanhas, ao lado do sapiente e não menos gabado escudeiro Pança.

Ao longe, no vasto horizonte da planície, vultos suspeitos negrejam feros e ameaçadores, avantajando a massa alentada de suas formas de briareus descomunais, como um borrão de nanquim sob o fundo azul-esmaecido do céu.

Soerguido na sala, sobraçando o escudo e a bracejar destemidamente a lança, o herói os mede e compara, pronto à surpresa e à investida.

E os moinhos, indiferentes, giram, giram, o grande giro de suas velas...

※

IV   Acordo. Ai, Cavaleiros do Ideal, intrépidos e valentes cavaleiros, mal de mim, mal de vós! — Encadeiam-nos os mesmos elos duma ligação fatal. Se sois maneirosos e gentis — se encarnais em vós o sonho feraz das febres libertinas da mocidade, amoroso de Haideia[86], se possuis o Elixir da vida e o segredo do ouro, enteada de Merlin[87], — andais a braço com a quimera do manchego, ressuscitais nas proezas do herói como ele se ressuscita e recompõe em vós — e na alma louca dos sonhadores e poetas, que ainda idealizam e sonham nesta época pressaga e prosaica de intelectualismo, um mundo superior de Ilusão e Quimera.

---

86 Personagem de *Don Giovanni* (vide nota 79). O significado do nome, em grego, é "honrada"

87 Personagem mago próximo ao rei Artur no ciclo de lendas arturiano (século XII).

HINÁRIO

144

CARTA

PERGUNTAS QUE VIDA LEVO. NEM MESMO SEI DIZER COMO SE ARRASTA ELA. EM MIM SÓ PALPITA, QUANDO AS PRIMEIRAS ONDAS SOTURNAS DE SOMBRAS CREPUSCULARES DESCEM SOBRE A TERRA.

Então o sangue que se refluía e amodorrava no circuito venoso, acelera e precipita seu movimento circulatório através deste organismo enfraquecido por *surménages* tremendas.

Acendem-se os combustores públicos; na rua movimentada e febril vai o desfilar amiudado dos *tramways*. Em casa pesa a torre do silêncio, da quietude e do marasmo, ante este estuar fremente e exterior da cidade.

Em serão, reunimo-nos eu e uns poucos amigos; e noite adiante, a bater as portas da antemanhã, ficamos a filosofar em questões comezinhas da vida burguesa ou razões de alta transcendência, no tédio negro do ócio espiritual e vagabundo, sobre mulheres e no amor.

Às vezes um dentre eles puxa dum alentado calhamaço; são sonetos, e a voz arrastada e plangente do recitador vai de entoar melopeias onomatopaicas de lirismo, embebidas no sal ático da gente cética, enquanto o fumo das cigarrilhas ondeia manso e manso, em volutas azuis, a traçar sobre estas cabeças de plumitivos espirais vagas de benévola interrogação. Não raro, uma estrofe vibra um grito de revolta, clama alto sua desenvoltura revel de discórdia, e ora é gemebunda, em ais cinzentos dum pieguismo decadentemente simbolista...

Eu, mãos esmaecidas na face a um canto da sala, o olhar remoto, fico a escutar, enquanto o fumo saturado de ópio ondeia, ondeia, em interrogações caprichosas, sobre as cabeças juvenis que aí fantasiam ao léu.

E avançando a noite de mais a mais, pigarreando o tédio seus bocejos de chacal, ao dormir profundo da burguesia pelo bairro adormecido, saímos todos a um bar, um café barato qualquer, lá se vá a misantropia amarela das horas decorridas do fremir diurno, em copázios fartos do louro suco da cevada.

Vida telepática, de sonâmbulo, esta que carrego. E abundasse tanto o vil metal em correntes de esterlinos como essas minhas insanáveis correntes de ideias e perpetuá-la-ia eternamente, byroniano, por bordéis e espeluncas da urbe, afogando em saturnal o que vai em mim de irreparável.

Não vai dizer a vida que levo; entraste portas adentro a uniformidade burguesa dos hábitos; e essa capa juanesca de boêmio é como a túnica de Nessus[88] — ao largá-la, sai sim, mas com os pedaços da nossa própria carne!

Os meus dias não são dias, que de noctâmbulo adquiri os costumes.

E as pálpebras pejadas de fastio só se me abrem quando o sol vai a declinar e a manhã toda morreu nessas poucas horas de sono.

E assim em nada cuido, em nada penso, e nunca mais inútil e oneroso se me apresentou o fardo desta vida que transporto.

Fenece tudo, até as tolas pretensões do mundo melhor nos mistérios da Arte — prostituta vil que perdeu a correção de linhas, a firmeza helênica de contornos, à impressão venal de mil beijos dos lábios torpes de amantes profanos.

E assim, no horror deste verão em meio, quando a fermentação violenta da flora clama forte por escarpas verdes o seu triunfo tropical de seiva e clorofila, o meu sentimento desfaz-se todo em elegias, tristes e decaídas como as do outono, em climas mais frígidos.

E aqui te ficam estas linhas inexpressas de teu Ramalho, junto às folhas destacadas do *Hinário* comungante que anda ele a soletrar contrito, no velho e abandonado Templo azul do Simbolismo...

---

88 Nome de um centauro da mitologia grega.

Mundo olfativo, és sombra e és evocação! Há tanto que se me foi esse amor nas asas mortas dum sonho desfeito, de algumas tristes ilusões dispersas, e a sua remembrança — intensamente sutil — inda perdura no espaço, onde quer que esteja, evolando-se em olências, na expectação memorativa dos sentidos!

Mundo estranho vem à tona, a esse espiralar misterioso de fragrâncias, não sei de que mágico e requintado alquimista, essência vaga de heliotropo ou rosas, violeta, verbena ou jasmim a embriagar em volutas, das ondas profundas de seus cabelos!

Há tanto que se me foi a lembrança daquele lírio refalsado e perverso, quiçá eufórbio ou raimúnculo, distilando seu pérfido veneno — tão pérfido e letal, como um daqueles magnéticos sorrisos — e sua recordação ainda perdura!...

E a dizer sorrisos, tão crotálicos e tão doces, que melhor fora finar-se a gente ao beber-lhe na taça escarlate dos lábios a poção letífera, que fugir, no rubro horror dum grande pesadelo de mil abismos antevistos...

Ah, imponderável dispersão de essências, volatizando-se neste ermo! À tua torturante anestesia, linha a linha surge ante uns olhos cansados e dormentes de sonâmbulo toda aquela perfeição imaterial de pequenina figura de Watteau[89], e os jugos que um momento acreditei quebrados, mais violentamente atenazam estes pulsos doridos, arroxeando em anéis de sevícia as carnes imbeles, estigmatizando a escravidão perpétua duma alma, que um instante acastelou orgulho e desprezo, que esse evolar perseguidor e misterioso — sugestão eterna duma presença maldita — aniquila e desfaz, na derrocada fatal duma hecatombe de brios vergonhosa!

---

89 Antoine Watteau (1684-1721), pintor francês.

Mas donde — bendito Deus dos desamparados — adviria esse intangível fantasma, por que fresta, em que asa inconstante de brisa viria esse duende escarnecedor das minhas horas de calma, dispendendo pelos cantos as agonias lentas dum reavivamento de paixão há muito recalcada e esquecida!...

E noite adiante, mormente se faz luar e palpitam fogachos na dealbação líquida da via láctea e verdes constelações, sou todo entregar-me a uma calafetação cuidadosa de portas e janelas, pesquisando indagativo uma greta, uma frincha entreaberta de parede, por onde possa penetrar, fluídico e intangível, esse aroma perturbador e vital de que — aviva-me, ó saudade, a memória! — era toda feita e constituída a torre marfínea e ideal do seu corpo helênico!

E a pensar assim, como bem lhe dizia, nos tons carminados da carne — exalante toda a queixas e doçuras de virgem insatisfeita — no acetinado alabastrino da epiderme descorada de madona mística, esse desprender capitoso e intátil, que aí me traz agora não sei que vento mau e pressago de desgraça, desdobrando-se em coreias do caos evocativo da saudade! Perfume denso, quão...

Mas sou todo vasculhar pelos cantos indagando-lhe a origem, a queimar contrito ramas de alfazema e mancheias de incenso e mirra, esforçando, como fizera àquele grande amor passado, por afogar em ondas diversas e profanas de fumo, a influência nefasta de evocador...

E — ó mágoa — é como se por aqui andasse, ela que — mal do hinarista! — veio de traí-lo e abandonar à primeira arribada das aves fugitivas da primavera!

Sonho morto! Mal de ti, se inda queres impor a tortura renovada de teus anéis; e, já que prazer encontras em remexer cinzas, anda, sopra por aí ao léu, que de brasas, encontrarás talvez uns míseros carvões, apagados e negros, a dessorar, no fundo dum coração frio e vazio, o *de profundis* incombustível das coisas irremediáveis, perdidamente irremediáveis!...

SENTIMENTALISMO

Era como na cena do balcão. Eu, pálido Romeu, ficava ao detrás das grades do jardim, e em pleno semblante a lua te banhava no seu clarão adamantino, alastrando noite em fora o romantismo sonoro de sua luz.

E posto adivinhar a frioleira despreocupada daquele cérebro infantil de borboleta, talvez cedendo à sugestão agonizante do plenilúnio, pendias a fronte pensativa, e como o luar que se escorria nas madeixas do teu cabelo, inundavas-me a florescência dolorida e arroxeada da alma com o misticismo santo do luar de teus olhos, docemente pousados sobre os meus...

Se àquela luz, desfiei endeixas repassadas de poesia e sentimento aos teus ouvidos em êxtase, se em síntese voluptuosas desenrolei todo o poema do nosso amor, nem mesmo sei.

O certo é que a palavra escorria-me quente e fácil dos lábios como a linfa hialina que perto deslizava; e nunca tão vivamente se nos tínhamos compenetrado daquele oculto fogo, como nesse momento mágico de sopor...

Enleada, escutavas-me, e a frase prosseguia em plangências de metais vibrados ora, ora esvoaçando sutil, prendendo-se numa imagem florida, na comparação talvez do teu rosto sereno, à serenidade embriagadora da noite constelada.

E coleando o som, aos teus olhos de auditiva, nunca contradição mais brusca se impunha à minha sentimentalidade de cético, que esse afirmar ilusório dum estado passional, quando longe, mui longe, no fundo remoto da consciência, escarnecia a verdade, a rir desse romantismo piegas de antanho, que se abria por instantes, em voos largos, numa imaginação toda saturada de pessimismo...

Afinal, pouco importava. A ilusão era o único e sólido liame de nossas almas, a tua corrupta e carnal, a minha descrente e nefelibata, numa união estranha, ajoujadas ao azorrague brutal da carne incendiada...

Entretanto, bem numerosas e fementidas nos iam, de lábio a lábio, as palavras apaixonadas...

GNOMO

E de vê-la, a vez primeira, recolhi ao meu tugúrio de asceta triste, tão triste como na véspera dum grande mal, dum mal insanável que me acompanharia para sempre como sombra através da *via-crúcis* da vida.

E atenuando melancólico o combustor da minha cela, deitado a meio corpo na penumbra indecisa e leitosa que dissolvia a luz aos quatro cantos do aposento, senti que alguém, algo estranho e fenomenal, se assentava à minha cabeceira e mui tranquilo, punha-se a me fitar os seus olhinhos profundos e redondos de anormal.

Alto e esgalgado, mão fina e seca no queixo escanhoado e pontiagudo, pôs-se de me falar, uma ruga pensativa sobre o cenho, sorriso irônico quase, chocalhando frases, como se andasse a quebrar cristais por entre dentes.

— Eu, gênio da espécie, eis que também vou de estender a minha mão conquistadora sobre a tua fronte louca de sonhador. D'ora em diante, o teu destino vazio no Livro dos Fados, conta-se pelo que de dominadora for a minha influência sobre o teu mísero ser. Pesando probabilidades, tuas e dela, da neutralização de dois polos num terceiro, achei que era a sua justa medida, como seria ela a tua. E foste marcado e ligado à lei fatal do meu poder, mau grado os vãos esforços dessa tua fraca vontade.

— A ela, a poesia de ilusão do teu lirismo subjetivista, a cegueira de entendimento, cativando-lhe a alma, que crê certamente residir no cérebro e coração, mas que nós — sumos entendedores de alta metafísica — localizamos simples e prosaicamente no ventre, na potência geratriz; tudo isto junto ao senso intuitivo feminil, fácil convencê-la do altruísmo da mútua inclinação... Quanto a ti, cabalista da dúvida, és escravo de ti mesmo, dessa matéria opima que ressumbra na seiva insatisfeita de dezoito anos de esfomeada...

E riu, sardônico, e um nada de melancolia a bailar nos olhos redondos. Depois, esfumou-se em sombra, dissolveu-se em espirais no ar, e desapareceu, como uma visão qualquer de noite de insônia.

E silencioso, fiquei a meditar acumulando, rebelado, o antagonismo combativo dum orgulho superior...

"ACCORDEON"

Não sei por que, nestas noites de luar, remói aquele ultramarino na sua gaita de foles esse mesmo fado sentido do Rufião...

Entrando a noite, faiscando fogachos — pirilampos alados — do outro lado da rua, naquele campo ora arroteado pelos alicerces duma série de moradias em construção, ei-lo de sanfonear as mesmas notas da cantiga, aveludando quebrantamentos de som, exalando na escala cromática daquelas evocações, as saudades mórbidas do que se foi...

Pela Santa Madre Nostálgica, faz-me doente aquela música!

E derrame o luaceiro sobre as chagas reabertas da tristeza o bálsamo católico de sua luz, e desprenda da terra os vapores azulados das indecisões crepusculares do anoitecer, a alma toda se nos confrange e tece, fiadeira do Sonho, nas malhas entrelaçadas da Evocação, seus castelos de fantasia, corimbos estranhos de flores nebulosas nunca vistas, desenhos exóticos, prerrafaélicos, de Quimera e Arcanjos, passando e repassando suas silhuetas mal precisas de bruma...

Volatiliza-se no espaço a letra desse fado; e com ela, volatiliza-se a minha Dor!

E sonhar que tudo isso sai — cavouqueiro rústico do ideal — da mão tosca dum rude ultramarino, calcando nos dedos grossos e pesados de britador, as chaves gemebundas duma gaita de foles!...

CRESCENTE

Nasci lunático. Em mim, só desperta a imaginação ascendendo a lua noctívaga o quadrante, a cicatrizar — Irmã hospitaleira que é — as chagas roxas da minha Dor, nos asperges balsâmicos de sua luz santa.

Então, a purulência violácea destas flores do mal que ulceram meu peito, alimentando-se na mais viva seiva do coração magoado, sofre a metamorfose de sua influência, abre-se passível em florescências várias de violetas — roxas que elas são! — e o seu perfume intenso, lírico, sobe em espirais, como um hino glorioso, à apoteose devota de Luna Dolorida.

E porque em mim medram apenas os adjetivos cloróticos do tédio, da dúvida e do cansaço prematuro, não trinam — no hinário sagrado da minha pena — as sonâncias rubras da alegria, nem glorificações intensas de luz, que — dela — nem luz vai cantar, pois a tibieza desse reverberar, ante a limpidez do céu equatoriano, é baça e parada como um reflexo morto de espelho.

Dela me vem a inspiração, e essa tristeza sem fim, que erra em tudo que medito, em tudo aquilo que escrevo...

Atinge as culminâncias de febre geradora, à plenitude do astro; e com ele mirra, mirra, em maré vazante e exaustiva, quando o minguante esguio, em período lunar subsequente, ensaia os primeiros passos desequilibrantes de sua fase...

SORRISO

...E assim, aquele riso alvadio de tísica, é frio e confrangido, como a elegia do outono, como um aperto do coração, na hora derradeira.

— Uns marfíneos dentes de virgem, a fulgir, em cintilações vívidas de lâmina toledana, na boca exangue e contrita duma tísica.

Esboçam sorrisos, à rubência férvida dos rosais, na nostalgia dolente das rosas de suas faces, que se foram nos esmaecimentos pungentes das hemoptises prolongadas.

São perfeitos, são brilhantes; e se naqueles lábios mornos afloram apenas uma fugace e violácea centelha de beijo, ai de mim, que mal fujo à tentação de ir libar em sua taça côncava o excêntrico sabor...

São divinos e são místicos, que nos rebanhos das Eleitas — flor fanada — foste disputada e rendida ao cavaleiro da Tuberculose, sátiro conquistador de adolescências de fábrica...

Pobres florinhas! Minguadas à carência da luz e do ar, por vielas e cafuas, onde não medra um raio de sol, nem penetra o clarão sadio dum bom riso primaveril, rasgando-se sonoro à alegria clangorosa do prazer de existir!...

...E assim, aquele riso alvadio de tísica, é frio e confrangido, como a elegia do outono, como um aperto do coração, na hora derradeira...

ODE AO FUMO

É um grande mal e a minha maior remissão: fumá-lo religiosamente enquanto possa! Sei que me rescalda a garganta, sensibiliza dolorosamente o véu palatal, entontece estas frontes se de um ápice o trago, baforada sobre baforada, acelera as pulsações cardíacas da aorta, e frias me põem as mãos quando o abuso prolongado da nicotina conduz à sua quimérica bebedeira. Mas que fazer, é espiritual e é sonhador, com ele sonho e idealizo os meus melhores sonhos e as minhas mais gratas fantasias; e é sobretudo a fonte perene onde vou procurar, no envilecer dessas tardes estivais, o grande lenitivo do Esquecimento.

Tê-lo nos lábios a arder, é filosofar inconscientemente, simbolizar, na efeméride passageira de sua combustão, a imagem perfeita da vida, que arde e desaparece quase sempre como ele, sem deixar lembrança que não seja o agro sabor de sua impregnação tóxica e consoladora e uns míseros resíduos de cinza. Fumar é distrair o tédio contínuo de ser, entoar uma ode à onipotência serena do Sol; vê-lo fumegar, é ter a pira sempre acesa ao culto divino, sepultar as evocações aziagas do passado, bater o último prego ao féretro almejado da Memória!

A noite entra, desce um manto de névoa imponderável e de frio na luz do luar minguado que vai sobre a face da terra, e ei-lo, o meu cigarro, dispersando suas espirais voluntariosas ao aro adamantino da Lua, como uma prece meditativa incensando-a, no obscurantismo transcendental de sua consumação.

Se fraqueja a veia inspiradora, alumiá-lo é haurir nova messe de sensações, atirar-se resoluto pelas campinas ermas da Ideia, e vê-la germinar fecunda, no exuberar fantástico de toda uma flora exótica e deslumbrante, onde ireis colher os molhos corimbíferos e perfumados das flores doentes de que se enfeitam os Altares simbólicos da Arte.

Retê-lo entre os dedos, é olvidar em meio caminho as miragens dulcíficas e traiçoeiras de El-Rei d'Ópio, senhor verde dos Aturdidos e do Sono, monstruoso Djim[90] que vela a entrada refulgente dos paços da Ilusão, onde se encontram reunidos todos os vossos ideais fugitivos da mocidade, onde tendes possuídos o ardimento de D. João e a glória de Fausto, a prepotência dos homens e o amor romanesco das heroínas dos ciclos do tempo de Helena e Ofélia, de Malvina do país de Morveu[91] e Roxane de Bergerac; e, se os votos são de grandeza, sustereis sob a mão os impérios carlovíngios do domínio absoluto, realizareis as quimeras de Ícaro e os feitos homéricos do Semideus, as transfigurações luminosas de Prometeu ou as façanhas de Aquiles, se bélicas forem essas aspirações rudimentares num cérebro embrionário e toldado da embriaguez do Haschisch.

Com ele, congregais os deuses e os mitos, tereis o Walhala no Olimpo, ou vereis — se aveza a imaginação tendências ao misticismo crente do messianismo católico — duendes, gnomos e elfos, braço a braço com a perfeição arcangélica de serafins, santidades e querubins, passando lado a lado confundidos por entre as falanges de todas as mitologias e seitas conglobadas e aí fraternizadas.

Sereis bizarro e sereis grotesco; habitareis o harém do Profeta, ou fugindo à superior obsessão da luz, precipitar-vos-eis cabeça abaixo à ardência rubra dos infernos esplendorosos de Lúcifer, a gozar com mais sossego e mais fogo as alegrias mortuárias e insanáveis do vosso Satanismo!

Tesouros fulgurarão — estenda a mente avara suas garras — os da lâmpada de Aladim e dos subterrâneos de

---

90 Gênios (*jinn*, em árabe) é um ser sobrenatural e invisível nas religiões e na cultura pré-islâmica.

91 Malvina, nome gaélico, popularizado na poesia de James Macpherson (vide nota 6).

Montezuma, as riquezas historiografadas de Crésus[92] e dos contos de mil e uma noites — tudo, num tremeluzir de jacintos, topázios, carbúnculos, esmeraldas, turquesas, ágatas, berilos, surgirá tangível, a saciar e aplacar a fome devoradora dos vossos olhos, a angústia ansiosa do tato, do fundo de mil grutas, entre milhões de taleigos regurgitantes.

Traçareis a capa de menestrel e bufão, cavaleiro trovador da Távola Redonda ou alambicado galã da Renascença, ireis à Santa Cruzada, amoldando armaduras com o pesado montante de paladim, ou harpa em punho, na solidão dum monte, velareis o curso das estrelas, recapitulando, do alto da Torre de Marfim dos bardos e dos tristes, endeixas e trovas aos olhos zarcos de alguma fada errante, enquanto o luar escorre nas ameias, vagabundo ao acompanhamento sonoro da balada!

Mas, atirai fora essa ponta de cigarrilha sarrosa e já insuportada, que os demais, não prestam a sonhos; fechai os olhos e antegozai, gozo póstumo, na cansada morbidez do abatimento presente, os suplícios derradeiros duma reação orgânica e tremenda que surge!

E assim, este inocente e opiado cigarro, suavemente saturado do veneno e da morte, é o maior bem e o sumo mal às estesias quintessenciadas dos Desequilibrados e dos Anormais...

---

92 Rei semi-legendário da Lídia, século VI a.C.

SANTA CASTÁLIA

Eis mulher, que minha rude e austera pena de asceta vem de decantar o poema de tua Carne.

É ouro e lava o sangue que em ritmo sonoro reflui em tuas veias de estátua; e se se velam teus olhos em secreto fogo ao perpassar invisível das asas da Volúpia nesse voo misterioso em que anda incendiando a alma timorata das donzelas, mais lhes fulge e lampeia na penumbra esse ímã satânico e traidor dos desejos estrangulados.

Em ti, Santa Castália, brame a fera do Apocalipse, em bocejos de esfomeada!

Linha a linha, anseiam os contornos pagãos do teu corpo régio pelos de um outro, mais viril e mais forte, que tos aperte em afagos brutais de irracional, e sacie essa gula tantálica de animal raivoso que te galopa nas artérias.

Em cada curva, no arredondeado lácteo dessas torres imateriais de teus seios, rebrame alto a epopeia sonora dos Sentidos despertos!

Estonteia e atrai o abismo disfarçado de tua luxúria embrionária de bacante imperial e soberba, que mal ousas ocultar nas sombras veludosas dos teus cílios de Santa.

Que Madona o és, pela correção delicada desse perfil à Van Dyck[93], que se emoldura nas ondas de tua cabeleira!

E, adivinhando o segredo de tua força, a energia acumulada de mil desejos rebatidos e recalcados à indiferença serena de teu semblante, é de lamentar o prometido sentimental, linfático e langue em excessos de orgia, que num desfastio te lance um dia o lenço de sultão entediado, sagrando esse ventre infecundo; o comendador artrítico, o nédio burguês, que te queiram ao pé do lar, velando o fogo sagrado...

Dominá-los-ias; e, monstruoso vampiro que és — messalina desperta — sugarias toda a seiva vital do orgulho

---

93 Antoon van Dyck (1599-1641), pintor holandês.

e da alegria, para ir adiante, sempre adiante, procurando, sem jamais consegui-lo, fartar essa fome roaz de sensações novas que dormitam em tuas veias de ninfa...

Entretanto, és casta, casta como um lírio desabrochado numa alva de maio, como uma virgem pálida que admirei duma feita, num nicho alvacento e calmo, entre dois círios, duma velha catedral abandonada!...

Então, Loureira, notarias que eras morta; que o ritmo sonoro de teu pérfido coração, arfando granítico d'encontro às paredes encovadas desse talho eril, há muito se extinguira; que uma gelidez de lousa avassalara o acetinado carmesim de tuas carnes ora empedernidas; e, que até o suor frio da agonia, que tressudara essa fronte lívida de madona, empastando em bucres a cabeleira, se evaporava, enquanto, nas pupilas desertas e nevoentas de cadáver, descia o grande véu do Mistério.

E te sentiste dentro do teu caixão, a caminho do Val de Sete Palmos!

E que por sobre ti, pazadas cheias de terra ruflavam a música dolente dos cemitérios, a cair — plan-ran-plan! — no tampo esguio do madeiro, e, com elas, o ressoar monótono e fúnebre dum coveiro, entoando o *de profundis*.

Depois, silêncio. Quietação estagnada de pântano. Após, trevas imensas, sem noção de som, cor ou luz, envolvendo-te em seu manto espesso de Enigma.

Então, na calma profunda dessa noite, atentarás que algo de anormal se verifica no interior de tua campa. A princípio, será um como que insinuar-se mansinho de passadas tímidas, vago deslizar dum mundo sombrio e desconhecido de corpúsculos microscópicos.

Sobre as tábuas do féretro, que sentirás apodrentar-se sob o teu dorso imóvel, varando o forro úmido do lenho, da mortalha, escalonar-te-ão a torre marfínea do teu corpo desmoronante e corrupto, seios acima, a invasão vandálica e brutal de aluviões macabras de vermes!

Bruta e tremenda, a escalada noturna, no silêncio pesado e asfixiante de tua solidão!

E galgarão em ziguezagues hesitantes de lesmas, pegajosos e repulsivos, comichonando a epiderme, devassando — impudicos e lúbricos — o segredo imortal de tuas curvas, profanando contornos, babando-te a capela de virgem, nessas viscosidades malditas de vibriões que antegozam, epicúricos e refinados, o bródio opulento duma carne moça...

Subirão. E uma faina insanável, um verrumar estraçalhante de abocanhamentos famintos de desdentados — persistentemente — começará, silenciosa, enquanto a sânie escorre, verde, pelas frestas brocadas do ataúde.

E serás beijada e poluída pelos mil beijos da Vermina...

E um gargalhar vesânico de Demônio, implacável — o meu! — acompanhar-te-á zombeteiro, até o fundo bendito de tua Cova.

E que ensaies então — lá embaixo — olhos cerrados, essa feição impassível e fria da tua insensibilidade de pedra!...

ESTRADIVÁRIO

Prazer vital. A tua Carne é o estradivário secreto onde vou reavivar, na deliquescência dos luares noturnos, a teoria emotiva de sensações antigas que flutuavam na ignota profundez dos olhos de minha amada.

Mal hajam [sic], os meus dedos trêmulos de corifeu, vibrado em ascendência os primeiros acordes nessa gama dolente que vai de tuas plantas de ninfa ao ondulamento sonoro da cabeleira, percorrendo em mística compunção as cordas do violino, eis palpitam despertos sonhos velhos pelo ar, desvendam-se mistérios, de dor e de luz, e contigo ultrapasso as regiões sublunares do Tédio e da Dúvida, remontando à paz etérea dos Bem-aventurados...

Desçam outros, alcateia maltrapilha de sonâmbulos e descrentes, a torre inversa do Desespero negro; afoguem eles, em ondas de embriaguez e crápula, a mágoa latente de ser dos Infelizes...

Aqui, em silêncio, alheado do mundo e de seus males, detenho-me na torre de marfim ideal do meu isolamento, e fico a tanger em arroubos de crente, na cordoalha sonora do meu violino, que, só e único, me revela, no cromatismo ultravioleta de suas vibrações, as ressonâncias últimas da Ventura soberana!...

E como o ser feliz é chorar, aqui ficarei eternamente a planger, arco em punho, dobrado sobre o meu instrumento — até que se me arrebente a última corda de inspiração, té que o estremecimento derradeiro desta mão firme de melômano haja denotado, à face do infinito, no esforço dum último harpejo, o eco supremo duma existência há muito já morta...

E assim, a tua Carne é o estradivário secreto onde vou reavivar, na deliquescência dos luares noturnos, a teoria emotiva de sensações antigas que flutuaram na ignota profundez dos olhos de minha amada...

"REQUIEM"

Dormes agora. Descansa; não mais, quando a visão noturna dos espectros passageiros do passado reavivar algum dia tua imagem detestada no livro apagado da lembrança morta, irei ter, coveiro sinistro num cemitério de ilusões, à beira olvidada de tua campa, para desenterrar, como antigamente, as evocações dessa alma vil, toda aquela imperecível recordação das formas do teu corpo há muito já gasto.

Dormes e sonhas, à margem da vileza própria; que eu, campioneiro esforçado do Ideal, passo avante, à cata eterna dessa falena alada, que é o sentimento emocional das grandes dores, que me foram os suplícios dos dias e os terrores das noites, dias isentos de luz, noites ermas e febris do lenitivo dos sonhos!

Fruto que és, lançado à ração dos miseráveis, por ti transpus cem portas de bronze, assediei e rompi a perseverança de mil Tróias, realizei sete vezes os trabalhos de Hércules, para ir ter, a mão cobiçosa, ao prêmio recompensante das fadigas do herói.

Mas vi, à impressão ardente dos meus lábios, que, afeita mais para a boca venal de párias malditos, eras lodo e pó — pó e ilusão — à contemplação serena do meu sonho...

Colunata do Mal, sustiveste após todo o peso simbolista e implacável da minha cólera de lidador malferido, para desfazer-se logo em destroços e ruínas — carcomida que és — na incompreensão inatendida do mal que suscitaste.

Que te façam, as páginas repassadas deste Hinário, gemer ou chorar, rir satânica de audácia ou abafar regougos profundos de desespero na garganta — pouco me importa! Que mais foram cantochãos fúnebres de maldição a ressoar nas cavas soturnas e geladas do Templo azul do Simbolismo, onde cultua a dor os seus altares, que hosanas violentas de fé; mais foram Salmos e Hinos do Livro dos Reis, que a aleluia gloriosa duma apoteose do Cântico dos Cânticos.

E se o teu corpo permanece vivo, muito acompanhei o funeral de tua alma. Ela dorme, à sombra de um luar de defuntos, na vasta e sombria necrópole de minhas mortas ilusões, mesmo ao pé de todos aqueles Sonhos que mataste!

Requiem.

COVA
(CANTOCHÃO)

Quando me forem a enterrar — mal de mim! — que seja o meu corpo sepultado nos seis palmos de sua carne saborosa e clara.

Que as amplas tranças negras do seu flexível cabelo sejam a corda de enforcado onde irei dependurar as minhas Dores — quando me for a morrer...

No fluido letal dos seus olhos tristonhos de pitonisa augural, irei colher — em horas mortas de luares assassinos e frios — o tóxico mortal que me induzirá ao caminho do Nada.

Que as suas mãos — brancas mãos marfíneas de enfermeira — componham cuidadosas as dobras da minha mortalha, quando me for à eterna Romaria!

✸

Nos marmórios pórticos ideais dos cem mil palácios de pórfiro da minha Ilusão, chove miúda, uma chuva fina de cinza.

Miraculosa Herculano, levantando para o Espaço as colunas monumentais dos teus Templos! Sobre ti, implacável, diluvia o vesúvio do Tédio e da Indiferença, uma chuva de cinza; cinza e pó, apenas.

Palmo a palmo, espessa-se o pardacento lençol; arribadas atônitas das aves fugitivas da Alegria. Pardais do Sonho, andorinhas primaveris da minha eterna Mocidade, levantam voo.

E impalpável, o borraceiro desce, pertinaz e delgado, reminiscência atroz de tantas outras Sodomas e Gomorras de maldição!

E sinto-me glacial, deserto e ermo, a esse tombar cinéreo de pás imensas de cinza, atiradas das mãos inexoráveis dum Coveiro monstruoso e disforme! Gelado e ermo, entra-me imponderável, pelos poros, pela boca, esse polvilhar cinzento de resíduos e detritos, que me conduzem à ignorância suprema da Vida e do Ser!

✳

Ai de mim! — quando me forem a sepultar — que me sirvam de cova os seis palmos do seu corpito saboroso e claro!

✳

Muito esguio e forrado de crepe, estendem nesta sala, sobre duas cadeiras, o meu caixão a defunto.

Ei-lo, singelo e tosco, dois tocheiros fúnebres à cabeceira, lacrimejando sobre o fundo lutulento do tampo, o reflexo tíbio e dúbio de sua luz exangue, como faróis antigos duma velha galera, em noites de cerração.

Esquife negro! Doido bergantim do Sonho, que te pões, velas enfunadas, em rota ousada às paragens siderais do Esquecimento!

Mãos cruzadas, à espera dos apetrechos últimos, atendendo eu mui direito e pálido, que se faça ao largo a minha Nave.

Ao lado, lacrimosa e triste, vela de joelhos a minha amada. Assiste ela também aos teus derradeiros preparativos? Não o sabes, nem ousas afirmá-lo; entretanto, dizes que sim. Sim, é piedoso e consolador pensar e dizer que a minha amada assiste a esta última derrota.

Seus lábios oferecem preces, que saem tristes e sonâmbulas, como virgens seminuas e friorentas, do seu seio também virgem, e morno e túmido, como as delícias dum Beijo mal esboçado!

E mui feliz e contente, dentro a palidez de cera do meu semblante tranquilo, fico à espera — olhos cerrados — que peguem das alças, e façam ao largo a minha embarcação.

Evola-se uma sinfonia plangente e soturna, das almas que aqui ficam.

— Choram? Não sabes, nem te atreves a dizê-lo; assim, quando não, marejam os olhos da minha amada.

Ela chora — mal de ti — docemente, mui docemente, num deslizar silencioso e enternecido de lágrimas, que te regam as feições serenas e frias...

Meigos sublevamentos do seu peito aflante; ela tem o rosto contraído e amargurado, como uma Santa martirizada...

E eu me vou — indiferente e calmo — sob um céu sem nuvens, ao Val dos Sete-palmos!

✸

— Quando me forem a enterrar — bem de mim! — que me sirvam de Cova os seis palmos do seu corpo capitoso e branco!...

ÁGUA CORRENTE

Aquele oculto manancial nunca correu nas areias ardentes deste deserto desconhecido, onde fica a balouçar, no alto pardacento da minha Torre, o roto pendão verde da Esperança.

Anedie o luar seus quebrantamentos silenciosos de luz por sobre os oásis verdejantes de virgens corações, passem por lá as elegias magoadas do fluxo e refluxo dessa mina líquida que vai em cascatas fecundando os vales floridos e a alma azul dos Crentes, dessedentados venturosos dessa água lustral de bendição.

Aqui, nunca chegou o vago ecoar dessas caudais...

Lá vicejam flores, àquele beijo cálido do rocio, abrem-se violetas, lilases e dálias magoadas, feitas todas da maceração violácea e pranteada dumas olheiras de Doente.

Mas nestas regiões saibrosas, onde minha Arte enlanguesce, nunca veio sussurrar, à orvalhada fecunda do carpido dilúculo, a redondilha sonora da água a passar; nunca foram entoadas as endeixas doridas da Saudade, nem à indecisão dum crepúsculo, nem à cintilação dos estelários, elevaram-se os Salmos sagrados das Evocações do Alto.

É que o deserto é imenso, mas sem limites, e a sede é infinita —faça o sol frio de inverno, ande por essas solidões a reverberação imprecisa de todo um Luar de Gemidos!

E se a via láctea é a mais límpida cristalização do pranto da Máter-Natureza em sua gênese fecunda de mundos, nunca até aqui veio ter, em serpeios acalentantes de afagos amorosos e hinos suaves de Alegria, a Água Corrente das Lágrimas!

É que as areias são ardentes, e ilimitado este saara, onde resta a balouçar, no cimo acinzentado da minha Torre, a esfarrapada flâmula verde da Esperança...

Às vezes, aos rogos insistentes desta sede abrasadora que as devora, rugem longe, aos ecos acordados do deserto, as hienas famélicas do Desespero, seus rebates raivosos de revolta; clama heroica a minha Dor pelas saudades infinitas daquela Fonte — seu alimento no berço — e cava sulcos fundos, como convergindo em canais amplíssimos à nascente.

Mas permanecem áridos, mui áridos, sem vislumbres de lodo e umidade, agonizando solitários nas garras sangrentas dum sol, que as caustica e requeima, nas ânsias derradeiras duma sede incontida e profunda, que os fustiga e dispersa.

E pois, nunca, ó nunca, aqui veio ter ao abrigo roto do pendão verde da Esperança a balouçar como um sonho, no alto da minha Torre a consolação intensa e vivificante do grande Choro dos Felizes...

É que o deserto é imenso e sem fronteiras, e a sede infinita — faça o sol frio do inverno, ande por essas solidões a reverberação imprecisa de todo um Luar de Gemidos!...

E assim, aquela Água Corrente das Lágrimas, é a mais rebuscada tortura anteposta à miragem dos olhos enxutos do castelão, sopeado no alto da sua Torre de Fé, em meio o deserto árido e desconhecido da Vida!

CORAÇÃO

Aquele grande Olho luminoso olhou para o fundo de minha alma, e viu que lá dentro iam as sombras imprecisas do evoluir primário das nebulosas, num espaço lúgubre e vazio, bem longe das verdes constelações.

Um raio penetrante de luz desceu então através do meu ser, inundando-o de sua claridade deslumbrante e divina.

O meu coração sofreu uma comoção religiosa, e abriu-se misterioso para encerrar em seu seio aquela luz sobrenatural.

E vi que mais vivo e feliz pulsava ele, que as fibras se lhe retesavam e desmanchavam-se em ternuras, à compreensão infinita do tesouro que encerrava.

Muitas vezes, em noites de borrasca, têm vindo espreitar à sua porta legiões sinistras de seres imponderáveis, mundo abortado na gênese dum cérebro doentio, quando por lá andam azoinando o fluxo e o refluxo dos Pensamentos maus.

Firme, porém, na consciência divina de sua força, ele aí fica a pulsar em ritmo sonoro; e é em vão que o assalto tresnoitado desses entes do Mal se encarniça e o aperta, rebatendo marteladas, na violência projetora da Ideia que os impele.

O coração é um grande herói, que encerra em si a luz divina, e ao qual não vale a influência malfazeja das noites borrascosas.

Se há hino vibrante mais límpido e sonoro, é o que anda ele a tanger no silêncio da sua torre, vibrando alarmas de rebate, quando lá vão ter, às portas de diamante, viseira carregada e lança em punho, os cavaleiros do Egoísmo, uns lívidos, da lividez do grande sono, como o ódio repisado, outros arteiros e artificiosos como o Amor protraído, a inutilidade do Bem, em arremetidas bravias de desespero...

O coração, porém, é um grande herói, que encerra em si a luz divina, e ao qual não vale a influência nefasta das noites de tempestade...

Ele não teme as investidas do Mal. Às vezes, sofre, sofre sim, e pena, mas isto passa ao ritmo glorioso da força de que é animado. É quando o luar noturno das horas mortas anda por aí a sanear os cadáveres insepultos das Ilusões suicidas do que lá vai. Então, todo um bando plangente de mendicantes vem bater às suas portas. São as tristezas dos meus dias idos, das trevas febris, dos instantes em que, pendida a cabeça sobre a vacuidade da noite, bramia fundo a voz de minha Dor, a retumbar no infinito, em trovoadas desencadeantes de blasfêmias e gemidos; os Sonhos enlutados, Aspirações infanticidas ao nascer, arroxeadas e chorosas, aí vindo em procissão, ao livor desse luar noturno, suplicar abrigo.

Ele, porém, guarda no seu seio um raio de luz divina, que espanca para longe os Fantasmas e Pesadelos do passado.

E o ritmo sonoro e magnético daquele órgão, é a mais pujante catapulta anteposta à potência traiçoeira dos Fados, que susteve até agora o peso duma Vida!

É que o coração é um grande herói, que encerra em si a luz divina, e ao qual não vale a influência malfazeja dos Espectros vãos do Passado!...

TURRIS EBURNEA

174

ARRAS

COMO ME ACHASSE AO SOPÉ DAQUELA ESCADA, NOTEI OS DEGRAUS DE MÁRMORE O MAIS PURO, LADEADOS DE BALAÚSTRES BEZADOS DE VEIOS AZUIS, ONDE POR PILASTRAS ESGUIAS ESPAÇO a espaço a estatuária pagã pousava a correção impecável e serena dos bustos dos heróis e semideuses, anteolhando-se frente a frente, os olhares baços de pedra.

A luz joeirava a flux; o peristilo resplandecia todo no fundo verde da paisagem, quebrantando-se a sombra pela saliência dos capitéis, nas jônicas colunas onde o friso das volutas e dos fustes se destacava em linhas caprichosas, e sobre os baixos relevos e camafeus a sustentar, em hierática postura, a soberbia grandiosa das cimalhas esmaecidas.

Uma força impulsiva impeliu os meus passos para o interior daquele templo. Vergando, genuflexo, os joelhos trêmulos de emoção, o coração aberto em êxtase, penetrei a largueza desnudada dessas salas maravilhosas, onde a claridade solar entrava viva pelos balcões rasgados, calmos e brancos, torneados de florões sutis e um renque de vasos finos de flora exótica, imobilizadas as folhas à serenidade exterior do dia glorioso.

Ao fundo, envolta na penumbra, em estilo gótico, uma capela. Deserto e morto aquele ambiente morno que demorava nos altares; o colorido das alfaias desbotava-se ao tempo, minguando cuidados, sem um único átomo porém da poeira sacrílega. Ao pé, o grande missal aberto; e o turíbulo sagrado devia de exalar naquele mesmo instante a última e trêmula espiral azul de incenso.

Zelava o Símbolo o seu zainfe[94].

E posto saber ainda bem longe a multidão fanática e iconoclasta, já solitário era o pavimento dos antigos sacerdotes; o último que lá ficara, talvez exausto e farto do inútil velar, também se fora empós, despindo para eterno olvido as vestes sacerdotais.

Então, vendo aquele gelado abandono, timidamente, abstraindo-me em penitência da heresia profana dos

---

94 Véu mágico usado pela divindade fenícia Tanit. No romance Salammbô, de Gustave Flaubert, é uma espécie de amuleto mágico.

pensamentos mundanos, ungi-me de óleo lustralpurificante, rojei-me humilde de bruços ao mosaico glacial da nave, colei o meu lábio ardente à pedra impassível, e tendo realizado a compunção exigida de corpo e de alma, levantei o olhar contrito para o alto, fixei-o na ampla abóbada côncava da basílica, donde semiextinto pendia o alampadário; reacendi os candelabros lavrados da ara, e ensaiei as mãos incertas à empunhadura do incensório sacro.

Tintinabulou numa torre oculta a plangência sonora dum sino. E vi mais uma vez que, mais que tabernáculo pagão, era aquele um santuário de misticismo puro.

Então, tendo feito o juramento, alheado do mundo, as portas cerraram-se silenciosa e mansamente sobre os meus ombros revestidos, para me render ao culto exclusivo da divindade.

E antes de me embeber definitivamente na paz santificada dos Eleitos, compus como arras de iniciação as páginas dum "Hinário", que foram as reminiscências trazidas duma vida anterior e maldita, morta e perdida para as minhas aspirações de novo Crente.

Lua! Bebo-te gota a gota os raios e a loucura que contigo transmonta!

És a divina espiritualização de todos os meus sonhos abortados, companheira a velar pelas minhas noites silenciosas de febre, quando ulula longe, nos calabouços soturnos deste presídio sublunar, a alma malsã de algum demente, em seu acompanhamento sombrio às algaradas dos cães noctívagos, imprecando heresias à mansidão consoladora de tua luz.

Às vezes, tresvairando a febre, soergo-me no leito frio da agonia; e olhos acesos, sondando a nebulosidade imprecisa do teu morno luaceiro a penetrar através dos embaciados vitrais da minha cela, blasfemo alto as liturgias satânicas do Medo — alucinação feroz do Silêncio e da Sombra — que me foram os mudos guardiães no delírio.

Combates tremendos na cumplicidade das trevas, sustento lasso, com anjos mais malévolos e encarniçados que os do encontro de Jacob; e por vezes, uma alva visão, diluída em brumas, desce nesse lençol de luar, acalentando o desvairamento sobreexcitado dos meus nervos, a enxugar minha fronte alagada, onde bagas grossas como punhos de suor põem-se a correr, faces abaixo em místico lacrimário.

Vai lá fora a matinada vagabunda dos cães, concertada aos berros de tresnoite dos possessos, em suas crises furibundas de insânia; zoeiram pragas, vibrações macabras das litanias da morte, é de se ouvir, quando uma voz mais forte sepulta as demais, recapitulando toda a impotência de ser nessa luta eterna à invasão triunfante das *larvas*.

E me rio e bendigo após a minha mágoa, enchendo o cálice eucarístico de S. Graal do sacrifício da minha Carne, libertador almejado desse invólucro ciliciante em que ando a penar.

Imponderaliza-se em livores de mártir, a Lua santa por entre as ogivas rasgadas e molhadas do pranto e da neblina da Noite.

Volto as pupilas para as cavidades orbiculares do meu próprio crânio, olho para dentro de mim mesmo, e vejo, na tressudação de mil horrores, que é o Vazio, o Vácuo, o Mistério, espreitando-me com seus olhares cavos de lêmures.

Obsessão estranha, a da vida exterior; idiossincrasia fatal de tudo que sinto, tudo que vislumbro ao de leve a presença de ser da matéria; ânsia angustiosa para a desagregação final de átomos, nesta arquitetura mal esboçada e enganosa de homem!

Convulsões mentais de turva e raivosa resignação, de palpar a permanência do indivíduo; ódio, ódio melancólico, e a essência duma elegia vaga nos farrapos da alma esfacelada que me rende o teu perdão, ó Lua dos loucos, boa Lua luminosa dos infelizes!

Que me rasgues as entranhas com as doçuras lacrimosas desses teus êxtases de amor, que me faças almejar a tortura dos teus sonhos evocativos, sê bendita e eterna para todos os Ciclos de Ferro e de Sangue que têm a atravessar a alma nefelibata dos proscritos e desiludidos da romaria da Ventura!

À celebração do teu mito, Ísis noturna de Mênfis, só os tropos desconexos e despidos da compreensão vulgar dos adoidados da vida; sê minha e de mim unicamente entendida, como somente dos Eleitos é o Símbolo que trabalhamos.

Azoine a cainçalha iconoclasta e profana seus berros de possessa; ande monte a monte a espelhação fastidiosa dos desejos comuns confundidos; aspiro a ti, fonte eterna do Silêncio e do Sono, da Loucura e da Ânsia de não ser, cadáver que és de mundos, retratação retrospectiva do abortamento vívido da matéria, ressurreição futura de luz!

És Enigma e és Chave, és pauta e és escala, a maior inspiração da coorte doente dos paladinos visionários da *Turris Eburnea*, ó Sonho, ó Torre de Opala das febres do doido!

E eu me vi à beira daquela torre...

E uma invisível e poderosa força me impelia para os primeiros degraus.

Depois, passo a passo, desci em espiral a grande escada.

Em baixo, na balofidade silenciosa das trevas, rastejavam serpes, e mostrengos bizarros, coleando e distorcendo colgaduras, em momices fantásticas de duendes...

E para baixo das trevas, na vacuidade do nada, a torre prosseguia, e com ela, mundo abaixo, a grande escada por onde ia, olhos apagados, desmedidamente abertos na sombra.

Às vezes, lampejava na penumbra uma chispa de fogo, centelhava uma pupila torva de avantesma, quiçá djim alado, pirilampeando na escuridão.

Sem hesitar sobre os passos, girava eu escadaria abaixo, remoendo cantochãos fúnebres, reminiscências vagas de loucura...

Trevas eram o meu espírito, trevas profundas, rasgadas de coriscos, após tanta luz e a transfiguração fulgurante e sublime em face de Amon-Rá[95], o divino Símbolo.

Se apertava a febre, trespassavam-me o peito legiões sinistras de Íncubos, afogava-me o desejo de aspirar éter — o Éter puro — bem longe da imunda atmosfera terrena; e sucumbindo à crise, retorcia as mãos suarentas e glaciais abafando clamores de dominado, e reavivamentos atônitos de luz nas órbitas cansadas...

E a torre prosseguia, no desequilíbrio dos hemisférios, mundo abaixo, vazia.

---

95 Deus do panteão egípcio, divindade padroeira da cidade de Tebas.

Atravessei gemendo catorze gerações, chegara ao Senhor do Koran[96], e disse o Mestre: — Anda, volta donde veio...

Em torno gravitavam os grandes espíritos.

E estorcendo-me na minha grande dor, compadeceram-se todos do meu penar.

E o meu Aro cresceu, cresceu, para além das nebulosas, à torre sagrada, sobre ela, acima do grande Signo, pairando na luz etérea...

Depois desceu, desceu, escalonou a matéria, reconfortou-a confortando-se, e fechou sobre si as portas do Sobrenatural. E vi então que estava bom...

Os pelicanos elegeram-me Grande; com eles penetrei o mistério dos Símbolos.

A terceira potência escalonava a segunda.

Vieram depois os Cavaleiros da *Turris Eburnea*, astralizadores cancioneiros do Amor; ungiram-me rei, rei dos trovadores.

E nunca até então musicara versos...

— Quem teria a Torre de Opala?

Em seguida à ascensão, a descida suave e derradeira à torre inversa.

De lá voltei em transfiguração como um ressuscitado.

Agora atendo: na partilha dos destinos, ganhou o invólucro corpóreo, e nele a grosseria iludida dos sentidos cegos.

Atendo. Depois... irei ter à Caprera. Lá demora minha Irmã, que se fundiu e finou em lágrimas e cânticos, à funda nostalgia de minha ausência...

O amor é a única salvação dos que penam nesta Esfera.

...Assim rezou.

---

96 Referência ao Corão, livro sagrado do Islã [?].

FANTOCHES

Pela noite de luar magnético sem mancha e sem legenda, quando os meus nervos são como uma harpa eólica distendida no infinito para ampla impressionabilidade de todo o feixe molecular em vibração, eis, do centro emanente da lua cheia, à incidência dum raio luminoso em minha pupila torvada de evocador, vêm de começar os primeiros passos da aérea dançatina, os duendes alados da minha solidão.

Sobrevindo alígeros, em requebros cadenciados de arlequins, piruetando casquilhos, em ademanes sutis de *clowns* de feira, enchem a noite toda, do entrechocar desengonçado de vértebras flexíveis a gingar, e coinchos efêmeros de animálculos, aos maus tratos da nortada; cá em baixo vai o silêncio, olho à espreita, punhal na destra, estrangulando murmúrios imprecisos e variados que sobem, como poeira impalpável, da superfície imantada da terra.

Por vezes são coreografias de silfos, bailado vaporoso e lantejoulado de gazes esvoaçantes, e rítmicos compassos de baiadeiras, nervosas, perlongando histerias... Outras é a fúria sincopada e desencadeante dos *cake-walks*[97] solitários, feitos de gnomos a gargalhar, e risadinhas frouxas de djins zombeteiros, recalcitrando na penumbra...

Noites de magia branca em que o sono ermou o meu tugúrio, e as garras do *Spleen* revestem minha alma do peblum cinéreo dos monólogos hamletianos, e pendependendo a tatear pelo mundo das Sombras, sondo o bailado obscuro das coisas humanas.

Momentos esses de misticismo, feitos de Cabala e Nevrose, da cultuação abscôndita da Ísis tebana, e hílares halalis do meu sentimento pagão, apoteoseando impenitente a Paisagem Noturna.

---

97 Vide nota 70.

Há livores úmidos de pranto nas olheiras magoadas da lua; dolências líricas de sonho, escorrendo dos beirais; e minhalma combalida, afazendo-se aos vagos rumores que agonizam na terra, desabrocha no sentimentalismo espasmódico da inspiração, e requer, para a suprema estesia dos meus sete sentidos a vibrar, o grande anestésico do Silêncio, do Luar e do Sonho.

Então, como que se exacerbam estas legiões turbilhantes de seres imponderáveis na fantasmagoria etérea do mágico bailado, ensaiando por aqui sarabandas medievalescas, contorcendo por ali tarântulas desenfreadas, acentuando mais além o exotismo bizarro dos boleros, em poses consumadas de gitano!

Instantes, passa pelo zênite uma rajada extemporânea, espancadora de espectros.

Mais ligeiros adejando, farândula espiralante de títeres esboçando coreias, girândola esfuziante de demônios desgarrados na luz, mais adiante aos punhados assomando, ei-los de retorno, infatigáveis pela noite de luar sem legenda e insondada da minha Insônia — ao prosseguimento dessa récita premeditada de marionetes espectrais, sem conventículo compelidos para a máxima tensão dos meus nervos exacerbados.

Mascarada penitente de falenas cintilantes, embriagadas de luz; sonâmbula cavalgata de elfos irrequietos, tontos de anseios, fartos de volúpia, galopando ao luar — se os meus dedos trêmulos avançam a ousadia duma busca em que pegar pelo morno luaceiro, ei-los como sempre recolhendo solertes, dissolvidos em bruma, a mais além ressurgir, vivazes e impertinentes, em seu *aplomb*[98] desenvolto de funâmbulos...

Não cuido de onde veem, não soube nunca para onde iam, nem sabê-lo-ei jamais, enquanto por este globo sublunar perlongar a existência, condensando sofrimentos.

---

98 Do francês: "atrevimento", "descaramento", "topete" (pej.).

Sei que pressago é o prenúncio de sua vinda, augurando avatares e a atonia avassaladora dos "surmenages" indefiníveis; sei então que sou todo povoar-me de assombros, de visões, e as nevropatias alucinantes, pela nostalgia do Alto; e sei que todo sou vestir-me de um burel de Tristeza e de Mistério, quando curvilhando nesse mesmo vento de insânia, ascendem e refluem na via serena do luar — escadaria de Jacob[99] carregada de aparições — à representação sobre-humana, encenada *a giorno*[100] pela grande gambiarra da lua, do palco subjetivo da minha Imaginação.

Mas sou todo aquietar-me às influências estranhas que ressumam da floração lunar, como trasgos e avejões, sangrando delírios, ébrios de desejos, a boca escancarando, abeberada de luxúria...

Talvez crebos soluços de Ofélias desprezadas, trazidos da penumbra enigmática das nebulosas e cristalizando a algidez do luar de junho; talvez súcubos errantes de beijos mordentes, longamente prelibados em surdina, duns lábios que amei e que povoam hoje de humo fecundo as solidões ciprestais dum cemitério...

E talvez aberração dos meus nervos doentes, refinando alucinações, na fosforescência apavorante da noite profunda.

---

99 Escada mencionada na Bíblia (*Gênesis*; 28, 11-19) pela qual os anjos sobem e descem do céu.

100 Em italiano, a expressão [*montare*] *a giorno* significa incrustar uma pedra preciosa, em um anel, por exemplo, de modo a torná-la visível de todos os lados.

ECO...

Salve, Regina! Há muito que te espero; és a minha verdadeira Aspiração, e a única quimera azul deixada pelo meu sonho extinto.

Há muito que te anseio as carícias de túmulo, repousar a cabeça lasso de luxúria, em teus braços mirrados de Esqueleto.

Gritei por ti, louco, do fundo horror das minhas noites de febre! Ai de mim, se não fora a ilusão dessa esperança derradeira.

Vem, que deliro e clamo em vão pelo teu nome.

Como és boa e meiga, fria e triste — dona Mística! — nesse teu riso enigmático de Caveira! No báratro profundo da dor, arquejando balbo de cansaço, a fronte suarenta porejando o sangue gélido da insânia e do desespero atroz, para ti — como a estrela polar — levantei a mão implorando auxílio.

E o teu silêncio foi sempre como o sombrio mistério dos Sóis e Constelações, palejando para o Além...

Sem ti, sem ti, onde irei ter, aonde, aonde não sei, que nem mesmo a Vermina cruel e corrupta me quer em seu seio...

Trevas sagradas, abri o vosso zainfe[101], que até dela — *a boa noiva mística* — sou atirado ao abandono.

Dor, ó Dor, cilicia-me estas carnes, vibra rijo o teu látego!

---

101 Vide nota 94.

ASCENSÃO

Vida, és a Ode unitária surgida no concerto do Caos. Sentir é vibrar; na harmonia da luz, há o sangue a escorrer, a vida palpitando, seja no germe rudimentar da flora embrionária, ou no átomo platônico das últimas metamorfoses.

Matéria, és inteligência e és espírito, na escalada vital à última perfeição.

Caos, evolução primária, cérebro primitivo de pedra, a sonhar a perfeição futura do nirvana...

No ciclo ascensorial da suprema transmigração, toca-se a harmonia inexpressa da Unidade divina.

Astros! Olhar-vos é sonhar e antever quantos pousos intermediários na milenária romaria!

Carne, genuflexão religiosa ante este hino, destacado no missal da Natureza. Em ti, tange a gama secreta da alegria exagitada, da dor secular transfigurada, expressando-se na múltipla e constante vibratilidade de tuas variações.

Sangue, ditirambo sagrado celebrando os mistérios luminosos de Hélios; cadeia magnética de sonâncias, ligando-se em ondas hertzianas de luz à orquestração maravilhosa do Universo.

Sangue e luz, espírito e matéria amoldando-se transfundidos no cadinho magno dessa Vontade que anda pelo Infinito equilibrando esferas!

Evoé, à consagração de Baco, na hóstia santificada do corpo exangue do Ungido!

Osíris e Mitra no ciclo perpétuo dos deuses, luz transfigurada em homem, se há glorificação mais vívida e pujante à sua força sempre nova, é o endeusamento convicto de todas as alegrias da terra!

Prazer, abstração, luz nova, novo som, nova tinta, a celebrar as tonalidades embriagantes de seu culto, ante o qual o turíbulo oficiante vá de espalhar mais estas nuvens de fumo precioso.

Morte, aspiração dos infelizes, um passo avante à ascensão da luz!

Luz! vibração suprema, encarnação cristalizada da Bondade inexpressa!

Alegria de moço, a beleza vital e serena duma encarnação apolínea. Nas circunvoluções do cérebro que pensa, há reerguida ao culto de todos os deuses e fetiches a mais vasta catedral, onde é cabível desde a dualidade de Ormuz e Arihman, Vischnú e Siva[102], ao endeusamento progressivo das últimas filosofias!

— Templo, ó velho Templo!...

---

102 Ormuz é outro nome de Ahura-Mazda, deus do bem no zoroastrismo, que combate Ariman (ou "Ahriman"), o deus das trevas. Vişnu é o deus responsável pela sustentação do universo, e Śiva é o deus da destruição ou transformação.

RENÚNCIA

A terra ao nosso amor não basta.

OLAVO BILAC.

Hoje descanso, enfim, após estranha peregrinação, na paz harmoniosa de tuas pupilas de Eleita.

Aí a luz se quebranta, desdobra-se em aveludamentos sonoros de ternura, e é como um banho lustral de remissão esse halo divino que derramam, em asperges de oficiantes, sobre o fundo revolto do meu coração.

Ah, que magoada me trouxeste esta alma, às carícias de teu perdão, ela que mais afeita foi sempre ao pedrouço rudo e às invernias ao relento, sem albergue e sem o pão espiritual de uma comunhão mútua de amantes!

Leva adiante o consolo de teus olhos, o nirvana remansoso da serenidade boiante a flux nesses lagos; esmolar em demasia, é tornar confundido o mendicante.

Vê que inquietação angustiosa era ainda em meu semblante pálido de pegureiro que, nessa ascensão de luz e de paz em que nadam teus cílios, espreita para fora, nota brusca e ríspida a nortada nos silvedos, e teme, como saindo dum sonho bom e enganoso, encontrar-se inopinada e novamente ao desabrigo e à chuva, aos quais se afizera antes à força de curtir penas velhas.

Anota então, que contrações amarguradas de desespero e dor não torceriam de novo esta boca crispada, se após tão ledo devaneio rompesse o encanto, e visse que tudo fora ilusão e desvairamento numa fantasia desnorteada de andarilho, que acreditou palácio de fadas e paço hospitaleiro a miragem distraída duns olhos de virgem.

Demais, amiudando a Dor, afazemo-nos a ela; criamos-lhe compunção e amor, enche-se o pobre de deveres cultuais ao seu dolorido símbolo, e à força de hábito, não vai fugir ao impulso de empunhar-lhe diariamente o incensório sagrado de preito de homenagem.

És uma encarnação da Beleza suspirada, e serás querida por quantos tropeçarem nessa rota dourada que se te desenrola aos pés; não te posso seguir, estranharia os rosais de que se juncam moitas e frondes; e, ante o contínuo despetalar de botões aos teus passos de mágica idealização, sentiria mais que o escárnio constante de suas aveludadas corolas, o gume aculeado dos espinhos, de que por certo não perceberias a presença.

O meu trilho — tortuosa e ingrata *via-crúcis* — é o que se antolha aos torturados da Imaginação e da Ânsia ideal, onde vicejam apenas, a par de cardos agrestes e cicutas verdes, os abrolhos hostis, onde o manancial que se encontra jornada a jornada, mitigando a sede dos romeiros, é feito da cor-topázio das lágrimas espremidas e amargas, ressaibando fel e veneno nos lábios dos infelizes...

Se o amor que semelhas conter é grande, exclusivo e infinito, encerra numa custódia de marfim a centelha imortal, venera-a em silêncio, longe do mundo, consolando-te de que, se os átomos da nossa matéria se reunirem, em novas metamorfoses, na órbita luminosa de algum astro milenário e tangente à perfeição almejada, lá, sob o saltério magno das esferas conjugadas, celebraremos a apoteose triunfante e final deste Amor transmigrado!

ALVORADA MÍSTICA

Alegria dos olhos és tu, cujas ondulações felinas de serpente e leoa prometem todos os ardores do Amor e a explosão violenta da Raiva e do Ciúme, sepultados no abismo insondável que as tuas pupilas guardam e zelam num velário de trevas e quebrantos.

A estrela da manhã, eis, vem de ensaiar os primeiros hemistíquios dourados de sua luz; e alva, surges, branca alvorada de meus sonhos, na retina obumbrada de alguém, que só e triste anda tateando a planície arenosa da vida.

O arrebol é todo branco, e o astro matutino como uma lágrima distante e luminosa esclarecendo o meu ermo. Não mais receie a mente resvalar sem apoio e sem remissão pelos precipícios sombrios da dúvida e morte espiritual, em regougos e insânias cabalísticas de febre e de delírio, já que, como em sonho cândido de infância, aí ficas do alto a derramar o perdão de tua luz sobre a noite densa e primordial do caos de ideias que me escavaram as penas na fronte entenebrecida de cético.

És Carne e és Luz, és Átomo e és Universo, encarnas— na cerrada morbidez dos teus cílios recurvos — a placidez serena duma deusa pagã, e a oval candidez dum semblante querubínico das idealizações de Beato Angélico[103], transportado da paz mural dum mosteiro da Renascença!

Alvorada és tu, à minha noite invernal; núncia calma da serenidade duma vida, repouso final à muda procissão das minhas preces, que mais foram estertores de desespero, que páters piedosos de compunção, na via dolorosa das Mágoas.

---

103 Mais conhecido como "Fra Angelico" (Guido di Pietro Tosini, 1395-1455), pintor pré-renascentista beatificado pela Igreja católica.

No brilho de teus olhos, estrela da manhã, no sonoro deslumbramento da aurora nívea em que apareces, embebo a ânsia angustiante de minhas pupilas em súplica, penetro a mansão bem-aventurada e de arminho do mistério glorioso de tua alma, e lá repouso a sonhar, sonhos brancos, de rosas, como os do infante no berço.

Alva primaveril, o céu é todo rosa, o oriente chamas, a aragem morna e lassa como um beijo de amor; e tu palpitas e tremes no horizonte, aspergindo luz, luz e bálsamo divino, nas chagas reabertas que me cavaram o peito as garras vulturinas dos abutres da Dor.

E sinto e creio — fé irradiante dos crentes — que eterna será a alvorada, eterna e luminosa, à reverberação glorificante dum Amor sem fronteiras.

ELEIÇÃO

Artista, a harmonia sonora de teus versos é o manancial fecundo onde vou retemperar, nos desfalecimentos inatendidos da minha perseverança na vida, a sede vital de consolação que anda a abrasar as fibras febricitantes de minha alma de Triste.

No sentimentalismo sempre novo de tua lira de crente, há os êxtases salmodiantes da harpa de Davi, e os cânticos triunfais que vibraram em dias faustosos de Sião, o peito magnânimo do amante real da Sulamita[104].

És vida e és vibração, trazes do fundo obscuro de mil transmigrações e metamorfoses, a centelha imortal de luz primitiva e divina, que teve o seu ponto de partida na Unidade-suprema.

Na atomicidade criadora do teu cérebro de filósofo da mágoa e de esteta, existem a concentração dum mar de desesperanças, o sofrimento secreto de mil dores, que foste buscar, através dos séculos, na fronte pensativa de Byron e na loucura de Tasso[105], dentro dos infernos simbólicos de Dante e no gênio nevoento e esplendoroso das criações de Shakespeare, como nas privações curtidas dos heróis guerreiros dos *Lusíadas* e do *Dom Quixote*!

És grande, és universal, pois a harmonia sonora de teus versos é o manancial fecundo onde vou retemperar, nos desfalecimentos inatendidos da minha perseverança na vida, a sede vital de consolação que anda a comburir as fibras febricitantes de minha alma de Triste...

---

104 A preferida do rei Salomão no livro poético do Antigo Testamento *Cântico dos Cânticos*.

105 Torquato Tasso (1544-1595), poeta italiano autor de *La Gerusalemme liberata* [A Jerusalém libertada], de 1581.

SIBILINO

Renuncio ao meu Sonho.

Volto os olhos para a Vida, e volto os olhos para a Morte; abalizo o dualismo da concepção, e vejo o negativo de uma, a negação da outra.

Tanta ânsia vã em libertar-me de uma, tanta esperança ilusória em integralizar-me na outra.

O meu *eu* é um reflexo passageiro do que deve *existir*.

Não sei donde vim, não cuido para onde vá.

Astros! Afastai-vos da retina embaciada de meus olhos, poupai-me o esforço inútil da Aspiração.

Inútil? Tudo tende a algum fim...

O esplendor solar envenena-me o ser, absorve o entendimento, e transporta o indivíduo à loucura divina da Luz.

Tenho medo de Hélios; é o meu máximo almejo.

Que resta?... E faquir ficarei, como uma pernalta sombria, à margem da corrente da existência, remirando no espelho turbado das águas a passar, a imagem consecutiva dos próprios pensamentos...

Qual o ponto de partida, qual o ponto final, nessa imensa parábola?

Gimnosofista[106] da Mágoa, repouso a cabeça no leito que se me estende; que seja ele de espinhos, transmudarão em flores tão logo descanse aí o meu cérebro fatigado. Demais, não vai os suplícios da carne torturada.

Doer — é o inopino duma vibração: o hábito gera o descanso, a paz, a felicidade...

Bebo a fonte perenal dos meus próprios pensamentos...

Ser ou não ser, problema devassado.

Fonte eterna do que é, agradeço-vos o conhecimento relativo do que *sou*.

---

106 Do grego, "filósofos nus", que praticavam ascetismo e meditação.

O que cogitei uma vez na vida, jamais cogitou pessoa alguma no mundo...
Renuncio ao meu Sonho.

ANTIFONIA

Da Floresta Negra da minha Vida na escarpa bruta, encontrei-me num dia de *spleen*, entre uma cruz que abria os braços mais rijos e agressivos que uma maldição, e o vórtice desempenhante da outra banda, donde, como pragas se alando, subia o alarido infernal dos vencidos que lá haviam tombado.

Junto, repousando sobre um entrecruzamento de tíbias, uma caveira ria, um riso mudo, tão frio e transido, que trespassava de vê-lo; e senti que meus cabelos se arrepiavam, e minha boca se estorcia num espasmo de dor, e em minha fronte refranzida que a soalheira causticara e onde o mundo dos pensamentos andara arroteando sulcos fundos, gotas pesadas de suor iam a rolar, congelando...

Então, dos meus lábios ressequidos, que a língua exangue procurava como umedecer, e onde achava apenas o agro sabor da esponja de fel, evolou-se a desolação e o réquiem misericordioso de uma prece final:

— Benditas as minhas mãos chagadas, que foram bater, inúteis, à porta de cada coração; benditas as minhas faces sem pinga, que suficientes não foram ao óbolo acolhedor dos escarros humanos! Bendição para os meus olhos, que sondar puderam a geena das misérias do mundo. Bendito seja, quem de antemão é votado ao seu próprio aniquilamento!

— Ninguém foge ao decreto dos Fados; outrora me ia n'alma o lenitivo dos luares magnéticos despontando sonhos; e com eles, iam em selva basta vicejando as tristezas. Hoje, de permeio o abismo — o delírio; duma cruz — o suicídio.

— Deixa que me sente aqui, num desses pedrouços da via, como Jó roído de lepra tateando no monturo um caco em que se raspar, e me ponha a meditar, no momento supremo, entre o "ser e não ser" ilusório do Além. Matéria, fórmula sempre nova de ser, através das metamorfoses; espírito, talvez sombra, talvez bolha de sabão, evoluindo nos espaços.

— Filosofia! Quão estrábica és, à luz da revelação! Sondei todos os mistérios, perscrutei em assomos de clarividente e delírios cabalísticos de febre, ou à morna paz dos alfarrábios e da razão, todos os mitos, todas as crenças — bíblias e alcorões, ciências exotéricas de Hermes e tradições rúnicas e védicas — palpei todos os tótemes e fetiches, perquiri a causa inicial do todo, o início casual do nada. Não importa donde venho, não quero saber para onde vá.

— Caveira, ri, que o teu riso é uma elegia mística e espectral, como que se evolando dos novelos misteriosos que saem da boca dos turíbulos sagrados à hora dos ofícios, ou esses desenhos nodais que a poeira depõe numa placa metálica a vibrar!

— Ri, que o teu riso é o halali da ventura suprema, primícias dum novo nirvana, antecâmara preliminar da estância da paz, onde cedo vai ter a coorte dos Torturados da Vida!

— Enche-me o crânio da recordação do teu riso, os meus olhos da profundez das tuas pupilas vazadas, o meu ouvido do eco da tua risada, todo o meu ser desse cheiro mofiento de tuas moléculas a dessorar, do angustiante sabor que me traz aos sentidos a melancólica contração dos teus beiços comidos! Por aqui cheguei, palpando maldições, tropeçando a cada passo postulados mais tremendos e insolváveis que a humana Legenda do Decálogo!

Ah, bendito quem de antemão é votado ao seu próprio aniquilamento!...

... E arrepiando carreira, sacudi o pó das sandálias, e refiz-me a caminho do grande Templo.

RESPONSO

Mulher! Pelo amor de tua vida, pelo amor de tua Carne, depus minha lança de Cavaleiro de S. Graal.

Vinha de longe, na estrada batida, branco de luz, ao clarão doentio dos luares nevróticos da minha Solidão, rememorando feitos, recapitulando lutas renhidas de monstros e abantesmas, esconjuras e perdições, com os quais, por desvãos escuros e em torvas florestas, batalharia solitário, domando hipogrifos[107], salvando abismos, levando de vencida súcubos e íncubos, olhos místicos em êxtase, voltados para a noite espessa do passado.

A ilusão do meu sonho era até então a única glória de minha vida; e se em desvãos hostis, por fráguas rudes, levara de vencida os mostrengos bizarros da loucura, e avejões sinistros, abeberados de lascívia, abriam para mim as fauces horripilantes, mal chegava até a brônzea fortaleza do meu peito o eco tardio do orgulho dessas lutas, couraçado como estava, para a rebeldia latente dos Sentidos domados...

Então, na estrada rasa, lavada do luar, ergueste para mim o e encantamento merencório desses olhos, como prova derradeira ao paladino visionário de S. Graal.

Pelo amor de tua Vida, pelo amor de tua Carne, sem um gesto, desfiz-me da armadura pesada de guerreiro, da lança companheira dos recontros obscuros, quando por testemunho do meu valor só tinha em torno a solidão da noite e o silêncio companheiro dos astros solitários!

No leito morno de teu seio, sob o dossel consolador dessas pupilas estranhas, como que descansei a cabeça das fadigas curtidas das lides, e pus-me a sonhar, sonhos miríficos de felicidade...

---

107 Animal fabuloso da mitologia grega, metade cavalo, metade grifo.

Vá, então, a sereia de sugar no peito do herói o rico tesouro da seiva bravia de seu sangue generoso, por muito tempo, longas eras, enquanto nos silvedos cerrados aves agoureiras crocitavam...

E tu te foste após a lenta exaustão de mais uma vítima.

Despertando, era tudo em torno o meu exílio desmoronamentos e ruínas. A sorrir sem queixa e sem tristeza, ajustando a armadura de campioneiro à envergadura amplíssima de meu peito desoprimido, empunhei a lança esquecida, e ressurreição de manchego, lá fui, novamente na estrada deserta, sem um único olhar para trás e sem uma só alegria, pela selva intrincada, rememorando feitos, à demanda de mundos novos...

E como um marco esquecido, aí ficaste — coisa inerte — a delinear uma etapa da minha vida!

A cruz rosada de teus braços é o meu terrificante jardim dos suplícios.

Tenho sede de teu rico sangue. Deixa-me pousar os lábios abertos em sucção sobre a flor vermelha de tua alma, e sugar até a saciedade a seiva robusta e alente de fantasias moças de que ela se nutre. Tenho o meu corpo já gasto e bem velho; condescende que vá procurar nessa carne em botão a messe abundante de sensações, o imperecível e tonificante segredo que fez os delírios do Fausto, em seu sonho de juventude eterna.

Sofra eu cem vezes a crucificação perene dessa cruz supliciante dos teus braços. És moça como uma ilusão, sou velho tanto como as idades obscuras do passado. Noite adiante, a floresta era torva como a que duma feita vi perdido e solitário o vale funéreo de Florença; alijava-me deambulando de galho em galho, pela espessura hirsuta e agressiva da copa cerrada dos olmos e freixos valetudinários, à maneira dum *Minnesänger* transviado nos bosques da Turíngia.

A Lua, mais do que Ofélia, percorria em lassa podridão a esfera carcomida e deslavada do Azul; e este era como uma ânfora soterrada e trazida ao lume da terra que a puíra, voltada para a aridez da minha vida, assim como a face de Enéas sobre os muros de Treia. Piavam mochos e corvos, tão lúgubres e fatais como mestre Poe os retratou numa aberração de nevrose. Eu por entre eles passava no meu voo balofo e alado de incubo, transmigrado de corpo em corpo através da ruína de várias gerações, aqui acolhido benevolamente, exorcismado ali por Apolônio — o friccionado das folhas de cinza — naquele tempo em que a quimera do Ideal cascateava junto à corrente do Jordão e nas lagunas plácidas de Genezaré; e tendo, de migração em migração, ido habitar o véu esplinético das melancolias que enublavam a fronte sombria de Lord

Ruthven[108], eis que de novo perambulava sonhando pela selva natal, no almejo antecipado do aniquilamento de minha própria criação, assim como aquele vale funéreo, de sua vida em meio caminho...

Meus olhos redondos de Lêmure[109] perscrutavam a treva, como se dia claro fosse, enxergando a tremeluzir, vagabundos, sobre o sudário nevoento dos pauis pantanosos, os fogos fátuos alados do terror, em meio dos quais olhos ciclópicos lucilavam, assim como luzernas afogueadas das galeras antigas, batidas da borrasca.

E foi então que me recolhi ao calor de teu seio, a beber nele a fonte letal de minha anunciada consumação.

...Assim segredou o vampiro, a boca ávida aproximando daqueles lábios frios que lhe pediam a Vida...

---

108   No original lia-se "Lord Ruthwne". A grafia corrente da personagem do romance clássico vampiresco *O Vampiro* (1819), de John William Polidori (1795-1821) é "Lord Ruthven".

109   Lêmures eram espíritos de mortos na mitologia romana. Os olhos eram descritos como a camada ocular *Tapetum lucidum*, de brilho semelhante ao dos olhos felinos. A espécie de primatas da superfamília *Lemuroidea* deriva dessas divindades.

SURDINA...

Voltaste, de retorno ao lar dos teus... Vai a secar a fonte Castália[110] das minhas saudades...

Pelos crepúsculos tristes destes fins de inverno, sonhos evocando, da minha pena iam a escorrer os poemetos repassados da Recordação...

Foi um mal a tua vinda. Ficasses antes lá longe, na sombra imaterial do meu passado, espiritualizada num Ideal frustrado. Os beijos de tua boca, apertos frementes de mãos nervosamente entrelaçadas, aconchegos do teu corpo fresco, da neve dos teus seios macios d'encontro o meu peito, preces e desejos sussurrados por entre o velar langoroso dos olhos, tudo isso, saindo do Passado, como o olíbano litúrgico dos turíbulos sacros, enche agora o círculo azul dos meus pensamentos, voltando para os dias de outrora. Não mais as tristezas indefinidas do abandono em que me deixaste, nem a angústia vaga das frases que não disse, das carícias que não realizamos...

Foi um mal a tua vinda. À força potencial da minha vontade, peço agora energias bastantes para de novo fugir ao encantamento dos abismos em verde eslaivados de teus olhos. Na veiga pagã de Amor, onde boninas vicejavam lânguidas, aspirei as olências estonteantes e suaves de todas as flores — tendo-te ao lado — para a estesia superior dos meus sentidos a vibrar...

Vivo agora a vida sentimental do passado, cheia de lembrança, cheia de saudade...

Foi um mal a tua vinda...

---

110 Náiade, ninfa aquática que Apolo transformou em nascente.

SALMO

Olhos cansados para o espetáculo enfadonho das misérias do mundo, mergulhei — escafandrista da Mágoa — a objetiva impassível do meu sonho no oceano subjetivo, profundo e esquecido, do meu próprio Crânio.

Descendo às profundidades do abismo, de lá arranquei outrora, para a glória do Sol e o elogio simbólico dos olhos da minha bem-amada, os encantados corais da Fantasia, dentre o rebordo anfratuoso das cavernas marinhas; e algas e monstros e fetos gigantescos e amostras estranhas da flora submarina...

E com elas, conchas e búzios, pérolas multicores e anêmonas e a flor da espuma do mar; sérpulas e anfitrites[111], o limo lodoso das vasas, e as areias auríferas dos bancos recônditos.

Em torno, tritões bizarros casquinavam escarninhos da faina do solitário; delfins voluptuosos passavam indolentes, açoitando a cauda escamosa, como que invitando a segui-los na esteira amorosa das ninfas esquivas, que se faziam ao largo, florindo as ribas douradas...

E eu, indiferente, ia argamassando o meu tesouro; e quando à tona voltava, trazia o peito exausto do embate das ondas, mas rico o coração do orgulho dessas impressões deslumbrantes, pelo que bem recompensado me julgava das fadigas do pego.

Hoje desci de novo o elemento insondável.

Entre os cilas e caribdes[112] da Dúvida e da Inconsciência da vida, existe uma cava ignorada.

Aí instalei minha habitação de solitário. Lá, dentro o silêncio profundo, não me vêm perturbar os rumores

---

111   Sérpulas são vermes anelídeos, e anfitrites anelídeos marítimos.

112   Monstros marítimos mencionados na *Eneida*, de Virgílio (70-19 a.C.).

estranhos da vida, nem os sonidos festivos das alegrias do mundo, para as quais meus ouvidos há muito se atrofiaram. É o pleno domínio das ondas glaucas do Esquecimento e da Renúncia de mim mesmo.

Na gruta ignota, através de incrustações de estalactites entra, às vezes, plenilúnio cheio, um raio transviado de Febe — a deusa misericordiosa.

Eu me deixo ficar, como o Endimião da legenda, estendido no leito frio e calcário da rocha, enquanto as águas derredor se imobilizam num êxtase de sonho; e os raios doces e gelados do luar miraculoso resvalam e se insinuam pela abóbada entreaberta, vindo silenciosos e glaciais pousar em minha fronte, circundando-a duma auréola misteriosa e divina...

Então me ponho a sonhar, sonhos que não têm fim, e que lá ficam ignorados no mistério tenebroso do mar bravo!

Quando ao pó que tem fome entregar o que da poeira se alimentou, meu espírito alegrado, livre enfim dos laços materiais que o prendiam, alar-se-á num surto largo às regiões translúcidas do Além.

Atravessando Aros e Esferas dos mundos subjetivos que a nevrose religiosa dos homens criou, irá deter-se de cada paraíso à porta, na momentânea indecisão de quem traz ainda dos limites terrenos o eco perturbador das lágrimas e saudades dos que ficaram.

Acenando-me aqui com as bíblicas doçuras notarei logo o edênico lugar, recanto ignorado de delícias, onde sobra o aroma capitoso dos frutos sazonados, e patriarcas venerandos, passo a passo ao lado de arcanjos e santidades, se embebem, aos salmos e cânticos davídicos de ventura, no êxtase imenso da contemplação da Trindade.

Ali, o harém suntuoso de Maomé, com suas teorias joviais de virgens morenas trescalando incenso, mirra e benjoim; huris que, entre as mornas blandícias da volúpia oriental, mais cintilantes e doces que o mel da montanha divina, derramam na alma dos escolhidos da arca sagrada do nargilé nos róseos e espessos nevoeiros, o encanto misterioso de suas lânguidas pupilas, por entre as bênçãos invisíveis de Alá, e o olhar complacente do Profeta...

Adiante, caminhando, os pagodes monumentais da serena e eterna Bem-aventurança, o Nirvana pré-bramânico de Buda, erigindo-se em meio o baluarte inatacável de sua consoladora filosofia, para acolher todos os eleitos que lá vão chegando em caravana, na procissão final, cansados de vida, sedentos de olvido, e na esperança derradeira de Paz, de Aniquilamento...

E os jardins de Confúcio, e a guarita esotérica de Hermes, e os mistérios de Ísis, e a quietude gloriosa dos Campos Elíseos; e para trás, no nevoeiro das idades apagadas, a milenária floresta humana dos Símbolos, tudo, tudo que através de evoluções progressivas sonhara a mentalidade do Homem como Pousos intermediários à Verdade Absoluta, virá oferecendo sua mansão de segurança — dentre as cintilações silenciosas do Infinito — e em cujo fundo, nas irradiações supremas do Amor universal, vibraria a inatingível Verdade.

Então, em meio à expectativa geral, minha pobre Alma titubeante que pelo mundo heresiarca discorrera de sistema em sistema, não se restringindo às águas lustrais de nenhuma seita, deter-se-á ainda mais perplexa, no enleamento presente, e a trazer nos sentidos apurados o remanescente das impressões confusas que recebera da terra.

Mas súbito, em meio o silêncio e a expectativa da imensidade, num grande choro que fará derreterem-se uma por uma todas as sombras de dúvida a que o ergástulo terreal a obrigara, com seu cortejo de impurezas e vacilações, e procurando postar-se em harmonia perene com a vibração universal da suprema interpretação — do meu pensamento sem forma e sem limite — na Luz que põe no espaço os fulgores da Verdade — irão a escorrer as tremuras luminosas da Prece primeira:

— Que quem errou no mundo sublunar permeio à Procissão dos Malditos, maldito fosse para a glória reinadia daqueles Templos de Felicidade que a grosseira religião dos homens arquitetara.

— Trago ainda nos sentidos a vibrar, a impressão e o horror gelado dos dias humanos; e já que cada mansão é uma porta aberta à espera do escolhido, a ti — Satã! — príncipe sem princípios e que nada espera nem atende, última meta para os que sangraram na vida, abro os braços, a esconder no teu seio mais profundo que a Noite, mais hospitaleiro que a Desgraça, meu Destino, minha Glória!

E abarcando a imensidade de um polo a outro polo, chegarei até o antro dourado do Príncipe Maldito, que de pé sobre a trípode de fogo olhar-me-á os olhos, na serenidade sombria de sua força.

— Coração sem idade e sem nome, representação duma forma de Harmonia e de Queixume das Mágoas que não disse, do Pranto oculto que bebeu: volve o olhar, e vê que o teu reino anda longe, muito longe, mesmo para além das fronteiras que a maldade e ignorância dos homens traçaram para o meu descanso e o do Santo Padre. Com tuas lágrimas, que não correram, com tuas queixas, que não articulaste, com as palavras que não disseste, e o teu pensamento que trespassava como o raio, criaste para além das Nebulosas o teu mundo de Ilusão, sagrada Torre, ebúrnea mansão de Visionário, de Crente sem o ser, e Profeta sem sabê-lo; vai, que entre a paz e o esquecimento do Todo, ficarás como na Terra, só, dentro de ti mesmo, na Torre de Opala de teu Sonho em meio à Luz e ao Som, ferindo a última corda à Harmonia divina! Vai, que entre os resplendores que o meu poder não alcança eu a antevejo, irradiante, serena e eterna, luminosa Estância que levantaste para o Além do Além!...

E apossado dessa verdade nova, atravessando os Aros intermediários dos divinos. Astralizadores Cancioneiros — almas irmãs gêmeas da minha — que através do éter cósmico se punham em vibração laudatória com o meu espírito purificado, alar-me-ei, como um Sol já novo, para a Glória eterna da Luz!

NO TEMPLO
(DIÁLOGO)

Víboras virão morder aos teus calcanhares, cães ladrarão à tua sombra.

— Mestre, eu olharei a Serpente de Bronze, e que cada veia do meu corpo seja como uma Fonte Pública para os bons e maus encontros na Estrada.

— Filho, de cada antro uma Tentação se erguerá para a cegueira do teu Entendimento.

— Mestre, fartei-me no Vinho da Renúncia, sofri as provas da Solidão, da Tristeza e do Sonho.

— Criança, turbas ignaras correr-te-ão a pedradas e a falange dos Profanos zombará de tua audácia.

— Mestre, o meu Silêncio é uma rica armadura.

— Terás a Fome, a Peste e o Opróbio na augusta Perigrinação.

— O hábito será um grande lenitivo.

— Mulheres provocantes, batendo no ventre fecundo, olhar-te-ão com risos singulares, e por fim escarnecerão da tua Agonia; os homens proclamarão que pertences à tribo lamentável dos Loucos.

— Mestre, eu serei como o Horto Cerrado.

— Três serpentes nascerão das cinzas de tua alma.

— Benditas as filhas da minha Ilusão!

— Terás na primeira a Loucura.

— Provei de seu hidromel: — impotente ante a Arca Sagrada da minha Razão.

— Na segunda, o Suicídio.

— Mestre, tu bem sabes que há muito morreu em meu peito a Alegria, e o Suicídio é alegria.

— Saborearás na baba da terceira o gozo do Cretinismo.

— Vela na atalaia da minha Torre a luzerna inapagável!

— A Vida é como Baal-Moloch[113], tem o ventre maior que o ventre do Nirvana, e pede sempre uma crença que tragar.

— Mestre, aqui tens a Chave da última Porta que venho de fechar ao Mundo Exterior.

— Sucumbirás.

— Tenho fé: como a Fênix, renascerei noutra Esfera.

— Não palparás o Sinal.

— Repousarei na contemplação silenciosa dos Astros...

— Que fizeste do Heptacordo[114] encontrado no Vestíbulo?

— Dependurei-o nos Salgueiros do Passado.

— Parte-lhe a corda da Saudade.

— Mestre, o teu conselho é um Divino Remédio.

— ...da Alegria.

— Mestre, não fui nunca senhor do Ritmo Glorioso.

— ... da Paisagem.

— Vivo dentro do meu Sonho.

— ...da Luz.

— Ansiado, bebo a longos sorvos na ânfora da Noite.

— ...da Tristeza.

— Firo-lhe o último carme.

— ...da Ilusão.

— Trago os dedos a sangrar.

— ...e do Amor.

— Mestre! Arranquei-lhe o derradeiro sonido na Salmodia do "Hinário".

— A Harmonia é esgotada.

— Acharei nova corda.

— Donde vens?

---

113 Baal e Moloque são entidades demoníacas nas religiões pré-cristãs do mundo fenício-babilônico, posteriormente citadas na Bíblia.

114 *Heptacordium*, gênero de árvores pertencentes à família das caprifoliáceas, que podem atingir de sete a oito metros de altura, como indica o nome [?]

— Do Nada.
— Para Lá tornarás.
— Viverei na Memória.
— A glória é moldada na maldade da Lembrança.
— Procurarei a justificação dentro de mim mesmo.
— "Turris Eburnea" é evolução primordial.
— Volverei ao Trabalho.
— Não atingirás a Verdade.
— Tenho a bússola da Dor.
— Imperfeição, na paz serena não verás nem Bem nem Mal, nem Prazer nem Pesar.
— Viverei na minha Aspiração.
— O teu Pórtico Preliminar trazia por demais os clamores sacrílegos da Carne e do Mundo.
— Mestre, desbotei depois minhas faces no Rito dos Eleitos.

E a Torre que sonhaste arquitetar, nem ao menos resistiu ao toque do Martelo.
— Mestre, culpa a imperfeição dos instrumentos: — Esquadro, Prumo e Medida foram feitos de materiais humanos.
— A Esfinge pede mais esta vítima: devorar-te-á a Banalidade terrena.
— Tangerei na harpa eólia dos meus Nervos.
— A velhice prematura será como o gelo, estalará as tuas cordas.
— Aquentarei minhas mãos nas labaredas da Febre.
— Terás a coroa de louros de Sandeu, pelo remoque dos privados da Luz.
— Mestre, a Indiferença será sempre como o Horto Cerrado.
— A abantesma do atraso bebeu na candeia da vida todo o azeite do Entendimento; terás em torno, como louvores, o olhar apagado da Incompreensão.
— Mestre! Uma Alma vibrará por certo dentro da minha alma!
— Discípulo! Vai, que achaste afinal a razão de ser desses HINOS.

ÚLTIMAS PÁGINAS

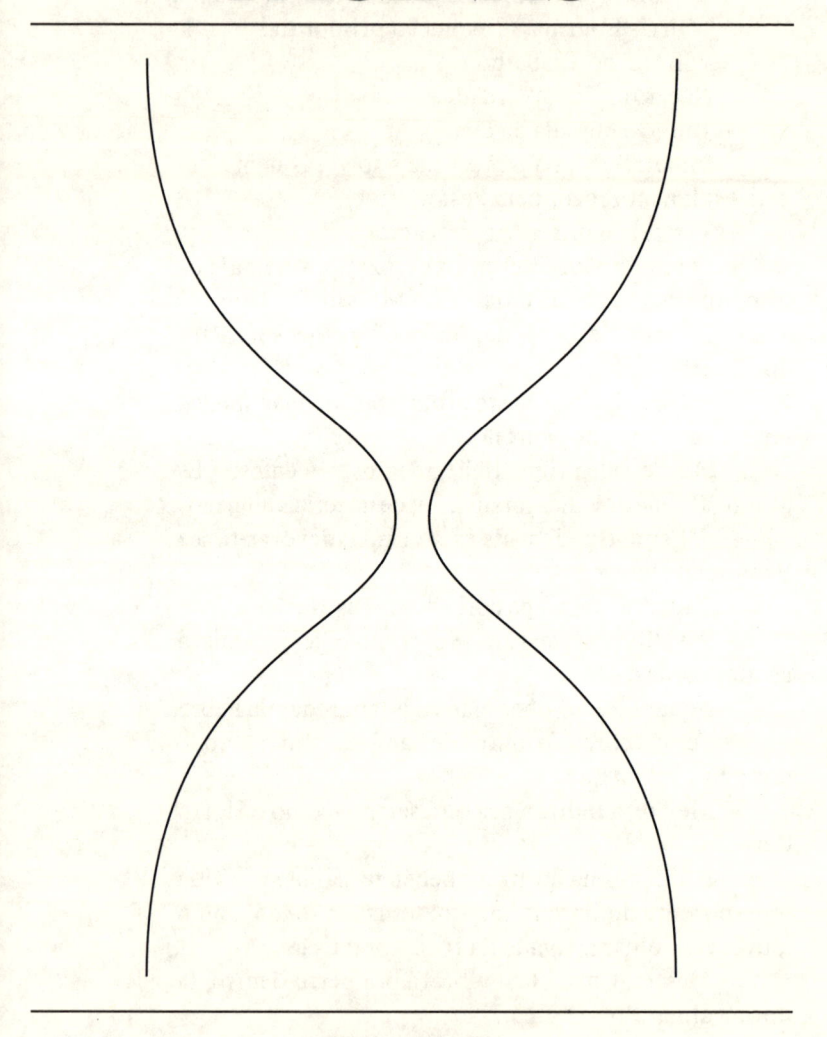

210

DESPORTOS NACIONAIS (O BETE)

O FUTEBOL É HOJE EM DIA UMA DAS MÁXIMAS PREOCUPAÇÕES DA NOSSA MOCIDADE. SOBREMANEIRA INFLUI, QUER DIRETA, QUER INDIRETAMENTE, NA SUA EDUCAÇÃO FÍSICA, MORAL E intelectual; e, dos abusos e exageros, procura-se agora o corretivo, senão utópica extinção, numa recente organização de liga contra aquele desporto, patrocinada, ao que se ouve, por algumas intelectualidades literárias do nosso meio.

No curto lapso de três lustros, a quanto monta mais ou menos a sua introdução entre nós, da metrópole e centros litorâneos foi avassalando paulatinamente o resto do país; e hoje raro é o vilório do interior onde não se erga, dentre o gramado verde-tenro da pradaria sertaneja, os retângulos brancacentos, aos domingos animados pelas bicancas e cocadas do pessoal desportivo, a dizer bem da agilidade e resistência da raça.

Não somos dos que grandes ódios votam àquele jogo bretão. Antes, dos que, lá pelo ano da graça de mil novecentos e oito, de parceria com os pirralhos do Liceu, o inauguravam em Goiás, presidindo no seguinte, terceiro do ano letivo, a um clube local. E pois, se algo de mal tivéssemos a dizer, seríamos dos primeiros a dar as mãos à palmatória.

Pesa entretanto imaginar que, num país de índole tão inventiva, se esteja a importar tudo do estrangeiro, ideias e fatiotas, sem uma nota, um sainete original, característico, inconfundível, a dizer alto da nossa inteligência e dos foros de povo emancipado.

Despreza-se, ou antes, envergonha-se sistematicamente de tudo que é inconfundivelmente nosso; procura-se adotar o exótico, quer em altas, quer em comezinhas manifestações da atividade coletiva.

Elevassem a "capoeira" às regras e à publicidade de um palco, ver-se-ia o olhar escandalizado da maioria dos mentores, falando da moralidade dos costumes, taxando-a de ridícula, nociva mesmo à civilização do nosso meio. Entanto, bem comparado, nada fica a dever ao boxe, à luta romana, da cultura física europeia, antes casando melhor, sem paradoxo, à nossa índole, às qualidades físicas da nossa raça, onde os caracteres da destreza predominam.

E se, por exemplo, o boxe achou mentalidades da culminância de um Maeterlinck para fazer o seu elogio, acreditando no punho humano a arma ideal de defesa individual, como não fazê-lo também da "capoeira", ao feitio e de acordo com a estrutura física do nacional, já de si originariamente cognominado "cabra" pela agilidade das pernas?

Questiúnculas, inquirições desprezíveis na aparência, miseráveis mesmo, oferecendo porém, em conjunto, a sua significação superior, digna de maior atenção e mais subido apreço.

É de ver, por exemplo, a impressão de um brasileiro que assiste, desprevenido e pela primeira vez, a um campeonato de boxeadores. — É sempre o mesmo sentimento unânime, categórico, de repulsa e aversão.

E o declara sem rebuços, ao primeiro que o queira escutar. Ocorre-nos, a respeito, um pequenino episódio interessante, jocoso, com certo major, fazendeiro apatacado no interior, aqui vindo admirar por alguns dias as delícias da nossa hipercivilização. Era, se bem nos lembra, pela época dos campeonatos da empresa Segretto, ali nos antigos terrenos do Liceu de Artes e Ofícios.

Haja vista a sua impressão: — Eh, moço! Antes eu quisera receber um balaço de clavinote na volta da pá (traiçoeiramente), ou chifrada de marruá barbatão! Eita, barbaridade! Hôme que assim apanha pra móde o dinheiro, não merece vivê! Respeito à cara!

※

O futebol fez, pois, bater em retirada a "carniça", dentre os adolescentes das capitais, como vai fazendo esquecer em Goiás o "alecrim-do-carmo", o "bacondê" (tempo será), a "correcoxia", a patrulha (matula), o aloito, a peteca, etc., da meninice, como estes substituíram a "cabra-cega", a "galinha-na-poupeira" e outros, da quadra infantil, tendo apenas a lutar naquele rincão brasílico com o "bete", jogo do rapazio, genuinamente popular, e que cremos unicamente ali praticado.

E por isso mesmo, porque não conseguiu desalojá-lo, merece aqui este desporto particular notícia. Já o praticavam nossos avós —como entre os aborígenes mato-grossenses se pratica hoje em dia o *headball*[115], segundo o batismo do falecido Roosevelt — partindo as vidraças de malacacheta da cidade colonial, quando exercitado nas ruas; e ali continua a fazer ainda a delícia da meninada de agora, como o "jacaré" e a "galinha gorda" substituem com vantagem, entre os frequentadores do poço da Carioca, no rio Vermelho, o moderno *water polo* do litoral, ali completamente desconhecido.

Lá chegará porém, não fora apenas confirmar a segunda parte do brocardo correntio — goiano, nasce um pé no estribo e o braço nágua...

Saber das origens do "bete", perdem-se na noite da Tradição.

Tal como foi e é praticado, consta do seguinte: No campo escolhido, de dez metros de extensão, arma-se em cada extremidade uma casa instável: um esteio de decímetro de altura, sob dois pauzinhos do dobro ou triplo de comprimento. Os jogadores, em número de quatro, tirada a sorte, postam-se, dois, armados de tábuas apropriadas, em frente das casas; os outros ficam "na bola", atrás das mesmas. A bola é do tamanho de uma laranja, de borracha maciça de mangabeira (cujo leite se apanha nas redondezas e é ali preparado), ou mesmo de pano, rija, que o jogador, passando de trás para a frente da casa, atira à outra, rasteiro, rasteirinho ou "pula-pula", como a peça o "do pau" contrário. Colocado um metro à

---

115 Jogo inventado pelos indígenas pareci, cujos movimentos são exclusivamente com a cabeça. O Roosevelt mencionado não é o presidente estado-unidense, mas certo coronel que rebatizou o jogo como "head-ball".

frente da casa, este último a defende, rebatendo a esfera com a tábua, e faz um ponto, correndo e trocando de lugar com o parceiro oposto, ou tantos pontos quantas mudanças permita a distância em que foi arrojada a esfera. Se o dono da bola consegue apanhá-la e, voltando célere, desfazer uma das casas enquanto os que se acham "no pau" trocam de lugares, passam os da bola para o "pau", o mesmo se dando quando o antagonista não rebate a esfera, desmanchando esta a sua casa.

Feitos dez pontos, um partido tem uma mão; quatro, se os adversários não fizeram até então nenhum ponto; três, se fizeram um ou dois, e duas, se conseguiram marcar três ou quatro pontos.

Há outras regras e detalhes acessórios, interessantes, que contribuem para maior entusiasmo do jogo. Nele são postos em atividade, proporcionadamente, tanto músculos de perna como os do braço, sem os inconvenientes que se apontam em outros desportos. E ainda, outra grande vantagem — a de interessar apenas os jogadores, com exclusão da galeria...

E bem merece o "bete" especial registro, pois, dos jogos regionais, é o único, talvez, que ainda vem resistindo vitoriosamente à avalanche futebolesca...

A Prefeitura do Distrito Federal, no intuito de organizar uma exposição retrospectiva de costumes e tradições da nossa nacionalidade pela comemoração do Centenário, acaba de convidar o governo dos diversos Estados da União a fazê-los respectivamente representar-se nesses festejos, para isso pondo à sua disposição, além de outras vantagens que oferece, as nobres e mui arcaicas alamedas do suntuoso parque da Boa Vista e o campo do São Cristóvão.

Será uma variadíssima exibição de costumes regionais, trazendo para o cosmopolitanismo do Rio de Janeiro as mais características e singulares feições do nosso povo genuinamente brasileiro, num desfile sugestivo de quadros e aspectos da vigorosa alma cantonal de que Goiás, leve avante a grandiosa empreitada, não deixará de produzir um dos mais atraentes números.

Que magnífico espetáculo não há de ser, à luz ardente das gambiarras, sob o fosco palor das lâmpadas elétricas profusamente disseminadas no vetusto recinto da Quinta, com suas aleias copadas de mangueiras, tamarindeiros, jaqueiras e bambus debruçando nos lagos e canais, os renques fidalgos de palmeiras prateados ao luar, uma evocação poderosa dos "lanceiros", a "dança de velhos", o "vilão", em traje de corte, ressuscitando o período áureo da nossa velha capitania, quando o ouro borbulhava dos flancos do rio Vermelho, ou a iluminar os derradeiros esplendores da vida provinciana, nos primeiros tempos da emancipação.

E os dolentes e chorados lundús do "quebra-bunda", acordando, em cada recanto obscuro do parque imperial, uma sombra já finada do passado regime, ao ritmo e à sugestiva magia daquele passo de dança!

E também, na quente luz do meio-dia, ao borborinho de toda uma cidade em galas, a pompa régia de uma "embaixada" do Congo, no lantejoulado tilintante e violento dos adornos!

E aqui não aludimos, por exemplo, às "cavalhadas", em nossos dias, talvez, unicamente circunscritas àquela boa terra goiana, de encenação mais vasta, perfeitamente cabível no tradicional campo de cargas marciais do São Cristóvão — e herança de nossos avoengos reinóis, uma vez que a sua realização exigiria maior soma de dispêndio, o transporte de animais (aliás oferecido gratuitamente pelo governo federal), e a adesão dos barões fazendeiros que lá costumam representá-las nas sedes dos municípios.

Este número, se tomado a peito, seria o mais brilhante padrão do instinto guerreiro e cavalheiresco da nossa gente sertaneja, nestes dias tão vilmente caluniada, mostrando aos *blasés* das capitais como se gineteia e se ostenta senhorilmente rasgos de audácia e agilidade, num passe d'armas bem travado. Daria três capítulos ou secções: primeiro, o encontro de mouros e cristãos, embaixadas, a experimentação sucessiva de forças dos cavaleiros, que nas festas do Divino, em Goiás, enchem todo o primeiro dia; depois, os lançaços, espaldeiradas e descargas (arcaísmo!) de pistolas sobre as máscaras e bonecos do campo, e a consequente conversão dos mouros na capelinha; por último, a corrida de argolinhas, para o remate da qual não faltariam os prêmios, dados pelas mãos mais gentis, mais cuidadas e aristocráticas da América do Sul — essas, das belas cariocas da Guanabara...

E mais, a novidade dos uniformes, o ajaezamento a rigor dos corcéis, as facécias do "mascarado", o número 13, o judas, o traidor, o fatídico Galalão de Ronsevalles, enfim — representação que não deixaria de impressionar os próprios assistentes da "estranja" que nos visitassem.

Enfim, as Cavalhadas, este magnífico símbolo guerreiro de fé cristã e constância na adversidade, importado de ultramar com os emboabas e primeiros bandeirantes, já desusado e esquecido na sua origem — terras lusitanas e países gauleses d'além Pirineus — mas que o pobre, o heroico e humilde sertanejo do nosso *Hinterland* conservou e vem ainda transmitindo de geração a geração, como uma esplêndida, cativante, comovedora herança moral de Religião e de Glória!

Somente espíritos superficiais, destituídos de senso filosófico, poderiam sorrir de semelhantes costumes e tal fidelidade.

Um pouco de boa vontade, senhores dirigentes da barca estadual, e convictos estamos nós de que não hão de faltar particulares que tomem a si a honrosa incumbência da organização de bandos, quadrilhas, embaixadas, tabas de índios, etc., elaborando um programa digno das tradições do antigo país dos goiases.

E ainda, na parte coreográfica, maestros há, e inspirados, na capital goiana, que poderão compor música original, adequada aos diversos gêneros de dança, própria para o instrumento predileto dos nossos mestiços — a sanfona — e aplicável à catira, ao cateretê, etc., que, certo, figurarão no concerto geral, assim como fazem por aqui os compositores para tangos e maxixes do zé-povinho carioca.

Para a "dança de índios", o "quebra-bunda", o "vilão", etc., lá se encontra ainda o Sebastião Epifânio, modesto porém engenhoso artista de presepes de Natal, verdadeiro talento no gênero, para ensaiar os figurantes, presidir aos arranjos do cenário, dirigir os bandos, como tivemos a oportunidade de ver ainda nos penúltimos anos da nossa estada em Goiás — novecentos e oito, novecentos e nove, novecentos e dez — se não nos falha a memória.

Um cretino qualquer que assinou X. X., espírito tacanho e mistificador, quando da publicação de uma nossa obra sobre costumes goianos, há coisa de três anos, movido por não sabemos que intuito e afocinhado no rodapé de uma folha local, afirmou que os festejos por nós saudosamente evocados, mui bonitos, tinham deixado de aparecer em Goiás havia uns trinta ou quarenta anos... Isso apenas serviu para demonstrar que o supramencionado indivíduo dele se achava ausentado, talvez, o referido espaço de tempo, pois de outra forma seria mostrar-se alguém, em casa de rei, mais realista que a própria majestade... — Aqui lhe abandonamos todas as honras da afirmativa.

Fechado o curto parênteses que abrimos mui a contragosto, vejamos porém sob que critério, no caso de ser adotado o alvitre da Prefeitura, deve ser organizada a representação goiana.

No Rio de Janeiro, no período carnavalesco, era até há pouco costume apresentar-se, vindos de subúrbios e alfurjas da Gamboa, Saúde e Favela, os chamados "cordões" de índios, empenachados de caudas de peru arrancadas a safados espanadores de sala, aos esgares e cabriolas pelas ruas centrais, impedindo o trânsito, azucrinando em guincharia o tímpano dos transeuntes, sem nenhum cunho na indumentária de veracidade típica, desde as botas cambadas aos pandeiros de samba, numa tríplice afronta à moral, ao bom gosto e à tradição aborígene.

Já em Goiás, para a "dança de índios" local, fornecem as ricas coleções particulares os adornos convenientes: tacapes e lanças autênticas, soberbos canitares, cocares, búzios, etc., adquiridos entre os carajás e tribos ribeirinhas do Araguaia; e mesmo, quanto à figuração, ressurgindo danças e cantilenas dos bandos indígenas que, reza a crônica, faziam a sua visita anual ao palácio dos antigos governadores provinciais.

Assim, que não olvidem a tintura aromática do urucum, afugentador de mosquitos, na pele bronzeada. E os enfeites devem pautar-se com a máxima fidelidade pelos ornatos de festa da nação mais próxima e semicatequizada — estes mesmos herculéos e apolíneos carajás do Araguaia...

Outros detalhes virão a tempo. Quanto ao "congo", cumpre uma observação. O congo dos humildes descendentes de africanos, em Goiás, é, em síntese, diferente do de outras regiões brasileiras. O congo em Minas, por exemplo, é uma cerimônia mais modesta, menos aparatosa, que se realiza, ou se realizava em tempos idos, pelas festas do Rosário, segundo pudemos averiguar. Na terra goiana, porém, o congado sempre culminou pelas espetaculosas embaixadas, e essa música doída, singela e profunda, cuja cadência parece ainda embalar-nos remotamente o ouvido, música de oprimidos, feita das dores do cativeiro e de banzo africano, a que fez alusão Olavo Bilac, num de seus maravilhosos sonetos...

Passamos em silêncio o "moçambique", dança dos negros de outra nação, em que "mulheres" tomam parte. Já em nosso tempo tinha deixado de surgir em Goiás, e assim o "bando", estrepitosa cavalgada, cuja notícia de reaparecimento, porém, lemos há pouco numa folha local.

As festas do Imperador do Divino, mencionadas por Machado de Assis, cremos, em "Histórias da Meia-Noite", os "reinados", "juizados", "folias", "capitães" de mastro e da bandeira, novenas, iluminarias, etc., embora interessantíssimas, são incompatíveis numa representação "d'après nature" pelo seu caráter religioso e cerimônias do culto católico, de que dependem. Constituirão os divertimentos locais, como ali acontece anualmente.

A "dança de camaradas", quadrilha da roça, requereria, pelo menos, prévia representação de uma peça teatral em que fosse localizada, pois, despida dos atributos naturais, pouco interesse oferecem os seus passos e marcação, em confronto com as congêneres da cidade.

Esta quadrilha, quase sempre, é dançada após a terminação dos trabalhos da roça. — Um caipira, indigente ou assoberbado pela extensão do roçado que pretende realizar, pede o adjutório de amigos e vizinhos. Ninguém recusa. É o "muchirão" ou "mutirão", como é chamado alhures.

A rapaziada chega armada de foices, enxadas, machados. Começa a labuta. Fazem a "malhada" no trato de mata que o dono ou foreiro pretende lavrar, se este já a não fez antes. Muitas vezes é o adjutório apenas para esta derruba. Alguns se engajam para horas determinadas, outros trabalham de eito a eito. — Extraordinário exemplo de mútua cooperação, que a gente das cidades parece ignorar.

Enquanto derrubam, a mulher do rancheiro prepara gorda comezaina, café, bolos, manuês, berêm, que leva ao roçado, e acepipes, sobremesas e bebidas espirituosas para o término do serviço.

Feita a malhada, temos a queima, o encoivaramento, o plantio, que podem dar sucessivos muchirões, ou um único, conforme solicite o interessado.

No derradeiro dia há uma folgança geral. Lançado o grão à última cova, lavam-se todos no ribeiro próximo, mudam as roupas, e empunhando as ferramentas do serviço dirigem-se para a casa do festeiro, engalanada a capricho com as latadas e alpendres de folhas, abrigando a mesa farta.

Rumando a casa, erguem a cantoria do termo do trabalho, ritmando-a ao entrechoque dos cabos de foice. Largam as armas lá chegados. E então, sob as murchas folhagens, é terrível o avança nas comedorias...

Todas as violas estão encordoadas. Principia o baile, ou "dança de camaradas", no lanço principal. O seu característico é que nela não tomam parte as mulheres. Não há pares, ou por outra, os pares são os próprios companheiros da labuta. O sexo é figurado pela presença ou ausência dos largos chapéus de palha.

É a dança mais casta e singela que conhecemos.

Os pinhos, a tiracolo, gemem sentidos; batem pés e mãos o compasso. Rodam, fazem o turno da sala; voltam, choram as violas. Quatro mãos calosas trocam palmadas, em compasso.

E assim pela noite adentro, com pequenas variantes.

— Far-se-á, pois, uma peça regional para nela ser enxertada a dança de camaradas.

Todos esses festejos podem ser organizados, a nosso ver, com vistas ao programa geral, sob quatro grupos básicos, de acordo com os elementos étnicos de que derivam: primeiro, a dança de índios, representando a raça aborígene, genuinamente local; em segundo, os lanceiros, o vilão, a dança de velhos, etc., dos primitivos conquistadores; no terceiro grupo o congo, o moçambique, o batuque, etc., da grei africana; por último, bumbas, quebra-bundas, catiras, cateretês, dança de camaradas, etc., etc., da mescla geral, figurando a atualidade naquilo que nela houver de mais original e característico.

Tudo num conjunto harmônico, que traga para o paladar carioca, enfaradíssimo de exotismo e anêmicas enxertias europeias, o sabor sadio de um mergulho jovial nas matrizes profundíssimas da nossa nacionalidade, consolidando o instinto ancestral de coesão étnica na comunhão de três fatores da raça — instinto esse completamente amortecido e quase apagado já por toda esta maravilhosa faixa litorânea...

É o que do fundo do coração sinceramente desejamos.

AINDA A PROPÓSITO DO CENTENÁRIO
(POST-SCRIPTUM)

Já tínhamos enviado a última crônica, e quedamos desanimados. A última vez que Goiás se fez representar numa exposição, a de 1908, está na memória de toda a colônia aqui domiciliada, foi simplesmente um desastre. A sua secção nada oferecia de notável à curiosidade dos visitantes. E a miséria dos mostruários mais se evidenciava ainda ante a opulência de suas vizinhas, luxuosa e fartamente representadas.

Entanto, nenhum Estado mais bem aquinhoado do que esse, pela riqueza do subsolo, a variedade da fauna e flora regionais, e outras naturais fontes de curiosidade e informação, que subjugassem e prendessem o olhar desatento e desdenhoso da maioria dos visitantes.

A muitos goianos que lá foram, o seu maior cuidado era esquivar-se depois à pergunta do bárbaro que lhes indagasse onde ficava a secção da sua terra...

E por quê? É que a direção do Estado, quando os seus irmãos maiores abriam verbas de milhares de contos de réis, os mais modestos empregando centenas e dezenas de contos no certame, pusera apenas à disposição do patriótico encarregado da exposição dois contos, ou três quando muito, para tão grandiosa empresa!

É geral a boa fama do fumo goiano. Pois bem, os próprios cigarros que ali se distribuíram, as palhas de um dedo de grossura, não houve cristão que os suportasse. Por essa pequena amostra do nosso melhor produto, avaliem como afinavam os demais. — Mui heroico devia ser o mestre-sala de tal exposição.

Mas, responderão, as nossas aperturas financeiras, não devíamos nem queríamos dever nada a ninguém...

Hoje já não há razão para semelhante desculpa. Gememem os fios telegráficos que o tesouro do Estado regurgita de dinheiro. Um pouco de boa vontade, e não nos mostremos indignos e incapazes, pelo Centenário, das nossas tradições e do solo que habitamos!

E que não objetem o pouco alcance de semelhante exibição. Só um espírito provinciano, no sentido pejorativo do termo, enfronhado na mais tacanha das rotinas, poderia opor tal objeção. Clamam os que nunca atravessaram o Paranaíba, o desinteresse e o abandono de seus conterrâneos, assim transponham as divisas estaduais, por todas as necessidades e aspirações da terra. Não olham o exemplo de suas coirmãs da União, cujos esforços tendem constantemente para tornar divulgados e mais bem conhecidos os aspectos da terra, encaminhando todas as energias aproveitáveis para um mesmo fim, despendendo enormes somas intra e extramuros do Estado, agarrando todo motivo de reclame para mais interessante tornar as suas coisas e a sua gente, e enfim, colhendo os frutos merecidos dessa patriótica e bem coordenada propaganda.

Os d'além Paranaíba acompanham de longe com olhos ciumentos toda e qualquer iniciativa de particulares; pesam-lhes, um por um, mesquinhamente, os benefícios que lhes advenham do próprio esforço; e, sem coragem para nenhuma iniciativa, sujeitam-se passivamente ao jugo aviltante dos mandões, e quedam-se à espera do maná da Promissão — como se todo organismo vivo, individual ou coletivo, não preparasse o seu próprio destino por suas próprias mãos!

As consequências são estas — marasmo, estagnação. Ao passo que cinco anos de ausência nos mostram um burgo qualquer do Rio, São Paulo ou Minas, com extraordinários melhoramentos que no-lo tornariam quase desconhecido, meio século de regime autônomo naquelas funduras produz sempre a mesma impressão suscitada nos tempos coloniais.

As oportunidades de fazer-se conhecido, discutido, bem-querido e aproveitado, são perdidas por escusas e desculpas de interesse restrito.

A nula visão social de seus estadistas reflete a pasmaceira do povo, duplamente sofredor, porque cônscio da sua miséria, porém sem o rasgo de uma atitude, a coragem de uma arremetida desesperada, para se arrancar de semelhante torpor vegetativo.

As capacidades, raras, que aparecem, são sofismadas; o ronceiro prolóquio popular vem à baila: "quer abarcar o mundo com as pernas", "o meu vintém é que não apanham", "mais vale um pássaro na mão que dois voando", e quejandas necedades sanchopancescas, que confirmam a classe média no conceito uns dos outros.

Se ali permanecem, perdem-se em esforços que se anulam pela sua nenhuma repercussão, atrofiam-se fatalmente pelo determinismo do meio, regressam ao nível médio, entram no ramerrão dos demais. Dizemos essas verdades sem temor de ferir suscetibilidades. E que ferissem, dizendo a verdade, sem ligações partidárias por tradição de família e princípios de consciência, somos insuspeitos e imparciais, cumprindo o nosso dever.

Ninguém é profeta na sua terra, reza Sancho Pança, versado na Bíblia. Os que dali saíram e para ali de novo aportam, levando o concurso de energias moças, preparo técnico, ilustração, confrontações de outros meios adiantados, e um são entusiasmo pela evolução social do meio, procurando realizar na sua terra o que viram, estudaram ou confrontaram cá fora, pergunta-se-lhes primeiro a que partido pertence ou pertenceu seu pai, avô, ou quem às vezes faça.

Se um, nas complicadas ramificações da sua árvore genealógica, teve algum vago parente arregimentado na grei contrária, é elemento suspeito, quarentena nele! Se é neutro, pior ainda, traz incubado algum projeto maquiavélico, que é preciso abafar no nascedouro. Se francamente oposicionista, que jure logo o credo dominante, pois é um fermento infectante de rebeldia, cujo expurgo se torna urgente, e para isso se move toda a máquina administrativa, o aparelhamento da justiça, as chicanas forenses, os ferrolhos da cadeia, o "tira-teima" da capangagem, e este recurso sumário do 44, a celebérrima *winchester*, *ultima ratio* de todas as querelas...

O mais leve traço de independência é imediatamente punido. Não se concebe outra que não seja aquela que é apoiada no brilho sujo de alguns patacões. E essa mesma é precária, mantida apenas pela fascinação que exerce o dinheiro nos espíritos grosseiros, materiais, mesmo que não lhes resulte daí nenhum benefício, direto ou indireto, nessa sua admiração e respeito pelos cobres alheios... Mas esses *independentes*, pelo menos, são justificados; podem gozar os seus jurinhos no seu canto e seu quieto, que o prestígio do vintém vela na porta pela sua integridade pessoal.

É o triste quadro, resumido a breves traços, que apresenta a política do Estado. Talvez, excetuando meia dúzia de magistrados, advogados e advogadelhos da capital que estudaram o seu direito público, nem saibam aqueles coronéis dirigentes o que é — *Política* (com *P* maiúsculo). Aqui os leitores adivinharão uma corrida geral aos dicionários, e a resposta imediata, triunfante: — É isto, é aquilo, não nos suponha burros, seu pedante.

Vá lá o epíteto, como ficha de consolo.

À falta de bons elementos, deliberadamente afastados pelos interesses e paixões partidárias, ou meramente pessoais, mui de indústria apanham por aí, ao acaso, os evadidos de todas as profissões, os fracassados de todas as honestas empreitadas, refugo de academias, os corridos de todos os burgos moralizados, que, em último recurso, decididos a meter a cabeça até nas próprias goelas de Pedro Botelho, vão ter, afrontando índios, onças e animais ferozes, às terras onde Judas perdeu as botas, no dizer de ignorantes de geografia e de história.

Nada os prende à terra, nem laços de sangue, nem afinidades de família, nem costumes, nem educação. Levam das grandes urbes a lascívia, os vícios secretos e sanguinários, a sede do ouro, a bancarrota de escrúpulos e da honestidade, o amor à batota, todos esses vícios, enfim, das modernas babilônias, adquiridos na insônia dos cabarés, tudo sob um verniz postiço que mal esconde a própria brutalidade dos instintos concupiscentes, de bem-falantes e jactanciosos.

São recebidos de braços abertos. Colunas louvaminheiras dos jornais, tristes se não fosse a irresponsabilidade de uns e a ingenuidade de outros, fazem-lhes as primeiras entradas.

Sem tradição local nem ligações partidárias serão dos que primeiro lhes atirem um osso. Revestidos da toga romana, empunhando a espada simbólica, ei-los distribuindo a justiça, policiando as cidades. O pergaminho... adquiriram-no nuns dez ou quinze anos de esbórnia pelos cafés e adjacências da Faculdade.

E as arbitrariedades não tardam a surgir. Tudo os encoraja. Raptos de donzelas boníssimas e inexperientes, futuras mães de família roubadas ao carinho da sociedade; pancadarias, tiroteios, assaltos, espoliações de órfãos e viúvas, famílias, fazendas, de burgos inteiros! E note-se que não exageramos. Não fazemos retórica. Cada linha acima poderia ser ilustrada por um, dois, inúmeros exemplos. Mas estamos apenas aludindo aqui ao fenômeno social, não entramos em particularizações, que sempre nos repugnaram.

Há na ciência econômica uma lei curiosa: a moeda má expele a boa do meio circulante. No campo social sucede o mesmo em sentido inverso: o bom elemento tal, beneméritos fagocitos, circunscreve os maus, dá-lhes combate, anula a influência perniciosa de seu vírus, fá-los bater em retirada do organismo coletivo. Isso, porém, claro é, nas sociedades bem policiadas.

Na terra goiana, porém, aquela lei segue o seu curso natural: a moeda má expele a boa. Vê-se, à medida que para ali acorrem forasteiros de todos os recantos do país, as cidades fronteiriças dos Estados vizinhos encherem-se de emigrantes fugindo à premência do meio que, mãe desnaturada, os obriga a procurar fora do seio maternal as garantias que não encontram no próprio berço. A morte dos fagocitos provoca a supuração, e todas as mazelas do corpo vêm à superfície, numa exibição repugnante das mais íntimas fealdades.

Acode-nos à mente uma recordação dos bancos acadêmicos. Um conterrâneo dizia-nos duma feita: — Vê tu, estávamos num café, numa roda animada; um senhor, formado em São Paulo, sabendo me goiano, saiu-se com esta:

— Desculpe, mas como a sua terra é atrasada! Acabo de ler numa folha que para lá nomearam, como chefe de polícia, F., o estudante mais burro dos meus tempos de academia!

Sorrimo-nos, e respondemos, procurando acalmar a indignação do colega: — Pois meu caro, não faltam competentes; estás formado este ano, e pois, corre a defender no cargo os brios e as honrosas tradições da intelectualidade goiana!

(Esse nosso amigo exerce hoje, com grande proficiência, a advocacia num lugarejo do interior mineiro, ao que parece).

Na própria esfera da ideia pura, há contenção e vexame evidente. A um bom alvitre aventado, pergunta-se logo de onde veio, quem o articulou. Se partiu de um não filiado à cartilha dominante — motivo de incompatibilidade e inexequibilidade, levantam-se todos os óbices e tricas, imagináveis e por imaginar, visando a sua anulação.

Os que procuram reagir e afirmar as suas convicções, são constrangidos ao silêncio pela nenhuma repercussão da sua voz. Este prestígio moral que deriva das altas representações intelectuais, tão poderoso nas sociedades cultas, supremo e puro prestígio do talento e do caráter, ali se dilui e se desconhece pelo amorfismo das opiniões, a falta de educação cívica na classe média, a crassa ignorância e o analfabetismo nas camadas inferiores, embora a boa vontade de todos em instruir-se, cumpre relevar; e, também, essa mera ignorância, pior de todas, que não é ilustração nem tampouco ignorância, nas classes capazes de um movimento reacionário... Meia tinta ou crepúsculo pior que a escuridão, porque nesta, pelo menos, os que não veem disso estão convictos, ao passo que na outra se julgam todos perfeitamente videntes, e, portanto, eles sós capazes de discernimento e decisão.

Entanto, matraqueiam as notícias telegráficas a pletora monetária dos cofres do Estado. E, ajuntam as mesmas notícias, morre-se de fome na capital...

Qual a razão, o motivo dessa situação paradoxal? Onde a argúcia e a visão econômica de seus conspícuos estadistas?

Ignorarão, por acaso, que o ouro não é, nem nunca será, riqueza? Ao que modestamente aprendemos em Economia Política, o dinheiro não passa de simples objeto de troca; a sua utilidade é manifesta por intermédio da circulação, e mantê-lo assim criminosamente aferrolhado nas arcas do tesouro, quando urgem as necessidades da República, é mais do que clamoroso erro administrativo, é chapada burrice.

Não vos encha, pois, de admiração, ó vozes que clamais no deserto d'além Paranaíba, o desinteresse dos que de lá conseguiram arrancar-se a tempo. Porquanto, para muitos, a melhor, a mais ponderada e discreta das condutas, é mesmo aquela de Pilatos no Credo: *lavar as mãos.*

Ignoram comumente habitantes de cidades do litoral e chamados eruditos de gabinete, o que seja, na realidade, o nosso tipo do "sertanejo". — Sertão para muitos abrange todos esses vastos latifúndios onde não chegou ainda o silvo da locomotiva, e que se presume totalmente desertos, quando não abalados pelo uivo noturno das canguçus e suçuaranas à beira dos bebedouros, ou o chocalhar das cascavéis e sucuris, à espreita da presa fácil nos paludes e remansos dos grandes rios misteriosos.

Alguns mesmo, incluem na denominação vilarejos e cidades que nos assinala o mapa por aqui e além semeadas nessas solidões, se não são também metidas em conta duas ou três capitais de Estado, Goiás, Cuiabá, Teresina, todas de mui problemática existência no concerto da União.

Com referência a Goiás, não se denomina ali sertão a todo o território que, em raio de léguas, circunscreve pequenas sedes ou distritos municipais, bem ou mal povoados, melhor ou pior amanhados, e onde se tem ido ultimamente suspeitar a existência de focos e germes destruidores das mais terríveis endemias. Bem ou mal, sobra em muitos deles a produção para o consumo local, ou dos municípios vizinhos, e mesmo, uma abalizável exportação para os grandes centros favorecidos por vias fáceis de comunicação, e a tutela oficiosa da governança, sempre atenta em zelar por um estado sanitário mais ou menos satisfatório...

Ali o lavrador, o "caipira", o "queijeiro", etc., como é geralmente conhecido, apresenta de fato, muitas vezes, os estigmas fisionômicos de depressão orgânica, oriundos da papeira, a malária e outras. Exemplificam-se, no município da capital, os do distrito da Barra, a decadente fundação do Anhanguera, os da mata da Canastra, e a chamada região do Mato Grosso, estirão de terras fertilíssimas como a baixada fluminense, que tem as suas origens na cabeceira do rio das Almas, acompanha-lhe o curso e o de seus tributários como o Uhurú, demanda o Araguaia e só termina, segundo testemunhos fidelíssimos, no remoto Pará, tudo numa extensão de centenares de léguas.

Em terras tais como o Mato Grosso, fazem os munícipes a devastação da lavoura.

O contrato da terra, a vizinhança de rios e ribeirões tornados paludosos nas cheias com o apodrecimento de folhas que as enxurradas acarretam e depositam em seu leito, a moradia esteada ali ao pé das matas — são os principais fatores de "meio" com que luta a forte organização do tipo geral do "caipira", o homem da lavoura naqueles fundões. Certo que para isso — sem que se aprofunde a etnografia regional — muito concorre o amalgamento mais ou menos adiantado das três raças no sul do Estado. Quanto ao norte, mui pouco povoado e onde predomina o mestiço, mistura de branco e índio, é sabido, por exemplo, que no vão do Paranã, feracíssimo, apenas o negro se fixa e aí resiste vitoriosamente às endemias locais.

Justifica-se: num Estado cuja superfície abraça a da França e Península Ibérica, reunidas, onde uma única das ilhas fluviais, a do Bananal, é por si só maior que a república portuguesa — todas as variedades climatológicas podem ser localizadas.

A introdução, porém, dos maquinismos aratórios, o ensino prático e eficiente de métodos modernos de cultura que demovam o "caipira" dos primitivos e bárbaros processos da derruba e queima, e, sobretudo, o seu afastamento, pelo cultivo dos campos — imensos, saudáveis e apenas entregues à criação esparsa do gado — da beira de córregos e ribeirões das terras baixas, e teremos dirimida a maioria dos males que lhe imprimem à tez baça, característica, essa patina de tristeza e quase cretinismo que tanto impressiona o forasteiro que lhe bate à porta do buriti, pedindo uma caneca de água ou pousada para aquele dia de marcha.

Bociosos uns, enfermiços outros, as crianças enfezadas, maltrapilhas, atacadas de vermes intestinais e habituadas, pelo rolar no chão, ao vício de comer terra, chocam muitas vezes a vista daqueles que, imbuídos de apressadas leituras, ali acorrem no propósito de surpreender desde logo e da primeira assentada, a alma e o viver sertanejo em todas as suas características modalidades...

À variedade supra, pertencem os que vivem dos recursos que lhes fornecem, de passagem, os forasteiros. — Vão fincar propositadamente o seu rancho à beira das estradas de trânsito obrigado; e, finórios ou empalamados, ali ficam — aperrengados na deficiência orgânica ou outros quaisquer estímulos para um modo de vida mais cômodo — de alcateia ao arribadiço que lhes dê, pelo pouso e uns requeijões comprados, duas patacas de demasia, descuidando da cultura, ou mantendo apenas meia dúzia de vacas leiteiras no curral, e a meia quarta de terra lavradia para os gastos da família numerosa. — São esses os pseudos "sertanejos" que viajantes e exploradores de fancaria topam, muitas vezes, em sua caminhada para as cidades do interior, e que tão péssima impressão lhes causam à bolsa, às ilusões literárias e à acuidade científica de aprofundadores do *Hinterland*...

A par do tipo isolado do "caipira", vivendo de parcos recursos da lavoura, existem as fazendas de plantação, largas culturas, na vizinhança das vilas e cidades, trabalhadas pelos próprios fazendeiros, filhos, camaradas ou agregados, o que dá, de passagem, nascença ao citado prolóquio de que, no interior, "família grande é riqueza"... Mostram, de resto, uma escala superior de prosperidade e fartura; e embora não sejam, algumas vezes, de todo boas as condições sanitárias do meio, dado o contato diário das ditas terras de lavoura, que quase sempre, como dissemos, só apresentam maior soma de opulência vegetal e inorgânica junto aos ribeirões ensombrados, vivem, contudo, em relativo bem-estar, nada ficando a dever aos moradores das tão gabadas plagas litorâneas.

Todos esses, são nas cidades do interior designados genericamente pelo nome de "roceiros". Quem quiser estudar-lhes o meio e a vida, fará literatura da "roça", porém não "sertaneja", já que entramos em especializações. A esses, todos os cuidados das missões médicas e agronômicas, presentes e futuras, que o governo possa ou pretenda enviar àquelas terras tão malvistas e pior ventiladas e esclarecidas até agora pelos preceitos e luzes da civilização.

✺

Em pontos mais ou menos distanciados de sedes de municípios, em tabuleiros e chapadões, cerrados de Araguaia ou nas viridentes várzeas e campinas do sul, existem as chamadas fazendas de criação. Os seus proprietários, quase sempre ricos-homens e chefes político de prestígio, vivem comumente nas cidades; não possuem apenas uma e duas fazendas, mas quatro e cinco, e, às vezes, mais. Lá aparecem somente pela época das vaquejadas, quando se tem em vista fazer a contagem das crias do ano, a sua "ferra", tirar a "marca de tala", remuneração do vaqueiro, ou vender as boiadas a compradores que surgem com as primeiras chuvas. Muitos, solicitados por afazeres outros, nem executam essa visita anual. Confiam no vaqueiro, que substitui e faz com absoluta fidelidade as vezes do chefe.

A cultura da terra é ali mínima, senão nula, limitada apenas aos gastos do pessoal. Disso se incumbem dois ou três camaradas, em terras lavradias espalhadas nas depressões do terreno, em "furados" de mata enxuta, ao pé dos morros.

O passadio consta habitualmente de carne seca chamada do "sertão", gorda e cheirosa, que se come com o pirão de leite frio e farinha de milho. Uma engenhoca produz a rapadura; o café, o sal, outras miudezas, vêm da cidade ou são adquiridas no lugar mais próximo.

Toda a vida se resume, por assim dizer, na criação do gado e de manadas cavalares. Vivendo a vida livre do campo, certo é que as condições de resistência desses nossos legítimos e agora bem denominados "sertanejos", são mui diversas das que por aí se tem ultimamente apregoado, a dar ensanchas à natural versatilidade do temperamento indígena.

Confusões lamentáveis, distinções que escapam à superficialidade de exame com que se arrumam e se desfazem sistemas, emitem-se e se contradizem opiniões em nosso meio.

Num terreno neutro, a feira pública por exemplo, o olhar exercitado pode discernir de primeiro golpe, pelo traje e modo de falar, um roceiro do sertanejo. — O "queijeiro" que leva ao mercado a sua carga de gêneros do país, traz habitualmente uma calça de algodão "riscado" grosseiro, arremangada numa das pernas; a fralda da camisa de ganga, mui curta, à mostra, é cingida à abertura lateral pelo cabo de chifre do facão, preso à "espera" da correia da cinta; um chapéu de palha de indaiá, velho e desbeiçado, completa o costume. — É um tipo geral de matuto brasileiro. Pode-se vê-lo mais ou menos caricaturado em comédias e revistas regionais dos nossos teatrinhos.

Quando vai à cidade, não calça alpercatas. O calcanhar rachado e duro pisa a lama do largo do mercado, e a "capanga" couro d'onça onde traz o dinheiro e os apetrechos do fumo, corre-lhe a tiracolo, quando arriba das cangalhas a sua bruaca de milho. Boçal e rude, emitindo por juízos curtos uma linguagem que de mui longe lembra o português antigo por um ou outro termo arcaico deturpado, desconhece em absoluto as concordâncias, e nele se apaga — embora a simpleza e a honestidade nativa — todo o interesse "sertanista" que da leitura de livros tais se lhe poderia atribuir.

O sertanejo que tange para a capital a sua tropa carregada de malotes de sola, carne seca ou "sabão do sertão", se deixou lá na fazenda as perneiras e o guarda-peito do campeio, o chapelão de couro, debruado e a capricho, ali o traz ainda acampado, com a sua jugular das galopadas, e umas arcadas de peito, e um modo pitoresco e sacudido de falar quando solicitado, que desde logo o diferenciam do tipo canhestro e muitas vezes opilado do "queijeiro".

Os primeiros constituem o elemento sedentário, preso ao solo, cujo horizonte visual não vai além do alqueire de terra que lavram; os últimos, se não viajados, têm ao menos, pelo acidentado da vida, um campo de atividade a abranger largas extensões, desde o pastoreio das manadas, num âmbito de várias léguas ao redor das fazendas, sem cercas ou outros limites que a vastidão do deserto, até às burradas que leva a vender a Mato Grosso, e mais além...

É esse o elemento que se pode chamar genuinamente sertanejo. Elemento movediço, mas preso à fazenda pelo ajuste do patrão, dele se esgalha essa variante curiosa do "correio", que entretém as relações postais das diversas localidades; a dos "condutores", incumbidos de fechar contratos e levar a bom termo comitivas de viajantes — quando a pousada constante por vilórios e arraiais não os torna muitas vezes imprestáveis pelo vício adquirido da cachaça.

Junto a esses, temos o elemento dito flutuante do tipo geral do sertanejo. São os tropeiros, carreiras, boiadeiros. Cada qual com o seu modo de viver característico, constituem em Goiás o fator econômico do *transporte* à atividade comercial daquela terra. Nos primeiros, veem-se incluídos trânsfugas de todas as profissões — assim como nas nossas capitais se assenta praça como meio de vida.

Levando uma existência nômade, dos centros adiantados do Triângulo Mineiro à capital do Estado goiano, e vice-versa, o horizonte intelectual forma-se-lhes naturalmente mais amplo e mais apurado que o do simples sertanejo atrito à fazenda, e muito mais ainda que o do bronco caipira da gleba rude, sem que com isso percam, em suma, as pitorescas características que lhes empresta o próprio modo de vida.

A excetuar o patrão, o arrieiro — que constituem às vezes uma e só pessoa — e o encarregado da cozinha, mui raramente andam montados os tropeiros. Preferem ser peões, pela melhoria que daí lhes advém ao ordenado. De resto, variáveis as condições do trato, como variáveis os tiques particulares de cada um. — É um tipo que tende breve a desaparecer com a penetração atual da via férrea, e o organizar de algumas companhias de autoviação no sul do Estado. Serão relegados para o norte, bandas de Cuiabá, pequenos centros do interior, onde por longos anos vê-los-emos ainda a tanger as tropadas, se a ligação por estradas carroçáveis aos portos do Araguaia, a navegação a vapor desse e do grande rio Tocantins, e outros melhoramentos, não os for também acossar nesses últimos refúgios, recalcando-os, definitivamente esquecidos, para as sombras do passado...

Assim, seus irmãos-gêmeos, os morosos carreiros; assim também os boiadeiros, tipos locais ou d'além fronteiras, com seu séquito de capatazes e ajustados, servindo à exportação da força viva da região, como os primeiros, introduzindo mercadorias e manufaturas, e dando saída aos demais produtos do Estado.

Entanto, fazendo diariamente longas marchas a pé, à culatra dos lotes, na poeira das estradas, sob mormaços dos chapadões ou chuvadas do "inverno", ainda lá se encontram eles, embora nestes últimos três ou quatro anos um tanto destituídos do prestígio primitivo, dizendo alto da bondade do meio e resistência da raça.

✹

Aí ficam, pois, num ligeiro escorço, mais ou menos especializados, quatro ou cinco tipos diversos de habitadores do interior brasileiro, que podem ser, com relativa facilidade, cientificamente delimitados pelos que se interessam sinceramente pelos nossos problemas essenciais, e cuja vida não foi ainda vigorosamente posta em foco pela nossa literatura.

Erram os que pretendem, de princípio, surpreender as complexas modalidades do *habitat* sertanejo numa viagem apressada, feita toda ao longo das estradas comerciais, tocaiados de perto pela madraçaria gananciosa de moradores onde a necessidade os obriga a parar e a valer-se de seus préstimos, sob a fadiga de longas marchas a cavalo, soalheiras e chuvaradas, que desde o segundo dia prostram o ânimo dos que não se acham habituados a esse modo de viagem, e que lhes furtam todo o estímulo para um estudo mais completo e detalhado do que seja e realmente é o nosso interior.

De resto, faz-se também necessária uma grande dosagem de sentimento local, identidade mesmo quase absoluta com o meio, para que se possa apreender e sentir em toda a sua nativa e bárbara poesia, seja a opulência, seja a miséria desses nossos tão caluniados latifúndios.

✺

Recapitulando, vemos que a maioria dos males que afligem o nosso roceiro, é devida quase que exclusivamente à absoluta ignorância dos meios de prevenção. Muitas vezes é o rancho à beira da estrada, a taipa sem reboco, ou a liga deste de estrume fresco de vaca, que ao secar deixa largas fendas; o chiqueiro ao pé da cozinha, o tijucal que se forma à frente da palhoça, apisoado a todo momento pelos animais que chegam ou passam, e regurgitando de dejetos da criação — tal o meio em que, de dez a dez meses, proliferamente, surge à luz do mundo o filho do rancheiro.

Mal desapega da teta e começa a engatinhar, já está a mulher às voltas com nova prenhez, ou os duros misteres do interior empecem-lhe o tempo de tê-lo sob constante vigilância. Vive aí o pimpolho pelo chão úmido do massapé, empanzinado e nuzinho, entre galináceos e bichos de criação que entram a porta, apanhando as sordícias que topa; e mal atém-se sobre as pernas vai à parede arrancar torrões que devorar. Se perdeu na meninice o vício, ficou-lhe pelo menos a tez embaçada, e os rudes trabalhos da lavoura que o esperam ao pé dos ribeirões, a par das endemias derivantes de tais terras de cultura, imprimem-lhe ao depois o cunho definitivo de enfermiços. Não fora a benignidade geral do clima, e não se saberia como pôde vingar.

Melhoradas as condições de moradia, e, sobretudo, com a aplicação de métodos de cultivo dos campos que os afastem das baixadas de terras virgens, de mui fácil e abundante produção, porém tão perigosas, facilitados os meios de comunicação e difundido o ensino com o estabelecimento de escolas rurais ou, visto a sua impossibilidade presente, missões médicas que lhes incutam em linguagem chã e eficaz princípios preventivos de higiene, e veremos sanados de vez os males que tão grande alarma têm suscitado ultimamente entre nós.

Porquanto não se deva duvidar da potência conservadora da terra, e desta força misteriosa que, em nossa canaã mais que alhures, través de descasos e calamidades, tende sempre a recompor e reconstituir em toda a sua rija inteireza o tipo primitivo do homem!

POPULAÇÕES RURAIS

O problema das nossas populações rurais, como fonte principal da riqueza pública, tem sido, sob múltiplos aspectos, debatido nestes últimos tempos pelas classes parasitário-diretoras das nossas capitais, concorde a maioria em afirmar a absoluta inferioridade do nosso campônio, produto híbrido, degenerado, de raças inferiores, ante o similar estrangeiro, galego, saloio, italiano ou polaco, a cuja imigração se deve exclusivamente o impulso e o desafogo econômico-financeiro dos vários departamentos da União.

Fatalista, supersticioso, avesso ao progresso, indolente por vias de hereditariedade e depauperamento físico decorrente de endemias e inoculações várias de parasitas da terra, o nosso matuto foge à concorrência, não se adapta ao progresso, e recua para o deserto, ao primeiro influxo das correntes imigratórias vindas do litoral. Índole má, tem o instinto do extermínio, e dia a dia vai fazendo dos Brasis um deserto de terras sáfaras e sapezais, prenunciadores da bancarrota futura.

E não nos acuda o elemento estrangeiro com os seus métodos modernos de cultura, e o descalabro econômico apressar-se-á ainda mais de alguns decênios, pagando as gerações futuras a desídia desse nosso caruncho de pau podre, que vai carcomendo hora a hora a riqueza florestal.

Eis a grita dos foliculários, eis o trágico desfecho, cujos tentáculos atingem já todas as classes sociais, cujos variados aspectos seduzem no momento o escol intelectual indígena — socialistas, economistas, médicos, engenheiros, literatos e... mesmo *meetingueiros* do largo de São Francisco, de compita à parolice dos cem-mil-réis diários parlamentares.

E o problema da raça, quase insolúvel, à falta de quadros estatísticos, generalização de cultura e trabalhos especialistas sobre os três fatores do nosso homem — o antropológico, o mesológico e o do meio — todos variáveis para cada região estudada, eriça-se de dificuldades, entravando ao primeiro passo qualquer tentativa que se queira fazer duma sistematização — escrupulosa e isenta de charlatanismo — sobre o palpitante assunto.

Entanto, a nossa literatura vai-se gradualmente enriquecendo com os depoimentos de estudiosos, cada qual no ramo da sua especialidade, e é de crer que com o acentuado gosto que se vem notando ultimamente para os estudos nacionais, breve teremos opinião mais ou menos abalizada e estável sobre a magna questão. Até aí, porém, a menos que não se queira redizer o que a respeito tem sido afirmado por autores nacionais ou estrangeiros, em trabalho de mera copilação, generalizar sobre o assunto dogmaticamente, tomando por base a recolta de observações feitas sobre este ou aquele tipo isolado — a dedo escolhido — e daí deduzir, peremptoriamente, qualidades intrínsecas ou extrínsecas, positivas ou negativas, da raça, é, certo, otimista ou pessimista que se mostre nas conclusões, reeditar pelo direito ou pelo avesso a eterna galeria dos Acácios...

✸

Reflexões que nos vinham, fragmentariamente, acudindo ao espírito, à medida que galgávamos a fralda da serra no "Pachola", e o Neco Gonçalves na "Mimosa", animais de ganho do tabaréu, que aventara o passeio. Animara-o, certo, a perspectiva do freguês "carioca" que lhe fosse adquirindo os artigos do comércio — ovos, frangos, queijos — fruto de suas mascateações nas redondezas.

Palreiro, mui copioso de observações locais, viera dando à taramela desde a saída da povoação, excitado, talvez, pelas reiteradas xícaras de café que ia deglutindo a cada casal visitado.

Esquecia-nos dizer que íamos a uma barganha de porcada, do outro lado da serra, duas léguas além da fazenda do Bom Sucesso.

Apanhada a raiz, silenciara; e quando, vencido o espigão, sofreou o animal, demorando a vista pelas cercanias.

Estávamos a uns mil e trezentos metros sobre o mar, num dos mais altos contrafortes da Mantiqueira, abrangendo o olhar vinte léguas de redondeza. A temperatura, frigidíssima, açulava o apetite, convidando a um breve descanso. Gorgulhando, um olho-d'água barranquia abaixo. Milharais verdeluzindo, além; mudas barrentas de fumo, e bois lavrando as encostas para o plantio do feijão de fevereiro. Longe, acachapada entre cerras, a vila da Virgínia; e, olhando para o lugar de onde viéramos, o povoado de Itanhandu, numa altitude de novecentos metros, parecia metido em funda buraqueira, de onde, apenas, uma casinhola, a mais bem situada, alvejando à distância.

E o Neco, súbito, anuviado: — Olha, patrão, olha o estrago da gripe!

Olhamos. A princípio, não se distinguia bem naquele mar ondulante senão o verde dos carreiros de milho, o lourejamento trêmulo das espigas ao sol. Mas o companheiro foi apontando, aqui, ali, por entre o apendoamento das franças.

Longas manchas, amareladas, pardacentas, terrosas, faziam coroas, quadrados, recortes de terras maninhas, em meio à cabeleira interminável das plantações.

— Veja, patrão, foi o milho que não espigou. Os donos tiveram a "espanhola", o mata-pasto e o "gordura" ganharam a plantação. Sem capina nem aterro o milho não espiga, o pouco que emboneca não engrana. Só ali, naquela baixada, há uns oitenta alqueires perdidos.

— Mas aqui por esta encosta abaixo há muito milho viçoso; pelo que vejo, a epidemia poupou muita gente nestas alturas.

— Nhôr não. Ninguém aqui escapou. Mas não deu de pancada. O vingado que está vendo, é dos donos das terras. O perdido, dos pequenos lavradores, arrendatários da terra. Os proprietários, assim caiam uns, empreitavam outros jornaleiros para a capina. Os pobres não tiveram quem os substituíssem; perderam toda a trabalheira do ano. Mete pena, patrão, mete pena ver tanta colheita perdida! — Ah! se o governo olhasse pra isso, se desse em tempo um pequeno adjutório, que fartão de milho teria o município este ano!

✳

Sem que o suspeitasse, aludia ainda uma vez o tabaréu ao momentoso problema. Sempre a desídia das nossas administrações, sempre a indiferença dos governos!

Se ao invés de malsinarmos o elemento nacional, déssemos-lhe o apoio, a assistência que se concede às levas imigratórias, facilitando-lhe as regalias e recursos de que goza o estrangeiro, outra seria a nossa opinião a respeito de suas aptidões para o trabalho. Porque, digam o que disserem, o nosso caboclo não é uma raça inferior. Nem considerado em si, nem ante o seu similar estrangeiro.

Senão vejamos. A questão pode ser tomada sob três pontos de vista essenciais: territórios onde predomina o elemento estrangeiro, territórios que não sofreram ainda o influxo da imigração e territórios onde as duas correntes se contrabalançam ou fusionam, e onde fácil será aquilatar das vantagens de uma e inferioridade da outra.

Da primeira proposição, cujos modelos temos nos núcleos coloniais do sul da República, não havendo termo de comparação, não insistiremos, mesmo porque, sem atender apenas ao ponto de vista meramente agrícola, saltam aos olhos os inconvenientes que surgem para a nossa nacionalidade com o estabelecimento desses quistos no organismo social, interrompendo a unidade de língua, religião, costumes, etc., e tendendo à dissolução pátria — caso já muito estudado, e cujas evidentes desvantagens são por demais sabidas.

Os territórios em que impera o elemento genuinamente nosso, vemos que constituem a maior parte do país, principalmente os Estados do Norte e Centro, cuja ascensão produtora não desmerece dos Estados do Sul, geograficamente mais bem situados, e onde é o nosso caboclo, exclusivamente, o gerador da riqueza pública.

Em Goiás, por exemplo, em que a imigração se cifra ainda à mascatearia de sírios-árabes dos núcleos servidos pela via férrea, vê-se o movimento ascensorial tomado nestes últimos anos pela exportação, uma vez que a estrada de ferro, penetrando algumas polegadas da região, facilitou aos naturais os meios de fazer chegar aos centros consumidores os produtos da terra.

Fosse o caboclo fator negativo do progresso, e os quadros estatísticos da produção global do país seriam uma sequência de zeros relativos ao Norte.

É nos pontos em que a população indígena principia a ser contrabalançada pelo elemento invasor, que poderemos ao justo apreciar a presumida inferioridade do nosso matuto, a sua indolência, o seu espírito de rotina, o seu recuo, o descalabro físico e a índole perversa, destruidora das riquezas nativas da terra. Vistos os efeitos, que se trate então de indagar as causas.

Nenhum ponto melhor situado que o deste recanto mineiro, cortado pela rede sul e a oeste, às fraldas da Mantiqueira, onde se possa apreciar o choque dos dois elementos. Ao primeiro exame, surge o eterno problema das raças.

Físico equivalente ou superior, pois o clima, ideal, não cede aqui a nenhum cantão suíço como fonte de saúde. Quanto às aptidões, é o nosso camponês inferior a seu similar europeu?

Questão debatida. Vemos que não há raças superiores, nem raças inferiores. São as exceções do tipo, mais comuns nas raças puras, caucasianas, que afinal de contas não são atualmente senão estratificações de sub-raças, que estabelecem a aparente desigualdade. O que há, como diz Le Bon, são raças adiantadas e raças cuja civilização se acha ainda em período embrionário, comparada com as outras. De sua fusão, perdem naturalmente os pincaros o que ganha a planície em nivelamento. Isso se deu naturalmente em todos os climas, em todos os países, onde o fenômeno tem ocorrido, entre os egípcios, de gregos a romanos, desses aos gauleses e às antigas populações bárbaras do norte da Europa; entre os árabes, na velha Pérsia, na remota Índia, sempre do choque de correntes diversas, passado o período caótico do fusionamento, se novas correntes não o perturbaram, vemos o florescimento duma civilização mais apurada e universal, que é a tendência geral da humanidade.

Prepondera então o fator geográfico. Sabido que, nos países de posição privilegiada, a civilização caminhou a passos agigantados, tais, na antiguidade, o Egito e a Grécia; na idade moderna a Inglaterra, isso porque a navegação marítima e fluvial adiantando-se então, pela utilização da vela, do transporte terrestre, o intercâmbio interno e externo podendo desenvolver-se com maior intensidade, do progresso material decorreu o seu corolário, o intelectual, que só pode mesmo florescer em nações economicamente prósperas. No Brasil, quem quiser locomover-se do Piauí a Mato Grosso, Estados quase convizinhos, separados por uma nesga de Goiás, tem que fazer marcha de meses, suficiente a uma ou duas viagens de ida e volta à Europa. E o fato ocorre no próprio território dum mesmo Estado.

Gira, portanto, o atraso, atual das nossas populações rurais em torno deste primeiro ponto essencial: boas vias de comunicação. Delas decorrem, dada a dispersão territorial, a instrução, o saneamento, etc., e outras formas manifestadoras da cultura de um povo.

Em Goiás, por exemplo, em que a densidade é pouco mais de 0,5 de habitantes por quilômetro quadrado, como fazer chegar às choças, disseminadas às distâncias, as luzes emancipadoras, se as comunicações se fazem ainda por vias do faraônico carro de boi e às costas de bestas de carga? Como impor ao campônio o ensino obrigatório de acordo com a última lei do Estado, se este, a União, nem tampouco as Câmaras Municipais, ofereçam meios que lhe facilitem, sem grandes caminhadas e maiores dispêndios, o acesso às cidades, às fazendas modelos, às escolas públicas vilarejas ou rurais (se é que se vai mesmo tentar a execução dessa medida de eminente necessidade)? Até meados do século passado, a população analfabeta da Inglaterra era de 30%. Hoje, se não nos trai a memória, à falta de qualquer trabalho de estatística que se possa consultar nestes ermos, baixou a um ou dois por cento, quantidade infinitesimal. Isso porque, quando se teve ali em vista a execução de leis semelhantes de ensino obrigatório, já o problema de vias de comunicação se encontrava de longa data solucionado.

O lavrador brasileiro viveu e vive, pois, completamente segregado de seu tempo e isolado no interior, baldo de recursos, com três ou quatro séculos de atraso da civilização, época em que o elemento europeu aqui se introduziu. População de aventureiros a princípio, as cartas régias proibitivas depois, o regime de mandões de aldeia com a emancipação — não pôde acompanhar a marcha da civilização dessa época, enquanto o lavrador alienígena seguia passo a passo todo o progresso das descobertas científicas no campo dos problemas agrícolas, assistido e amparado pelos governos da mãe-pátria, que voltavam afinal, sem o sectarismo dos Turgots[116], à velha e sábia fórmula dos fisiocratas. — Traz um acervo de conhecimentos agronômicos acumulados pelas gerações anteriores; o brasileiro, embora conhecendo melhor as propriedades da terra, perpetua a rotina herdada, e, ao completo abandono das classes esclarecidas, luta no sertão com a exuberância da terra virgem, sua principal inimiga.

O europeu aqui chegado tem a assistência do nosso governo, passagem de bordo, hospedagem; passagem de trem, localização, lotes de terreno demarcado, ferramen-

---

116 Anne-Robert Jacques Turgot (1727-1781), economista e político francês. Foi controlador geral das finanças de Luís XVI.

tas, auxílio nos primeiros tempos de estacionamento, além da proteção consular. O nacional é elemento desprezado, não tem terras nem meios, agrega-se aos grandes proprietários, e sujeita-se ao regime das espoliações por necessidade atual.

O europeu que se destina à lavoura, procura os núcleos limítrofes do litoral, servidos por boas vias e de recursos fáceis; o nacional vive na brenha, planta para o gasto do ano, visto a falta de transportes, o seu ônus excessivo, ou a ganância dos intermediários nos centros consumidores.

Os intermediários... a odisseia que sofre o produto, entre nós, da gleba-mãe às mãos consumidoras: matéria que encheria capítulos!

O europeu, assim ajunta um pecúlio, faz-se ele próprio intermediário — abandona a lavoura pelo balcão. Neste distrito, próspero, onde são comuns fortunas de mil a mil e quinhentos contos adquiridas no cultivo do fumo, o amanho da terra é feito exclusivamente pelo braço nacional. — Cavoucar, cavoucávamos na terra, não era preciso chegar até cá, eis a resposta, eis a norma, dos egressos da lavoura afluídos aos grandes centros, após uma curta estada no interior. Lei do menor esforço, tão suscetível ou atingindo mais facilmente as privilegiadas raças estrangeiras, que o vilipendiado nacional.

Ao choque das duas correntes, o primeiro movimento do nosso homem — que desbravou e facilita o caminho — quase instintivo, é mesmo o de recuo; fora como se lhe surgisse à frente um atirador armado de todos os recursos da arte bélica atual, quando se tem para opor-lhe apenas a pica-pau[117] que a governança tolera. Isso não diz que a índole nacional é essencialmente esta, de recuo; mede as forças do adversário, procura conhecer-lhe os recursos e as manhas, e, se possui meio, adota-lhe as armas, e aceita a concorrência no mesmo pé de igualdade. Tal o fenôme-

---

117   Espécie de espingarda.

no da presumida inaptidão do nosso lavrador ante o seu antagonista. Inteligência notoriamente tão fina ou mais aguda que a do campônio europeu, não lhe falta o instinto de adaptação, mas o reconhecimento da sua humildade, a sua miséria, o seu abandono, ante os meios do adversário.

Quanto à indolência, o nacional desconhece o luxo, o conforto e os gozos sociais que outorgam as velhas civilizações aos que dispõem de meios pecuniários; a diferença, os preconceitos de classe, são mínimos, quase nulos, no sertão. O conforto de que goza um fazendeiro apatacado, possuidor de duzentos contos, nestas alturas, é quase o mesmo do caipira indigente. Calça, não raro, ordenhando as suas vacas, descalço, a lama do curral; lavra de parceria as terras, e não se distingue, em sociedade, do tabaréu — regime patriarcal. — O europeu traz na retina todo o espetáculo das misérias vistas e experimentadas na mãe-pátria; o aspecto das dessemelhanças de classe, motivadas pelas castas, pelo capitalismo; tem uma sede mais presente e intensa de riqueza — elemento que lhe estimula as energias para o rápido acúmulo duma reserva monetária, que lhe dará o bem-estar sonhado. O que o nacional perde em ambição, em instinto de conforto material, ganha em inteligência, perspicácia, ao "pé-de-chumbo" e ao "carcamano", vantagem que avulta quanto à sobriedade, ao asseio pessoal, às virtudes domésticas e religiosas, características da raça, base da civilização, manifesta — digam o que disserem — nas grandes crises nacionais, e que seria um fato cotidiano, se a dispersão territorial, a escassez de meio de comunicação e o inominável relegamento do governo, fundamento de desânimo e ceticismo das populações rurais, gerador de toda a indisciplina social, não viessem perpetrando no regime a tarefa impatriótica de reclamar o vínculo comum, embora o sentimento forte da nacionalidade.

Falta de iniciativa. O europeu vive em núcleo, capitaliza e concentra a energia social das grandes empreitadas. Entregue a si próprio, degenera. As forças indígenas dispersam-se na imensidade territorial.

Não tem sido o pobre matuto, isolado e relegado na vastidão dos nossos latifúndios, o formador único dos sapezais. Do que se pode observar, neste trecho do território, devemo-lo exclusivamente às grandes companhias, aos grandes proprietários, com vistas à formação de pastagens próprias à pecuária, e às plantações de café.

Quem viaja na linha centro, da Barra do Piraí a Belo Horizonte, vê o estrago motivado pelas tais "Companhias Pastoris"; de Campinas, Casa Branca, na Mogiana, ao Jaguara, das velhas riquezas florestais, pode-se notar o que ficou, às mãos dos endinheirados plantadores da rubiácea. — Responsabilidade, só quando existir entre nós o salutar regime comunitário, a equitativa repartição de terras, tal como se procedeu nos adiantadíssimos estados escandinavos.

O nosso pequeno lavrador, invariavelmente, não possui terras; aluga o braço, faz-se jornaleiro, ou, quando muito, torna-se arrendatário, nestas alturas. Interessante, o sistema de arrendamento neste distrito. — Queixas vãs, clamores que o vento leva e que ficam sepultados nas regas dos arrozais da várzea, nos aterros do milho, na semeadura, muda, apanha de "baixeiros", desolhamento e colheita do fumo das encostas, e que se traduzem, ao fim, em trinta por cento do produto líquido para os proprietários, fora o arado, que alugam, e a lenha toda apurada — se o arrendamento se fez em terreno florestal, circunstância esta que se vai fazendo rara em tais paragens. E isto, por muito favor; porque, pelo gosto dos proprietários, só teríamos aqui pastagens de "gordura" para a criação do gado. — Embora sábias medidas restritivas do governo mineiro, é opinião firmada entre eles que os alqueires de terra que arrendam aos pequenos agricultores para a lavoura de cereais, e os capões de mato que a contragosto ainda conservam, dariam melhor resultado, se os empregassem nas referidas pastagens de catingueiro, que dispensam cuidados e arado — à vista dos grandes preços alcançados ultimamente no mercado pelos bovídeos. A febre aftosa, porém, veio mostrar-lhes ainda há pouco o perigo dessas culturas únicas.

Como exigir, enfim, do nosso matuto, conhecimentos científicos sobre o mal originado para a coletividade com a derrubada das matas, se os grãos-senhores — classe abastada, de maiores letras, formadora da burguesia nas cidades os desconhecem? Se o Estado lhe é completamente desconhecido, e a ideia da nacionalidade mais sentimento atávico, que os laços de sangue, língua e costumes, abalados nestes últimos tempos pelas correntes imigratórias, apenas sustêm?

Terminando, para não sermos mais fastidiosos, somos dos que mantêm ainda um ponto de vista particular, filosófico, mais humano, todo especial, paradoxal mesmo — e heresia no ramo da ciência econômica — de acordo com o qual a imigração, tal como existe no Brasil, só males, calamidades, presentes e futuras, pode trazer para a felicidade coletiva. — Mas fica para outro local.

CORRES
PONDÊN
CIA

251

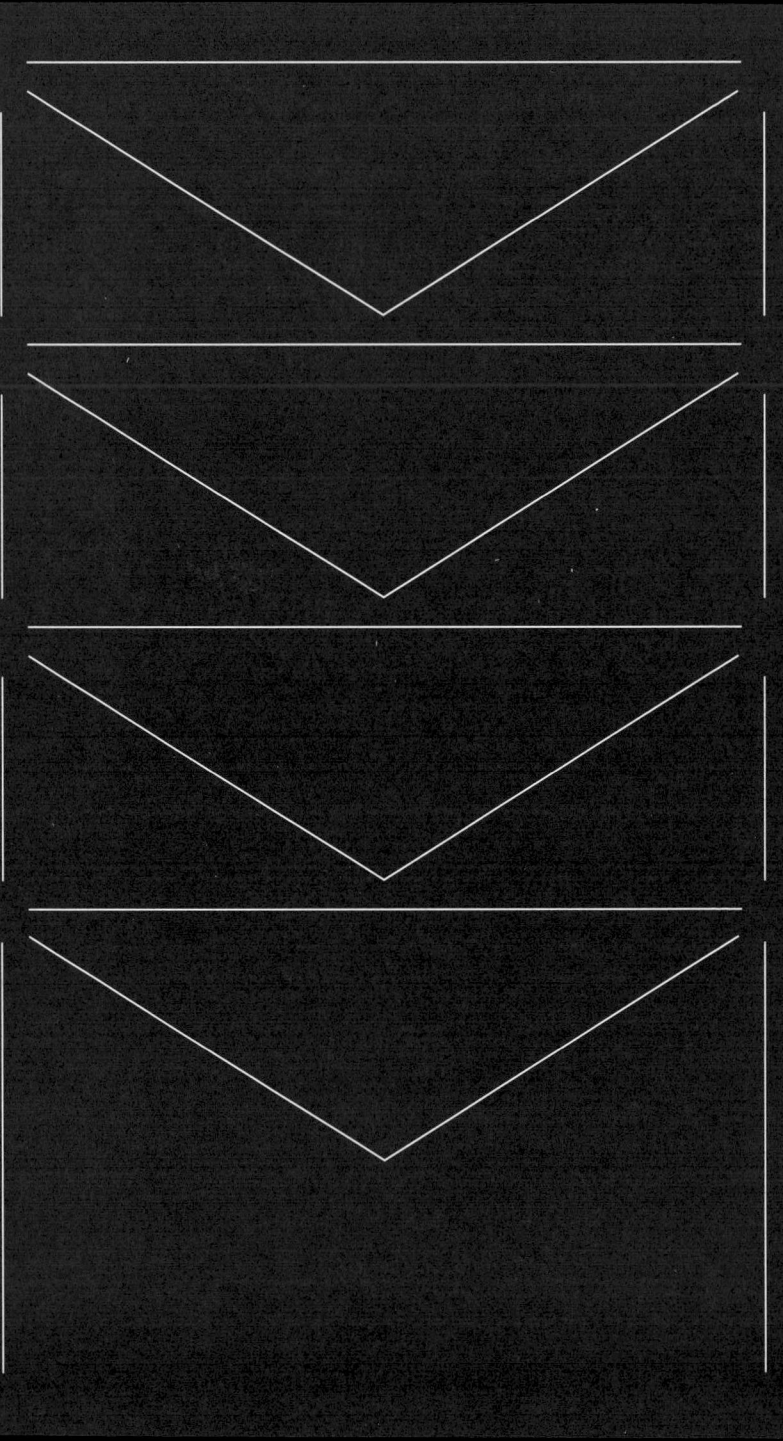

253

NOTA DOS EDITORES

254

Reproduzimos aqui as cartas de Hugo de Carvalho Ramos que sobreviveram ao tempo, às edições e ao próprio autor, que, como se sabe, costumava destruir parte de seus escritos.

Respeitamos as reticências tais quais assinaladas na edição das *Obras completas de Hugo de Carvalho Ramos* (São Paulo: Editora Panorama, 2 vols., 1950). Como não se pôde ter acesso aos manuscritos, não é possível saber se correspondem a trechos rasurados, ilegíveis ou omitidos.

As notas de rodapé foram redigidas nesta edição em conformidade com a das Obras completas, com exceção das notas aqui assinaladas como "N.E.".

[TRECHO DE UMA CARTA À SUA MÃE, DATADA DE GOIÁS, AOS 17 DE OUTUBRO DE 1911]

.... Recebi a carta de Américo e a garatuja do meu pobre Pai, que eu, mais adivinhando do que lendo, consegui decifrar — despedida esta que me arrancou lágrimas, lágrimas duns olhos que, por muito prantear, já tinham esgotado todo o manancial onde a Dor se vai refugiar; e creio que essas lágrimas serão as últimas...[1]

Quero pedir-vos um favor que, como mãe, não vos recusareis a dar. Como sabeis, o meu pranteado Pai, antes de adoecer, confiou o seu último livro, a sua última obra, ao dr. Olímpio, e este disse, tempos depois, que só entregá-la-ia ou ao Papai, se este sarasse, ou, em caso de sua morte, à minha Mãe. Peço-vos pois algumas linhas nas quais me ordenareis solicitar o dito livro ao Dr. Olímpio.[2]

---

1   Nessa carta de pêsames pela morte do Pai, ocorrida no Rio a 9 de setembro de 1911, revela-se todo o amor filial que nutria por aquele que, em vida, tanto o amava. Carvalho Ramos tinha por ele verdadeira idolatria. Em carta à esposa, de Rio Verde, datada de 21 de fevereiro de 1898, escrevia: "Meu filho, meu filho Hugo, tudo para mim, sim, tudo, esperança, amor, felicidade! Não sei por que sinto por ele um tão extraordinário amor". Uma semana depois, escreve ainda: "Meus filhos! que Deus os proteja! Tenho sentido, tenho penado muito essa ausência por ti, por eles todos, pois todos são merecedores de minha maior afeição. A todo momento quase a imagem do Hugo atravessa pelo meu espírito, quer ande, quer pense, quer esteja entre pessoas conversando; sempre! sempre! ei-la aí, risonha como um dia cheio de muita luz. ocupando o meu coração".

2   Refere-se, aí, ao poema inacabado "Tragédia Santa" que seu Pai confiara à guarda de seu grande amigo Dr. Olímpio Costa, juiz federal em Goiás, além de outros originais, hoje todos em poder da família.

[CARTA À IRMÃ]

17 de outubro de 1911.

É dos anjos esquecer e perdoar as faltas alheias. Peço-te pois (não é preciso pedir porque já de há muito me perdoaste) desculpas, aliás merecidas, pela falta por mim cometida em não te responder há mais tempo duas cartas tuas que tenho em mãos. Prometo-te agora escrever semanalmente uma longa carta para ti, onde relatarei minuciosamente todo o meu viver cotidiano nesta tediosa terra de Goiás, já que tanta curiosidade tens em conhecê-la (soube isto pelo Oscar Rodrigues); não tenho aqui amigos nem confidentes, passando geralmente por excêntrico, esquisito, filósofo e algumas vezes mesmo... maluco! Vê só até onde chega, de dedução em dedução, o bestunto acampto deste povinho mexeriqueiro de lugarejo do interior. Deixá-los falá-los etc...

Adeus, e aceite um longo amplexo do teu irmão e amigo,

Hugo

[CARTA À IRMÃ]

Goiás, 24 de outubro de 1911.
[1ª]

Começo hoje, como te prometi, a primeira carta semanal. Contar-te como passo aqui a vida por esses compridos dias de verão ou melancólicas e frias noites de inverno, seria narrar a história de um longo bocejo ou recitar com voz plangente e lúgubre estes versos de Bilac:
"Longos dias sem sol, noites de eterno luto..."
Aqui em Goiás a existência é pesada, monótona e triste não somente para os que procuram no bulício da sociedade distrações, quanto mais para o pobre entediado como eu, meio urso, meio selvagem, que despreza toda a sorte desses prazeres frívolos com que se regalam esses enfatuados de paletó-saco, cabelo bipartido e grudado no casco por um dedo de brilhantina falsificada, água de quina barata ou simples pomada de cheiro a dois vinténs o pau! — Em geral, a vida de um rapaz da minha idade nesta terra resume-se toda em passar, quando não frequenta o Liceu, parte do dia no *Chat-Noir* (um restaurante há tempo fundado e muito em voga) bebericando qualquer mistura, passar outro pedaço do dia num bilhar fazendo carambolas e conversando sobre namoradas, estudos, etc.; à tarde passear por essas tortuosas ruas da *city* de detestável calçamento a ver a namorada quando a tem, e à noite assistir do galinheiro ou da plateia, conforme o estado de suas finanças, à exposição de duas fitas cinematográficas, quando há exibição, bem entendido, fitas estas já muito batidas e conhecidas do público aí do Rio. Este é o modo de viver sensato, natural, na opinião de todos, de um rapaz desocupado ou de um estudante em férias: beber qualquer droga inofensível que seja no *Chat-Noir*, palrar sobre assuntos de nula importância, exibir o frisado das calças, o polido das botas, namorar, flanar, fazer grupos

à tardinha nas pontes da Lapa ou do Carmo, dar pelo menos um dedozinho de prosa à porta da farmácia Perilo ouvindo a música, de causar irritação a uma pedra, do batalhão de polícia no seu coreto inestético, tosando a vida alheia, e ir ao cinema — eis toda a vida ideal a que se pode almejar nessa acanhada e provinciana cidade do legendário Anhanguera!...

E porque eu não sigo esses hábitos, e porque eu não flano por essas ruas, e porque eu não possuo namoradas, e porque eu não vou a espetáculos, e porque eu gosto da solidão, eis que eu sou idiota, tolo, esquisito, fenomenal, estranho, enigmático, neurastênico, mentecapto, sandeu, doido varrido... E sob esta torrente de inventivas e sob esta chuva de impropérios — que temos a fazer? — Conformarmo-nos com os costumes da terra, bebericar no *Chat-Noir*, fazer carambolas no bilhar, conversar sobre namoradas, *flertar*, passear pelo maldito calçamento, arrebentando o bico das botas de encontro às pedras, fazer rodas nas pontes, dar um dedozinho de prosa à porta da farmácia do Perilo, ir à exibição de fitas cinematográficas, ou então sujeitar-se aos comentários de qualquer pé-rapado ocioso que abunda por aí. Terrível alternativa!

Eu porém, zombando de tudo e de todos, não acreditando em nada e duvidando de tudo, contento-me em rir, num riso fino e irônico à Eça de Queiroz, pouco se me dando que digam isso ou aquilo, façam deste modo ou daquele outro, julguem e pensem assim ou assado. E mandando às favas a toleima deste povo, deixo para as cartas seguintes a narração do meu modo de viver, ver, pensar e sentir. Adeus, saudades; guarda essas cartas, terão um dia, quem sabe, valor histórico, mesmo com o desmazelo de estilo, erros ortográficos, sintáticos, com que minha preguiça de revisão deixará eivadas essas linhas por aí fora. Teu irmão,

Hugo

Goiás, 30 de outubro de 1911.
[2ª]

Continuo. Habitualmente, quando não frequento o Liceu, levanto-me às sete e meia da manhã. Fumo um cigarro e leio até às 9 da manhã, hora esta em que, segundo os hábitos patriarcais desta casa, adotados desde a época colonial quando o nosso último ascendente pelo lado materno — um galego destemido que abandonou as melancólicas água do Douro pela caça às aventuras e riquezas d'além mar — resolveu fixar sua residência neste rico torrão de terra onde o ouro em pó se media aos alqueires. Sigo logo depois para a Repartição[3], onde fico até as três da tarde rodeado de caras amarelas e macilentas curvadas sobre o papel, rabiscando num tédio enervante indefinidamente: "Ilmo. Sr. Comunico-vos..." E vou por aí afora, para recomeçar a mesma coisa, até que a abençoada hora de fechar a pasta tenha soado no preguiçoso relógio do Rosário.

Em casa janto sem apetite, fatigado, numa dispéptica digestão à falta de exercício, e recomeço a ler, costume este que me faz grande mal mas que não tenho forças para abandonar, até as 8 da noite. Servido o clássico chá, torno a subir para o sobradinho, meto outro cigarro na boca e continuo a ler ou estudar qualquer assunto que me causa interesse, menos o dos livros do Liceu, des-

---

3 Por esse tempo estava empregado na Secretaria das Finanças, depois de brilhante concurso. Em carta de 14 de julho de 1911; ele noticiava essa vitória: "Por um providencial acaso, esta vai retardada; apresso-me pois, em te dar a notícia de que fui classificado no mesmo concurso (da Secretaria das Finanças), pela banca examinadora, em 1º lugar. Sinto-me orgulhoso com esta classificação visto a disputa ser renhida e formidável a concorrência, pois de todos era eu quem tinha *patente* de Liceu a mais baixa (4º ano), sendo os outros do 6º e 5º anos. 19-7-1911. Saudades".

tes só distância e sossego. *Pelas horas mortas da noite, quando é doce o suspirar,* saio algumas vezes e chego até o *Chat-Noir* onde me esperam invariavelmente um ou dois amigos meus; tomamos qualquer aperitivo ou coisa que valha, e saímos de charuto à boca flanando por essas ruas desertas, indo costumeiramente acabar o passeio no horto da Santa Bárbara, onde cada qual recita uma desenxabida poesia, improvisa qualquer *angu de caroço* à guisa de discurso, e ficamos a contemplar a lua deslisando por este céu límpido da nossa terra, sonâmbula e misteriosa, a despertar nostalgias poéticas em almas entusiásticas como as dos moços. E então eles, os meus companheiros, se expandem, contam seus namoros que já sabemos de cor e salteado como vulgarmente se diz, pela repetição cotidiana, suas reminiscências da infância de ontem, suas esperanças, seus projetos de futuro. Eu, como um descrido, não digo nada e vou olhando a cidade que se desdobra aos nossos pés, o cemitério que fica ao lado direito com os mausoléus de mármore alvejando ao luar, o Cantagalo e morro das Lajes à esquerda, e a Serra Dourada no fundo, lá muito longe, toda azul, dum azul sombrio, com seus recortes caprichosos e garfados. E então, sob as tépidas carícias da brisa que vem da garganta da Carioca, cismo nessa minha família tão longínqua, lá pelas bandas da beira-mar, em terras de Mem de Sá, na heroica S. Sebastião; e fico a olhar, e fico a pensar, e fico a devanear, até que o toque de silêncio nos desperta, partindo então todos em alegre algazarra para casa. Chego aqui no meu quarto exaltado, levemente febril, e pego da pena e escrevo algum conto fantástico à semelhança de Hoffmann ou da *Noite na Taverna* de Álvares de Azevedo, que, talvez, podes ter visto aí pelos jornais da terra. Deito-me esfalfado, esgotado, para recomeçar no outro dia a mesma vida com poucas variantes, e assim o seguinte, sempre com a mesma monotonia, sempre com o mesmo tédio, sempre com a mesma falta de forças para o *struggle for life* ("luta pela vida").

Eis aí pormenorizado até à saciedade o meu modo de viver aqui nesta terra dos oligarcas (não sou político), do gado, do fumo, da boa aguardente e das mulheres simpáticas, como a fama apregoa pelos lados do Além--Paranaíba. Se isto não te contentou, se queres mais minudências sobre algum ponto que te pareceu obscuro, se achas confuso o meu estilo, não tens mais que mo dizer que eu procurarei informar-te o mais lucidamente possível sobre o ponto que desejar. Narrada a maneira de um rapaz da minha idade passar aqui o tempo, narrado o seu modo de ver as coisas, e narrada também nesta carta a minha forma particular de viver, começarei na seguinte carta, se isto não te enfada, o meu modo de pensar e ver as coisas que poucos ou nenhum conhecem.

....

Ainda uma vez adeus. Teu irmão,

Hugo

Goiás, 6 de novembro de 1911.
[3ª]

Na carta passada falei-te em amigos. Verdadeiramente, na acepção exata da palavra, não os tenho. A amizade, no meu modo de ver, seria duas almas fundidas em uma só pelos mesmos pensamentos, mesmas predileções, mesmos gostos, mesmos sentimentos, etc. Sou demasiado exigente, não achas? Isso não passaria de uma divagação que na vida prática não encontra abrigo em parte alguma.

E porque eu não achei uma pessoa que tivesse os mesmos pensamentos, os mesmos gostos, as mesmas predileções, os mesmos sentimentos que eu — neguei a amizade. E, francamente, creio que não existe. Não me refiro aqui a esses conhecimentos que se travam entre duas baforadas de cigarro num lugar público qualquer e que depois, com o tempo, se transformam numa troca de cumprimentos, apertos de mão, sorrisos fingidos, com a frase sacramental: "Uf! que calor!" ou "Está um frio de rachar as pedras!"... Perguntam interessados, pela família, trocam ainda um aperto de mão depois de dois minutos de prosa a falar da vida alheia, do tempo ou de negócios, e despedem-se com protestos de amizade, para irem mais adiante dizer mutuamente: — "F. seria bom sujeito se não prestasse para nada"... Nem tão pouco a essas relações que a companhia de estudo, diversões, passeios, negócios, etc., com que o contacto diário parece estreitar solidamente dois indivíduos, mas que ao menor abalo o egoísmo humano derroca impiedoso. Há amigos íntimos, sim, porém quando um precisa e o outro pode, amigos desinteressados, sim, porém quando... Qual! abandonemos este assunto, quem sabe se não é a minha irritabilidade de nervos hoje, que me faz ver o mundo neste momento sob tão mau aspecto! Talvez amanhã eu terei mudado de ideia e então escrever-te-ei alguma coisa aveludada como uma carícia, onde o azul e rosa do otimismo se destacarão ridentes e primaveris, de um fundo claro suave, onde o teu olhar irá repousar como numa macia otomana alcolchoada de penas de pavão ou coisa semelhante — que a minha veia poética não está agora para divagação, suando como está, sob esta canícula tropical do meio-dia.

Queria deixar para a próxima semana o tema da "Mulher" e do "Amor", o que daria vasto campo para o desenvolvimento das minhas ideias, porém... não te quero magoar, bastante somente dizer-te que sou antifeminista e que a minha opinião sobre o amor ou sobre as mulheres está de acordo com Schopenhauer, Epicuro, Hume, e Cesare Lombroso na esplêndida consideração sobre a *mentira e as mulheres*. Até hoje ainda não senti, à vista de um exemplar do sexo oposto, senão um longo bocejo pelas suas maneiras estudadas ou afetadas, pós de arroz e carmim escondendo as sardas ou falta de beleza da cútis e o descorado dos lábios; espartilhos deformadores inestéticos, atrofiantes... Enfim, acredito que todos esses arrebiques, todo este *flertar* descarado à pesca de marido, todos estes estudos a desenhar ou a estudar uma lição de música ao piano não têm outro fim senão cativar o homem. Porque a mulher é frívola, não possui preocupações de arte, e esta tintura de saber de que elas se jactam não é por diletantismo que se esforçam em adquirir, mas sim pelo eterno fim de se tornarem interessantes, de chamarem a atenção sobre si... Em todo caso, elas são fracas e defendem-se como podem — pela astúcia; estão no seu direito. Olha lá, se tu tens por aí alguma amiga a quem lês as minhas cartas, não lhe mostres esta, porque ela me ficaria odiando para a eternidade, e que cara de *ratão* não apresentaria eu, se algum dia fosse ao Rio, e essa tua amiga, que se riria gostosamente de mim, num prazer maldoso de vingança! Não lha mostres!

Adeus, consola sempre a mamãe e um estreito amplexo deste teu irmão que muito te quer,

Hugo

[CARTA À IRMÃ]

Goiás, 12 de novembro de 1911.

Tenho em mãos, desde segunda-feira próxima passada, a tua carta onde tão vivamente me pintas o quadro sombrio da morte de nosso Pai adorado.

Byron agonizando ao calcar o solo querido da velha e heroica Hélade, longe da pátria ingrata e detestada, findando o seu tristonho e contínuo peregrinar pelo ideal da libertação dos descendentes dos heróis das Termópilas; Chatterton erguendo a taça negra do suicídio e anatematizando a sociedade vil e execrável que o levava à morte; Álvares de Azevedo declinando a cabeça cismarenta ao peso do gênio e da agonia final murmurando desalentado: Que fatalidade meu pai; Camões no leito do hospital; Cervantes — o criador imortal de D. Quixote e Galateia, agonizando e morrendo ignorado; Shakespeare, enfim, atirando-se à obscuridade do nada ao sair da obscuridade da vida, desconhecido — não seriam tão dignos de lástima, tão dignos de compaixão, tão dignos de um grito de revolta contra o indiferentismo humano, o egoísmo humano, como esse meu pobre Pai exalando num suspiro o último átomo de vida, a última partilha vital, o último chispar de um raio de luz, como clarão da candeia moribunda, que indicavam que aquele viver todo em prol da humanidade, aquele lucubrar contínuo de ideias altruísticas e filantrópicas pela justiça, pela bondade, pela caridade, aquele fulgor imensurado das páginas da *Goiânia*, da *Epopeia de 1º de Junho*, da *Imortalidade*, dos *Gênios* — ainda não se tinham de todo evaporado!

....

Adeus, teu irmão amigo dedicado,

Hugo

[CARTA À IRMÃ]

Goiás, 29 de novembro de 1911.

Boa Irmã,

Pela tua carta em resposta à primeira das minhas, vejo que ainda tens sobre mim uma falsa ideia. Não me penses acabrunhado pela desgraça, melancólico e macambúzio sob o fenecer das *doces ilusões da infância*. Não! desmentiria o sangue tenaz da nossa família que corre nestas veias. A desgraça, ou antes para não empregar um termo tão forte, o infortúnio, é preciso ao homem para seu aperfeiçoamento e conhecimento da *Vida*. Há muito que eu me embrenho pelos esconsos escaninhos das *filosofias*.

    O que tenho para tudo e todos é um riso feroz de ironia amarga, de desprezo mordaz pela sua inferioridade, que se lhes embebe, que se lhes infiltra até a medula. Não acredites que me entrego aferradamente ao estudo e ao trabalho, pois seria enganar-te. Não sinto gosto algum (sou filho dos trópicos e isso explica tudo) pelo trabalho, que é cumprido de modo mui pouco satisfatório e como fardo oneroso. O estudo... o estudo é uma tolice, cara irmã, aprender o menos possível, eis o que todos devem desejar. Sou a favor da ignorância, mesmo do analfabetismo, pois, como o disse Goethe: para se saber um pouco é necessário saber tudo, do estudo o mais acurado nasce sempre a eterna dúvida do inexplicável, do enigmático... A dúvida gera a confusão e após esta, vem a negação, o vácuo, as trevas...

    Um pouco metafísico hoje, não estou, pois?

    Falas em tratar com carinho e amizade meus colegas; sim, eu os trato assim, mas por mera complacência ou coisa que o valha; porém pensas que evito relações mais estreitas com eles por serem maus? E que me importava serem maus? E se o fossem eu seria mais mau ainda, recalcá-los-ia reduzindo-os à própria inutilidade. Não, minha cara irmã, o que me torna arredio é a certeza da inutilidade deles, da sua crassa ignorância, da sua incompatibilidade para me acompanhar nas minhas inclinações, nas minhas preferências; alguém que me lesse estas linhas poderia tomar-me por pretensioso e pedante: embora!

A sociedade, falas-me em sociedade, há muito que deixei de nela pensar. Se, casualmente, ela um dia me fosse necessária, entraria para um grêmio, servir-me-ia de suas armas.

A propósito, resolvi abandonar o estudo, e não há força que me demova dessa resolução. Atualmente não posso gozar em passeio [de] férias porque na Secretaria não me são concedidas. Quanto a conselhos, ninguém mos atreve a dar porque veem que não aceito (às vezes por simples antagonismo) sugestões de pessoa alguma (à tua exceção, somente). As palavras reconfortadoras que me diriges e conselhos são bem uma viva prova de tua afeição para comigo, o que de íntimo te agradeço.

.... Sinto um tédio por tudo isto; e me chamam neurastênico. *Neurastenia* é termo e moléstia agora em moda, é justo que tratem de aplicá-la a tudo sobre tudo .... Saudades a todos de casa; abraça-te teu irmão amigo e dedicado,

Hugo

[CARTA À IRMÃ]

Goiás, 8 de dezembro de 1911.

Talvez dentro de pouco terei o inefável prazer de aí estar, no doce aconchego da família, de ter ao lado um coração amigo onde possa ir-me abrigar, desabafar o peso de inquietações mundanas e pesares, que uma natureza de temperamento um pouco melindrável e em excessivo sensitiva como a minha, está sujeita a todo momento.

Eu, minha cara Irmã, sou, confesso, de um caráter arrebatado e, como dizê-lo, um tanto áspero na aparência, o que sempre me tornou a existência, nesta atmosfera daqui, pouco agradável. E depois, de uma altivez hereditária levada ao apogeu de sua expansão, à quintessência do seu sentir, pertencendo à ordem de seres que preferem morrer de fome a estender a mão, ainda que tenha certeza *absoluta* de ser atendido. E esta superioridade altiva que pareço emanar num relancear d'olhos (modo este de medir um bípede assim como de cima para baixo, desdenhoso, que tanto tenho procurado inutilmente extirpar), ferindo o amor próprio do semelhante, faz com que se gere um antagonismo surdo, uma hostilidade concentrada, que parecem querer explodir a todo o instante — o que me torna pouco desejável a convivência de tal casta. E daí, a falta de um carinho, de uma afeição profunda, que nunca encontrei nem nunca procurei achar. E deste meu desprezo pelos homens e menosprezo às mulheres, veio o isolamento, o meu afastamento de estreitar relações com quem quer que fosse, tendo já a certeza e a experiência de que em cada amigo que tivesse acharia logo um antagonista feroz, exaltado pela humilhação e pelo abatimento de sua jactância, de sua presunção, de seu *Amor Próprio enfim*! Dado este caso do meu caráter, só uma única probabilidade haveria de se me afeiçoarem. Era a renúncia de toda sorte de pretensão, prosaica e vaidade, a todo o amor próprio, e confessar-se-me tacitamente inferior.

Haveria alguém que por *amor* de minha amizade se abaixaria a tanto? Impossível, raciocinará mui razoavelmente a minha boa Irmã. Pois houve um! Uma *fênix* que me compreendeu e que quis cultivar comigo essa planta tão delicada como a sensitiva, que se chama Amizade. Mas... (terrível cabeça de Medusa este *mas*) seria realmente digno de estima uma pessoa que a tal se aviltasse? Não! E o meu ser todo se revolta contra isso, não! Fora (no meu espírito) a mesma coisa que apertar a *honrada* (?) mão de um calceta. E perante essas terríveis alternativas, sinto que nasci para, novo Ahasverus, repetir eterna e tristemente aqueles versos de um poeta fluminense:

..."E, árvore, acabará sem nunca dar um fruto...
E, homem, há-de morrer como viveu: sozinho!
Sem ar! sem luz! sem Deus! sem fé! sem pão! sem lar!"

Não, restava-me o lar, e é para aí que todas as minhas esperanças se encaminhariam. E, pois, visto não poder ter uma réstea de carinho para com pessoa alguma estranha, visto não ter encontrado um caráter irmão do meu e tão altivo como o sou, a quem eu desse uma afeição que, recalcada no íntimo, ansiava-se por revelar-se a alma irmã, só me restou e resta o carinho da família. Este... (e com dor o confesso, Irmã minha querida) não o achei nunca; porém alimentou-me a esperança de encontrá-lo aí junto a ti. Enganar-me-ei? Não! Sei-o, sinto-o, não, mil vezes não!

....

Eu me prezo por andar sempre fora da vulgaridade e da mediocridade. Uma das minhas divisas sempre foi: tudo ou nada. Possa passar, com a mesma tranquilidade de uma simples troca de chapéus, de um extremo ao oposto. E tenho o receio que o abismo desse Rio me traga (se eu for), fazendo-me passar do mais profundo indiferentismo pelos prazeres terrenos à mais desenfreada paixão por esses gostos que tentam e seduzem o homem da sociedade. E então, que série de desgostos não te daria eu e à Mamãe! Mas isso não tem fundamento nenhum, e se aqui o exponho, é para te dar um exemplo frisante de um caráter de que eu (a modéstia não habita minhas cartas) às vezes me apanho admirado.

8 de dezembro de 1911.

Não te admires se de repente parar de escrever periodicamente. Sou sujeito em certos momentos a uma inércia, uma preguiça, um desânimo de todos e de tudo, e passo então semanas e às vezes meses, sem pegar uma pena para escrever uma linha sequer ....
Tu me dizes que gostas dos meus escritos. Mas, ah! Minha Irmã, eles são embebidos em fel. Nunca me leste um conto alegre — pois não é? É quando o gume acerbo e embebido em veneno aviva a ferida que trago no peito, que pego a caneta e, num ataque epiléptico de Dor muda, revolta muda, desespero mudo, vaso de uma só vez a ideia triturada e repisada sobre o papel — Nunca notaste em meus escritos um como gesto insólito de rebeldia e desespero sombrio? Há muito que tenho em mente escrever um conto dedicado a ti, porém, como vês, as ideias são sempre sombrias, destilando amargor. E o que quero oferecer-te desejo que seja alegre como o chilrear da patativa aos albores da manhã, triunfal como um hino de alvorada, desmanchando-se todo em aromas campesinos, fresco, viçoso, palpitante de vida e alegria, e, para tornar ainda mais agradável o gosto pelo bem viver — com umas leves tintas à lilás retocando suavemente esse fundo encantador de vida real e fantasia. Porém o meu espírito, acostumado a traçar seus quadros com tintas de sangue e fel, fel e crepe, mostra-se rebelde; e eu espero o dia em que levante bem disposto, mesmo alegre, rico em imaginação, para te escrever. Até lá tem um poucochinho de paciência.

Já que tu lês, aviso-te que deves deixar de parte escritores como Escrich, que por sinal é muito querido das moças, cujas obras só servem para gastar energia e enervar o espírito em devaneios de hipocondríaco.

18 de dezembro de 1911.

Imagino a surpresa, se realmente for, de que acharás possuída quando, ao invés do menino que aqui deixaste, encontrar um rapaz completamente desconhecido que usa *pince-nez* e faz a barba! Que surpresa!!! Hoje, como estou um pouco de veia, faço-te o meu retrato em duas penadas: Sou alto, um pouco mais alto que o Rodolfo, um pouco mais baixo que aquela miss negra que aí esteve há tempos; pelas minhas contínuas leituras assentado, fiquei míope e corcovado; minha contínua dispepsia fez-me amarelo como uma cidra e magro como o bacalhau da Quaresma; sou de físico um tanto desengonçado e as pernas cambotas e dobradiças; olhos vesgos e o nariz adunco como o do Victor. Já leste *Notre-Dame [de Paris]* de Victor Hugo? Pois rivalizo com Quasímodo, o herói do romance ....
....

22 de dezembro de 1911.

Aqui em Goiás, apesar do meu perfil de acima, dizem-me *simpático das moças*. Não o sei nem nunca procurei sabê-lo, sendo, aliás, bem conhecidas minhas opiniões sobre elas. Serão (não me chames-fátuo) como o molosso que quanto mais se lhe bate, mais nos quer? Perdoa-me a comparação, mas não encontrei outra mais justa e adequada. E o que faria encher de vaidade as bochechas a qualquer um desses coiós que abundam por aí, não me causa senão tédio. Entretanto, não penses que as detesto. Não; admiro tudo quanto é estético e sinto-me tomado de profunda admiração quando vejo um espécime bem talhado do sexo oposto. Porém sou pela plástica, pela forma pura; nada de arrebiques, abaixo o supérfluo, os *douaires* e momices de cinocéfalo! Admiro tanto uma mulher formosa, como aprecio um bom charuto; mas, entre uma mulher formosa e um charuto, opto pelo segundo. — Ah! Um louro charuto!... Confidente mudo e amigo que arde, consome-se e transforma-se em branca cinza para não trair as confidências alheias... Como o adoro, e principalmente nestas noites enluaradas do nosso sertão, reclinado no peitoril da janela do meu *sobradinho*, cismando a esmo, enquanto o tempo decorre, a lua sobe misteriosa por sobre a morraria de D. Francisco e na vizinhança uma linda e lânguida voz canta nostálgica balada de Sonhos mortos... Ah, nestas noites, com um belo charuto louro a arder nos lábios... E a imaginação em galopada a arder do cérebro ao coração e do coração ao cérebro... E a fantasia a descerrar as cortinas de púrpura e azul celeste dos páramos do Infinito para nos apresentar ante o olhar deslumbrado o diorama soberbo das visões estranhas... E com o belo charuto louro a arder nos lábios... Cismando a esmo... — Eis a verdadeira Felicidade. Porém quando a lua passa, os sonhos vão-se, o charuto acaba e despertamos... Oh! Inferno da vida humana! O de Dante, a ti comparado, é fantasmagoria de crianças.

✳

Passei um triste Natal, encolhido aqui na minha mesa velha de estudo, rasgando a pena em doidas fantasias, ouvindo, a momentos, quando a voz do vento calava, a orquestra da polícia no cinema, barulho de gente no calçamento da rua, a valsa de uma filarmónica muito longe, pelos lados da rua do Carmo; sanfonas lânguidas e requebradas no fundo, e de mais a mais, a voz estridente e metálica de um gramofone na vizinhança.

Como vês, andava tudo em festas. Uma garoa fina a esbater-se pelo telhado, se eu erguia casualmente os olhos e alongava a vista para fora, pela escuridão nebulosa da noite. As horas passavam, eu continuava escrevendo, a fumar cigarros sobre cigarros, com os dedos lassos de segurar a pena e tolhidos de frio. E as sanfonas, longe, muito longe, lânguidas e requebradas, a incitar-nos a dar um pontapé em tudo isto e partir, levantando as golas do paletó, numa alegria doida de mocidade forte e sadia, a embriagar-se nos fumos de seu próprio entusiasmo! E eu aqui, adivinhandoesse contentamento lá por fora, a rasgar desesperado a pena no almaço enquanto lenta, sonora, festivamente, doze badaladas da meia noite enchiam de sonoridade vibráteis a amplidão da noite. E foi então uma balbúrdia alegre de passos apressados, vozes abafadas, bater de botas no macadame, em direção às igrejas. E continuei escrevendo. As nuvens esvaíam-se esgarçadas às falripas. A via láctea tremeluzia agora e a madrugada enrubescia o nascente quando atirei fatigado, derreado, completamente derreado, a pena por um lado. Os sinos repinicam funâmbulos, e afinal, veio-me o sono consolador. Não te falarei em presepes, os lindos e rústicos presepes de nossa terra, com seus carneirinhos e pastores de pita, a gruta indefectível, a manjedoura, o burrico, a família santa e o menino Jesus rechonchudo — pois este ano ainda não tive curiosidade de visitá-los. Demais, como todos os outros anos. Aqui não há a árvore de Natal, nem brinquedos, em que os meninos daí e da Europa creem piamente; essa encantadora lenda é desconhecida das crianças goianas. O Ano Bom aproxima-se sem uma ilusão nova, um castelo, uma esperança, como nos passados, da minha parte. A única influência que nele acharei é substituir nas datas o 1 de 1911 por um 2 e mais nada: 1912 invés de 1911, eis toda a diferença. Alguém já me disse que nesse andar não me dá 2 anos de vida; — e que me importa? Viver um, dois, dez ou cem anos, são para mim coisas indistintas.

Essa minha ida que me acenava com gestos tão carinhosos já me não causa prazer algum e, francamente, minha Irmã, no Rio ou na Hotentócia e Cafraria, tudo é-me o mesmo.

Já bocejaste talvez, cem vezes ao ler esta minha tão prolixa quão enfadonha carta. Creio, mesmo, que não chegaste, de cansada, até estas linhas, tendo lido armada de um microscópio — tão má e pequena vai aí minha letra. Também, tenho a cabeça pesada já, os olhos a arder com esta luz de vela de sebo tão ruim e nauseabunda... Não mostres esta a ninguém. Adeus, lembranças minhas ao Juca, abraços nos meninos, saudades à Mamãe, uma pétala de rosa sobre o túmulo do Papai inesquecido. De teu irmão amigo e dedicado,

Hugo

[CARTA À IRMÃ]

Goiás, 1º de janeiro de 1912.

É este o quinto Ano Bom que passo longe dos meus e creio ser o último. Que ardentes votos eu faça para que todos os meus vejam abrirem-se os pórticos auroriais do Novo Ano em plena paz e felicidade, é bem fácil de se conceber. Ano Bom! que mundo de esperanças futuras e de desenganos passados não suscitam essas duas palavras! Que de melancólicos ou alegres pensamentos não perpassavam tumultuosamente pelo nosso cérebro ao evocarmos com essa simples frase tanta recordação apagada, tanta lembrança confusa e nebulosa noutros dias, mas que se destacam vivas, cheias de luz e de vida, no vasto campo que se chama a *memória*! Ano Bom... novos horizontes... novos ideais... — boas-festas, cara Irmã minha, boas-festas e a todos da família, boas-festas! Do coração t'as envio.

— Por momentos, uma sombra de dúvida anuvia-me a fronte quando penso que essa minha partida pode ficar adiada para longo tempo, para muito tempo, mesmo para o infinito...

E pensando nessa ida, no próximo abandono deste meu amado sobradinho onde tão doces vigílias hei passado com a cabeça apoiada na mão e a olhar o luar tão belo, tão lúcido, tão melancólico e triste como uma elegia, sobre a copa dos coqueiros, enquanto uma brisa perfumada e fresca do norte afagava-me o rosto, acalmava-me os nervos — sinto então uma profunda nostalgia menos funda que o sombrio *spleen* dos filhos do norte, mas doce, mas enervante, mas suave, pela atenuante da minha estada logo aí, entre os meus. E todo o suave encanto da Solidão logo quebrado, torna-se-me mais atrativo; acho nesse prazer do *Só* mais sabor, encontro-o mais sedutor e irresistível do que nunca. Porque esse bulício febril dos grandes centros, essa vida a toque e apitos de locomotiva, fonfonar de veículos, toda essa febre do *struggle for life*, essa agitação perpétua de ambições desencontradas, entrechocar de interesses — todo esse caráter que constitui as grandes aglomerações das massas, não me atraem.

Sinto, porém, que me acho deslocado neste meio bárbaro e provinciano de Goiás, arrastando, como todos, uma vida vegetativa e estéril de ambições, sem emulação, numa atrofia de músculos e cogitamentos, do físico e do moral — lastimáveis..............................

....

....

Se eu fizesse versos, dedicar-te-ia uma elegia como aquelas de Antônio Nobre, ou um hino santo como Eurico, o presbítero melancólico, dedicava às virgens santas das devoções dos antigos habitantes da Ibéria, do alto de suas meditações de enterrado vivo, lá nos cumes e alcantis do Calpe. Porém, infelizmente, não os faço; penso que para se ser poeta verdadeiro é necessário ter um ideal real ou falso, contanto que seja sincero, seja esse ideal amoroso ou filosófico, não importa — contanto que exista. Eu não o tenho, e a forma pela forma unicamente não me seduz. O teu conto, escrevê-lo-ei, mas com vagar, bem pensado, estilo fácil e ameno, firme.

— Não tenho inveja, seja do que for, nem da própria felicidade, entretanto sinto um íntimo descontentamento em não seguir o Victor numa viagem, como ele faz atualmente, tão cheia de encantos e peripécias. A uniformidade prosaica desta vida, aniquila-me, mata-me. Em meu sangue corre impetuoso, um como instinto de *zíngaro*, de cigano, de andar, andar, seja para onde for, uma febre de conhecer novos horizontes, o *algo nuevo* dos *globetrotters*, de atravessar vastidões desconhecidas como o Saara, florestas virgens como nossos sertões, mares ignorados como os polares. Quando a comissão Rondon e o Dr. Savage Landor aqui estiveram, procurei acompanhá-los, infelizmente o pessoal completara-se já, e eu perdi a tão boa ocasião de conhecer ainda mais profundamente nossas regiões do interior. Demais, se eu partir para aí, nessa simples viagem daqui a Araguari, terei muita coisa que observar, hábitos, costumes, aspectos, etc., que muitos — os que não possuem qualidades de observação e dedução — não tomam mais que por meros acidentes e coisas sem importância: porque eu pretendo escrever alguma coisa dessa vida do interior, tenho em incubação um vasto e soberbo plano, para a ampliação do qual, vou acumulando as mais insignificantes anotações, as variantes mínimas de fatos e aspectos comuns. Será — só a ti confio este meu *segredo* — uma como apoteose da vida do *Sertão*, não como Euclides da Cunha a escreveu, mas mais suave, com cambiantes de luz e sombras leves a lilás, à elegia, ao ditirambo, à epopeia e ao idílio... Mas isto é um sonho, um simples sonho meu e irrealizável: falta-me tudo, até a fé e a obstinação que são as grandes alavancas do mundo.

Certamente estou aqui a te maçar a paciência com devaneios onde a vida real, burguesa e material dos tempos de agora, não tem a mínima parte ....
....
.............................Esta vai tão comprida que não tenho ânimo de reler, releva-me as faltas que houver por aí fora nessas insulsas linhas. Saudades a todos. Do teu irmão amigo e dedicado,

Hugo

[CARTA À IRMÃ]

Goiás, 10 de janeiro de 1912.

....
....
.... Tenho parafusado a mente de uns dias para cá a ver se descubro assunto e inspiração para o conto que te prometi; infelizmente minha pena resvala para temas completamente estranhos, lúgubres e repletos de ideias tristes, diferentes, mesmo opostos, ao que pretendo dedicar-te — que será um escrínio raro dos meus melhores pensamentos, fantasias mais alegres e das cores mais virentes. Mas... esta maldita falta de assunto adaptado, e o momento propício!... Não me desanimo, porém, esperando apenas a ocasião azada. Não penses que é má vontade minha, ocasiões já se apresentaram mas não me contentei com o produto dessas horas, meu bom gosto apurado pelo amor fraternal recusou os escritos que te queria dar, como medíocres e de execução mal acabada. E nessa ânsia afadigosa de querer o perfeito, o imutável, gasto inutilmente horas e horas num afã roaz e insaciado do Inacessível.

....
Muito satisfeito fiquei com os teus elogios aos meus escritos, desconfiando, entretanto, que só a tua amizade de irmã foi que ditou aquelas palavras animadoras. Escrevo simplesmente por desfastio, não mantenho ilusão alguma sobre meu futuro literário — que exemplo mais frisante não poderei eu encontrar na minha própria família, com o papai desditoso! Letras... um punhado de frases ocas em que um grupo de loucos ainda creem hoje. Nem por esse lado guardo esperanças!!! Quantas vezes quebrei a minha pobre caneta jurando solenemente não mais escrever uma linha sequer, quantas vezes atirei-me com febre de iconoclasta aos meus míseros escritos re-

duzindo-os todos a cinzas, e quantas vezes — oh miséria das fraquezas humanas — momentos após, me apanhei curvado sobre o papel, com a mão febril, os olhos acesos e o gesto breve e veloz, a escrever furiosamente, desatinadamente! — Paradoxos da entidade humana.

....Dize à Mamãe que lhe rogo insistentemente para que me dê a autorização de procurar a obra do Papai nas mãos do Dr. Olímpio. Não sairei daqui sem levá-la. Que a boa Mamãe não se arreceie de me entristecer com a leitura do livro: — Que vale uma gota-d'água no meio do oceano, um grão de areia no meio do deserto? O que me guia a esse desideratum, mais do que o amor filial, é o instinto de artista, o diletantismo da arte. Pede-lho — suplico-te, sim? Tenho certeza de que ela não recusará a ti o que não me concedeu a mim .... Adeus, recomendações a todos os conhecidos, saudades à família, e dispõe, corpo e alma, deste teu irmão dedicado que tanto te quer,

Hugo

[CARTA AO IRMÃO AMÉRICO]

Saudades. Muito estimei que aí tenhas te divertido bastante com as experiências aeronáuticas do intrépido aviador italiano. O futuro da aviação pertence ao Brasil, há de ser um brasileiro que dará a última palavra sobre esse assunto do progresso humano.

....

Escrevo-te esta sozinho, aqui metido no velho casarão dos nossos avós maternos, pois o Rodolfo e nossa avó foram dar um ligeiro passeio a cavalo na Chapada, se não fui foi por falta de animal e boa vontade deles. Se eu não for para o Rio (porque tenho por costume duvidar de tudo, até da própria Verdade) arranjarei licença de um mês e irei dar um passeio ao Araguaia, o rio formidando que corre num fofo leito de areias alvacentas, e que o luar à noite suavemente banha aos urros famintos das onças erradias. — Adeus, que eu já vou declinando para a poesia: praga maldita!......................... Teu irmão,

Hugo

[CARTA À IRMÃ]

Goiás, 30 de janeiro de 1912.

Enfim, sempre me vou! Irrevogavelmente lá estarei dentro de pouco! — Escuta:

Houve outrora, no tempo em que os milagres abundavam e o mundo vivia cheio de espíritos benfazejos, um mendigo que, sendo solicitado por uma fada piedosa para pedir o que lhe aprouvesse, houve por bem demandar a realização de todos os seus pensamentos, por mais absurdos que fossem. A fada concedeu-lho. O mendigo desejou primeiramente uma coroa de rei, e teve o reino mais lindo do universo sempre em perpétua primavera, onde os rios eram de leite e mel como na sonhada Canaã dos hebreus, as cadeias de montanhas, rochedos colossais de sopa e pão... Os súditos, os mais obedientes e pacíficos; o clima o mais ameno e saudável que as regiões bíblicas do Éden...

Não continuarei a descrição de tal reino tão fantástico e esplêndido, não te contarei a fabulosa riqueza de pedras preciosas que atulhavam os subterrâneos régios, nem tão pouco a vastidão incomensurada daqueles domínios. Dir-te-ei apenas que, com todo o seu fausto, a brilhante e espirituosa corte de seus áulicos, a exuberância de suas tapeçarias, sedas, brocados veludos — o novo rei aborreceu-se logo e pediu uma mulher, uma noiva que o consolasse daquele fastígio e daquelas riquezas — que ela fosse alva como os seus nenúfares flutuantes das correntes de opala, mais branda e maleável que as ceras virgens e perfumosas das florestas tropicais, olhos cerúleos, dentes de marfim... E a fada, bondosa, lha deu.

E assim, por longo tempo, logo possuído, ele se entediava do objeto que tão ardentemente desejara horas antes. Era o inferno. E o cansaço, o tédio, o enjoo, a repulsão daquelas riquezas obtidas tão facilmente, pesaram no coração do mendigo-rei como uma mortalha de chumbo. Era como o cataléptico encerrado vivo numa tumba de madeira, sentindo-se sete palmos abaixo da terra! E ele afinal, desesperado, ensandecido, para não pôr termo de um modo violento àquela tortura, suplicou à condescendente fada que o tornasse mendigo como antigamente — com seus andrajos e pústulas cobrindo o corpo deformado, a mendigar pelas ruas da cidade, ou ali junto ao seu velho adro de igreja, onde costumava habitualmente se aguentar da garoa da noite antecedente passada ao relento, aos raios quentes do sol, rodeado de um enxame zumbidor de moscas e a roer sua negra códea de pão.

— Pois eu sou como esse mendigo. Quatro anos aspirei ardentemente a falaz promessa da minha ida — sonhei-a por longas noites, vivi dessa esperança como a parasita da seiva exangue da árvore, e agora que ei-la quase realizada, encontro-me frio e indiferente! Sim, irmã minha, já não sinto prazer com tal partida. O doce encanto desta solidão em que ando metido, o silêncio das noites e esta monotonia de viver, quebranta-me a energia, embala-me suavemente numa rede macia de sensações brandas e acalentadoras, tornando-se ainda mais vivo esse encanto recôndito com a expectativa de uma próxima derrocada de tais hábitos. E o Rio se me afigura ao invés do almejado Paraíso, as sombrias profundidades dos infernos dantescos. Sentia-me neste meio atrasado aqui, deslocado; sinto que também o estarei naquele centro de agitação, de febre, de gozos íntimos e de ambições violentas. Sou um contemplativo, e quase (isso nas minhas horas de pessimismo) um vencido... Não acredites que me amoldarei facilmente ao meio daí e bastará o simples aspecto desse colosso de progresso e vida (mas ai! também de misérias e baixezas) para transtornar e derruir todas essas sensações e esquisitices mórbidas que aqui estou a revelar pela brancura do papel... Não, o hábito está por demais arraigado, sou como o mísero viciado da embriaguez inveterada: bebeu por muitos meses, muitos anos o terrível líquido; eis que um dia cortam-lhe os meios de assim continuar, mas então já o álcool lhe penetrou todas as células do organismo, já relaxou todas as fibras de seu corpo, embebeu-se-lhe até a medula dos ossos, depravou todas as suas sensações... E creem o mísero curado, pensam que como não mais bebe, está sadio e forte... Nem mesmo ouvem o que murmura o pobre no último acesso de *delirius tremens*; — É tarde!...

Já lá vou eu descambando para a maldita mania de romantismo deixemos isso de parte.

Não deixo aqui uma saudade, não terei um brando peito que suspire baixinho, nas horas de lassidez, pelo que partiu e mais não volta... Sou só, nunca amei, nunca (assim o creio) me amaram. Entretanto, quando o luar é de prata e opala pelo sendal da casaria e o som de uma cavatina geme sob as janelas o prelúdio de uma serenata, ou uma voz fresca, plena e argentina canta nas horas de langor gemebunda balada, então... minh'alma quebra os frágeis e grosseiros laços que a retêm à matéria, e voa espaço em fora em busca do sonhado Ideal vagamente antevisto por entre o esgazeado espesso de um sonho não sonhado! Mas isso é momentâneo, e ela volta à prosaica costumez de não devanear em futilidades tais, e deixa esse privilégio dos tolos. Blasfêmia ou não, não creio nem nunca acreditei no amor.

....

Tenho aqui uma rodazinha de *admiradores*, que forma uma como pequena corte de dois ou três diletantes, dos meus rabiscos. Isto já consola; demais, são os únicos traços que deixarei aqui da minha passagem .... Aí no Rio, felizmente, passarei desapercebido e serei tomado na conta de ignorante, tabaréu, ou, pelo menos, de refinado medíocre. E têm razão. — Que perfeito *urso* não serei eu aí, eu que não sei conversar, que ninguém cumprimenta, que não frequento mesmo em Goiás sociedade ou diversão alguma, que tenho uma completa ignorância dos hábitos mundanos, que evito palestra e fico perturbado com a conversação de um meu simples semelhante, que dou inúmeras voltas para não encontrar esses bípedes de ideias tacanhas...

.... E (conheço a alma humana) lamentarei o tempo de outrora, em que vivia sossegado e esquecido no fundo da província, às voltas com as minhas reflexões de solitário, em completa independência de ações e pensamentos. E aspirarei — infeliz — o retorno do que mais não volta, das águas que correram para o mar, do tempo que já passou... E chorarei... Adeus, do teu irmão,

Hugo

[CARTA AO IRMÃO AMÉRICO]

Goiás, 1º de fevereiro de 1912.

....

Ainda não está marcado o dia da nossa partida, mas por seguro não me respondas a esta, pois, creio, não me encontraria já, a carta aqui. Num concurso de prêmios que houve aqui, por desfastio, comprei um número, tendo ganho uma assinatura do diário "Imprensa" daí, e como não posso receber o jornal aqui, vou escrever à redação que to envie aí para a agência, o que desde já te previno. Tenho gozado agora uma saúde menos má, mas dispéptico ainda, o que me torna o gênio em extremo irritável; faço uma absoluta seleção na minha alimentação e tenho tomado um ror de panaceias apregoadas pelas trombetas clangorosas da fama e pela pompa dos anúncios e reclamos bombásticos, mas embalde; e receio que com a viagem e a alimentação insalubre e péssima que há por esses caminhos, se me agrave este incômodo causado mais, a princípio, pela minha falta de cuidados e absoluto desprezo pelo físico e coisas comezinhas; uso, há uns três meses para cá, *pince-nez* azul-escuro, pois, pelo excesso de leitura até às altas da noite alumiado pela luz avermelhada e má de uma vela nauseabunda de sebo, veio-me um cansaço e princípio de inflamação nos olhos, mas coisa passageira, que desaparece quando passo uns três dias sem ler umas cinco horas à noite, mas que volta logo quando — sem poder me refrear — abuso novamente; com a viagem certamente acabará por completo. — Sabes o que mais me seduz do Rio? É poder conhecer e admirar mais de perto o grande estilista do "Inverno em Flor", "Pelo Amor", "Jardim das Oliveiras"... enfim — Coelho Neto! Extremamente, para um burguês, extremamente extravagante este gosto, não é? Pois põem-me ante o olhar desorientado para que escolha, os magníficos passeios pelas avenidas beira-mar, exibições de soberbas fitas cinematográficas, regabofes e coisas mais pelas *terrasses*, enfim tudo o que pode seduzir e encantar o mais perfeito discípulo e filho dos bem *savoir-vivre*, e depois, perguntam: "Que queres?" E eu, meio aturdido, meio palpavo, respondo inopinadamente: "Homem, eu... eu... eu quero conhecer o C. Neto!" E quando digo o C. Neto, não é só a esse estilista inimitável da pena que me refiro, porém, a toda a coletividade de artistas que gravitam como planetas ou simples satélites em torno do foco principal, a todas as ramificações e subdivisões da Arte que a personalidade do esteta simboliza. Tenho aqui um conto — dos primeiros que publiquei — a ti oferecido — aceitas? Talvez o conheças, tem por título: "O Saci"; não sei se gostas de literatura, enviei-te pelo Victor a obra-prima de Cervantes para que a lesses e apreciasses, e nunca me disseste se a tinhas recebido. Esse livro que há 500 anos vem fazendo as delícias de 17 gerações, que é a obra que tem tido mais edições e traduções em línguas exóticas depois da Bíblia — encerra, através das façanhas irrisórias do Cavaleiro da Triste Figura, grandes e inúmeros ensinamentos e preceitos de moral a par de um estilo claro, fácil, leve e cheio de erudição e jovialidades; enfim, um livro próprio sobre todos os sentidos para a mocidade, para a infância.

Adeus, certamente já nada mais te lembra o Goiás dos primeiros anos, não guardas a mínima reminiscência do que já foi e dos que já foram — feliz. Saindo daqui farei o possível para esquecer, como tu. Do teu irmão amigo e dedicado,

Hugo

[CARTA AO IRMÃO VICTOR][4]

Goiás, 28 de fevereiro de 1912.

....

Eu também não tenho ficado estacionário, depois que partiste do Rio em setembro passado; escrevi uma longa série de contos macabros (é o meu gênero); consulto o meu canhenho e aí vão os títulos e subtítulos de alguns deles publicados — "Mealheiro Velho"; "Coisas Inertes", "Sezão", "Pelo Caiapó Velho"... "Costumes Burgueses", "Ânimo", "À Beira do Pouso", "Sonâmbula", "Mula sem cabeça", "Na Terra das Lendas", este ainda inédito e subdividido em "A Tapera", "A Uiára", "O Vampiro", "Os Assombramentos"... Como vês, tenho escrito alguma coisa, e levo, *in mente*, o plano de uma grande novela[5] para o Rio, onde com vagar, se não for levado por outra corrente de ideias, a comporei. Não leio, atualmente, Dumas e Balzac, como pensas; o primeiro já fez as minhas delícias anos atrás, quando criança, com os seus quatro heroicos mosqueteiros, a poética *Dama das Camélias* (do Filho) e o sombrio *Conde de Monte Cristo*; serviu para desenvolver prodigiosamente a minha imaginação, hoje já não o leio; quanto a Balzac, o admirável dissecador da alma e vícios da burguesia adinheirada e da aristocracia corrompida, já devorei, reli, tornei a ler, todas as obras que o nosso legendário Gabinete de Leitura possui: *Eugenie Grandet, Tio Goriot, Ilusões Perdidas, Lírio do Vale, Fisiologia do Casamento, Casa Nucigen, Esplendores e Misérias das Cortesãs, La Vendetta, A Menina de Cabelos d'Oiro* etc. Imagina que cheguei em certa época a devorar três volumes por dia! Era uma febre insaciável. O resultado não se fez esperar — minha vista enfraqueceu sobremaneira, tornei-me mais dispéptico e neurastênico,

---

4   Desta carta, escrita em papel almaço, ele rasgou ao meio a primeira página. Foi a última que escreveu de Goiás.

5   "Gente da Gleba", escrita em fins de 1917.

caráter irritável e tive que encaixar no nariz as cangalhas de um par de óculos azul-escuro; uma lástima, felizmente moderei e hoje leio apenas jornais e um volume diário de Taine, Garret, Hoffmann...

Parei para contemplar a noite, vai tão bela... A Grafira, aquela encantadora mocinha da vizinhança, d'olhos verdes como Joaninha (não me creias apaixonado: sou conhecido aqui como coração de gelo), a heroína de Garrett (*Viagens na Minha Terra*) — canta docemente uma baladinha qualquer dos nossos rapsodos sertanistas — que linda voz!

A noite vai tão bela!... Um crescente de oiro no céu azul-turquesa esparsido de astros. Que esquisita saudade me causa essa lua pálida da minha terra! E olho-a através do rendado filigranado das palmas dos coqueiros lá no céu azul-turquesa esparsido de astros, e um suave langor amolenta-me os nervos, e como uma prece lacrimosa no silêncio da noite albente, evola-se-me dos lábios trêmulos frases soltas, pensamentos incompletos, pedaços fragmentados do *Midsummer's nights dream* de Bilac...

Relendo atrás, veio-me ao pensamento uma ideia original: a publicação de alguns tópicos desta carta. Trasladei todo o *chapadão* das primeiras tiradas para outro papel, convenientemente corrigidas, pois isso aqui vai ao correr da pena ou a toque de caixa, como quiser; inverti algumas orações, limei angulosidades, sanei defeitos, aumentei coisa mais, dando uma adjetivação mais cerrada e rebuscada à frase, e vou mandá-los publicar .... Adeus, meu amigo, já não tens que queixar da minha falta de assiduidade, espero-te no Rio......................

Do teu irmão, amigo dedicado e sincero,

Hugo

[CARTA À IRMÃ, VERANEANDO EM ITANHANDU]

Rio, 8 de março de 1915.

Sei que demasiado injusto fui para contigo quando censurei naquele postal a tua indiferença para comigo[6], não enviando uma linha sequer àquele que tão ansiosamente esperava impressões tuas da roça. Ao tempo que cometia semelhante injustiça, tu mui fraternalmente escrevias-me uma deliciosa carta, à qual apresso-me em responder.

Para as almas sonhadoras e contemplativas, que viveram anos restritos à paisagem morta e geometricamente uniforme do casaredo da urbe, é uma delícia, um encanto inenarrável, a viva sensação que experimentam quando, livres enfim da asfixiante atmosfera da cidade, oxigenam a plenos pulmões o organismo debilitado das canseiras diárias, com o ar puro e vivificante dos campos e das serras! Então, a alma como que se nos dilata, e expande em apoteoses divinas à força sempre nova da Natureza; e, no mistério glorioso das árvores e das campinas, parece murmurar eternamente a *laus perene*[7] im-

---

6   O postal a que se refere é o de 6 de março de 1915, em parte por ele próprio posteriormente inutilizado. São estes os últimos períodos do postal: "Tenho concluído a minha *plaquette* — *Turris Eburnea* — que vou mandar para um jornal da terra. Fiz-me agora ermitão, com o propósito firme de não dar mais corda às meninas. Então, de uma tal *D. Misteriosa* que se diz chama Medusa, que me importuna diariamente pelo telefone, e que não sei quem seja — talvez uma tua amiguinha. As meninas do *C.* mudaram-se finalmente da Avenida Maracanã para destino ignorado, e nesse grande dia, ouvia uma tremenda descompostura pelo telefone, desconfiando que fosse o tal moleque do *C.* Não tenho nenhuma novidade para te contar. A vida aqui no Rio está muito insípida com o Dr. Calor a 29° à sombra. Adeus, do mano."

7   *Laus perennis*, em latim litúrgico, "louvor perpétuo". (N.E)

perecível do prazer de existir! Eu, troglodita selvagem trasladado da fereza bruta do sertão nativo para as artificialidades contrafeitas duma civilização comospolita e rastaquérica, sou todo lembrar as emoções terníssimas e agradáveis do teu espírito culto e extremamente dado ao romantismo, que, certo, envolvem-te agora em seu verde-cerúleo manto, as selvas e céus vilarejos.

Bem dizes tu que aí, nesse plácido ambiente de província, colhera eu impressões novas para escritos... Ah, quão fundo mora em mim a nostalgia das solidões sertanejas que não mais viverei, e o mistério desses mares de frondes — ora tranquilos, ora tragicamente agitados, — das matas, das campinas da minha terra! Sim, o homem refaz-se de energias, quando de novo se encontra no seio primitivo e acolhedor da floresta amiga. E então, a árvore é o nosso médico, o nosso amigo, a nossa musa, e nosso mundo... Entretanto, gente há, burguesa e refratária à comunhão divina da Natureza, que alheia e indiferente permanece ante o espetáculo glorioso da montanha, ante a poesia e bem-estar d'alma da existência primitiva entre as plantas e as águas lamuriantes do campo!

São verdadeiras almas dessecadas, artificialmente cloroformizadas às emanações doentias que ressumbram da vida mundana, por entre o livor clorótico das luzes de salões, e frioleiras postiças de "promenades" à Avenida e *five o'clock teas* de etiqueta... Deixá-la, pois, na sua ignorância e inadaptabilidade ao viver higiênico, são e natural dos campos. Sei que, para a delicadeza de nosso espírito cultivado, aborrecida se torna às vezes a roça, quando deixamos saudades lá longe, e anda lá fora, nos caminhos que o macadame não civilizou, uma chuva pertinaz e languinhenta, que veda desde logo toda tentativa para sair. Sei que penosas se tornam então as horas, mormente quando se não tem ao pé livros de amena leitura, que ajudem decorrer desses momentos de monotonia... Mas faça logo o belo sol dos dias veranejos, enxugando os caminhos que se desenrolam como uma renda espessa através das campinas, é uma alegria intensa o sairmos a espairecer pelas eiras rociadas ainda do chuvisqueiro, e em que cada folha de arbusto é um relicário precioso, retendo em sua textura as pérolas líquidas do orvalho!... Assim, goza o mais que puderes esse prazer puro das árvores e da montanha, enquanto aqui fica, esquecido, o teu pobre mano a jejuar desse festim anacreóntico de luz, de seiva e clorofila!

※

Quanto àquela Z... de que falas, bem sabes que já se me varreu da ideia essa fraqueza há mais dum ano. Não havia perigo, pois, para as Grazielas que viessem a aparecer, se não fora o propósito meu de ser insensível e superior desde então a semelhantes *infantilidades*...

Enviaram-nos da Baía o *Álbum Popular*, onde vem o retrato de nosso pai e notícia encomiástica sobre sua vida literária. Vem também um trabalho meu, de que já me tinha esquecido.

Estudar, falas em estudar, eu não deixo um único dia de estudar, e de desentorpecer o espírito com algum conhecimento novo; mas é que o estudo que chamo tem outra significação para ti, e vice-versa. Só entendes por estudo, esmiuçar que a + b = c por essa ou aquela razão ou que a *Lógica é a ciência que ensina o conhecimento da verdade por meio do raciocínio* — e quejandas balelas do pragmatismo das escolas. Eu porém penso diversamente, mau grado todas as exigências irremovíveis do Utilitarismo...

Adeus, são mais de onze horas da noite, e anda lá na rua um chuvisco minguado e frio ensopando as calçadas, e convidando o mísero mortal a recolher-se compungido ao vale fresco dos lençóis.

Que aproveites, o mais possível, tua estada na roça são os desejos do mano amigo e saudoso,

Hugo

[CARTA À IRMÃ]

Rio, 9 de Abril de 1915.

Muito estimo que tenhas te distraído imenso nos passeios que fazes em gentil companhia pelos arredores dessa pitoresca Itanhandu, bem assim as longas galopadas pelas estradas poentas do Picu e circunvizinhanças.

Dizes que as *gracis mineiras* daí, tuas amigas, mui prazer teriam em conhecer-me. Mas eu, cara maninha, é que já não posso, nem me meto desde muito em semelhantes diabruras, de que as mais das vezes sai-se a gente com o coração lacerado, sangrando ódio e desespero, enquanto um sorriso zombador nos acompanha dos lábios carminados e formosos por quem tanto penamos... Há já mais de um ano que não me ocupo com semelhantes assuntos, reservando o pensamento para ideias e cuidados mais graves. Demais, não te zangues, *estou velho*... "A vida já não me conforta", como diria um poeta que conheço. Enfim, já são tolas preocupações que se me varreram completamente da cabeça, e de que não mais cuido.

....

Apliquei-me durante o mês de março a muitos estudos, de modo que estou agora muito fatigado, sem ânimo mesmo para escrever uma carta. Estou muito abatido, muita falta de apetite, digerindo mal, de forma que muito precisa se tornaria uma estada minha aí em Itanhandu, ou outro qualquer lugar, mas as finanças não o permitem...

Fiz uns exames que não esperava, tão felizes foram. Imagina que quando acabei de me submeter à cadeira do dr. Coelho Lisboa, volta-se este para os que assistiam às provas, e diz: "E dizem que a mocidade de hoje não estuda! É nesses moços que guardo minha esperança de futuro".

Nada tenho a contar do sábado de aleluia. A Avenida tinha um movimento à noite desses que possui três domingos antes do verdadeiro dia de carnaval, quando há as tais batalhas de confete. Eu, que estava em companhia duns amigos, boêmios como eu, fomo-nos abancar num café, a beber chopes e palestrar sobre coisas de literatura, vindo cedo para casa, pois quando aqui cheguei eram apenas três horas da manhã.

E, a falar em literatura, tenho escrito vários trabalhos ultimamente. Sábado último, "Fon-Fon" trouxe um escrito meu, *Fantoches*, que de bom grado te enviarei se tiver aí um exemplar à mão.

Não sei se serei eu quem te vai buscar; entretanto, esforçar-me-ei o mais possível para ir ....

Adeus, aceita as saudades do mano,

Hugo

[CARTA À IRMÃ]

Rio, 1 de fevereiro de 1918.

Primo — não há razões para queixa quanto à minha ida a essa bela cidade serrana — mãe das hortênsias raras e das mulheres encantadoras... Não te dera nenhuma certeza a respeito, mesmo porque agora tenho tido todas as minhas horas ocupadas pelo estudo. Crê que, pelo menos, 10 horas diárias são atualmente entretidas em manusear Garôfalo, Lombroso, Ferri, Tarde, Lafaiete, etc., etc. Uma calamidade! E isto já dura sem interrupção duas semanas. Hoje acordei um tanto derreado, e resolvi guardar esta sexta-feira para repouso... Os exames estão perto: quero ver se meto para o ano que vem o clássico rubi no solerte *fura-bolo*... *Secundo* — tu escreveste a meio mundo, e só agora mandas-me um cartão!... *Tercio* — se não subi até o presente a Petrópolis, não quer dizer que não dê um pulo lá qualquer dia. Paciência, há tempo para tudo, e o carnaval vem aí... A propósito, não desces para vê-lo? Parece que correrá tudo muito frio por aqui. Até este momento não vi ainda a caratonha prazenteira de Momo. Sei que têm havido aí pelos arrabaldes — Afonso Pena, Haddock Lobo, etc. — muitas batalhas, mas não me tenho abalado de casa. Ah! sim, tu me pedes um exemplar do "Tropas"... Esqueceste de informar se é bonita e como se chama a tua amiguinha. Olha que estou farto de sofrer perseguições de meninas feias! Um verdadeiro azar! Parece que todas elas encontram na minha fisionomia — que creio aliás do mais puro estilo clássico — um não sei quê que as induz a mover-me crua guerra. Como porém é petropolitana ao que parece, imagino-a possuidora de todas as perfeições físicas e anexas — que as intelectuais e morais me são cabalmente provadas pelo seu desejo de ler o meu livro! Adeus, o papel acaba. Recebi o teu lindíssimo cravo. Obrigado. Trouxe-o à lapela até ressecar-se. Tudo passa — as flores principalmente. Saudades. Deste mano,

Hugo

[CARTA A LEÔNIDAS DE LOIOLA][8]

Capital Federal, 24 de Novembro de 1919.

Confrade e patrício Leônidas de Loiola,

Por uma gentileza do meu caro amigo e colega Gomes Leite, fui sabedor da sua bem elaborada e digna defesa do nosso sertanejo, folheto onde um patriotismo sem pretensões a falso jacobinismo se alia à elevação dos conceitos com que é tratado o assunto, e onde o confrade faz uma alusão à minha humilde e apagada figura literária.

Agradecendo a generosidade de sua apreciação, para mim mui cara porquanto espontânea, peço permissão para oferecer-lhe de mão própria um exemplar da obrinha a que se refere, cuja nova edição, ampliada, espero breve oferecer ao público. Aproveito ainda a oportunidade para enviar-lhe mais alguns exemplares do mesmo livro, a fim de serem, em meu nome, oferecidos a intelectuais da bela terra paranaense, obrigação por mim contraída, quando de sua impressão.

Sou, mui penhorado, seu admirador,

H. de Carvalho Ramos

---

8   A correspondência de Hugo com pessoas estranhas à família, carinhosamente guardada, foi devolvida a esta pelos seus respectivos signatários após sua morte.

[CARTA A LEÔNIDAS DE LOIOLA]

Rio, 23 de fevereiro de 1920.

Confrade e amigo Loiola,

Abusando de sua boa vontade e aproveitando o terreno preparado pela sua bondade e a do Acir Guimarães, envio-lhes junto alguns exemplares do *Tropas* para depositar, em meu nome, numa das livrarias aí de Curitiba. Já tenho organizado o volume para a nova edição, que conto vender a uma casa editora aqui do Rio, a fim de evitar maçadas de colocação e reclamo, para as quais, confesso, nunca tive nenhum jeito.

As condições devem ser as mesmas das livrarias aqui do Rio: os livros ficam em consignação, com um benefício a favor do livreiro de 20% sobre o total da venda. O custo do exemplar é $ 3.000.

A nova edição que espero em breve apresentar ao público conterá, entre outros, os seguintes contos: "Caçando perdizes"..., "Alma das Aves", "Peru de roda", "Flor Silvestre"[9], além de outros trabalhos.

Recebi os livros que teve a gentileza de brindar-me; sabia o Paraná o reduto encantado do simbolismo, sendo-me familiar um de seus grandes cultores — Emiliano Pernetta. E agora o vejo retemperado por um sopro novo de nacionalismo, que continua a sua tradição de cultura. Também, já paguei o meu tributo àquela modalidade da Arte, tendo publicado, em folhetim de jornal do interior aliás, duas *plaquettes* no gênero — "Hinário" e "Turris Eburnea", frutos da puerícia, dados à luz em 1914. Senti porém em boa hora que todos nós, moços da nova ge-

---

9   "Flor Silvestre" não foi encontrado entre seus originais, pelo menos sob este título, nem publicado na imprensa. É de presumir-se que tenha atirado ao fogo antes de falecer.

ração, devíamos cooperar, evitando escola e modismos inadequados ao nosso meio, na obra de alevantamento dos alicerces da nossa literatura *brasileira*, aproveitando o magnífico fundamento assente pelos nossos maiores, e por intermédio da Arte realizando esta tarefa patriótica que nossos políticos têm descuidado — o estreitamento cada vez mais íntimo dos vários departamentos da União, pela harmonia superior da mesma vibração de sentimentos e a mesma uniformidade de destinos.

— E o seu mais prático veículo será ainda, por muito tempo, a fórmula regional, em seu sentido lato.

De moços cheios de fé, confiança e otimismo, como o caro Loiola e tantos mais, muito espera a sua geração. Eia, pois, é fechar ouvidos à mesquinheza ambiente, e caminhar, caminhar serenamente, não nos importando com a colheita prematura dos frutos, que, cedo ou tarde embora, hão de aparecer forçosamente.

Dispõe do amigo e admirador,

H. de Carvalho Ramos

[CARTA A ACIR GUIMARÃES][10]

Rio de Janeiro, 19 de abril de 1920.

Caro confrade Acir Guimarães,

Saudações.

Estava para lhe escrever há já muitos dias e ao nosso amigo Leônidas de Loiola, a fim de agradecer-lhes as constantes provas de subida consideração que me têm dado. Certos contratempos porém, que me têm amargurado estes últimos dias e me obrigam, talvez, a deixar o curso jurídico[11] no último ano e em vésperas de formatura, protelaram até agora o cumprimento deste dever.

Nada mais sou, caro confrade, senão um pequenino grão de areia nessa tumultuosa corrente que de sul a norte revoluciona a intelectualidade nacional, sem outro laurel que a minha confiança, sem outra dignificação que a minha sinceridade. Vivo mais da esperança de realizar algo de duradouro em futuro mais ou menos afastado, que do pouco que me concede o presente. Assim, não me apresso atualmente em procurar a efêmera notoriedade das gazetas da nossa metrópole, onde as glórias se sucedem periodicamente de semana a semana logo aclamadas e mais depressa esquecidas, ao sabor do momento e das *coteries* literárias. Não pertenço, pois, aos que são bravamente militantes neste meio, renunciando

---

10   Esta carta, anota o destinatário, então redator da *Gazeta do Povo*, de Curitiba, não foi respondida e dela não existe mais original, tendo sido datilografada em seu livro íntimo, donde se tirou cópia.

11   No 5º ano da faculdade de Ciências Jurídicas e Sociais, passou pela decepção de ser reprovado na cadeira de Prática do Processo Civil e Comercial, o que lhe ocasionou grandes aborrecimentos e desgostos.

à luta aqui, e esperando no repouso da província vagares para a elaboração de um trabalho mais ou menos sólido.

É provável que siga breve para o Triângulo Mineiro, onde irei dirigir temporariamente um jornal; poderá, porém, enviar as suas ordens para "General Canabarro, 458" que irão ter ao seu destino.

Agradeço-lhe, ilustre confrade Guimarães, do fundo do coração todas as atenções que me tem prodigalizado pelas colunas de seu jornal, e creia sempre ao seu inteiro dispor o confrade e amigo agradecido,

Carvalho Ramos

[CARTA A LEÔNIDAS DE LOIOLA]

Rio, 15 de maio de 1920.

Prezado Leônidas,
Peço-te mil perdões pela demora de minha resposta à tua carta. Não sei como retribuir as inúmeras atenções de que tenho sido alvo pela tua nobre generosidade. Recebi os jornais, li o teu belíssimo discurso, e tive depois a oportunidade de apreciar o novo livro de Andrade Murici sobre o grande poeta Emiliano Pernetta, livro que me emprestou o Gomes Leite, a quem solicitei uma apresentação para o teu amigo. Comunico-te o aparecimento, breve, de "A Caravana dos Destinos", novos poemas daquele meu amigo, e para os quais chamo a tua atenção, e dos confrades aí. Dei, deles, uma notícia em um número do jornal que junto envio, folha do interior sob a redação de meu mano Victor, e onde vem um conto meu — "Peru de roda" — que fará parte da nova edição do *Tropas*.

Espero que nos dês também breve um trabalho de fôlego, a fim de que ocupes no grande público nacional o lugar definitivo que te é devido. Tudo que estiver no meu alcance, hei de fazer para pagar a minha dívida de gratidão, se fosse possível pagá-la.

Quanto a meus negócios particulares, ainda não saí do Rio, o que espero fazer talvez no meado do próximo mês. Tive proposta para ir dirigir um colégio em minha terra, em condições mais que vantajosas; mas ainda estou indeciso se aceitarei, uma vez que o meu mano me chama para junto de si, em Uberaba, onde mantém escritório de advocacia, e dos mais rendosos. Pode, porém, escrever-me sempre para o meu endereço aqui no Rio, que irão as cartas ao seu destino.

Adeus, meu caro Leônidas, meus cumprimentos ao Acir, e abraça-te,

Hugo

P. S. — Recebi o vale que teve o incômodo de enviar.

[CARTÃO POSTAL A ERASMO DE CASTRO (AMARANTE-PIAUÍ)]

Rio, 18 de maio de 1920.

Meu jovem patrício e amigo Erasmo de Castro,

Recebi as impressões que teve a gentileza de me enviar sobre uma carta minha ao amigo comum, Paulo Guimarães. A minha opinião sobre a leitura, e leitura de livros literários, que faz o objeto de toda a sua longa missiva, absolutamente não é uma opinião geral, abrangendo todos os que se deixaram morder por esta tarântula que se chama a febre dos livros e de mais ler para mais aprender. É apenas circunscrita ao meu caso particular, uma vez tendo dado o giro a todas as literaturas, escolas e princípios, achei, levado sempre por um espírito inicial de sistematização, que toda bagagem mundial de obras literárias se poderia reduzir a uns vinte ou trinta arquétipos gerais, donde se derivaria toda esta fonte de obras literárias que fazem a riqueza intelectual das nações civilizadas. Mas para chegar a esta conclusão, idêntica a de tantos outros, muito tive que ler, confrontar, compulsar e admirar, antes que o meu espírito já mais ou menos *blasé* dessas leituras e estudos, se encerrasse em meia dúzia de autores, que fazem hoje em dia as delícias da minha meditação. Aconselho, pois, ao jovem amigo, já que tanto gosto manifesta pela literatura, continuar nos seus estudos e leituras pelo que vejo tão bem orientadas; e, sobretudo, na literatura nacional, fazer constantemente trato íntimo com os nossos escritores *nacionalistas*, isto é, aqueles que tomam para tema de seus trabalhos assuntos genuinamente nossos, brasileiros, e também, uma vez permitam as suas forças, colaborar nesta tarefa patriótica da completa emancipação da nossa mentalidade dos processos e da imitação servil de obras estrangeiras, manifestados em tantas produções de fancaria que andam por aí a abarrotar as estantes das nossas livrarias. Compromisso este sagrado, que devem tomar todos os que se julgarem com forças ou aptidão para o nobre mister das letras em nosso país. É esta a interpretação que deve dar àquela minha singela missiva, que me faz travar conhecimento com o distinto amigo. Do,

Carvalho Ramos

[CARTA A LEÔNIDAS DE LOIOLA]

Confrade e amigo L. de Loiola,

Mil agradecimentos pelas atenções dispensadas. Peço-lhe também gradecer por mim a Acir Guimarães a notícia da *Gazeta do Povo*. Não sei como manifestar-lhe a minha gratidão. Terei grande prazer numa permuta epistolar mais estreita com tão distintos amigos, e comunicação de tudo que se relacione com o magnífico surto intelectual da nóvel geração paranaense, de que tenho sob os olhos uma pequena amostra, firmando estudos críticos sobre o Eça, Alberto Torres e "O problema brasileiro". Raros dons de psicólogo revela o colega, maximé na parte final do artigo sobre A. Tôrres, profundamente sentido e verdadeiro.

    Felicita-o e abraça-o o,

Carvalho Ramos

[CARTA A MANOELITO D'ORNELAS[12], PUBLICADA EM *O GAÚCHO*, DE TUPACERETÃ (R.S.), EM 12 DE DEZEMBRO DE 1926.]

Rio, 14 de julho de 1920.

Prezado patrício e confrade Manoelito d'Ornelas,

Saúde e paz.
Tenho presente o *Jornal de Itaqui* onde a sua gentileza houve por bem inserir um artigo a meu respeito. Digo-lhe com extrema franqueza e sem falsa modéstia: não mereço a maioria das referências ali inclusas. O meu papel neste portentoso cenário que se abre à nova humanidade, e, particularmente, ao nosso extremado Brasil — nobre entre todos, pois é dos poucos que nenhum preconceito de raça ou ódios seculares separam de outras nacionalidades — é dos mais obscuros e humildes, pedindo eu cotidianamente a Deus que me dê forças, confiança e tranquilidade de espírito para que ainda algum dia realize, pelo menos em parte, o programa de união e elevação moral e intelectual que, como a maioria dos moços, sonhei em minha primeira e inexperiente juventude. Hoje em dia tenho ficado quase que completamente inativo e afastado do campo das pugnas intelectuais, perturbado pelas transformações por que vem passando o meu espírito, e de que espero sair mais forte e melhor orientado para continuar na mesma campanha a que me dediquei desde os verdes anos. É enorme a responsabilidade moral que toma sobre os ombros quem se vota ao encargo de escrever para o público, e mormente o público de um país como o nosso, onde a difusão do ensino e hábito de discernir

---

12 Manoelito d'Ornela foi de seus melhores amigos, embora não se conhecessem pessoalmente. Correspondiam-se amiúde e quando Hugo faleceu, aquele intelectual gaúcho lhe prestou as maiores homenagens.

e aquilatar por si não chegaram ainda ao louvável grau de desenvolvimento de algumas outras nações.

A boa vontade de uns é destruída pela incúria de outros, e somos uma nacionalidade onde não há opinião pública instável e esclarecida, nem tampouco a íntima consciência dos nossos verdadeiros destinos. E, pesa confessá-lo, a classe literária, entre nós, pouca ou nenhuma influência tem, presentemente, sobre a orientação e a marcha do progresso social, relegada para um plano secundário a que não deve, absolutamente, fazer jus. Se a maioria dos nossos políticos profissionais se limita apenas a guerrilhas de campanário onde a verdadeira noção das aspirações pátrias se perde em lutas estéreis de pouco ou nenhum alcance para a coletividade, cumpre aos homens de pena assumir o papel de divulgadores e encarecedores das diversas partes do corpo social, pouco conhecidas entre si, exaltando-as e amando-as na medida de suas forças, a fim de que o sentimento de solidariedade coletiva não se malbarate e se perca em menosprezo ou em dissenções intestinas. Amando a família, exaltando-a, chegamos a amar aos que mais de perto nos cercam; destes, à urbe onde vimos à luz; ao departamento, a que o burgo pertence; ao povo, onde nos radicamos pelo sangue, pela língua, pelos costumes e pela tradição; ao continente, de que fazemos parte integrante; e à Humanidade, enfim. O nosso progresso material e intelectual, vai, é evidente, em aceleração geométrica; pena é, porém, que se não possa dizer o mesmo do moral, descurado sobretudo pelo intenso utilitarismo da época. Ainda, e por muito tempo, vencerá o mais *hábil* e o mais *forte* e não o mais inteligente ou o mais elevado. Enfim, estamos em um nebuloso período de transição, e se o século passado foi chamado "Século das Luzes" — não sabemos ainda bem o que deste advirá. E a indecisão do momento se reflete até no próprio modo de pensar de cada uma destas partículas infinitesimais da Humanidade — que espera o novo influxo de seus pró-homens mundiais, para se nortear novamente na sua grande jornada terrena.

    Adeus, meu estimado confrade. Espero sempre vê-lo adestrando a pena e o pensamento pelas colunas dos jornais da sua terra, cooperando convictamente para a expansão da luz e aniquilamento do erro. Agradeço-lhe, mais uma vez, todas as atenções dispensadas à minha pessoa, e abraça-o, cordialmente o,

Hugo de Carvalho Ramos

[CARTA A LEÔNIDAS DE LOIOLA]

Uberaba, 4 de agosto de 1920.

Meu bom Leônidas,

Desculpa o papel em que vai escrita esta. Aqui estou há duas semanas, para onde vim estabelecer o meu escritório de advocacia, tendo recebido a tua última de 26 passado, remetida do Rio. Achava-me na fazenda de Santa Gertrudes, colhendo notas e descansando da neurastenia carioca, em íntimo convívio com a alma primitiva dessa gente lhana, amiga e forte, ora a cavalo, batendo as perdizes campesinas, ora pelas magníficas estradas de rodagem, num turismo de indizível encanto, quando um telefonema da redação do *Lavoura* me chamou de novo à cidade. Tive o prazer de tuas notícias, e o pedido, ou antes, a gentileza de mais um exemplar do *Tropas*. Mando-te três. São os últimos da liquidação que fiz nas livrarias do Rio antes de vir para cá. Aqui estou, a bem dizer, em minha casa, gozando dos progressos extraordinários da vida de fazenda, e os inenarráveis atrativos e mercês da hospitalidade deste povo mineiro. Sigo amanhã ou depois de amanhã para Araxá, como agente especial do recenseamento. Aproveitarei a oportunidade para fazer ali uma estação de águas, lá me demorando até fins de Dezembro, época em que estarei de volta a Uberaba, indo de novo, provavelmente, até o Rio, se não me enterrar na fazenda. — A nova edição sairá a qualquer momento; mas estou meio inclinado a dá-la conjuntamente com um novo livro, o que acarretará pequena demora. Escreverei de Araxá, assim instale ali a junta censitária. Era meu projeto primitivo ir até ao sertão de Goiás, mas tendo aceitado esse cargo, fica adiada a viagem, que me proporcionaria bom cabedal para novos contos, talvez.

Adeus, prezado Leônidas, dispõe sempre deste amigo e grato,

Hugo

[CARTA À SUA MÃE]

Araxá, 23 de agosto de 1920.

Aqui cheguei ontem, de volta de S. Pedro de Alcântara e Pratinha, tendo feito uma viagem redonda de mais de 200 km em automóvel, além de grande trecho em trem e quatro léguas a cavalo. Saí daqui no dia 16, às seis da manhã, tendo chegado no mesmo dia a S. Pedro, onde instalei a junta local, partindo depois em trem para Pratinha (estação), aí montando a cavalo e indo ao povoado do mesmo nome.

Nesse pedaço, muito padeci com o frio e a geada, pois partindo da estação com sol muito quente, no alto da serra apanhou-nos forte temporal de chuva de pedra, estragando a única mala que trazia (a de papelão), e por pouco me inutilizava todo o material do governo que o camaradinha trazia no arção. Depois de quarto d'hora com um frio de cortar, abrigamo-nos num "retiro", onde troquei a roupa e fiz secar os papéis, chegando em Pratinha às 9 da noite. Voltei a S. Pedro adoentado, tendo passado ali dois dias na cama, com um frio horrível, mas graças a Deus, e apesar da chuva, pude chegar ontem aqui, apenas encatarrado ....
....

De 1º de setembro em diante, porém, permaneço na sede do município, só indo aos distritos no fim de ano, encerrar os trabalhos. Espero nos próximos meses recuperar em dinheiro a trabalheira e os gastos forçados a que estou sujeito este mês.

Adeus abraços e beijos nas crianças e saudades a todos de casa.

Do filho atento,

Hugo

[CARTA À IRMÃ]

Araxá, 25 de agosto de 1920.

.... Passei ontem para a outra casa do hotel, que fica defronte, de aspecto antigo, mas com amplos cômodos, jardim, pomares. Aqui moramos três ou quatro rapazes que têm pensão no Cassino: o dr. Delegado, um engenheiro seu mano, um advogado e um empregado da Prefeitura. Ainda agora, estando olhando os cravos do jardim, lembrei-me de tos oferecer como lembrança d'anos. Chegariam aí, porém, murchos. São enormes, cor de púrpura puxada a roxo, como só se veem nesta terra mineira. Há um canteiro de violetas também, mas não se podem comparar às que eu vi em Sta. Gertrudes. — Chegou ontem o cel. Quirino Alves, que trouxe em sua companhia as duas sobrinhas. São mui graciosas e bonitas, começando já a dar alguma animação ao hotel. Não lhes fui, porém, ainda apresentado... Não tenho tido tempo de engordar, tendo ido às águas apenas uma vez, pois o serviço atual não me dá folga, nem para comer. São telegramas a responder, mil explicações a dar a candidatos, avaliar, dividir e conduzir material para as sedes dos distritos, dos quais o mais próximo dista 10 léguas e o mais afastado, 18. Lutas com a meia hostilidade do meio, onde sou a bem dizer desconhecido, tendo para cá trazido apenas umas quatro cartas de recomendação a negociantes e fazendeiros, que não me têm valido muito. Enfim, carência de *money* para ultimar os trabalhos. O Victor está ainda na fazenda, sem comunicação com Uberaba, e só hoje é que a linha telegráfica daqui foi desimpedida. Passei ontem à noite um telegrama ao Quintiliano para me remeter fundos por conta do Victor, que me escrevera de Sta. Gertrudes a respeito, mas ainda não veio resposta. Tenho que instalar 2 distritos restantes até 31 deste, e as viagens se fazem 3 vezes por semana, com 2 ou 3 léguas, no fim da linha de automóvel, a cavalo. Passei telegrama ao Delegado Seccional pedindo prorrogação no caso de não dar conta até o prazo fixado na lei ....

O frio terrível que passei em Pratinha (1.300 metros de altitude), pôs-me agora encatarrado e com tosse. É falta de aclimatação. Com mais duas semanas acostumar-me-ei. Araxá fica a mil e tantos metros de elevação, mas o frio aqui não é tanto como o que lá sofri. — Assim que puder, mando-te um garrafão das águas de Araxá. Quando se bebe essa água pela primeira vez, tem-se impressão de ovos... podres. Mas depois, até se fica gostando, sendo que limpa os rins dum modo fantástico. Desde que parti, a 16, não mais fiz uso delas, esperando continuar assim instale os distritos. Desenvolve muito o apetite, principalmente os banhos quentes nas termas, contendo elas muito enxofre e ácido sulfídrico. Adeus, abraça a todos por mim. Do mano afetuoso,

Hugo

[A SEU IRMÃO VICTOR]

Araxá, 4 de setembro de 1920.

Victor,

Abraços. Aqui cheguei hoje, de volta de Dores de Santa Juliana e Conceição, últimos distritos que me faltavam a instalar — o que fiz ainda em agosto. A viagem desta vez foi mais suave, embora muito me tivesse maltratado a mala de papéis que levava no arção, de Pedra Grande a Conceição, e depois a Dores. Felizmente fico aqui na sede estes dois meses, se não exigirem minha presença alhures. O serviço aqui vai regularmente, embora a choramingas de alguns agentes que me acham enérgico demais. Era preciso.

....
....
...........................Vem cá dar um passeio em companhia de D. Helena, que não te arrependerás. Peço-te remeter como impresso, registrado, o caderno de retalho de jornais que deixei em tua casa. Adeus, escreverei sempre que houver alguma novidade. Abraça-te e à D. Helena, o mano e cunhado,

agradecido
Hugo[13]

---

13 Na edição de 1950 da Editora Panorama, constam duas observações, que aqui reproduzimos condensadas em uma única nota: "Nessa ocasião, Hugo estava na comarca de Araxit servindo como delegado do serviço de recenseamento. Tinha vindo a Uberaba a passeio, para distrair-se, e arranjamos-lhe, a seu pedido, essa Comissão do Governo Federal. Nela, porém, não se demorou muito. Saudoso da família, regressou ao Rio, não tendo feito em

[CARTA À IRMÃ]

Araxá, 6 de setembro de 1920.

Saudades. Aqui estou de volta, após várias peregrinações em automóvel e a cavalo pelo norte do município. Fiz umas quarenta léguas redondas, ultimando o serviço do recenseamento. Vai tudo na boa paz de Deus. Viajei em magníficos chapadões ao luar, pela manhã, e em dias encobertos, varridos os amplos horizontes pela frígida brisa destas alturas, através campinas e sucessivos vergeis de ipê e quaresma (amarela e roxo duma beleza indizível). À espera do auto que voltava de Uberaba, estive dois dias numa fazenda, à beira da estrada, quinze léguas além, vagabundeando a imaginação por aqueles lindos plainos de coqueirais e várzeas. Não podes avaliar a beleza da natura por estas redondezas. Muitas felizes expressões tenho colhido nestas viagens, embora o espírito sobrecarregado por inúmeras preocupações e responsabilidades. Fico agora dois meses nesta sede, fiscalizando a marcha dos trabalhos. O governo mineiro instituiu prêmios de três contos e de um para os agentes especiais, mas tenho poucas esperanças de ser lembrado na partilha dos galardões, embora a isso vá fazendo jus, contando apenas por enquanto com o meu ordenado, o que parece mais seguro.

---

(13) Segunda época o exame da cadeira de Prática do Processo Civil e Comercial, única que lhe faltava para terminar o curso da Faculdade ele Ciências Jurídicas e Sociais. Por essa época, pretendeu editar a segunda edição de Tropas e Boiadas, escrevendo, nesse sentido a Monteiro Lobato & Cia. — Hugo não aceitou as propostas oferecidas, e aquela firma só editou Tropas e Boiadas em 1922, um ano após a morte do autor." (N.E.)

Sonhei esta noite com o nosso velho, Mãe-Xi, e todos de casa, com o Joãozinho principalmente. Creio que irás no dia 9 ao S. João Batista, como costumas ....

Aqui no hotel somos deliciados todas as noites por um trio de piano, violino e flauta, cantando a Carlinda, sobrinha do Quirino Alves, com uma bonita voz. Pediu-me ela ontem que compusesse uns versos para um tango de sua autoria, cujo título é: "E eu... nada". Fiz na mesma hora uns versinhos, em metro de sete sílabas, que aqui transcrevo, não por mérito literário, pois não valem nada, mas para tua curiosidade:

Ao brando luar mineiro,
Num gesto leve de fada,
Volveste o olhar feiticeiro
À lua pálida.
E eu... nada.

O florido jasmineiro
Dobrando a rama nevada,
Beijou-te o rosto brejeiro
À lua pálida.
E eu... nada.

Longe de mim teu olhar,
Pela noite embalsamada,
Queda, ficaste a cismar,
À lua pálida.
E eu... nada.

Disseste, enfim, mui a medo
— Avezinha apaixonada,
Um gratíssimo segredo
À lua pálida.
E eu... nada! etc., etc.

Não tenho recebido um único jornal de Goiás. Não é que tenha saudades disso lá, mas desejo estar sempre inteirado do que por ali vai, a fim de descascá-los de quando em vez... Que me contas das festas do rei Alberto? Deves ir a todas elas, e fazer-me uma descrição sucinta de tuas impressões. Não aprecio o estilo mercantil do noticiário dos jornais. — Recebi ontem carta do Victor e, inclusa, uma do Albatênio Godoi, oferecendo-se para a minha estreia de advogado em Santa Rita do Paranaíba. Em fins de dezembro resolverei. Espero a chegada de meus ordenados para comprar um cavalo, ou ir diariamente de auto às águas do Araxá. Esta que tomamos em garrafão, no hotel, não produz tanto efeito como os banhos quentes da terma. Pouca coisa tenho mais a dizer. Fatos e impressões sucedem-se com tanta rapidez, que a gente fica sem ter que dizer.

Recomenda-me a todos, e abraça-te o mano,

Hugo

P. S. — Acabo de receber tua carta de 3 e a de Mamãe. Obrigado pelas atenções. Saudades a todos,

Do mesmo

[CARTA A LEÔNIDAS DE LOIOLA]

Araxá, 8 de setembro de 1920.

Caro Leônidas,

Somente agora me é possível escrever-lhe com mais vagar, atarefado como andei o mês passado com os trabalhos de instalação das juntas censitárias deste município. Viajei até agora pela redondeza, num perímetro que abrange 16 mil quilômetros quadrados, colhendo belíssimas impressões que me servirão de base, talvez, para novos trabalhos literários — se houver tempo[14]. Estou atualmente todo mergulhado nas preocupações da vida prática, num meio onde imperam o "coronel" e o zebu, em luta fechada com a pachorrice e os preconceitos da população rural relativamente ao serviço da estatística. Felizmente conheço bem o meio, e tenho encontrado alguma a facilidade em convencer essa boa gente da importância e necessidade desse serviço entre nós. Remeti-lhe de Uberaba alguns jornais e os livros pedidos, não sabendo se foram às suas mãos. Lá deixei os originais da 2ª edição do *Tropas,* mas outros interesses de caráter mais urgente parece que ainda uma vez adiarão a sua entrada para o prelo. Sou dos que descreem de glória literária entre nós. Como diletantismo, vá; como profissão, só a nevrose do ofício e amargas decepções se colhe em tal estrada. Estou meio inclinado a arrepiar carreira, e fazer-me criador nestas alturas. Se a sorte me proteger (megera ingrata!), entro para a classe conservadora, e passo à vida objetiva, sem sonhos nem quimeras. Já era tempo. O homem de ideias, que eu saiba, nunca prosperou nesta terra. Vivam

---

14   Esta carta, escrita em véspera do falecimento de seu Pai, parece pressagiar seu próximo fim, pois oito meses e quatro dias depois morria no Rio de Janeiro.

os medíocres, que passam a existência felizes. Pensar é doença, tal qual como as pérolas, mal das ostras. A nossa época exige a ação, atuar sempre e sempre, eis o conselho. — Adeus, caro amigo, dê-me sempre notícias, e abraça-o o confrade dedicado,

Carvalho Ramos

[TRECHO DE UMA CARTA À IRMÃ]

Araxá, 12 de setembro de 1920.

....
....
....

    Fui ontem e hoje aos banhos de Araxá (8 km da cidade), no *landolet* do cel. Quirina Alves, que me convidou. Paga-se ali 2$ por banho na temperatura que se quer. Mandei preparar um com 38°, banho quente que muito bem me fez, embora esteja com o rosto inchado, talvez devido ao ar frio que apanhei depois ao sair. Fomos às seis da manhã, em 15 a 20 minutos de viagem ....
.... Joga-se no hotel, à noite, o víspora familiar, e como as moças tivessem insistido, tomei ontem parte neste divertimento. O hotel está agora cheio de hóspedes e veranistas, fazendo-se música e canto, e parece que vão abrir uma roleta do dia 15 em diante. Mal de todas as estações de águas, ao que parece... Felizmente, somos nós todos, os da família avessos à tal jogatina .... A cidade é muito pacata, não se podendo dizer o mesmo das redondezas e distritos, onde se perpetuam crimes quase todos os dias .... Remeto junto o jornal de Araxá, que faz referência ao serviço do recenseamento e à minha pessoa. Têm pedido a minha colaboração, e escrevo ali de vez em quando.

    O povo daqui conhece-me agora melhor, todos vão dando provas de muita atenção e gentileza. Aborrece-me não ter trazido alguns livros, tendo deixado os que comigo vieram em Uberaba. Perco, às vezes, o sono, principalmente quando por descuido bebo a água de Araxá à noite, e não tenho remédio senão reler os anúncios dos jornais que me remetem daí..............................
.... Muitos abraços e beijos no Joãozinho e saudades minhas a todos de casa.

[CARTA AO PADRASTO DR. JOÃO CÂNCIO PÓVOA]

Araxá, 18 de setembro de 1920.

Dr. Póvoa,

Abraço-o, bem como todos de casa. Creio que já lhe comuniquei ter recebido o mapa que me enviou. Infelizmente, não especializa bem a região do Triângulo, principalmente o município de Araxá, estando, evidentemente, segundo o próprio engenheiro geógrafo da Prefeitura me confirmou, erradas as distâncias e posições respectivas das sedes dos distritos em relação à cidade. E dizem que esse é o melhor mapa de Minas! Imaginemos o que não sejam os de outros Estados. — Vou indo regularmente, já quase bom do resfriado ou coisa que valha, que apanhei ao sair de um banho quente (38°) das termas do Barreiro. Estive três dias com o rosto inchado, não sei se devido ao ar frio da manhã ou efeito das próprias águas. Estão estas a 8 quilômetros da cidade, havendo no local algumas casas particulares e vários hotéis; paga-se, ida e volta, 4$ de passagem, esperando o chofer o tempo que se queira. Assim tenha portador até a estação mais próxima da estrada de ferro, despacharei um garrafão para a Neném. O hotel Cassino está agora quase à cunha, e o meu serviço já bem folgado, salvo pequenas dúvidas no distrito de Pratinha (a região mais bruta), que talvez me obriguem a nova viagem até ali ....

Vi alguns goianos em Barreiro, fazendo uso das águas, entre os quais o Xavier de Almeida e família. — Espero que já tenha liquidado satisfatoriamente o caso da Politécnica. Os homens de bem e de caráter são sujeitos e essas pequenas provações, motivadas por espíritos inferiores e perversos. As suas intrigas e maldades, quase sempre, recaem sobre eles próprios, realçando assim a probidade e os brios daqueles que eles tentam em vão

ferir e conspurcar. Sou às vezes inclinado a odiar diante de certos fatos, mas cedo logo à reflexão, e procuro esquecer ....
Adeus, caro dr. Póvoa, abraça-o afetuosamente e a todos de casa o,

Hugo

[CARTA À IRMÃ][15]

Araxá, 15 de outubro de 1920.

Abraços. Recebi tua cartinha. Vou indo regularmente, e a grande crise de misantropia e desespero, fruto do apartamento em que vivo, neste sertão, de tudo e de todos, vai-me atenuando. A gente acredita-se má e cheia de defeitos quando se considera a si próprio; mas basta uma ligeira consideração sobre os demais viventes, observando este choque de egoísmos, paixões vis e o mais sórdido interesse, que fazem o grande conflito da vida e animam de ódio e rancor o coração da maioria dos homens, para se ter uma ideia mais consoladora de sua miséria terrena, e aceitar a existência tal como ela é, ou por outra, tal como a sociedade a fez. Paciência, e caminhemos sempre e sempre na linha traçada. Creio que nenhum vivente, fraco e levado ao sabor de todos os acasos, como é sujeito qualquer homem, sem distinção, não pode absolutamente dominar todos os acontecimentos e moldar o seu destino e a sua vida por uma estrada imutável e certa. Precipícios e encruzilhadas a cada passo o desnorteiam, e afinal resigna-se, como um cego, a ir na corrente dos demais, sem maiores reflexões. Estes gritos,

---

15 Daqui por diante começa a acentuar-se a grande crise de misantropia e desespero, que o levou à morte alguns meses depois. Não podia viver isolado da família por muito tempo. Parece que nos seus momentos de angústia, de cruel ansiedade, a ideia de suicídio, como único meio de libertar-se dos sofrimentos da alma, lhe passasse vagamente pelo espírito e ele, então, receoso de não poder resisti-la, sentisse a necessidade de se amparar às pessoas. que mais amava. Nessa carta pede notícias de Irene, uma de suas admiradoras e que alguns meses depois lhe velou o cadáver.

estes clamores, estas revoltas, excessivas e absurdas, são quase sempre o protesto de uma alma que ainda se não resignou de todo à realidade ambiente, e sofre pelo seu ideal primeiro, que nunca mais poderá seguir e alcançar. E é do fundo da desesperança que esta flor ideal do cristianismo mais vívida e perfumosa ascende do esmagamento do nosso coração, e vem balouçar as suas pétalas de neve sobre a pobre alma chagada, consolando-a de todas as misérias e de todas as aflições curtidas.

....
.... Adeus, abraços do mano,

Hugo

[CARTA À IRMÃ]

Araxá, 2 de novembro de 1920.

Recebi o teu cartão. Estou pesaroso por saber que tencionas ir com o Rodolfo à Baía. Assim não te encontrarei aí quando voltar deste amargo exílio em que me vejo, consola-me às vezes o pensamento de que ainda possa repousar ao abrigo de um teto amigo, junto dos meus, e descansado de todas estas lutas amargas pela existência. Não te quero pois encontrar ausente do Rio quando aí volver. Mamãe mandou-me o cartão do Gomes Leite, que infelizmente não indicou a sua residência. Vieram também o programa e o livro de Direito ....
Está chovendo hoje, e estou de novo sob a pressão de um terrível abatimento. Às vezes sou tentado a desesperar. Receio nunca poder domar esta fraqueza de nervos, que me faz ora calmo, ora vendo tudo sob o prisma do mais negro pessimismo. — Que vim fazer eu nesta terra estranha, longe de todos, e entregue aos azares da sorte? É a vida, paciência. Adeus. Abraços do mano,

Hugo

[CARTA À SUA MÃE (ÚLTIMA DE ARAXÁ)]

Araxá, 3 de novembro de 1920.

Mamãe,

Apresento-lhe o sr. Augusto Teixeira, distinto moço aí do Rio, que se prestou à gentileza de ser portador desta e de dois pacotinhos de sabonetes que lhe envio, como lembrança, e à Neném. Dará esse meu amigo notícias minhas, pois tem sido meu companheiro de hotel aqui nesta cidade, bem como a sua família, D. Rita e D. Glorinha, que vieram fazer uma estação de águas. Também espero estar no Rio em começo do próximo ano, como já lhe escrevi, e muito senti ao saber que o Rodolfo vai proximamente à Baía, levando em sua companhia a minha boa Avó.

Não sei até quando permanecerei ainda em Araxá, pois a minha estada aqui está dependente da marcha do serviço, que vai indo, apesar de vários contratempos, regularmente.

Um beijo a todas as crianças de casa, e abraça-a afetuosamente, o filho grato e obediente,

Hugo

[CARTA À SUA MÃE]

Rezende, 7 de março de 1921.

Mamãe,

Recebi seu cartão de 3............ Tenho passado insone estas últimas noites e desde que a Neném se foi, ficando só e sem companheiro para passeios, vou perdendo toda a animação do começo. Espero que todos aí estejam gozando boa saúde e que as crianças passem bem. Recebi os jornais que me enviou. Tenho tomado estes últimos dias os remédios que trouxe comigo. Recomendações à Vó e a todos de casa. Beija-lhe as mãos o filho,

Hugo

[CARTA À SUA MÃE]

Rezende, 11 de março de 1921.

Mamãe,

Abraços. Recebi ontem o vale postal. Vou indo sem novidade, tendo em projeto com alguns rapazes do lugar várias caçadas e pescarias em canoa pelo Paraíba, que não se têm realizado devido às chuvas. Minhas distrações presentemente aqui são o bilhar e cinema. Diz à Nenén que venha, pois assim aqui aguardarei a sua vinda ....
.... Recebi livros, jornais e calçados. Abraços e saudades a todos.
    Do filho,

Hugo

[A SEU IRMÃO VICTOR]

Rezende, 20 de março de 1921.

Victor,

Abraço-te. Aqui estou em estação de repouso espiritual, após uma excursão que fiz em companhia do Póvoa e do Moura através do Estado de S. Paulo. Visitamos Santos, o Instituto Butantã, o Ipiranga, a catedral de Campinas, etc. Neném aqui esteve comigo uma quinzena, voltando talvez quinta-feira próxima a fim de passar a Semana Santa aqui. É provável que voltaremos juntos ao Rio, domingo. Já te queria escrever há mais tempo. Tenho por aqui feito várias caçadas e pescarias em canoa pelo Paraíba. A terra do Gomes Leite é em tudo encantadora. À noite fito o cume do Itatiaia, ao luar... Vou-me fortificando. Espero que me dês notícias tuas. Saudades e recomendações minhas. Do mano,

Hugo

[CARTÃO POSTAL A LEÔNIDAS DE LOIOLA][16]

Rio, 31 de março de 1921

Prezado amigo Leônidas,

Uma longa ausência do Rio, onde retornei somente ontem, impediu-me de escrever-lhe com mais frequência. Creio porém ter comunicado o recebimento da revista que aí dirige. Vou enviar-lhe um trabalho em versos, caso julgue merecedor de publicação. Estive ultimamente ausentado dois meses, tendo viajado por Santos, Campinas e São Paulo, admirando o extraordinário esforço da engenharia moderna, e os surtos daquela terra. Quase que cheguei à sua terra de pinheiros farfalhantes e nobres aspirações. Quanto mais percorro o nosso país, mais me convenço das maravilhas que lhe estão reservadas. A publicação nova de meu livro fica temporariamente adiada, pois é meu desejo fazê-la conjuntamente com outro trabalho. Com um fraternal amplexo,

Carvalho Ramos

---

16 Na edição das *Obras completas*, da Editora Panorama, Victor de Carvalho Ramos escreve: "Foi este o seu último cartão para nós. Já bastante alquebrado de alma e corpo, procurou em vilegiaturas sossego para o seu espírito. Inúteis todos os recursos. A 12 de maio de 1921, pela manhã, pôs termo à vida, no Rio." (O.C., 1950, vol.II, p. 238.) (N.E.)

PERFIL[17]

Quisera possuir o pincel incomparável de Rafael Sanzio — o meigo e triste evocador das cismarentas madonas de Roma —; quisera ter o colorido estranho dum Rembrandt ou a carnação exuberante e opulenta que orna os quadros do Ticiano, para nestas despretensiosas e ligeiras linhas esboçar o perfil da mais gentil criatura, que este céu azulino da Guanabara cobriu jamais com o seu manto diáfano e todo marchetado de estrelas!

Em plena adolescência, na primavera florida dos seus dezesseis anos, tendo a vida a abrir-se-lhe aos olhos joviais repleta de flores, ilusões e encantos, que só produz essa fase única da existência, vê — com supremo desdém — a turbamulta de adoradores fanatizados e estáticos arrastar-se-lhe aos pezinhos de fada, tendo para todos apenas um sorriso desdenhoso e sobranceiro, carregado de ironias...

Olhos azuis, desse azulado longínquo que orla a cinta distante dos mares, a confundir-se com o horizonte ilimitado, fazem sonhar com as nevoentas filhas do norte e com uma torre feudal, onde imperam castelãs gentis, de mesmo olhar garço e merencório.

Castanho-escuros as ondas bastas dos cabelos ondulosos e finos, impregnados de fragrância subtil; nariz fino, perfeito, impecavelmente belo; lábios carminados, escrínio nacarado de duas fieiras iguais e brilhantes de dentes, que são como pérolas de Ofir em concha oriental;

---

17 Ainda, a respeito deste escrito "encontrado entre parte desta correspondência", Victor de Carvalho Ramos escreve que "é um dos que escaparam à destruição pelo fogo; está datado do Rio, em 9 de agosto de 1918. É o perfil da moça que lhe inspirou as páginas simbolistas de 'Hinário' e 'Turris Eburnea' e referida na carta à irmã, de 8 de março de 1915 e no postal de 6 do mesmo mês." (N.E.)

rosto oval, cheio e penujento como pêssegos sazonados, a suplicar revoadas e aluviões frenéticas de beijos sôfregos e estuantes

Talhe esbelto como o da palmeira das várzeas, tão flexível e marulhante ao cicio das brisas sertanejas, erguendo o seu porte airoso em meio do deserto.

Os seus seios são como dois mansos e brancos cisnes, vogando langorosos pela superfície esmaltada das águas de um lago calmo.

Não ousaria, como o rei Salomão dos *Canticos Canticorum*, comparar o alvor alabastrino de sua garganta marmórea, a uma Torre de Marfim voltada para o Empíreo.

Quando ela passa, pasma a multidão. No seu andar ondulante, onde erram infernos rubros de desejos quentes, há o balancear cadencioso duma bailarina espanhola — vaporosa e ardente — taconeando o *bolero* ao som vibrante das castanholas!

Mãos...

Enfim — é a virgem que vem acalentar as minhas noitadas febris de insônia, quando o vento ulula rouco lá fora, e eu fico a penar — como um velho Prometeu de mito helênico — só, no ermo da minha cela de estudante, enquanto geme nas rajadas da nortada epitalâmios doidos de noivado!

RELAÇÃO DOS TRABALHOS[18]

O vaqueiro — ensaio, "A Semana" de Goiás, 1911.
Cruz de pedra — "A Semana", 1911.
O garraio — enviado para um concurso de "A Imprensa" do Rio, em agosto de 1912, certame, esse que não se realizou. Perdido.
Ânimo — "A Semana", 1911.
Sezão — "A Semana", ed. de Natal, 1911.
Na terra das lendas: I — *A tapera*; II — *A iara*; III — *O vampiro*; IV — *Os assombramentos* — "A Semana", 1911-1912.
Mula sem cabeça — "A Imprensa" de Goiás, 1911.
O lobisomem — extraviado — 1911.
Conto da roça — crônica — "A Semana", 1911.
Sonâmbula — "A Semana", 1911.
Lágrimas e risos — primeiro ensaio, "A Imprensa", de Goiás, 1910.
Silhuetas — I, II, III e IV, "A Imprensa", 1910.
Impressões — ensaio sobre as letras em Goiás, "A Semana", 1911.
Impressões — ensaio sobre Hoffmann, "A Semana", 1911.
Nênia de noivado — "A Semana", 1911.
Uma dessecação — fantástico, "A Semana", 1911.
Missa de finados — "A Semana", 1911.
Lábios orquídeas — fantasia, "A Semana", 1911.
Coisas inertes — crônica, "A Semana", 1911.
O suicida — "A Semana", 1912.
Mealheiro velho — "A Semana", 1911.

---

18 Na edição das *Obras completas*, Ed. Panorama, 1950, p. 241, consta a lista, aqui reproduzida, de trabalhos literários "publicados [entre] 1910 [e] dezembro de 1914, que não foram encontrados." De fato, é impossível saber se os manuscritos foram perdidos ou se possivelmente algum dia virão à luz. (N.E.)

Costumes burgueses — "A Imprensa" de Goiás, 1911; todo refundido, depois extraviado.

A morte de Drago — inédito, 1915, talvez queimado.

A nevrose do suicídio — inédito, 1915, talvez queimado.

Em 1909 Hugo escreveu duas novelas, dramalhões de faca e bacamarte do sertão, e o "Diário de um estudante", que foram depois todas inutilizadas; em 1910, uma comédia de estudantes "Os novos Mosqueteiros", cuja cena se passa no Liceu Goiano, influência das personagens do romance de Dumas, também tudo inutilizado.

NOTAS E COMENTÁRIOS

Estrada de Damasco — Publ. no "Lavoura e Comércio" de Uberaba a 25-2-1914 com dedicatória ao seu tio Rodolfo Marques, o mesmo a quem é dirigida a admirável carta "Nostalgias" incluída em *Tropas e Boiadas* a quem se refere em o "Bilhete".

Do absinto — Publ. no "Goiás" da cidade do mesmo nome e no "Aguilhão", 1914.

Santa Teresa de Jesus — Publ. no "Lavoura e Comércio" de 26-10-1913. Datado do Rio — outubro — 1913.

A um poeta — Publ. na revista "Via-Láctea" de Uberaba, nº de março de 1918. Datado do Rio — 6-3-1918.

Concertina — Publ. no "Fon-Fon" e no "Lavoura e Comércio" de 14-4-1915.

Marcha épica — Publ. no "Fon-Fon" de 1915 e no "Lavoura e Comércio" de 11-4-1915. Datado do Rio — 3-4-1915.

Glória — Primeiro da série sob o título "A esmo..." Publ. no "Lavoura e Comércio" de 9-11-1913. Refere-se aí a Olavo Bilac por quem tinha grande admiração.

Olhos tristonhos — Publ. no "Lavoura e Comércio" de 14-11-1913. Datado de março de 1912.

Dias de chuva — Publ. no "Lavoura e Comércio" de 15-11-1913. Datado do Rio — outubro — 1913. Faz aí referência a seus passeios ao sítio da Chapada, em Goiás, a que alude em "Nostalgias".

Serenatas à Lua — Publ. no "Lavoura e Comércio" de 23-11-1913. Datado do Rio — novembro — 1913.

Ante uma caveira — Publ. no "Lavoura e Comércio" de 12-12-1913.

Quinta da Boa Vista — Publ. no "Lavoura e Comércio" de 21-1-1914. com dedicatória a José Jardim. Datado do Rio — 16-12-1913.

Cavaleiros do Ideal — último da série "A esmo...". Publ. no "Lavoura e Comércio" de 23-1-1914.

"Carta" — Primeiro da série "Hinário". Publ. no "Lavoura e Comércio" de 6-3-1914. Datado do Rio — 2-2-1914.

Tomavam parte nos serões a que o A. se refere, entre outros, pela sua assiduidade, Gomes Leite e Eduardo Tourinho, que foram seus íntimos.

Bilhete — Rio, 18 — Fev. — 1916. Tendo o patrão de Casimiro, o caseiro da Chapada, distrito de Goiás, contestado pela imprensa goiana certas referências de Hugo em "Nostalgias" (*Tropas e Boiadas*) a respeito da valentia daquele seu empregado quando praça em Santa Maria do Araguaia, Hugo revidou logo pelo modo que aí se lê.

Mocidade — Rio, Maio — 1915.

O meu amigo Juvêncio — Abril — 1916.

Diário de Juvêncio — Rio — 1915.

Populações rurais — Datado de Estrada Velha de Capivari (Itanhandu — Minas) — 3 — Fev. — 1919.

Goiás no centenário — Publ. no "Lavoura e Comércio" de 25-12-1919.

Ainda a propósito do centenário — Rio, 17 — Dez. — 1919.

Pampa — Rio, 2 - Dez. — 1919.

O interior goiano — Rio, Agosto — 1918.

Crônica de inverno — Rio, 1914.

Desportos nacionais — Março — 1919.

Carta dum romântico — Rio — Junho — 1917.

Terra Natal — Rio, 1914. Esse trabalho serviu de ponto de partida para o desenvolvimento de "Gente da Gleba", novela incluída em *Tropas e Boiadas*.

Ao virar duma página — Rio, Abril — 1914.

Nova Era — Rio, Setembro — 1914 Publ. em "Nova Era" nº 7 de 4 de outubro de 1914.

Legenda — Rio, Abril, 1915. Publ. em "Nova Era" de Goiás, de 1º — Maio — 1915.

Cinzas — Rio, Abril — 1914. Publ. em "Nova Era" de Goiás, de 24 — Abril — 1915.

Pelas sombras... — Publ. no "Lavoura e Comércio" de 8-3-1914.

Sentimentalismo — Publ. no "Lavoura de Comércio" de 13-3-1914.

Gnomo — Publ. no "Lavoura e Comércio" de 5-4-1914.

"Accordeon" — Publ. no "Lavoura e Comércio" de 17-5-1914.

Crescente — Publ. no "Lavoura e Comércio" de 12-4-1914.

Sorriso — Publ. no "Lavoura e Comércio" de 10-4-1914.

Ode ao fumo — Publ. no "Lavoura e Comércio" de 19-4-1914.

Santa Castália — Publ. em "Nova Era" de Goiás em 15-11-1914.

Escalada noturna — Publ. em "Nova Era" de 22-11-1914.

Estradivário — Publ. em "Nova Era" de 29-11-1914.

Réquiem — Publ. em "Nova Era" de 6-12-1914.

Cova — Publ. no "Lavoura e Comércio" de 12-11-1913. Datado do Rio — outubro — 1913. Publ. primitivamente entre os da série "A esmo...", mas em seu caderno de notas recomendou que fosse incluído em "Hinário".

Agua corrente — Publ. no "Lavoura e Comércio" de 24-4-1914.

Coração — Publ. em "Nova Era" de 15-12-1914 e no "Lavoura e Comércio" de 1-5-1914.

Arras — Primeiro da série de *"Turris Eburnea"*. Fazia parte, a princípio, de "Hinário", conforme publicação em "Nova Era" de 20-12-1914, cuja coleção existe no Gabinete Literário da cidade de Goiás. Posteriormente o A. o incluiu em *"Turris Eburnea"*, como se verifica das notas em seu caderno.

Litania — Este, como os demais que se lhe seguem, da série *"Turris Eburnea"*, foram todos publicados no "Lavoura e Comércio" de março de 1914.

Cratera — Publ. no "Lavoura e Comércio" de 17-4-1918. Datado do Rio 11-2-1918.

Cinzas — Publ. no "Lavoura e Comércio" de 25-4-1918. Datado do Rio 18-4-1918.

Pampa — Publ. no "Lavoura e Comércio" de 7-12-1919.

Caravana dos Destinos — Publ. no "Lavoura e Comércio" de 9-5-1920 e no "Fon-Fon" do Rio de 7-1-1922.

Os Humoristas — Publ. no "Lavoura e Comércio" de 20-5-1920. Datado do Rio — 10-5-1920.

Só? — Publ. n' "A Semana de Goiás" e no "Acadêmico" do Rio. Datado de Goiás — 1911.

Embriaguez — Datado de Goiás — 1911. Publ. n' "A Semana" e no "Album Popular Brasileiro" da Baía (5º vol. — 1914).

Fantoches — Publ. no "Fon Fon", abril 1915.

Despertar! — Publ. no "Lavoura e Comércio" de 4 de julho e 5 de agosto de 1920. Refere-se, parece-nos, ao folheto do sr. Otávio Brandão que, por essa época, era proprietário de uma farmácia à r. S. Francisco Xavier, quase à esquina da General Canabarro, onde Hugo residia.

✸

Algumas das poesias do presente volume foram publicadas no "Lavoura e Comércio", nas revistas "Via-Láctea" e "Lavoura e Comércio Ilustrado" de Uberaba. "Transfiguração" saiu com o título de "Desalento".

✸

No "Lavoura e Comércio" de 25 de outubro de 1917, Hugo publicou um longo artigo pleiteando a reeleição, pelo Estado de Goiás, do senador Leopoldo de Bulhões. No cabeçalho, resumiu assim o seu interessante artigo: — "O próximo pleito. Defeitos da nossa organização política. Pequenos Estados sacrificados. Para quem apelar? Remédios a males irremovíveis. O princípio dos "expoentes". Igualdade ilusória da representação do Senado. Ponto de vista goiano. A figura do senador Bulhões. Alegações injustas. Nunca parece muito aquilo que se dá. Goiás, expressão geográfica. Regime provável dos Serapiões.

Passagem do Reboão. Candidato que não pode temer paralelismo. Oligarquias. A Megera. Apelo ao bom senso dos conterrâneos. A reeleição do eminente patrício impõe-se. Conclusões finais".

✺

Dos originais de Hugo, além dos de todas as suas poesias, só possuímos os seguintes por havê-los confiado à nossa guarda quando, em fins de 1920, esteve em Uberaba: — "A Madre de Ouro", "Bilhete", "A esponja", "O meu amigo Juvêncio", "Diário de Juvêncio", "Pampa", "Goiás no centenário", "Ainda a propósito do centenário", "O interior goiano", "Populações rurais", "Desportos Nacionais", "O bete", "Carta de um romântico", "Só?", "Embriaguez", "Mocidade". Os dos contos "Peru de roda", "Alma das Aves" e "Caçando perdizes", entregamo-los à editora Monteiro Lobato & Comp. para a 2ª edição de *Tropas e Boiadas*, em 1922 e não foram devolvidas com o retrato que tirou em frente ao museu, na Quinta da Boa Vista.

340

AS CARTAS DE HUGO DE CARVALHO RAMOS[1]

ROGÉRIO SANTANA

---

1   Rogério Santana dos Santos é professor de literaturas portuguesa e brasileira na Universidade Federal de Goiás. Realizou estágio pós-doutoral na École des Hautes Études en Sciences Sociales (2013-2014) como parte do projeto "Literatura e ruralidade". Suas mais recentes publicações são os ensaios "Littérature brésilienne contemporaine: isolement et exclusion dans la favela" e "O lugar de Ronaldo Correia de Brito na literatura brasileira".

As cartas de Hugo de Carvalho Ramos (HCR), agora reeditadas pela Editora Ercolano, são exatamente as que foram publicadas pela Editora Panorama na 4a edição das obras do autor, de 1950. As 39 cartas que resistiram ao tempo e à fúria destrutiva do autor chegaram aos nossos dias graças ao cuidado do irmão de Hugo, Victor de Carvalho Ramos. Estão arroladas a seguir quantas cartas ele enviou a cada um de seus destinatários: irmã, Ermelinda de Carvalho Ramos — 18; mãe, Marianna de Loyola Ramos — 5; Leônidas de Loiola — 7; irmão, Victor de Carvalho Ramos — 3; irmão, Américo de Carvalho Ramos — 2; Acir Guimarães — 1; Erasmo de Castro — 1; Manoelito D'Ornelas — 1; e Dr. João Câncio (padrasto) — 1. Elas, apenas por essa distribuição numérica, já demonstram que, em um universo reduzido de correspondência, o autor goiano foi do diálogo confidencial ao projeto de nova obra anunciado aos amigos do momento, passando pela perda do pai e pelos cuidados com sua saúde abalada.

É em meio a esses assuntos que Carvalho Ramos (ele usa essa redução de seu nome em várias despedidas) demonstra sua preocupação com as cartas, que vão além de manter contato com os familiares. HCR assim escreve para a irmã Nenén (Ermelinda):

> [...] guarda essas cartas, terão um dia, quem sabe, valor *histórico*, mesmo com o desmazêlo de estilo, erros ortográficos, sintáticos, com que minha preguiça de revisão deixará eivadas essas linhas por aí fora (24 de outubro de 1911, p. 259).[1]

Longe da suposta ingenuidade do autor, como em tudo que escreveu, ele demonstra uma consciência das consequências que poderiam advir de sua correspon-

---

[1] Todas as citações das cartas de Hugo de Carvalho Ramos serão acompanhadas da data por ele registrada e da página em que se encontram neste volume.

dência; esta reedição de suas obras completas é resultado da importância histórica prevista por ele. E essa importância começa exatamente pela preocupação de Hugo em deixar a família, em particular mãe e irmã, a par de seu dia a dia, bem como de sua visão sobre a cidade natal e seus habitantes. Ele oscila quando se dirige aos familiares, em particular à irmã Nenén, entre expressar seus sentimentos em relação à ambientação da Cidade de Goiás e às suas atividades cotidianas sob um forte sintoma da vida na antiga capital do estado. Entre um lugar provinciano e um conhecimento avassalador, expressa-se o jovem HCR num discurso particular, às vezes até confidencial.

Sua primeira carta da coleção data de 17 de outubro de 1911, quando ele tinha nada mais que 16 anos de idade. Havia um pouco mais de um mês que o autor perdera o pai, Manoel Lopes de Carvalho Ramos, falecido no Rio de Janeiro, em 9 de setembro 1911, onde se encontrava para se submeter a um tratamento de saúde, acompanhado na antiga capital pela mãe e pela irmã de Hugo. Nessa carta, o autor de *Tropas e Boiadas* promete escrever à irmã semanalmente sobre seu cotidiano na "tediosa terra de Goiás". Com um sentimento que ia da apreciação da beleza natural do sertão ao tédio pela gente natural de sua cidade natal, Hugo vai intercalando, entre uma e outra observação pessoal, aquilo que verdadeiramente demonstra que vai, cada vez mais, compreendendo das condições sócio-históricas do seu estado.

Paralelamente à sua percepção, naquele momento, da posição em que Goiás ocupa no plano nacional, Hugo vai tentando cuidar da obra literária de seu pai, em particular da obra que ele deixou inacabada, *Tragédia santa*, cujos originais foram deixados com o Dr. Olímpio Costa, amigo íntimo de Manoel Lopes. "Como sabeis, o meu pranteado Pai, antes de adoecer, confiou o seu último livro, a sua última obra, ao Dr. Olímpio [...] Peço-vos pois algumas linhas nas quais me ordenareis solicitar o dito livro ao Dr. Olímpio" (17 de setembro de 1911, p. 256). O cotidiano do escritor goiano foi, cada vez mais, sendo absorvido pelas ideias da criação literária. Em sua primeira carta enviada em dezembro de 1911 à irmã, Hugo escreve:

> Tu me dizes que gostas dos meus escritos. Mas, ah! Minha Irmã, eles são embebidos em fel. Nunca me leste um conto alegre. [...] De há muito que tenho em mente escrever um conto dedicado a ti, porém, como vês, as ideias são sempre sombrias, destilando amargor (08 de dezembro de 1911, p. 270).

A experiência com a escrita de contos já fortificava no autor a ideia de seus textos serem fruto do amargor. Considerando os contos publicados e posteriormente reunidos em *Tropas e Boiadas*, em 1917, Hugo havia escrito apenas "O saci". O detalhe é que há a possibilidade de ele estar se referindo a outros contos que já tinha destruído ou mesmo que se perderam em antigos jornais. Victor de Carvalho Ramos anotou no seu "Dados biográphicos", publicado na 2º edição de *Tropas e Boiadas* (Monteiro Lobato & Cia, 1922), os seguintes textos aos quais o autor pode estar fazendo referência: "Mula-sem-cabeça", "O lobishomem", "Somnambula", "Uma dissecação", "Missa de finados", todos de 1911 que não chegaram até nós. Os títulos conferem com a observação de Hugo quanto ao amargor de seus contos. Esse sentimento encontrou afinidade com o que o autor lia desde muito cedo. Claro que a observação está no campo da especulação sobre o autor e sua literatura.

O repertório de leitura de Hugo dá elementos para uma relação mais sincronizada entre suas referências literárias e sua própria vida, bem como suas escolhas temáticas para os contos. Ele anota na carta à irmã de 30 de outubro de 1911:

Chego aqui no meu quarto exaltado, levemente febril, e pego da pena e escrevo algum conto fantástico à semelhança de Hoffmann ou da *Noite na Taverna* de Álvares de Azevedo, que, talvez, podes ter visto aí pelos jornais da terra. Deito-me esfalfado, esgotado, para recomeçar no outro dia a mesma vida com poucas variantes, e assim o seguinte, sempre com a mesma monotonia, sempre com o mesmo tédio, sempre com a mesma falta de forças para o *struggle for life* (luta pela vida) (p. 261).

O autor alemão Hoffmann aparece mais de uma vez nas referências do autor goiano. Isso demonstra certas predileções de Hugo pela literatura do século XIX. Além de Hoffmann e do poeta romântico brasileiro Álvares de Azevedo, Hugo promove um desfile de diversos autores ao longo de suas cartas: Byron, Chatterton, Camões, Cervantes, Goethe, António Nobre, Euclides da Cunha, Coelho Neto, Dumas, Balzac, Taine, Garrett, Bilac, Eça de Queirós, para ficar nos consagrados, apresentados aqui de acordo com a ordem em que aparecem nas cartas. Hugo tem uma obsessão pelo sofrimento, como atestam seus contos.

É notável a influência também de autores portugueses em seu universo literário: "Se eu fizesse versos, dedicar-te-ia uma elegia como aquelas de Antônio Nobre, ou um hino santo como Eurico, o presbítero melancólico" (01 de janeiro de 1912, p. 276). A melancolia absorvida dos poemas do herói de Alexandre Herculano, autor português do século XIX, é um dado com que podemos construir um certo perfil de Hugo. O personagem desse romance é um presbítero recluso que escreve poemas de cunho espiritual, ao mesmo tempo que combate os mouros, tudo passado no século VIII.

Há uma grande distância temporal entre o momento vivido pelo presbítero e o momento vivido por HCR; mas há uma proximidade "sacerdotal" entre as escritas dos dois, num fervor por atingir a mais expressiva ideia, num ato de verdade autoral. Parece que ele segue uma linha de comportamento que vem mesmo do século de seu nascimento: a educação sentimental. Uma preferência pelo excêntrico o acompanha nas manifestações mais particulares do seu modo de vida e da sua maneira de entender o homem no sertão; inclusive a si mesmo.

Nas cinco cartas destinadas à mãe, Hugo é muito objetivo com o que tem a dizer, normalmente coisas triviais sobre encomendas e pedidos feitos por ele, exceto em sua primeira carta, em que manifesta pesar pela morte do pai. E foi na oitava carta da coleção (ela reúne escritos de 3 datas: 08, 18 e 22 de dezembro de 1911) que Hugo fez um autorretrato à base da amargura. Ei-lo:

> Hoje, como estou um pouco de veia, faço-te o meu retrato em duas penadas: Sou alto, um pouco mais alto que o Rodolfo, um pouco mais baixo que aquela miss negra que aí esteve há tempos; pelas minhas contínuas leituras assentado, fiquei míope e corcovado; minha contínua dispepsia fez-me amarelo como uma cidra e magro como o bacalhau da Quaresma; sou de físico um tanto desengonçado e as pernas cambotas e dobradiças; olhos vesgos e o nariz adunco como o do Victor. Já leste Notre Dame de Victor-Hugo? Pois rivalizo com Quasímodo, o herói do romance (08 de dezembro de 1911, p. 271).

A depreciação de si mesmo é um traço contínuo do taciturno Hugo. Vê-se por suas cartas que o autor, em geral, vai buscar definições para o seu modo de ser no mundo dos românticos europeus. Foi o caso do personagem de Alexandre Herculano e agora o de Victor Hugo. Para sua literatura rural, Hugo vai tomar outras referências para fundamentar a construção de seu universo narrativo, em particular Euclides da Cunha e Coelho Neto. Além dos males físicos (míope, corcovado, dispéptico) e das impressões de desajuste (desengonçado, cambota, adunco), para atingir o ápice das anomalias ao ser comparado em condições desprezíveis com Quasímodo, personagem de *O Corcunda de Notre Dame*, Hugo, pelo viés literário, vai se aproximando talvez do "personagem" que ele também quer ser no âmbito da sua realidade. Suas cartas são narrativas do seu desconforto no mundo e do seu amargor com sua cidade natal e sua gente.

No entanto, é esse ambiente que parece tão adverso a ele que o vai salvar de si mesmo. Nem vale a pena saber o que ele diz das mulheres na carta à irmã de 6 de novembro de 1911: "a mulher é frívola". Independentemente de qualquer relação com a mulher, ele estava escrevendo a uma mulher, sua irmã. Isso é importante para se entender a complexidade psicológica de Hugo, que se transforma, em parte, diante das obras que surgem dessa mesma terra, com temas vividos por essa gente de Goiás. Mas tudo para ele será grande se construído pela literatura.

Assim é que sua preocupação após a morte do pai se volta para sua obra publicada e inédita. Logo na primeira carta da coleção, 17 de outubro de 1911, ele já se preocupa com os originais de *Tragédia santa*, de Manoel Lopes. Ele não vai economizar na comparação de Byron, Chatterton, Álvares de Azedo, Cervantes, Shakespeare não serem tão dignos de um grito de revolta pelo

> [...] indiferentismo humano, o egoísmo humano, como esse meu pobre Pai exalando num suspiro o último átomo de vida, a última partilha vital, o último chispar de um raio de luz, como clarão da candeia moribunda, que indicavam que aquele viver todo em prol da humanidade, aquele lucubrar contínuo de ideias altruísticas e filantrópicas pela justiça, pela bondade, pela caridade, aquele fulgor imensurado das páginas da "Goiânia", da "Epopeia de 1º de Junho", da "Imortalidade", dos "Gênios" — ainda não se tinham de todo evaporado! (12 de novembro de 1911, p. 265).

Em geral, o que toca em sofrimento é romanticamente avolumado por Hugo. Ele vê injustiça em não se reconhecer o esforço literário do pai pela humanidade. Algo nada convencional está no pensamento do autor goiano, mesclado com sua profunda formação romântica. A crença do autor na relação densa entre vida e literatura o leva a patamares de síntese que escapam à racionalidade mais trivial. Mas essa concepção vai declinar. O caminho intelectual do jovem de Goiás é do romantismo ao ruralismo. O leitor pode se lembrar de que os ditos românticos são bucólicos desde a origem de seu pensamento. Mas de que bucolismo são feitos? O bucólico visionário, daquele que não conhece a matéria sobre a qual escreve, do visionário que admite o fantasmagórico como linha de frente de sua percepção das zonas naturais, do deslocamento dos conflitos burgueses dos meios urbanos para os meios rurais. Hugo, em síntese, foi da visão romântica de si mesmo para o realismo rural aplicado em suas narrativas. À irmã, ele confessa: "Já lá vou eu descambando para a maldita mania de romantismo deixemos isso de parte" (30 de janeiro de 1912, p. 283)[2].

---

2   O autor afirma estar o romantismo impregnado na sua escrita, após elucubrar livremente em um parágrafo anterior da mesma carta: "Não, o hábito está por demais arraigado, sou como o mísero viciado da embriaguez inveterada: bebeu por muitos meses, muitos anos o terrível líquido; eis que um dia cortam-lhe os meios de assim continuar, mas então já o álcool lhe penetrou todas as células do organismo, já relaxou todas as fibras de seu corpo, embebeu-se-lhe até a medula dos ossos, depravou todas as suas sensações... E creem o mísero curado, pensam que como não mais bebe, está sadio e forte... Nem mesmo ouvem o que murmura o pobre no último acesso de *delirium tremens*; — É tarde!..."

A concomitância entre os dois aspectos, ou a quase superação do primeiro pelo segundo, vai sendo paulatinamente exposta pelo autor em suas cartas. Um fato crucial na sua trajetória como escritor será sua ida para o Rio de Janeiro. Na antepenúltima carta escrita de Goiás, a décima escrita à sua irmã, Hugo já vive no desalento de sua ida para a capital do país. Separado da mãe, da irmã e também do pai até sua morte em setembro de 1911, o autor já vê a possibilidade de sua ida não acontecer. Depois de contar uma história de um rei que se torna mendigo, na mesma carta, o jovem Hugo é categórico:

> — *Pois eu sou como esse mendigo. Quatro anos aspirei ardentemente a falaz promessa da minha ida [...] Sim, irmã minha, já não sinto prazer com tal partida. [...] E o Rio se me afigura ao invés do almejado Paraíso, as sombrias profundidades dos infernos dantescos* (30 de janeiro de 1912, p. 282).

Hugo transportará para o Rio as insatisfações várias vezes vividas na sua cidade natal. Mas a distância dela fará com que seus sentimentos e concepções acerca do mundo rural ganhem predominância no seu pensamento como pensador do sertão que é.

Na primeira carta escrita no Rio de Janeiro, ele declara à irmã que estava em Itanhandu, Minas:

> *Ah, quão fundo mora em mim a nostalgia das solidões sertanejas que não mais viverei, e o mistério desses mares de frondes — ora tranquilos, ora tragicamente agitados — das matas, das campinas da minha terra!* (08 de março de 1915, p. 290).

Sua previsão de que não mais voltaria ao sertão de Goiás se confirmou. Mas o hiato de três anos entre a última carta escrita em Goiás e a primeira escrita no Rio impede que se faça uma trajetória mais consistente nesse período inicial na capital federal.

Ao entrar, no ano de 1915, para a Faculdade de Direito, parece que a vida se tornou mais cotidiana, ocupando-se o autor com os estudos e com a publicação, em 1917, de *Tropas e Boiadas*. Seu livro vai dominar sua atenção, em alguns momentos até em detrimento da sua vida acadêmica. Mas ele vinha sendo projetado desde 1912, como demonstra sua carta ao irmão Victor. Nela, ele elenca 11 contos escritos, dos quais somente "À beira do pouso" aparece na primeira edição e "Pelo Caiapó Velho", na quarta edição, de 1950. E finaliza o parágrafo sobre seus contos com uma preciosa informação: "Como vês, tenho escrito alguma coisa, e levo, em mente, o plano de uma grande novela para o Rio, onde com vagar, se não for levado por outra corrente de ideias, a comporei." (28 de fevereiro de 1912, p. 287). Em março daquele ano ele embarcaria para a cidade dos seus desejos.

A grande novela a que Hugo se refere viria se constituir em "Gente da gleba", narrativa composta em 12 partes.[3] Não há mais, em suas cartas, nenhuma referência específica à novela; apenas referências à nova edição de *Tropas e Boiadas*, acentuando os novos contos que farão parte da segunda edição.

---

3   Aproveito para descrever a primeira edição de *Tropas e Boiadas*, quanto ao que interessa para o momento. A edição foi publicada pela *Revista dos Tribunais* e, na capa, vem escrito o título em vermelho sobre papel amarelado, o nome Hugo abreviado para "H.", de sorte que o registro indicava para nomear o autor de "Carvalho Ramos", como acontece com frequência. A folha de rosto repete a capa integralmente, em preto e branco, para em seguida vir o índice numerado em algarismos romanos: I - Caminhos das tropas; II - Magoa de Vaqueiro; III - A bruxa dos Marinhos; IV - Nostalgias...; V - À beira do pouso; VI - O poldro picaço; VII - Ninho de periquitos; VIII - O Sacy; IX - Gente da gleba (composta de 12 partes, sem numeração). O livro totaliza 194 páginas.

A nova edição vai dominar boa parte dos comentários de suas cartas. Escrevendo a Leônidas de Loiola em 1920, Hugo afirma: "Já tenho organizado o volume para a nova edição, que conto vender a uma casa editora aqui do Rio" (23 de fevereiro de 1920, p. 296). A boa acolhida da primeira edição trouxe ânimo ao autor para uma ampliação. A nova edição "conterá, entre outros, os seguintes contos: "Caçando perdizes"..., "Alma das Aves", "Peru de roda", "Flor Silvestre", além de outros trabalhos" (*Ibidem*). Entraram somente os três primeiros contos apontados por ele. E nada mais.

"A nova edição sairá a qualquer momento; mas estou meio inclinado a dá-la conjuntamente com um novo livro, o que acarretará pequena demora " (04 de agosto de 1920, p. 307); "A publicação nova de meu livro fica temporariamente adiada, pois é meu desejo fazê-la conjuntamente com outro trabalho" (31 de março de 1921, p. 328). As duas passagens são retiradas de duas cartas endereçadas a Leônidas de Loiola. A primeira escrita em Uberaba, a segunda, e última carta escrita por ele, no Rio de Janeiro. Um mês e 12 dias depois ele tiraria a própria vida. Entretanto, mesmo que esse "novo livro" não tenha sido concluído, pode-se elaborar algumas hipóteses do que seriam seus fundamentos.

Mas muito antes, em carta à irmã, Hugo já expõe a ela o projeto do novo livro, e pede segredo para a nova ideia:

> [...] porque eu pretendo escrever alguma coisa dessa vida do interior, tenho em encubação um vasto e soberbo plano, para a ampliação do qual, vou acumulando as mais insignificantes anotações, as variantes mínimas de fatos e aspectos comuns. Será — só a ti confio este meu *segredo* — uma como apoteose da vida do *Sertão*, não como Euclides da Cunha a escreveu, mas mais suave, com cambiantes de luz e sombras leves a lilás, à elegia, ao ditirambo, à epopeia e ao idílio... Mas isto é um sonho,

um simples sonho meu e irrealizável: falta-me tudo, até a fé e a obstinação que são as grandes alavancas do mundo (01 de janeiro de 1912, p. 277).

Um fator determinante para se pensar como seria essa obra é a diferença que ela teria de *Os sertões*, de Euclides da Cunha. A obra do engenheiro que se tornou jornalista reconstrói o universo das lutas em Canudos como um ensaio sociológico, amparado por um caráter literário. Hugo, ainda que seja um admirador do autor que demonstrou uma forma justa na abordagem do sertanejo, vai em busca do literário, de uma obra que fosse uma conjugação de formas para atingir a representação do ambiente natural, moldado pelo canto de lamento em meio ao prazer, numa efervescência de grandes feitos. Isso é apenas uma conjectura. Vê-se que os projetos do autor foram pensados entre os 15 e 20 anos, numa delimitação aproximada. Isso faz pensar que mesmo tendo já nessa idade uma formação intelectual que o destacava, seja em Goiás, seja no Rio de Janeiro, ele imprime, parece que às vezes a contragosto, uma feição romântica sobre o que pensa escrever, mas acaba escrevendo sob uma ótica do realismo rural.

De 1920 para 1921, o leitor de suas cartas vai se deparar com um HCR severamente melancólico. Em carta a Monoelito D'Ornelas ele afirma: "Hoje em dia tenho ficado quase que completamente inativo e afastado do campo das pugnas intelectuais, perturbado pelas transformações por que vem passando o meu espírito" (14 de julho de 1920, p. 304). A partir dessa carta e de outras endereçadas a familiares e amigos, Hugo vai desfilar um universo de amarguras, misturado com seu projeto de nova edição de *Tropas e Boiadas*, mais o novo livro. Em meio a viagens, Uberaba, Araxá, onde permaneceu mais tempo, como agente especial do recenseamento, e Rezende, até voltar ao Rio de Janeiro em 30 de março de 1921.

Tudo indica que esse "novo livro" surgiria com as ideias expostas nos artigos "O interior goiano", escrito em agosto de 1918, e "Populações rurais", escrito em fevereiro de 1919. Em dezembro de 1919, Hugo também escreveu o artigo "Goiás no centenário", publicado no *Lavoura e Comércio*, de Uberaba, e "Ainda a propósito do Centenário".

Possivelmente por terem elementos que compõem a exposição de ideias como tese, o autor tenha dado nos dois primeiros textos uma pequena fração do que viria a ser "uma como apoteose da vida do *Sertão*, não como Euclides da Cunha a escreveu". A diferença, senão de conteúdo, estaria no gênero dessa "apoteose", uma vez que HCR sugere uma composição poética. Em "O interior goiano", ele aborda basicamente três aspectos: a definição de caipira e de sertanejo; sua representação na literatura; e as soluções para o problema do homem no interior goiano. O autor se apoia numa descrição do ambiente, cujo fundamento chega à antropologia rural. Assim ele apresenta o caipira:

> O contrato da terra, a vizinhança de rios e ribeirões tornados paludosos nas cheias com o apodrecimento de folhas que as enxurradas acarretam e depositam em seu leito, a moradia esteada ali ao pé das matas — são os principais fatores de "meio" com que luta a forte organização do tipo geral do "caipira", o homem da lavoura naqueles fundões ("O interior goiano", p. 231).

O autor persegue na descrição do ambiente e do tipo a figura humana que habita os fundões do Brasil. É surpreendente a sua capacidade de análise. O leitor vai se surpreender com a pouca extensão do artigo e com o alto poder de síntese. Sua apresentação, em geral, tece comentários numa simbiose entre a natureza e o homem do campo. Esse amálgama entre o natural e o homem agindo nele é a forte influência de Euclides da Cunha. Não é à toa que o autor goiano já se esquivou do modelo de narrativa surgido com *Os sertões*. Sem dúvida, a intenção de Hugo era produzir uma obra que expusesse e analisasse o sertão típico do Centro-Oeste, possivelmente com algumas entradas em Minas Gerais e Bahia.

Até que se tenha conhecimento mais detalhado, essa obra ficou em alguns escritos esparsos. Ele teria abordado o matuto brasileiro, rapidamente descrito em "O interior goiano", que, segundo o autor, "[p]ode-se vê-lo mais ou menos caricaturado em comédias e revistas regionais dos nossos teatrinhos" ("O interior goiano", p. 234). Sabe-se muito bem que o caipira já em 1918 era uma figura amplamente conhecida sob uma perspectiva negativa na cultura brasileira. Não era essa a visão de Hugo. Era preciso repor antropologicamente o lugar do matuto brasileiro: suas formas de vida, sua sobrevivência, sua fala, seu conhecimento da terra. Para isso, o autor vai estabelecendo um paralelo entre o caipira e o sertanejo. Assim ele elabora uma comparação precisa do que fixa o primeiro e do que move o segundo.

> Os primeiros constituem o elemento sedentário, preso ao solo, cujo horizonte visual não vai além do alqueire de terra que lavram; os últimos, se não viajados, têm ao menos, pelo acidentado da vida, um campo de atividade a abranger largas extensões ("O interior goiano", p 235).

Hugo, com essas passagens, apresenta as duas figuras humanas mais importantes do sertão central brasileiro. Ao fazê-lo em paralelo, traz para o leitor de seus artigos uma forma de compreensão antropológica do homem do sertão, além de já dar indícios de como interfere na economia local. Brilhante síntese: "elemento sedentário", nas fazendas de agricultura de subsistência, o "queijeiro", como o autor nos ensina, numa composição com o "elemento movediço" ("tropeiros", "carreiros", "boiadeiros"). A mescla das culturas caipira e sertaneja traça um fundamento da organização social do interior goiano com grande alcance de percepção, pois, na combinação entre cultura local e deslocamento do gado, é que vai se amparar a economia goiana, ainda no início do século 20.

> Fatalista, supersticioso, avesso ao progresso, indolente por vias de hereditariedade e depauperamento físico decorrente de endemias e inoculações várias de parasitas da terra, o nosso matuto foge à concorrência, não se adapta ao progresso, e recua para o deserto, ao primeiro influxo das correntes imigratórias vindas do litoral. Índole má, tem o instinto do extermínio, e dia a dia vai fazendo dos Brasis um deserto de terras sáfaras e sapezais, prenunciadores da bancarrota futura ("Populações rurais", p. 239).

Esse é o segundo parágrafo do artigo "Populações rurais". Pelo seu conteúdo, o embate campo e cidade está sob a visão distorcida que os senhores do progresso têm do matuto e de seus ambientes. O salto de compreensão sobre o problema do descrédito ao mundo rural brasileiro é tão relevante no pensamento de HCR, que permite identificar elementos que fariam parte do seu livro sobre o sertão. Entram na órbita da reflexão do contista os três tipos de território: territórios em que predomina o "elemento estrangeiro", territórios em que ainda não há o "influxo da imigração" e territórios "onde as duas correntes se contrabalançam ou fusionam" ("Populações rurais", p. 242). A exposição fica mais apurada na pena do autor, levando em conta a referência ao antropólogo francês Gustave Le Bon, autor de *A multidão: um estudo da mente popular*, de 1895.

Além das rápidas análises que ele faz da inexistência de raças superiores e inferiores, o intermediário europeu, que por aqui "abandona a lavoura pelo balcão", o regime patriarcal, Hugo aponta um dos problemas mais angustiantes na época:

Gira, portanto, o atraso, atual das nossas populações rurais em torno deste primeiro ponto essencial: boas vias de comunicação. Delas decorrem, dada a dispersão territorial, a instrução, o saneamento etc., e outras formas manifestadoras da cultura de um povo ("Populações rurais", p. 244).

Colocar em evidência o problema do isolamento de Goiás, não só pela análise de dados locais, mas sobretudo pelo confronto com informações de outros países, como a superação do analfabetismo na Inglaterra, que, segundo HCR, era de 30% em meados do século 20, passando a 1% ou 2% na década de 1910, demonstra suas referências amplas como pensador do sertão que procura entender com mais precisão o seu próprio meio.

Mas, ao leitor atento ao texto literário do autor de *Tropas e Boiadas* não será surpreendente quando se deparar com uma pequena narrativa entremeada à exposição de ideias sobre os rurais. Estando o autor no alto da Mantiqueira, numa de suas viagens, cavalga ao lado do Neco Gonçalves, ele no Pachola e este na Mimosa, quando na sua narrativa desponta uma fala bem ao gosto do autor: "E o Neco, súbito, anuviado: — Olha, patrão, olha o estrago da gripe!" ("Populações rurais", p. 241). A partir daí vai o leitor tirando conclusões por que caminhos o outro livro não escrito por completo traria formas narrativas não convencionais. Mas isso é apenas uma hipótese, pois o que há a mais fica por conta do leitor.

ARTIGOS

359

361

A UM POETA

Meu amigo:

Condói-me o teu desânimo. Tu te vieste impondo até aqui à minha atenção, por fugires sempre à regra comum. Não é que sejas um original. Não; a originalidade é, muitas vezes, uma das feições do próprio vulgarismo. Mas é que tiveste sempre uma aversão instintiva a trilhar as mesmas sendas e a galgar os mesmos redutos calcados e vencidos pelos que te antecederam na jornada. Atende, sê calmo; um momento apenas de firme reflexão, e esse tatalar contínuo de rêmiges, que é o teu pensamento ansioso de espaço e de horizontes, tomará seu surto natural, que tentas agora, e embalde, obstar, cingindo-o ao círculo estreito da tua ideia arraigada. Não faças como o besouro marrando de encontro às vidraças horas e horas de inútil e teimosa obstinação; um hábil volteio de asas, e se te mostrará facilmente a passagem por onde entraste o aposento fechado dum pensamento fixo.

Assim, havias de ser como todos aqueles de que fala Samain, que, pés nus, mantos flutuantes e cabelos ao vento, se puseram pela aurora em rota ao país do Ideal, e que, cansados, consumidos e rotos, vieram de retorno — a inveja nas vísceras e a ironia nos lábios — nivelar-se na turbamulta do rebanho obscuro, se lá não se deixaram ficar, braços abertos, ao sopé da montanha fatal — e é o teu caso — no sono eterno dos ideais perdidos...

Demais, vê, a vida não assume assim tanta importância, para que mereça de nós semelhante consideração. Olha o que dirão aqueles que se dizem teus amigos. És assim tão amigo deles para lhes dar tamanha satisfação? Se os teus males imaginários — para ti, de resto, tão verdadeiros como a própria realidade — te fazem tanto sofrer, que resistência oporás às duras contingências da vida, que nós outros, rudes embarcadiços afeitos a todas as tormentas, vamos experimentando e sorrindo a cada nova bordada das ondas, neste tumultuário vaivém das aflições terrenas? De que te valeram doze anos de assíduo labor sobre as páginas pergaminhentas da ciência humana, os tesouros acumulados duma emotividade artística levada à extrema tensão, se não possuis a coragem necessária para aplicá--las tão só e exclusivamente ao teu sonho magnífico de arte; e se esta sensibilidade maravilhosa, que te seria o *abre-te, sésamo* de todos os pórticos suntuosos e vedados da Beleza em obra humana cristalizada, é a danação máxima da tua existência, porquanto a tens abastardada na tarefa ingrata de ir dia a dia registrando, apurando e centuplicando as decepções vulgares e torpitudes a que nos força o contato diário com o nosso *semelhante*?

Se fosses um crente, isto é, um desses aos quais a rija disciplina monástica dos primeiros anos afeiçoou mais ou menos o intelecto ao dogmatismo estreito da moral católica, dava-te um conselho, esse que em meio a sua carreira literária tomou Huysmans, esse que se alvitrou aquele personagem de Maupassant, e tantos outros — entrar para um convento. A receita é antiga; já Hamlet a indicara àquela que, na tragédia shakespeareana, assume, por assim dizer, o papel do seu *duplo luminoso*, o anjo da guarda velando, num céu sinistro de desesperos, o signo torvo da sua má estrela — Ofélia. Antiga, mas segura.

Lá, liberto enfim da agonia da vida real, com suas necessidades imperiosas e os atritos inevitáveis, a que essa tua deficiência psíquica é o terrível óbice, volverias à atividade para a existência contemplativa, e talvez lenitivo decisivo terias a essa imortal angústia.

Mas não; foste criado, como eu, à lei livre da pagã natureza, e quarenta séculos de filosofia, bebida de Sanchoniaton — ao qual, afirmara algo, Moisés copiara preceitos — a Bergson, deixaram-te apenas, como ao Fausto, o amargo travor dum fruto antecipadamente bichado no seu pistilo floral, e a certeza cruel da nihilidade da razão terrena no esquadrinhar e reduzir do Postulado último.

Meu Oberman combalido até a medula na desilusão dos Mafilatres e dos Gilberts, vê que o tempo dos Werthers, roídos pela lepra do sentimento, vai longe, como longe vão as Carlotas ideais dos nossos sonhos de puerícia. Sê forte, como fortes foram Job — o leproso, Swedenborg — o doido, Flaubert e Dostoiewsky — os epilépticos — amálgama estranho onde sobressubstanciaste — no misticismo hirialesco da expressão — a tua entidade de visionário, a tua acuidade de analista, meu Pöe byroniano e fatídico, exilado no utilitarismo da época!

Se ainda fosses como esses imitadores do talento, atingidos da paranoia da glória e das cômodas posições sociais, o conselho seria simples — fazer-te acostado a uma ampla poltrona burocrática, um tépido aconchego de família, mulher de olhos ternos e formas nédias, alguns pimpolhos, bons vinhos, melhor digestão. Mas não; sei que Smarra planta cotidianamente o pé à tua garganta, no horror dos pesadelos noturnos; e que a senda, fácil e suave, requer uma dosagem espessa de estanhadura no frontispício jovial, e certa flexibilidade de vértebras e apófises, a que aqui, em tal circunstância e sabendo que és o que és, seria antes irrisão aludir.

Assim, dou-te o conselho formulado por Vigny no prefácio de seu Chatterton — *mata em ti o poeta que te tiraniza*. A pátria pede braços para defesa do pavilhão ultrajado, para o amanho dos campos abandonados: faze-te soldado, faze-te agricultor. Que a messe dos louros da vitória, ou os frutos opimos da terra agradecida, na lassidão dos teus membros fatigados, te deem pelas tardes lentas o esquecimento de algumas horas de repouso, e o alheamento da quimera egoística em que vive ensimesmado o teu subconsciente trágico. Queima ou deixa na poeira olvidada de uma gaveta, o teu livro de versos que me mandaste a emitir juízo. Não procures nunca eternizar pelo cornetim da fama este teu símbolo sombrio que me ficou da leitura: na planura rasa, um leão, carrancudo e ainda ameaçador, de volta ao antro — um venábulo atravessado e pendente do flanco ensanguentado...

Senão — já que és determinada e irremediavelmente e em qualquer ocupação um cerebrino — segue a solução de Nietzsche, que, antes de baixar ao nirvana da sua noite eterna da loucura, encontrara, mau grado veleidades de super-homem, a própria danação no *homem que pensa*: faze-te *instinto* — acorda em ti a Besta que vive alerta nos demais homens.

Porque, de outra maneira, seria retornarmos ao ponto de partida, isto é, àquele dilema, inversamente proposto — após a leitura das "*Fleurs du Mal*", por d'Aurevilly, e a que pareces inclinado: ou se "*faire chrètien*"... ou se "*brúler la cervelle*"...

OS HUMORISTAS

O principal acontecimento da última semana nas rodas literárias e mundanas da vida carioca, foi a recepção do senhor Humberto de Campos, o poeta da "Poeira" e "Seara de Booz" e outros trabalhos, na vaga aberta na Academia Brasileira pelo passamento de Emílio de Menezes, que não chegou a tomar posse da cadeira de Salvador de Mendonça, seu antecessor.

Esta última eleição, a do senhor Amadeu do Amaral na vaga de Olavo Bilac, a do dr. Alberto de Faria, na de José Veríssimo, juntamente com a prosperidade surgida no seio da egrégia companhia pelo testamento Alves, parece ter abolido de vez a praxe, tão prejudicial para o estímulo e brilho das nossas letras, de se eleger "expoentes" do nosso meio social, que tanto podem ser um tipo representativo da matreirice politiqueira nacional, como um Petrônio qualquer convicto de sua alta missão civilizadora de iniciar o indígena na difícilima arte de fazer variações em torno de um mesmo laço de gravata.

A arte de Emílio de Menezes, como "execução" do tema premeditado, não tem paridade em nossa galeria assaz vultosa de sonetistas. A carpintaria parnasiana pode passar de moda, e vai passando; entretanto, ficarão os "Poemas da Morte", e esta flora esterilizada à Wilete e à Legrand dos girassóis suntuários e das vitórias-régias tão bem queridas e melhor gravadas pelo extraordinário Cellini da forma escrita.

O que mais atrai, porém, em sua vida literária, é justamente esta sua outra feição satírica, carinhosamente estudada pelo seu sucessor, tão rara e paupérrima neste país de sentimentalismo incurável, e que se incorporaria gradualmente ao patrimônio anedótico da massa anônima, não fora a ilustre fonte de onde procede.

Feição esta que individualiza inconfundivelmente o bardo paranaense, e determina, a bem dizer, o seu lugar à parte na sisuda assembleia acadêmica.

Foi folheando curiosamente as ricas coleções de "Les Poètes Humoristes", "Les Satires contre les Femmes", "Les Poètes Libertins", "Les Chansonniers Gaillards", etc., dos séculos XIII, XIV e XV aos dias presentes, beneditinamente organizadas por alguns eruditos da antologia francesa, que vimos, comparativamente, quão falha, deficiente, senão miserável, é a nossa literatura histórica e bibliográfica sobre esta especialidade. Não é que sejamos avessos a tal modalidade do gênero *humour* — palavra dificílima e desespero de quantos têm procurado defini-la.

Do tronco da Renascença portuguesa, com Damião de Góis e outros, de passagem por Tolentino, Manuel du Bocage, a Camilo e modernos ironistas à Eça, Fialho e Ortigão; da ramificação do esgalho brasileiro, de Gregório de Matos, à galeria romântica de Azevedo e Fagundes Varela, até M. de Assis e o nosso Emílio, seja no período quinhentista, seja no clássico, romântico ou naturalista das letras luso-brasileiras, sobejos exemplos oferece a língua de que não é refratária nem canhestra à fórmula aludida. O que nos falta, sobretudo, para realçá-la, são boas antologias e estudos cuidadosos a respeito, cuja preciosa amostra tivemos agora no rápido discurso do novo acadêmico.

Se não nos têm faltado cultores do gênero, a índole da nossa raça, no entanto, o gênio semibárbaro do nosso povo, não parece simpatizar, nem tampouco adotar, pelo menos enquanto vivos, estes heroicos estigmatizadores dos aleijões sociais. Não lhes sofre, muitas vezes, a *libertinagem* do espírito, tomada esta no sentido genérico e etimológico do vocábulo.

Sanguíneos ou nervosos, na raça, brutais e desproporcionadas têm sido as reações dos diretamente atingidos contra estes perturbadores da tranquilidade digestiva e do sono dos burgueses. E se o amenizamento dos costumes, a polidez desta época de forte cosmopolitanismo, toleram já as ousadias do epigrama, contudo, quase sempre, permanecem os humoristas impenitentes uns "ratés" na vida democrática das sociedades — que é tirana e não perdoa quando ferida em sua mais cara instituição — esta do convencionalismo social.

Muito se tem progredido, pois, em doçura e urbanidade de maneiras, uma vez verifiquemos, por exemplo, a sorte de Damião de Góis, na alvorada portuguesa, ou em a nossa a de Gregório de Matos, ambos entabulando (estranha coincidência) o tema genealógico de personagens em evidência na época; o primeiro remontando às origens suspeitíssimas de certo conde da Castanheira, o outro sintetizando a baixa extração do governador da Baía.

Damião de Góis porque dissera:

"Mestre João sacerdote,
De Barcelos natural
Houve duma moura tal
Um filho de boa sorte.
Pedro Esteves se chamou;
Honradamente vivia;
Por amores se casou
C'uma formosa judia,
Deste (pois nada se esconde)
Nasceu Maria Pinheira,
Mãe da mãe daquele conde
Que é conde da Castanheira",

— sofreu uma coça em regra dos fâmulos do conde, coça que levou o ilustre amigo de Erasmo à cama, e desta à sepultura.

Gregório de Matos, cognominado o "boca do Inferno" pelo beatério baiano, encetando o conhecido soneto sobre as origens áfrico-índio-lusitanas daquela célebre figura governamental que saíra do

"pilado em pilão do Pirajá",

perde o seu cargo público, e sofre a pena de deportação para a Costa d'África.

✺

Ainda a propósito da distinção de satíricos e humoristas, de que discorda do novo imortal o poeta Luís Murat, que o recebeu, damos aqui um breve resumo do estudo de Georges Normandy, o erudito antologista, sobre o *humour*, concatenando definições de vários autores, entre os quais Baldensperger, conhecedor a fundo do assunto, donde o leitor escolherá a que melhor lhe parecer.

Para Baldensperger, "o humour serve de insígnia a uma hospedaria bastante espaçosa onde a história literária oferece hospitalidade a viajantes que devem admirar-se de se encontrarem juntos tanto, talvez, quanto os estrangeiros com que Cândido esteve à mesa em Veneza". De fato, comenta Normandy, o suíço G. Keller, os ingleses Fielding, Sterne e Swift; os alemães Reuter e Seidel, os americanos Artemus Word, Edgard Pöe e Mark Twain; os escoceses Carlyle e Burns, o norueguês Holberg; os franceses G. Courteline, Tristan Bernard, Jean Lorrain ou Alphonse Allais, são diferentíssimos uns dos outros, e entretanto podem todos ser classificados como humoristas, e dos mais legítimos, dizemos nós.

André Brisson afirma que "o termo geral de humorista comporta subdivisões que é interessante indicar e nuanças que, na língua corrente, não são bastante precisas".

As obras de Sterne, Fielding e Swift, sobretudo, serviram de modelo para a definição do *humour*. Elliot afirma que ele "tem mais afinidades com a sensação, e o espírito mais afinidades com as faculdades intelectuais".

Ben Johnson, já antes, em 1660, estabelecera: "Quando uma qualidade particular assenhoreia-se dum homem a tal ponto que força todos os seus sentimentos, suas faculdades, sua energia, a tomar a mesma direção, é legítimo chamar isso de *humour*". Um anônimo: "o humorista é um artista que nos dá sua intuição do mundo e da vida humana sob uma forma engraçada". "Se um autor me faz rir, é humorista; se me faz chorar, é patético", diz laconicamente Lewes. Thackeray, apontado mestre no assunto: "A qualidade do verdadeiro humorista é rir e provocar o riso".

Muralt e Voltaire, refugiados em Londres, o primeiro: "o humor não é senão a faculdade de revirar as ideias das coisas, mudando a virtude em ridículo e tornando o vício agradável"; e Arouet, em carta ao abade d'Olivet: "Os ingleses têm um termo para significar este gracejo, este verdadeiro cômico, esta jovialidade, esta urbanidade, estas agudezas que escapam ao homem sem que disso se aperceba, e traduzem esta ideia pela palavra *humour*". E Mme. de Stael, finalmente: "A língua inglesa criou a palavra *humour* para exprimir esta jovialidade que é quase tanto uma disposição do sangue como do espírito... Há morosidade, direi quase tristeza, nesta jovialidade. Aquele que vos faz rir não experimenta o prazer que ele vos causa".

Isso quanto aos ingleses. Quanto às demais literaturas, está claro que a "gaité" e a "verve" gaulesas nada têm a ver com o nevoento humor londrino. Assim também entre os alemães, onde a tradução do *humour* pelo *laune* germânico suscitou os protestos veementes de Heine, Schopenhauer e outros... humoristas.

Basta, porém, de transcrições. O leitor verificará por si mesmo se o grande Emílio de Menezes é um satírico e não humorista, como quer o seu eminente sucessor, ou se simplesmente mero caricaturista, como contesta o poeta das "Ondas".

Quanto a nós, confrontado a severa, augural e miguelangesca galeria dos mármores dos "Poemas da Morte" e "Olhos Funéreos", em contraste à veia picaresca manifestada alhures pelo poeta, somos ainda concordes com o conceito do prefaciador de "Les Poetes Libertins", o mesmo Georges Normandy, quando afirma:

"La frivolité, le sarcasme, l'intempérance et l'érotisme ne sont, souvent, que des masques destinés à cacher l'Angoisse, le Désespoir... ou la Sagesse".

E ponto final.

CRATERA

(VERSOS DE GOMES LEITE)

Gomes Leite não é um nome desconhecido do público uberabense. A "Via Láctea" dele nos deu ultimamente o soneto "Vencedor", onde afirma o sadio otimismo de quem, descendo às matrizes de sua emotividade artística, sente uma robusta fé no futuro, e a palpitação misteriosa de todo um mundo, prestes a revelar-se... Desprezando vãs tentativas de nenhos opúsculos, falhos e vãos, com que soem geralmente estrear os nossos patrícios, aparece desde logo numa explosão.

Cratera é o título do volume de versos que tem no prelo, e que sairá nos primeiros dias do próximo mês, nesse dourado outono de março, que parece antes uma gloriosa primavera — tão inundado de luzes e festivas louçanias anda ele em nossos céus — para enchê-lo todo do fragor vulcânico de sua épica ebulição. Será um dos melhores, senão o mais legítimo sucesso do ano.

Não nos deteremos, nesta rápida notícia, a dar um estudo detalhado da obra. Conjunto harmônico e compacto, da audição esparsa de alguns poemetos que nos fez ontem o autor, guardamos apenas a sinfonia wagneriana de seus ritmos, sempre novos e enlevadores, onde o plectro emotivo do poeta fere todas as gamas, sustido de princípio a fim por mão de *virtuose* seguro de sua arte — e a convicção consoladora de que a literatura nacional conta com um novo Bardo, na mais bela e elevada expressão do vocábulo.

Tanto o pórtico como o fecho do trabalho, nos fornecem a ideia dessa inspiração — diremos o termo — cósmica, que distingue os verdadeiros artistas do Verso, última e grandíloqua feição da Arte na década que finda, e onde todos os fenômenos da Natureza passam, uivando e gemendo ao látego do aquilão, pelas cordas da eólia harpa suspensa à grande árvore astral do firmamento. A dor humana, a energia humana, a aspiração humana, lágrimas, risos, sonhos, anseios, esperanças e decepções, tudo — Hércules e Anteu, as forças centrípetas e centrífugas da matéria — converteu-se numa desmesurada cratera acesa, no teso inatingível do Ideal Humano, coroada e agitada pelos quatro ventos homéricos do Destino como um brandão colossal, e por fim transbordando e cachoando pelos flancos requeimados da montanha, no trágico soçobro de sua expansão.

Esplêndido símbolo!

Assim, temos "Lavas dos Tempos", "Lavas das Coisas", "Lavas de Amor", "Lavas de Bronze" e "Últimas Lavas", as cinco séries de poemas em que está dividido o livro, pentagrama mágico consubstanciando e dizendo a alma do poeta. Desde o pórtico, é logo o ouvinte presa de estranho sortilégio.

Em "Lavas de Amor" cessa um momento o fragor platônico das grandes explosões, temos o escoar silencioso dos geisers morrentes das lágrimas, vertendo sobre a resignada desolação da fria e triste e muda contingência humana. É o sentimento que fala, na mais pura consubstanciação do ideal perdido. Tal, entre outros, o soneto "Águas".

Para que mais? Encerrando esta simples notícia, damos antecipadamente aos leitores do "Lavoura" algumas estrofes da "Cratera Morta", soberbo fecho da obra, donde, em versos brancos, irrompem os derradeiros estertores dum mundo prestes a findar:

> Ah! Se alguém, que galgasse a rude cima,
> Soubesse toda a origem destas lavas,
> Petrificadamente inexpressivas!
> Sentiria talvez um calafrio
> De pavor, ante um Gólgota ignorado!
> E teria a piedade de um soluço,
> vendo, na solidão de um píncaro ermo,
> Num ricto cadavérico de lábios

— Como a boca de um deus que morre quando
Vai revelar o arcano do universo —
Meu Sonho morto na Cratera morta!

Repitamo-lo, a Arte nacional conta com um novo e magnífico Poeta.

CINZA

(VERSOS DE EDUARDO TOURINHO)

O livro que Eduardo Tourinho acaba de publicar pode filiar-se àquela corrente que, em Portugal, iniciada por Teixeira de Pascoais, culminou em Cesário Verde e Antônio Nobre, e de cuja musa a veia do Fialho, irreverente e sarcástica, dissera que "quem verseja à Virgem Maria é que só é capaz de fazer, no matrimônio, o papel de São José..."

Está, pois, a nosso ver, nesse curto juízo do humorista amargo da "Vida Irônica", o escolho máximo da escola simbolista, que, a menos que se não possua a justificativa de um organismo combalido pela neurastenia ou outras formas da nevrose moderna, se naquele dourado país das uvas não tivera sua razão de ser, muito menos sob este ardente céu do nosso país, que convida antes à virilidade do sentimento, à inspiração anacreôntica, numa posse arrebatada, fecundadora, com a Musa, que às tristes ejaculações daquela civilização decrépita e *boulevardière*, de que fizeram gáudio em França os Rollinats, Rimbauds e Lorrains de segunda e terceira água, minados pelo "veneno verde" e todas as espécies de contrafações da natureza...

Já porém, desperto da longa crise *"fin-de-siècle"*, o gênio gaulês, fonte incontestável de toda a inspiração neolatina atual, retemperado na chama patriótica, despiu de há muito as vestes desse decadentismo bilontra de manicômios e "brasseries", para empunhar de novo o tirso redentor, onde se afirma mais uma vez a predestinação daquela raça. E já razão não tem Souza Reilly quando constata em um de seus mais gabados livros, "El alma de los perros", que "la neurasthenia está dando más artistas á Francia que todos los alcoholes que bebió Verlaine"...

Assim, debelada para sempre a tendência degenerativa, que viera fazendo da Arte campo de estudo e anfiteatro de pesquisas médico-legais e às sábias explanações da psiquiatria, voltando a literatura a ser um elemento de progresso, estimulador de energias e da comunhão social, parece que a poesia decadente ficaria definitivamente rotulada como um fenômeno transitório da época, se aqui e alhures um ou outro retardatário não persistisse em ferir o monocórdio nefelibata...

Aos velhos, aos da antiga geração, nada teríamos a dizer, porquanto não são em duas ou três pernadas que se muda o nosso modo de sentir e encarar a vida, nem tampouco o exercício sistemático duma inteligência aplicada à vacuidade de coisas imprecisas, nebulosas... É a força do hábito atuando, assim como que a persistência da ressonância de uma corda que já se não fere, como a luz dum astro que se apagou e que ainda vemos no firmamento...

Mas os moços, esses não deverão reiterar nessas fórmulas sediças!

E Eduardo Tourinho compreende isso muito bem, pois, conquanto possa ser incluído, como dissemos, pela rotulação impertinente na classe dos ditos decadentes, mostra já um ecletismo lisonjeiro na maioria de seus versos, e, ainda que um tanto atreito à influência dos "sosistas", caminha serena e bravamente para um Ideal, cuja realização já se vai delineando desde este seu livro de estreia.

✹

Isso dito de um modo geral, e que antecipamos ao que certamente há de dizer qualquer aristarco da crítica indígena, adiantaremos que, sob o ponto de vista pessoal — *Cinza* — fruto duma imaginação primaveril — calou dulçurosamente à nossa nostalgia de céus mais puros, de impressões mais brandas, que a estação decorrente e estes últimos e abrilinos luares tão poderosamente sugerem em toda alma onde haja uma dosagem maior ou menor de sentimento e poesia.

Daremos aqui, da "cinza deste livro triste", como tão expressivamente diz o autor no magnífico soneto-pórtico, uma e outra mostra de seu repassado estro, para o encanto dos leitores:

A LUA

Fico de joelhos diante do oratório
Deste céu profundíssimo e azulado!
És o perfil de Júlia no ar lavado
E eu sou o vulto triste de Tenório...

Francesca abandonou o Purgatório
E, com Paolo passeia, lado a lado,
Sobre teu rosto desanuviado,
Álgido, pleno, pálido, incorpóreo?

És Ofélia, és Carlota, és Margarida!
O branco mausoléu da antiga crença
De Salambô, de amor adormecida.

Ó branda essência da alma das Julietas,
Ó piedosa lâmpada suspensa
A enluarar a insônia dos Poetas.

E também citaremos alguns versos e sonetos da "Vida Simples", onde no coração dolente e ermado do poeta, fala enfim a saudade da terra brasileira:

Viver virgília vida. Não ler nada.
Ir aos domingos, bem cedinho à igreja.
Não possuir outra coisa que não seja,
Além da casa de sapé, a enxada.
....
....
E mal a noite descerrasse os véus,
Sentir pelos dilúculos do estio
A nostalgia mística dos céus.

E é assim por todo o livro. Até diante a nossa Natureza, a mesma nota plange magoada: essa dum doce misticismo dentro uma grande desesperança!

Para os que se não contentam apenas com a impressão sugerida e querem saber se é realmente verdadeira essa tristeza, sem chegarmos até a afirmativa de que todo poeta é individualmente um triste, porque, vivendo em eterno conflito com o meio exterior e sofrendo a vertigem das alturas terá sempre, entre a materialidade terrena e o esplendor de seu Sonho, o destino de perpétuo Ícaro, poderemos dizer aqui, em convulsão e mui à socapa, com Lope de Vega:

...... "Yo sospecho
Que en estas disgustos ay
Algunos gustos secretos..."

CARAVANA DOS DESTINOS

A *Caravana dos Destinos* é o novo livro de GOMES LEITE a entrar para o prelo. Tivemos o raro prazer de ouvir os seus inéditos, e podemos adiantar ao público que o mais franco sucesso de livraria há de acompanhar a sua repercussão nas rodas literárias do país.

Trabalho esse vigoroso, de larga inspiração, e uma variedade de ritmos, ideias e sentimentos mais uma vez confirmada da exuberante virtuosidade do autor.

Empunhando o bastão de caminheiro, tal o peregrino d'*Os Simples*, o Poeta remonta, desde a introdução, às altas esferas da ansiedade humana e, cheio de uma angústia nobre, faz a indagação da finalidade do homem. Não lhe basta o testemunho de santos e heróis, compendiado pelas bíblias, vedas, mitos e alcorões, nem tampouco a harmonia imanente que descobre e nos vem revelando, em estrofes sugestivas, através de poemas e cânticos. Quer a certeza absoluta, esteiada no poder analítico da razão. E, como esta é sempre falha e imperfeita, conclui pela dúvida, senão pela negação. É que talvez ele atravesse o período catilinário, a que não têm escapado, pelo menos temporariamente, todos os sinceros investigadores da verdade suprema.

Aprofundando o homem em meditação ante o Cosmos, vêmo-lo já, no pórtico *Diante da Vida*, absorto perante a multiplicidade dos fenômenos sociais e as mais desencontradas correntes, num estado de dualismo emocional onde o otimismo de moço mede forças com o pessimismo negativista, e termina por uma brilhante afirmação à sempre renovada beleza da Vida:

> "Não tens culpa: fizeram-te assim mesmo.
> E estás em tudo, até na dor que mata.
> Embora o bem e o mal espalhes a esmo,
> Todos te amam, sabendo que és ingrata.
> ....
> Mas és bela! E o Criador do monumento
> Deslumbrado ante a sua majestade,
> Eternizou-te, ó Vida, o sofrimento:
> Deu-te a coroa da Imortalidade!"

E tanto passageira fora a dúvida do Poeta, tal como as "chuvas de primavera" que fazem sazonar os mais belos frutos, que o encontramos já em *Luz Interior,* num arroubo transcendente, descobrindo a espiritualidade do seu mundo subjetivo.

Fala depois, na série *Parábolas*, destas forças motoras da atividade social — paixões de orgulho ou de domínio, ódios, glórias, desventuras... Para tudo acha uma explicação humanitária, e a todos envolve no manto da caridade cristã. Quer definir o sublime anseio das almas criadoras, este clarão antevisto nos rápidos instantes de entusiasmo e febre geradora: — a Glória, apoteose final de todos os artistas dignos deste nome.

E é sumamente interessante saber como se exprime o sentimento do autor, quando sobre o mesmo tema gelara o otimismo de gênios como Vítor Hugo, Tasso, Camões, fazendo dizer ao cantor de *Les Rayons et les Ombres*:

> "La gloire est vite abattue.
> L'envie au sanglant flambeau
> N'epargne cette statue
> Qu'assise au seuil du tombeau."

E, ao depois, no fim da carreira, sagrado único no século, confirmando numa confidência a amigo o conceito da mocidade trabalhosa:

> "Paul, je connais si bien l'autre côté des choses
> Que toujours je regarde en mes apotheóses:
> La hauteur du rocher d'où je devrais tomber!"

Ressonância, talvez, da voz que do fundo do cárcere, bêbeda

de dor pela sua Eleonora inacessível, Tasso bradava:

> "La fama, ch'invaghisce a un dolce suono.
> Voi superbi mortali, e par si bella,
> É un'eco, un sogno, anzi del sogno, urn'ombra
> Ch'ad'ogni vento si dilegna e sgombra".

E o nosso nunca assaz louvado Camões, num suspiro, condensando tudo que havia nele de íntimo pungir, no canto final da epopeia lusitana:

> "No mais, Musa, no mais, que a lira tenho
> Destemperada, e a voz enrouquecida:
> E não do canto, mas de ver que venho
> Cantar à gente surda, e endurecida.
> O favor com que mais se acende o engenho,
> Não no dá a Pátria, não......"

Que nos dirá de novo o Poeta da *Caravana dos Destinos,* sobre o assunto, velho como o primeiro bardo aparecido no mundo? Afirmará, talvez, como Espronceda:

> "Luego, en la tierra, la virtud, la gloria,
> Busqué con ansia y delirante amor,
> Y hediondo polvo y desdenable escoria
> Mi fatigado espíritu encontró?"

Mas, não. Não a discute. Nega-a simplesmente:

> "Falar em glória... No mundo,
> É um deus fascinante a Glória!
> Mas, para quem olha fundo,
> Como é triste a sua história!
> ....
> É um nome vão que se lança,
> Tal qual a Felicidade
> Que, além, se chama Esperança
> E, atrás, se chama Saudade."

Os exemplos ilustres, e apesar de todo "gloriosos", não tiram o mérito nem a originalidade de expressão do nosso Poeta. É que a verdadeira originalidade vive antes do cunho pessoal que lhe empresta o artista, e não dos motivos, que estes, em geral, são de uma ancianidade das máximas do Eclesiastes.

Abre outra série do livro a *Gravitação*, que transporta o princípio newtoniano para a esfera das relações morais e acompanha *J'altissimo Poeta*, quando ao fechar o último ciclo da Divina Comédia, emitirá o conceito final:

> "L'amor che muove'l sole e l'altre stelle."

Não é de admirar, pois, que o amor, ele e unicamente ele, ilumine esta parte intermediária do livro, que, no conjunto do edifício, é um balcão em flor debruçado ao luar de Verona. Assim, o soneto *Pastoral*, é uma delicada mancha, como as amava o Verlaine das *Fêtes Galantes*, evocativa e suave. Há pedaços em que o cenário se transplanta para o interior brasileiro, e o bucolismo dos quadros, mui diverso desse antigo arcadianismo bebido em Gessner e outros, revela bem paisagens nossas, alumiadas pelo sol sertanejo, e todavia cheias de nostalgia e tristeza.

Em outra divisão da sofredora Caravana, o Poeta, correndo a gama de sua lira, fere nova corda, e temos os *Destinos obscuros*, num gênero pouco explorado no país. Vede este soneto:

"Flores da podridão das vidas (não recontes
Esta história a ninguém!), mendiga e vagabundo.
Viram-se num instante em que o pesar profundo,
Num milagre, talvez; lhes alumiasse as frontes.

Ela temia o mundo, ele execrava o mundo.
Amaram-se. E, afinal, por sarjetas e montes,
Iam aos trambolhões, dormiam sob as pontes...

Pobre casal faminto, esfarrapado, imundo!...

E quando aquele amor frutificou
— suprema
Recompensa, depois de infortúnios tamanhos —
nem tiveram direito à escolha do seu nome:

Trespassados de dor, numa renúncia extrema,
Foram deixar o filho a uma porta de estranhos,
Para que ele também não morresse de fome!"

Há ali, em *Destinos obscuros*, uma pequena alegoria surpreendente de expressão. É a história de três velhinhas que se encontram um dia no adro de um templo, deserto após o ofício da missa, e que se recontam, em estranho diálogo, a sua vida de mendicância e de misérias...

Eis o Poeta enfim *Diante da Morte*, fecho do volume, e o seu estro magnífico é um ditirambo à perene *Renovação*, neste trágico duelo entre a Vida e a Morte, entre as forças destrutivas subterraneamente solapando o alicerce do mundo e da própria dissolução cósmica, gerando novas fontes criadoras, novos ritmos afirmativos da eterna Fecundidade.

Pouco antes de partir Gomes Leite para os Estados Unidos, leu o seu novo livro de versos para o seu amigo Hugo de Carvalho Ramos, o jovem e fulgurante escritor que a fatalidade, logo depois, veio roubar do convívio dos homens. Dias mais tarde, quando Gomes Leite estava no estrangeiro, recebeu, em original, o artigo de Carvalho Ramos, que hoje publicamos aqui e que foi a primeira palavra de saudação dirigida à Caravana dos Destinos, o livro que ora está movimentando em torno de si tão largo círculo de juízos e atenções. Publicando esta página de crítica de Hugo de Carvalho Ramos, de tão aguda penetração — "Fon-Fon", antes ele tudo, presta uma homenagem ao malogrado e inconfundível autor das *Tropas e Boiadas*, que deixou neste mundo, em todos os corações que o sentiram, a lembrança luminosa de um espírito eleito.

— "Fon-Fon" de 7 de janeiro de 1922 —

PAMPA

(CONFERÊNCIAS. SÍLVIO JÚLIO. TIP. COMERCIAL. — CEARÁ, FORTALEZA)

É mais uma substanciosa documentação para o estudo da vida gaúcha, o novo trabalho desse operoso homem de letras. Para isso viveu durante dois acidentados anos a livre existência pampeana nas canhadas fronteiriças do Uruguai e da Argentina.

Churrasqueando e chimarreando de galpão em galpão, adaptando-se à paroleira, pletórica e alegre companhia dos guascas primitivos da fronteira, penetrando-lhes a índole, afetiva e cavalheiresca, estudando-os na labuta do campo, ao maneio dos pialos, anotando-lhes ditos e modos de uma ferra ou marcação de animais, ouvindo-lhes o ritmo magoado das cordeonas no porteiro das estâncias — o espírito antecipadamente preparado por uma forte e cuidadosa saturação da rica literatura regional — a par das tradições e do evoluir histórico da alma riograndense, Silvio Júlio, preocupado, como a maioria da nova geração brasileira, pelos destinos comuns da pátria, pôde coligir uma série de preciosas observações, expressas em conferências, que ora vêm a lume sob o sugestivo título de "Pampa".

Muito lhe serviram como orientação, nessas bárbaras veredas da nossa etnologia, os valiosos conceitos dos primeiros desbravadores, Sílvio Romero, Euclides da Cunha, Buckle, e outras sumidades, indígenas e estrangeiras, do assunto.

Nessa coletânea são abordados e ainda uma vez discutidos os diversos fatores da formação do inconfundível tipo gaúcho, confrontando-o com o sertanejo do norte, na lide, no galanteio, na refrega, ambos completamente díspares — o primeiro, indomável, fanfarrão e irresistível no arrojo da investida, no manear de uma rês erradia, no quebrantar a esquivança dos olhos de uma chinoca brejeira, ou subjugando do primeiro bote de lança o adversário, no fragor dos entreveros; o segundo, concentrado, persistente e pertinaz no alvo colimado, seguindo dias e dias o rastro do animal fugitivo nos meandros da catinga, desmanchando-se em trovas langorosas nos ponteados e desafios de arraiais e rancharias a um sorriso da morena — mas tenaz e sempre ameaçante na defensiva. Um e outro determinados pelo ambiente que os criou, constituirão o gaúcho, nos conflitos de nacionalidade que ainda apareçam em nosso continente, o elemento ideal da primeira arremetida para o inimigo, e o sertanejo oferecendo o cerne da resistência quando na defesa, palmo a palmo, do torrão bem amado.

Deste asserto, dá testemunho o eloquente verbo euclideano, citado pelo autor:

"Se, ineficaz o arremesso fulminante, o contrário enterreirado não baqueia, o gaúcho, vencido ou pulseado, é fragílimo nas aperturas de uma situação inferior ou indecisa.

"O jagunço, não. Recua. Mas no recuar é mais temeroso ainda. É um negacear demoníaco. O adversário tem, daquela hora em diante, visando-o pelo cano da espingarda, um ódio inextinguível, oculto no sombreado das tocaias..."

O folclore regional documenta por exemplo, no tema amoroso, a diferenciação das duas índoles. Haja vista estes versos transcritos pelo autor. Chora o nortense derretido:

"Quem quer bem dorme na rua,
À porta do seu amor,
Faz das pedra travesseiro,
Das estrelas cobertor.

Ou:

"Cajueiro pequenino,
Carregadinho de flor
Eu também sou pequenino,
Carregadinho de amor."

Já o gaúcho, conquistador e desempenado, gaba-se ancho:

"Sou monarca da cochilha,
Uso lenço colorado,
E por todos estes pagos
Ninguém é mais namorado."

E também esta, mais forte e característica:

"Eu sou gaúcho de sangue
E não sou filho de gringo,
Posso passar sem mulher,
Mas não passo sem meu pingo."

De fato, para o pampeano, o cavalo sobrepõe-se à mulher.

É riquíssimo o cancioneiro gaúcho sobre o valor, a nobreza e a amizade que os une, a ele e seu cavalo:

"Tenho o meu cavalo baio
Do andar da saracura:
Quando quero ver as chinas,
Meu cavalo me procura."

"Quando me ausento dos pagos,
— Isto por curto intervalo —
Reconhecem minha volta
Pelo tranco do cavalo."

"Tenho o meu cavalo zaino
Tratado a alfafa e milho,
Para repontar as chinas
Como tropa de novilho."

Guarda pois, neste ponto como na hospitalidade, na índole errabunda, no amor pelas armas, vistosas e aparelhadas, íntimas afinidades com o tipo tradicional do árabe. Refere a crônica que perguntando um viajante a um ismaelita o que mais prezava na vida:

—O meu cavalo, o meu punhal, por último... a mulher.

Quanto à honra, claro é, colocam-na acima de tudo.

Ambos insulados no interior pelo difícil acesso ao litoral, isolados no infinito dos pampas ou do deserto, é ao corcel, pronto meio de locomoção, defesa e de comércio social, que se reportam as afeições do homem.

Em contraste, o sertanejo, limitado pelo horizonte de montanhas, florestas e cerrados hostis, ama o seu canto e o seu quieto, circunscreve a afeição à companheira que o ajuda a domar, minorando-as, as agruras da natureza, no eito trabalhoso, nas adversidades climatéricas, poupando-lhe esforços e canseiras da vida, tão dura no norte, fácil e bonançosa no sul...

Ameniza, em "Pampa", o granítico de explanações sobre etnografia e sociologia regionais, como vimos, abundante folclore, a par de traços e anedotas da vida local, onde o espírito galhofeiro do guasca bem claro nos evidencia que a alma brasileira, em seu conjunto, não é este sorumbático e noturno caburé que muitos querem.

Num galpão, sorvendo o "amargo" apetecente, narra o Leontino:

— "Eu vinha de Duraznal e vi um ninho de avestruzes ali perto da Bela União. Apeei e ia dar com o mango num filhotinho que estava saindo do ovo, mas o diabo, assustado, mandou roda, com a casca na cabeça..."

Também o nortista, quando animado pela caninha, na roda dos camaradas, tem as suas pilhérias. A um caipira goiano, perguntando-se-lhe que horas eram:

— Deixa erguer o rabo da sua mula, lhe direi que horas são...

É uma das piadas comuns, cediça pelo uso; mas ouvida a primeira vez, pelo "shocking" da oportunidade, não deixa de produzir o efeito requerido...

O proseado do Leontino, a historieta dos ovos de papagaio de certo major, patoteiro-rei da campanha riograndense, e outras, dão aqui e ali o necessário sal às digressões do moço autor.

Pena é que tivesse transplantado para o volume guerreias e descomponendas que teve de sustentar com os coronéis — lá também os há — de Itaqui e Santiago do Boqueirão, não porque fatos tais não documentem indiretamente o que é a estreita politicalha do nosso interior, mas traduzindo em linguagem violenta e pessoal ódios e lutas de mero interesse local, quebra e desvirtua constantemente a harmonia geral do assunto, alheando e fatigando o leitor, pouco animado a acompanhá-lo na autópsia moral dessa piolheira, sem ideais e sem princípios, aparasitada em nossas agremiações rurais.

Assim também, muitos que não conheçam a feição particularmente individualista do autor, poderão censurar-lhe o vezo de colocar sempre a sua pessoa em qualquer situação descrita: — Vi isto, estava ali, fiz aquilo. Defeitos de escritor que não desabonam o indivíduo, mas que dão uma nota pouco simpática, senão pedantesca, às explanações.

São as observações únicas que poderíamos fazer. De resto, livro conceituoso, estilo claro e sóbrio, vocabulário opulento, bem apropriado, — e uma diretriz geral de franco e sadio nacionalismo que muito honra o autor.

DESPERTAR!

(VERBO DE COMBATE E DE ENERGIA)

Tais o título e subtítulo do curioso folheto de propaganda social que ultimamente recebemos. É um precioso documento sobre a mentalidade da geração que aí vem, sequiosa de combate e sucesso político ou literário. Firma-o BRAND, pseudônimo, ou por outra, abreviação do nome de um jovem escritor nacional, ultimamente lançado no campo de batalha das ideias, de que este Rio de Janeiro é o grandioso cenário, e, talvez, sob o ponto de vista literário, o mais intenso e intelectual de todo o continente sul-americano, senão da própria América.

É, da primeira à última linha — quinze páginas encerra o folheto — um veemente toque de rebate e de esperança sobre o futuro da nossa nacionalidade, do nosso continente, da humanidade enfim, erguendo a clava demolidora contra os erros e injustiças mais ou menos conscientes das instituições da sociedade atual, rompendo de viseira abaixada sobre a organização política, econômica e moral do país, e chamando às armas e a postos de combate todos os independentes, todos os sinceros, todos os emancipados da grande ilusão social desta época de tantos e tão amargos desencantos...

O próprio pseudônimo que o assina — Brand — é o de um rebelado. Brand, pastor norueguês, o herói do drama ibseniano, que em vernáculo quer dizer *facho, brandão,* cuja ação se passa nos *fjords* hiperbóreos da Noruega, é, em suma, a dramatização genial deste princípio estabelecido por Schopenhauer e ampliado por Nietzsche, que os franceses têm traduzido por *"volonté de puissance",* e levado por Ibsen nessa obra ao paroxismo...

Há, no presente opúsculo, muita ideia útil, facilmente realizável, muita coisa original, carecedora de mais cuidado exame e maior desenvolvimento, a par de entusiasmos, afirmações e rasgos duma "iconoclastia" somente justificável ante a juvenilidade do autor, a sua pouca observação, trato e conhecimento diário da psicologia das massas e do indivíduo tomado em si, em seus atos e nos móveis que o determinam e conduzem através desta tristíssima mascarada da existência...

A matéria do panfleto é, como dissemos, mui breve e como o autor pede no frontispício que a divulguem, não vai aqui grande mal em resumi-lo, senão transcrevê-lo em grande parte. Propõe-se o autor, isto é, Brand, "alma guerreira num corpo varonil", a uma das mais dilatadas empresas que "a Terra acalenta" (modestamente).

Para isso congraçará num mesmo clamor o arrojo profético de Isaías ao espiritualismo transcendente de Sidharta, o hindu, o escandinavo de Skien (Ibsen) e o alemão que pulsou em Silsa Maria (Nietzsche) ao "americano de Manhattan" — simplesmente.

O herói de Ibsen, naquele seu drama, tendo conseguido arrastar as multidões a segui-lo ao credo novo, após ter calcado inexoravelmente todos os sentimentos de homem, até a sua própria piedade filial para com a mãe, a fim de realizar o objetivo colimado, é por último vencido pelo simples bailio da aldeia. No instante em que o povo fanatizado está pronto a acompanhar o herói ao cimo da montanha, até à própria morte, faz o bailio apelo aos seus baixos instintos de cobiça e ganho imediato, e com uma falsa notícia, isto é, dizendo ter sido arremessado a um dos bancos daquele fjord abundante cardume de peixes, afasta de novo a grei, e definitivamente, da influência do herói.

Brand, na transfiguração solar sobre os altos gelos da montanha, é envolto, arrebatado e tragado, na tempestade de neve, pela avalanche, e morre em companhia de uma doida — triste símbolo! — única que se animara a ficar e acompanhá-lo naquelas alturas.

Não temos aqui presente a obra aludida da formidável galeria de "obstinados" do dramaturgo escandinavo. O desfecho, porém, é este; e também, em todas aquelas criações onde estuda estes tipos de reformistas e inovadores, tais Juliano — o Apóstata —, o Stockmann do "Um inimigo do povo", Solness — o Construtor —, e tantos mais. E assim, desiludido, o próprio Ibsen, de poder atuar eficientemente sobre o espírito coletivo de seu povo através do teatro que nos apresenta, já em "O Pato Selvagem" e "Rosmersholm", dos últimos aparecidos, volve, a bem dizer, em ridículo a teimosia de seus heróis.

Continua, entretanto, a produzir pelo prazer de produzir; desolado, porém, por ter "constatado, com o seu vigoroso bom senso, que um espírito como o seu, nada podia sobre a inércia das massas grosseiras, e que mais valia, para não mais atrair desastres, deixá-las à sua vasa, agarradas aos sargaços submarinos para não ver o mundo tal como é" — comenta mui finamente o Conde de Prozor ("*Notice sur le Canard Sauvage*").

Também o nosso panfletista afirma: "Brand será vencido, mas se apagará como um símbolo". Diz que o seu pensamento é corrosivo como os ácidos, destruindo as impurezas humanas. Diante da força de tensão conservada — e prestes a explodir — no cérebro desse indisciplinado, a energia potencial do ácido pícrico ou da nitroglicerina (são irrisões textuais). Os leitores devem ter algum conhecimento de química e farmacologia para bem acompanhá-lo no rigor dos termos comparativos.

Até aqui a apresentação. Vamos, porém, ao que nos interessa. Qual o seu programa? — É vasto. Quer a Renovação moral, econômica e intelectual do Brasil e da Humanidade. De que modo?

"Despedindo raios de fogo vivo contra as 4 castas exploradoras (padres, políticos, capitalistas, militares,) e as subcastas numerosíssimas (funcionários, diplomatas, bacharéis, tabeliães, etc.), descrevendo a sua ruindade e inutilidade.

"Anunciando a vinda dum Brasil Novo e duma Nova Humanidade, porque Brand é ao mesmo tempo nacional e universal..." (A primeira parte, dada a lei constante de evolução e renovamento, é uma verdade de "*Monsieur de la Palisse*"; a outra é uma autocondecoração de megalomania egocêntrica).

"Não escondendo as falhas da nossa instrução, que nos não acostuma a agir e a meditar: votando a criação de 50.000 escolas primárias em troca do fechamento das Escolas de Direito por 30 anos, somente consentindo na formatura dos que atualmente já estão matriculados..." (Pobres candidatos ao bacharelismo, reduzidos a pó de traque...).

"Mostrando o altíssimo valor da Ciência e o nulíssimo valor das religiões...". (É o que desejaríamos ver. O autor parece esquecer a falência declarada da ciência atual relativamente ao problema do Além — se algum dia foi problema —; e também, o fator psicológico — homem, animal eminentemente religioso. E aqui cabe o adágio aplicável a todos os legisladores *a priori*: "O homem não foi feito para a lei, mas a lei para o homem").

Ibidem. "Zurzindo o torpor, a covardia nacional, e colocando a sociedade neste dilema feroz: ou matar os mendigos brasileiros, ou enviá-los para asilos e hospitais, mas nunca deixá-los ao abandono pelas nossas ruas, mendigando à infame caridade dos capitalistas estrangeiros um vintém miserável, no mesmo idioma grandioso em que Euclides da Cunha esculpiu a epopeia d'"Os Sertões"...

Muito bem! Comungamos na mesma ordem de ideias, não achando, como Anatole France, que a esmola avilte tanto quem a recebe como quem a dá. Pena é porém que, literariamente, não tivesse sido feliz na sua última imagem. Já Guerra Junqueiro em "A seca no Ceará" verberava que se pedisse esmola na mesma língua em que a pediu Camões. O nosso autor, como bom nativista, substitui o bardo lusitano pela obra de Euclides...

"Combatendo o erotismo e os atos solitários que a Mocidade pratica, apontando os nossos horizontes libertadores e abrindo os olhos dela contra os exploradores da nacionalidade brasileira..."

Relativamente a determinada linha, vê-se que o escritor chega de fresco da província, ou fez as suas humanidades em internato. Nos grandes centros os rapazelhos são estroinas aos treze anos, e "farristas" de nascimento...

"Reprovando o *palavrismo* de Rui Barbosa, truão genial, inteligência mal aplicada, síntese de Górgias e Cícero, peru de papo inchado a rebolar-se na esterqueira política, quando a sua missão deveria ser outra: revelar ao estrangeiro a grandeza do pensamento nacional; vassourando o Código Civil, a Constituição Brasileira, esse baluarte do Crime, porque defende o dinheiro e a propriedade privada, dois entre os grandes fatores do crime; condenando os palhaços discursadores ou meetingueiros, o eleitorado imbecil, o bacharelismo inepto, o Direito contemporâneo, fautor de injustiças tremendas..."

Uma nota. É curioso ver a preocupação de todos os nossos futuros grandes homens, gênios em embrião, projetos de estadistas em perspectivas, pela personalidade de Rui Barbosa. — É o grande exemplo, apontado desde os bancos primários pelo mestre-escola de aldeia, que todos pretendem realizar e, talvez, ultrapassar. Daí esses pruridos de revolta e negação desde que se tenha firmado mais ou menos uma individualidadezinha literária, e que se quer impor ao meio como um produto superior e inédito da terra-máter, tão pródiga, aliás, de belas inteligências. Poucos intelectuais, em nosso tempo, escapam ao vezo de analisar e definir o vulto de Rui Barbosa. Não fujamos à regra. A nosso ver é o homem que quando morrer (e Deus lhe conserve a vida por grandes e dilatados anos de inestimáveis serviços à Pátria), morrerá com a convicção de que foi gênio no seu tempo e em seu meio, e que, de boa mente, não encontrará nenhum concidadão seu que lh'os negue, esses foros de genialidade; mas que num futuro mais ou menos afastado, quando tiverem cessado todas estas agitações de momento e paixões de partidarismo que têm feito periclitar as nossas instituições, ocupará com idêntico brilho, talvez, o mesmíssimo lugar que ocupam um Feijó, um Andrada, na história política da nossa nacionalidade. Mera questão de perspectiva.

Voltemos de novo à vaca fria, quer dizer, ao programa do nosso sociólogo.

"Pedindo às Mães para evitarem o fermento religioso na educação de seus filhos; bradando às armas contra os bonzos e fetiches católicos, as falsas virtudes como a obediência e a humildade; rompendo fogo contra a teosofia e o desvairamento kardecista, o beatério ignaro ansiando pelo satrapismo universal dos padres, as metafísicas fósseis, as teologias alucinadas, as filosofias teístas, as apologéticas pândegas, as éticas dogmáticas, o fanatismo protestante, tão ferrenho quanto o católico, o misticismo de Ruskin, o adoracionismo de Carlyle, o religiosismo de Conte e o de Tagore, o quietismo dudista e o schopenhauriano, o cinismo de Max Stirner e o de Voltaire, a apoteose ao Estado feita por Hegel, a metafísica social de Wagner...".

Há neste trecho uma bela parada de erudição. Bela, porém desnecessária. Desnecessária porque o nosso meio permanece ainda, carência de cultura ou índole de raça, completamente alheio à mania filosofante, e muitos desses escritores citados são apenas conhecidos de nome; e portanto, inexistente o perigo. E também, uma saturação de ideias de Nietzsche, bebidas em alguns de seus livros expositivos da hermenêutica doutrinária do Zaratustra, como a "Genealogia da Moral", o "Ante-Cristo", "Nietzsche contra Wagner", "Considerações inatuais", o "Crepúsculo dos ídolos" — sobretudo. Mas o autor Brand parece que assimilou mal essas teorias e é ilógico e contraditório no seu sistema. Pois ao mesmo tempo que aceita a nova "tábua de valores", rompendo lanças, de acordo com a filosofia nietzscheana, contra a "obediência e a humildade, falsas virtudes", propõe-se, num tópico mais adiante a "varrer a idiotice do culto à bandeira — culto, coisa digna de escravo" afirma o autor (e isto é outra ideia de Nietzsche); a varrer enfim "a timidez nacional, a sociologia de Schopenhauer e de Nietzsche, aspirando à tirania de uma pseudoelite..."

Não resta dúvida, à vista de tão palpável contradição, parece que o autor se presume único nessa ordem de ideias, leituras ou lucubrações, e pode dizer o que bem entende, a menos que não vise ao efeito — pouco honesto em matéria filosófica — de simplesmente *"épater les bourgeois"*, o que não acreditamos. E não acreditamos porque é manifesta a sua sinceridade pelas páginas do folheto. E assim não fora, não nos ocuparíamos da presente apreciação do trabalho. De resto, a justificá-lo: Nietzsche foi dos filósofos os mais contraditórios, sob certos pontos de vista. E a explicação de sua obra enche bibliotecas. Não se resignando, como seu extraordinário amigo Wagner, na culminância máxima de seu gênio, a aceitar este princípio de religiosidade essencial em todo ser humano, viu lamentavelmente, após vários acessos, sua razão naufragar definitivamente na noite trágica da loucura, e sem remissão. Ficou a sua obra, que é um assombro de audácias, profundeza de meditação e de blasfêmias. Como humanamente e sublimemente sofreu este homem!

Prossegue o nosso Brand: "Não poupando os socialistas e anarquistas fanáticos, ignorantes, mas respeitando as opiniões dos sinceros e conscientes...

"Vergastando as vaidades burguesas, o carmim indecente nos rostos femininos, as joias adquiridas à custa da miséria alheia, a mediocridade vencedora em todos os cargos oficiais, o medalhonismo imperando nos institutos e academias, o pistolonismo (pistolão) nacional, o charlatanismo dos clínicos, a exploração dos boticários, o nacionalismo de avenida, a caridade dos capitalistas, que combate os efeitos deixando as causas, o singenismo das associações, a hipocrisia dos patrioteiros...

"Investindo contra os labregos ineptos que dominam no seio do nosso jornalismo; contra o conhecimento imperfeito dos fatos ocorridos nos Estados da República em troca das profusas informações telegráficas sobre as terras estrangeiras; contra o gazetério superficial ou ignorante — respeitável caiçara donde partem as setas vazias ou envenenadas dos novos botucudos do Pensamento..."

Toda esta parte é excelente. Valeria por si só vinte campanhas e o devotamento de uma existência inteira — se houvesse forças de titã capazes de remover estas estrumeiras sociais e os vícios polifórmicos, raciais, da moral citadina...

Nem mesmo o próprio Hércules lavando as estrebarias de Augias...

"Batalhando contra os impostos e os fiscais, a miséria das classes desprotegidas, os sofrimentos das classes medianas, as infâmias das classes poderosas, a corrupta moral contemporânea, as fitas de namoros e de arruaças nos cinemas, o turfe brutal, o futebol retrógrado..."

Mas... Vamo-nos estendendo demasiado, e estamos ainda na metade do programa. Transcreveremos o resto da próxima vez. Pode-se, porém, desde já afirmar que é profundamente significativa e consoladora a reação que se vai notando sobre determinados estados de coisas... Ao passo que a geração que descamba se encoraça no egoísmo e num ceticismo suscitado pela experiência de dia a dia e fortificado em seus atritos com a sociedade contemporânea, são os novos, os moços da geração pensante de hoje que, abrasados na fé e escudados na esperança, erguem o pendão de reforma, e sedentos de vitória ou de sacrifício, indiferentemente, vêm à arena, prontos a dar combate a todos os aleijões, a todos os preconceitos, a todas as sem-razões do organismo social da atualidade.

Vencedores ou vencidos, fica, pelo menos, o gesto heroico, pois, lunático, maltratado e roubado embora, é a D. Quixote que

Sancho segue, obedece e admira, e nunca aquele a este.

Cego e desorientado, como vemos, sob muitos pontos de vista, Brand, para realizar os seus ideais, diz renunciar "desde já a todos os cargos oficiais, a todas as honrarias, à fama, à riqueza, ao poderio, e sente-se capaz de renunciar a todos os seus amigos e parentes que não forem favoráveis aos seus desígnios libertadores. Renuncia ao mundo oficial, mergulhando a sua esperança no Futuro misterioso e longínquo".

— É um louco, dirá o bom senso vulgar, e o cronista perde tempo em ocupar-se com tão mau defunto.

Fanatismo, talvez, de nova espécie, que abre mais um campo experimental à ciência psiquiátrica; mas interessante, sumamente interessante...

E... como dizia Dickens, só os doidos o divertiam.

Voltaremos ao assunto.

II

Concluiremos somente hoje a transcrição dos principais tópicos do folheto de Brand:

"Dizendo a inutilidade dessa literatura de versinhos melosos, de crônicas, romances, e as vantagens do conhecimento lítero-científico do Brasil, manifestando que em lugar de traduzir Paul Bourget ou imprimir Nick Carter e Escrich, ganhar-se-ia muito mais publicando em edições populares, traduções dos estudos de Martius, Darwin, Agassiz, Hartt, Braner, Bates e outros, sobre o nosso país, como também facilitando a publicação dos bons livros inéditos, e espalhando aos milhares, pelo seio do povo, os grandes livros nacionais..."

Realmente, o mundanismo e o melindrosismo literário são atualmente, no Rio dois dos mais seguros veículos de êxito.

Poucos, mui poucos, se conformam com a meditação prolongada e o estudo minucioso dos diversos tipos que fazem a movimentação de um livro, e os caracteres apresentam-se incolores, na superficialidade de uma psicologia de anfíbios, nem carne nem peixe. Quando o próprio teatro nacional ensaia os primeiros surtos para se libertar das revistecas e arranjos de fancaria, oferecendo ao público, que calorosamente o vem aplaudindo, obras onde fortemente se acentua o cunho nacionalista de coisas e costumes nossos, essencialmente nossos, contam-se ainda pelos dedos da mão, embora a grita da crítica inteligente: *façamos romance brasileiro* — os que se entregam ao estudo da vida propriamente nacional.

E o gosto do grosso público é educado pelo alimento que lhe fornecem quase sempre os folhetins. Ainda nos jornais os mais jacobinos e conceituados, a matéria do rodapé continua a ser Richembourg, Terrail, Escrich e o funambulesco Nick Carter.

Prodigioso estímulo adviria para a boa produção nacional, ao mesmo tempo que se orientaria melhor o senso estético dos leitores, o caso das nossas empresas jornalísticas irem procurar entre os verdadeiros autores nacionais matéria de colaboração, aviventando no público por mais este meio não só a preferência, como também o conhecimento dos variados aspectos e costumes do país. E assim, fazendo obra patriótica, digna dos mais calorosos louvores.

"Provando que acima de cardiais e imperadores, presidentes e almirantes, está o homem de pensamento, e que, em regra geral, aqueles não passam de meras figuras decorativas"...

De fato, nesta época de arrivismo, fanatismo futebolesco, paixões para com artistas americanos de cinema e de degenerado almofadismo, o homem de pensamento, entre nós, já não ocupa, política e socialmente, o lugar que lhe compete pela cultura e elevação da nossa literatura militante, requintes e beleza de forma e de fundo na variadíssima produção esparsa por este vasto território tão pouco conhecido de seus próprios habitantes. Esquecem-se, como bem diz, cremos, Fialho de Almeida, de que os homens de letras são a classe mais nobre de um país. Isso, em parte, é devido ao completo alheamento, entre a maioria de nossos escritores, dos problemas e necessidades de ordem política ou econômica da nação, que muitos enclausurados da Torre de Marfim afetam desconhecer, senão menosprezar. E também, à absoluta falta, entre os intelectuais, de espírito associativo, que faça de tantos membros isolados e esmagados pela massa, um corpo uno, intimamente solidário com as suas partes, consciente de seus direitos e da sua função social, opondo-se e impondo-se às variadíssimas correntes contrárias de nulíssimos concorrentes na atividade pública, cujo êxito e prestígio de opiniões são quase sempre devidos à sua coesão e à força numérica.

Mas ainda acima da mediocridade, o espírito da mediania literária entre nós, é, comumente, o mesmo a que se referia Fialho de Almeida com relação ao seu país.

"Escritores, atores, homens de palheta e de cinzel, tudo isto são mulheres na vaidade com que se desvanecem de si mesmos, e na presteza com que, pela mais pequena beliscadura d'orgulho, perdem a atitude, e armam na rua guerreias de meretrizes e alcovetas. Gente absorvida na missão de escorar o ideal na expectativa das gentes, d'exaltar em obras de filantropia e beleza, a realeza do homem, d'erguer o espírito do público enfim para as vertigens da arte e da poesia, quando sucede lavar entre si a roupa suja dos juízos críticos, dos salários, dos negócios, torna-se de repente sórdida e sem generosidade, arrancando-se da boca o pão já mastigado, e desencadeando cóleras e intrigas, de que só nas cadeias se poderá topar análogas versões".

Prossegue Brand: "Prevenindo a mocidade contra a literatura moderna, mórbida em D'Annunzio, sensual em Verlaine e Wilde (dois tipos sem caráter), cética em Machado de Assis, decadente em Eça de Queiroz, faunesca em Bilac"...

Com referência a esta passagem, excetuando por muito favor Wilde e M. de Assis, pode-se facilmente provar com toda justiça e equidade a sem-razão de tais epítetos e atribuições do jovem autor. Onde a morbidez do marcial D'Annunzio nas Canções de Ultramar e a presente epopeia viva do Fiume? Onde o caráter faunesco de Bilac nas "Viagens", "O Caçador de Esmeraldas", "Tarde"; e mesmo, tomado em pormenor, na maioria dos versos das "Panóplias", "Via-Láctea", "Sarças de Fogo" e "Alma Inquieta", os mais apontados como tal? Sobrasse espaço, e faríamos aqui uma ligeira estatística de suas produções — e merece-o bem — demonstrando que para uma poesia aclamada e vulgarizada como sensual pelo nosso próprio gosto de tropicais, há quatro e cinco, mais belas e por isso menos populares, de uma espiritualidade reveladora do mais alto grau de ascetismo (na verdadeira acepção da palavra) e elevação idealística a que possa chegar a ansiedade humana neste mundo sublunar.

Onde o priapismo do torturado da "Sagesse" e tantos poemas mais? É à sua obra que se refere o autor, ou à sua vida particular, essa tristíssima boêmia que o visionário das "Fêtes Galantes" arrastou pelos hospitais e cervejarias da Cidade Luz, procurando na alucinação do absinto e outros venenos, fugir à chateza e ao tédio de uma existência incompatível com os altos sonhos de espiritualidade de sua alma desencantada? Somente ao conhecimento imperfeito de uma obra e uma época, à estreiteza de visão crítica, se poderia atribuir semelhante rotulação.

"Rugindo que a nossa época é trágica, batalhadora, e não comporta o humorismo nem a ironia de certos escritores, que parecem vir em linha direta dos bufões da Idade Média...

"Provando que os capitalistas estrangeiros, sendo os verdadeiros indesejáveis, são os dominadores do Brasil, e que os brasileiros trabalhadores, patriotas, nada valem dentro de sua terra, morando nos subúrbios em casas miseráveis, ao passo que os brasileiros exploradores, espúrios, moram com os seus parceiros ou aliados (os capitalistas estrangeiros) nos arrabaldes elegantes e luxuosos"...

Eis aí, mais ou menos, os principais tópicos. Neles está sintetizado o seu programa de demolição. Pretende demolir para reconstruir depois. Como trabalho panfletário é magnífico, como profissão de fé e de princípios, há ali muito ouro de lei de envolta com muita ganga impura. De resto, diz bem da mentalidade desta geração entusiasta de moços que não teve, como a mineira da Inconfidência, o lema da liberdade política de um país; como a romântica, o da Abolição; como a naturalista, o da República; mas que sobrelevava a todos esses ideais políticos e humanitários com o da Questão Social, de caráter universal, e que há de ser, talvez, num futuro mui próximo, pelos pródromos que se enunciam, a sua divisa definitiva nas refregas e triunfos desta nossa atualidade pensante.

Parabéns pela amplitude do programa, sinceridade de sentimentos e coragem cívica revelada nessas poucas porém substanciosas páginas, são a impressão e os votos que naturalmente se deve fazer ao terminar a leitura de Brand.

Eia, pois, avante!

Illustre patricio

E' de obras como esta, da rua lavra, "Tropas e boiadas" que anda muito carecida a nossa litteratura, uniada viciosamente pelo francesismo pechisbeque. Agradecendo a offerta, que me fez, felicito-o sinceramente pela estréa.

Confrade

Coelho Netto

·917
19 de Maio

8   Coelho Neto agradece a H. de C. R. o envio da 1ª edição de *Tropas e Boiadas*. Manuscrito da Coleção de Victor de Carvalho Ramos.

9   Retrato de Hugo de Carvalho Ramos

Dados Internacionais de Catalogação na Publicação (CIP)
(Câmara Brasileira do Livro, SP, Brasil)

Ramos, Hugo de Carvalho
    Hugo de Carvalho Ramos : obras reunidas : volume II /
Hugo de Carvalho Ramos. -- São Paulo : Ercolano, 2024.

    ISBN 978-65-85960-13-7

    1. Artigos jornalísticos 2. Contos brasileiros
    3. Ramos, Hugo de Carvalho, 1895-1921 4. Regionalismo
    I. Título.

24-207984   CDD-B869

---

1. Ramos, Hugo de Carvalho : Obras completas :
Literatura brasileira B869
Eliane de Freitas Leite - Bibliotecária - CRB 8/8415

ERCOLANO

Editora Ercolano Ltda.
www.ercolano.com.br
Instagram: @ercolanoeditora
Facebook: @Ercolanoeditora

Este livro foi editado em 2024
na cidade de São Paulo pela
Editora Ercolano, com as famílias
tipográficas Bradford LL e
Wremena, em papel Pólen Bold
70g/m² e impresso na Leograf.